CIDADE de SELVAGENS

LEE KELLY

CIDADE DE SELVAGENS

Tradução
Gustavo Mesquita

1ª edição

— **Galera** —
RIO DE JANEIRO
2017

CIP-BRASIL. CATALOGAÇÃO NA PUBLICAÇÃO
SINDICATO NACIONAL DOS EDITORES DE LIVROS, RJ

K39c Kelly, Lee
   Cidade de selvagens / Lee Kelly; tradução de Gustavo Mesquita. – 1. ed. – Rio de Janeiro: Galera Record, 2017.

   Tradução de: City of savages
   ISBN 978-85-01-11244-6

   1. Ficção americana. I. Mesquita, Gustavo. II. Título.

17-45181
CDD: 028.5
CDU: 087.5

Título original:
City of savages

Copyright © 2015 Lee Kelly

Publicado primeiramente por Saga Press, um selo de Simon & Schuster, Inc.

Publicado mediante acordo com The Foreign e Wolf Literary Services LLC.

Todos os direitos reservados.
Proibida a reprodução, no todo ou
em parte, através de quaisquer meios.

Texto revisado segundo o novo Acordo Ortográfico da Língua Portuguesa.

Editoração eletrônica: Abreu's System

Direitos exclusivos de publicação em língua portuguesa somente para o Brasil
adquiridos pela
EDITORA RECORD LTDA.
Rua Argentina, 171 – Rio de Janeiro, RJ – 20921-380 – Tel.: (21) 2585-2000,
que se reserva a propriedade literária desta tradução.

Impresso no Brasil

ISBN 978-85-01-11244-6

Seja um leitor preferencial Record.
Cadastre-se e receba informações sobre nossos
lançamentos e nossas promoções.

Atendimento e venda direta ao leitor:
mdireto@record.com.br ou (21) 2585-2002.

PARA MINHAS IRMÃS, BRIDGET E JILL.
SEM ELAS NÃO HAVERIA PHEE E SKY.

PARTE UM

Somos meramente migrantes perdidos à mercê da cidade, sobreviventes à caça de uma segunda chance.

— Entrada de 20 de março,
Propriedade de Sarah Walker Miller

1
PHEE

Pelos janelões, vejo o amanhecer se levantar e tomar a cidade, lançando uma rede espessa e viscosa sobre os arranha-céus, incendiando o rio. Fico ansiosa para estar lá fora. É nosso último dia no centro, e quero aproveitar cada segundo.

Tentando não acordar Sky, me livro da pilha de cobertores e roupas que eu e ela dividimos para nos aquecer agora que o inverno está quase chegando. Espio nos quatro cantos do apartamento, mas não vejo Mamãe. Ela já deve estar de pé procurando o café da manhã e, como não sobrou nada na horta da cobertura, só pode estar na margem do rio. Aperto o nariz contra o vidro que vai do chão ao teto e me imagino voando por um minuto. Observo a estreita faixa de mato que envolve a água cinco andares abaixo, mas não a vejo em lugar algum.

Depois de calçar as botas e vestir um dos casacos que garimpamos, saio e disparo pelo corredor até a placa empoeirada que diz SAÍDA. No entanto, não tenho pressa ao descer as escadas internas — um túnel de escuridão, mas a única forma de sair. Apesar de conhecer cada descascado do corrimão e cada defeito dos degraus, sei que todo cuidado é pouco. Afinal, há maneiras muito mais interessantes de morrer neste mundo do que tropeçando num degrau. Quando chego à portaria deserta, passo pelo buraco que Mamãe abriu na porta de vidro, contorno a caçamba de lixo que o esconde e cumprimento a manhã.

O dia eclode como um ovo, o rio corre em tons de laranja, vermelho e dourado. Caminho até a margem e olho para a estátua que Mamãe chama de Dama Liberdade, uma mulher verde enferrujada que flutua num mar polvilhado de destroços.

Apesar de não ver a hora de voltar ao Central Park para o inverno, sentirei falta daqui. Acho que se fosse chamar qualquer lugar de casa, só poderia ser esse canto da cidade — com as torres de vidro às margens do Battery Park, o rio Hudson varrendo o que restou das docas. Mas agora é outubro, precisamente o meio do mês, e, como em todos os meus aniversários, é hora de nos juntarmos a Rolladin no parque para o censo de prisioneiros de guerra.

Ouço um galho se partir às minhas costas e me viro a tempo de ver Mamãe abater dois filhotes de pavão com tiros rápidos da pistola de pressão. A pavoa e o resto da cria guincham e debandam numa confusão de penas e patinhas.

— Não consegui ver você da janela — digo.

— Bom. — Mamãe sorri. — Quer dizer que não perdi a forma. — Com cuidado, ela dá cabo dos pintos com a faca de Sky, remove os chumbinhos da carne e limpa os bichos para mais tarde. Então coloca os dois na mochila.

— Sei não, velhota — provoco. Mas não é verdade: Mamãe aparenta ter apenas alguns poucos anos a mais que Sky. É alta, tem feições suaves, braços e pernas longos e rijos, como se por baixo da pele houvesse apenas aço e feixes de corda.

— Por falar em ficar velha... — Mamãe passa o braço pelos meus ombros enquanto caminhamos de volta ao prédio. — Feliz aniversário, Phee.

— Achei que você não fosse lembrar.

— Está brincando? Eu jamais esqueceria esse dia, minha Phoenix. — Ela me puxa para si e dá um tapinha na sacola, lembrando o que tem ali dentro. — Pronta para o seu café da manhã de aniversário?

— Só vou ganhar isso? Dois pavõezinhos mortos?

— Não, esse será um dia cheio de surpresas. — Não consigo me decidir se Mamãe está animada ou... nervosa. Assustada, até. — Não queremos perder o registro, e seu presente pede uma parada. — Ela respira fundo. — Uma parada importante.

Contornamos a caçamba de lixo e Mamãe entra pela abertura no vidro partido.

— Tenho me perguntado se já é hora de mostrar a vocês duas — acrescenta. — Se já estão prontas.

Não entendo muito bem o que ela quer dizer, mas uma coisa é certa: quero o presente.

— Qual é, já nasci pronta — respondo, me espremendo pela abertura depois dela.

Apesar de eu claramente estar brincando, Mamãe não sorri; seus olhos ficam perdidos, como sempre ficam quando pensa no mundo de muito tempo atrás. Mas com ela é assim. Você nunca sabe o que a levará embora, de volta ao passado.

— É bem verdade. — É tudo o que ela me diz, e então caminhamos em silêncio até as escadas.

Quando chegamos ao apartamento, minha irmã mais velha já havia espalhado suas coisas favoritas pela cama. Sky suspira ao passar as mãos por toda aquela roupa inútil, rendas e plumas e brilhos e contas, roendo as unhas como se arrumar a bagagem fosse questão de vida ou morte. Essa é minha irmã — *tudo* significa mais do que deveria para Sky. Ela chora por árvores derrubadas e não consegue dormir quando encontramos algum bicho morto.

— Apenas pegue algumas coisas e coloque logo na mochila — digo, e enfio minhas próprias poucas coisas na bolsa: ceroulas, botas, um casaco de moletom extra e calças. — Estará tudo aqui quando voltarmos. Ou ao menos deve estar. As minissaias só vão ser úteis no próximo verão, quando formos caçar esquilos.

Ela sorri ao admirar as roupas.

— Você sabe que só uma de nós consegue se virar com o mesmo uniforme de moletom o ano todo.

Pego um dos chapéus que ela surrupiou há alguns anos do que restou da Bloomingdale's, uma coisa grande, molenga e ridícula que a faz parecer um girassol, e o enterro na minha cabeça. Então uso minha vozinha fina para imitar Sky:

— Estou pensando em *lantejoulas* para colher milho. Não, não, *camurça*...

Ela ri e me empurra.

— Nossa, não encoste na aba... olhe essas mãos!

— Vamos, meninas. Vamos andando — chama Mamãe da cozinha. — Temos um longo dia pela frente.

Depois do rápido café da manhã — pavõezinhos assados numa fogueira improvisada na lareira —, Sky me dá meu presente de aniversário, um colar de capim tecido à mão. É lindo, uma coisa que eu jamais seria capaz de fazer. Não tenho o olho ou a paciência dela. Agradeço e o coloco com cuidado. Então juntamos os casacos e nossas coisas e deixamos o apartamento destrancado, exatamente como Mamãe o encontrou anos atrás.

Passamos os verões nesse apartamento basicamente a minha vida toda. Mas, como com quase tudo, Sky e eu sabemos apenas metade da história. Mamãe mencionou aqui e ali que lembrava do arranha-céu reluzente de "antes". Algo sobre visitar as amigas em Wall Street na "hora do almoço" e ficar impressionada com as "instalações". Então montamos nosso acampamento de verão no apartamento decorado quando os Aliados Vermelhos afrouxaram o controle sobre o parque. Mamãe disse que era um lugar tão bom quanto qualquer outro.

— Por que estamos indo para o leste? — pergunta Sky.

— Para o presente de Phee. — Mamãe confere o relógio que tem desde que somos crianças. — Precisamos ir, já são quase nove horas. Vocês sabem que não podemos nos atrasar para o registro.

Rolladin tem um montão de regras rígidas sobre horários; sobretudo, na verdade. Claro, fico incomodada como qualquer prisioneiro, mas respeitar horários é um preço pequeno a se pagar por lugares de primeira fila nas festividades do censo de prisioneiros.

— Onde está mesmo esse meu presente? — pergunto.

— É parte da surpresa. — Mamãe balança a cabeça, os olhos já lacrimejando de frio. — É melhor por aqui, acreditem.

Nós nos encolhemos contra o vento gelado ao passarmos por casas com janelas estilhaçadas, lojas com fachadas destruídas. Os cadáveres dos monstros que Mamãe diz que costumavam se mover — ela os chama de carros — atulham ruas e avenidas.

— Estou congelando — diz Sky.

— Isso porque você está quase nua. Olhe esse casaco. — Eu agito a gola larga do fino casaco de couro. — Qualquer dia esse glamour vai acabar te levando direto para o covil de Rolladin. — Mexo as sobrancelhas. — Nossa pequena Sky de caso com a comandante.

Ela finge que vomita e puxa o capuz da parca sobre meu rosto.

— Você é insuportável.

— E você está pedindo.

— Meninas! — Mamãe odeia quando brincamos com essas coisas; com qualquer coisa que diga respeito à Rolladin, na verdade.

Eu rio e a cutuco.

— Qual é, só estamos brincando.

Com o sol avançando céu acima, chegamos à confusão imunda de ruas outrora conhecida como Chinatown. Damos uma grande volta contornando a antiga esquina da Broome com a Bowery e fazemos uma longa caminhada até o rio East para entrarmos no Lower East Side. O talho no terreno que circulamos tem quarteirões de largura e acrescenta cerca de uma hora à nossa jornada.

Mamãe nunca nos deixa vir para esses lados, apesar de não haver túneis por aqui e de os bombardeios terem cessado há mais de uma década. Mas ainda é perigoso demais, ela sempre diz, então seja qual for o presente que tenha para mim, deve ser bom. Estou empolgada, é sério, mas também ansiosa para chegar ao parque, me acomodar no Carlyle e ocupar lugares de primeira para as lutas na Rua 65. Quando começo a me dar conta de que aquilo está levando a manhã toda, Mamãe finalmente diz:

— Chegamos.

Ela para em frente a um sobrado como outro qualquer. Uma pilha de tijolos com talvez quatro andares. Na verdade, a única coisa que chama atenção é ainda estar de pé, apesar de ficar tão próximo à cratera da bomba.

Sky e eu trocamos olhares, confusas.

— O que meu presente está fazendo aí dentro? — pergunto.

Os olhos de Mamãe estão perdidos outra vez.

— Essa era minha casa antiga, com seu pai. Foi aqui que Sky nasceu.

Casa antiga? Por essa eu não esperava. Mamãe nunca mencionou esse lugar. Ou quase nada, na verdade, sobre sua vida Antes. Não sei o que fazer com a informação.

— Então nós moramos aqui antes da guerra? — Sky estica o pescoço para conferir a parede de tijolos e vidro empoeirado. Ela se volta para Mamãe. — Antes de os Aliados Vermelhos atacarem?

Mas o foco de Mamãe está na porta de entrada, que abre com uma chave que sempre pensei ser um pingente.

— Por pouco tempo.

— Eu também nasci aqui?

Mamãe faz que não.

— Apenas Sky.

A porta solta um suspiro e abre com um clique. Entramos num fedor de mofo tão espesso que seria possível cortá-lo. Subimos dois lances de escadas e paramos em frente ao 3B. Mamãe para imóvel diante da porta vermelho-sangue, esperando. Pelo que, não sei. Sky treme ao meu lado como uma nuvem antes da tempestade, tão ansiosa que parece prestes a explodir.

— Está ficando tarde, mãe — digo, com toda paciência que consigo.

— Certo. — Ela respira fundo, coloca a chave dourada na fechadura e a porta do apartamento se abre.

É estranho. A antiga casa de Mamãe não parece em nada com a caixa de vidro perto de Wall Street em que moramos, com seu piso de ardósia cinza e branco. Esse apartamento é suave e cheio de coisas. Almofadas e mantas espalhadas sobre sofás com estofado gasto, livros aninhados em cantos e recheando estantes altas. Paredes amarelas e tranqueiras empoeiradas. Poeira *por toda parte*. E fotografias. Não dá para ver o tampo de uma mesa, de tantas fotografias.

— Esse é o *Papai*? — Sky pega um porta-retratos grande. Um homem abraçado a Mamãe. Ela sorri, parece mais jovem. — E essa sou *eu*? — Sky mostra outra fotografia, com um bebê gorducho.

Minha mãe vem até nós com cuidado, devagar, como se pudesse precisar deitar a qualquer instante.

— Essa é você, Skyler — diz ela, por fim. — E sim, esse é... Tom. Esse era, *é*, o seu pai.

Não consigo tirar os olhos dele.

— Ele tem o meu cabelo.

— Um tom selvagem de loiro, como o seu. — Mamãe agita minha cabeleira cacheada. — E os olhos de Skyler.

— São iguais aos meus, não é?

— Com certeza. Olhos verdes sempre sondando, sempre questionando, assim como você. A sua curiosidade e a boca de Phee. Uma combinação brutal.

Olho para Mamãe: ela se esforça para sorrir e fazer graça, mas a sensação disso tudo é estranha. Vazia ou coisa assim. Apenas me lembra de que não conheço esse cara, que nem ao menos tínhamos visto uma fotografia dele. Que o mais longe que já chegamos ao perguntar o que aconteceu com ele foram respostas vagas ou o mantra furado, automático de Mamãe: *Às vezes o passado deve permanecer no passado.*

Volto a olhar para a foto. *Tom Miller. Marido. Pai.* Tento associar as palavras ao rosto, mas não consigo afastar a decepção; na minha cabeça, ele é interpretado por outra pessoa. Alguém um pouco mais velho e corpulento, talvez, e de barba.

Olho um pouco mais para ele, esperando por algo que registre que esse é o cara que me fez, que me trouxe ao mundo. Mas é apenas um estranho, não há qualquer conexão, e essa verdade aguda faz formigar meus olhos.

— Por que você não nos trouxe aqui antes? — O lábio inferior de Sky já começa a tremer antes que eu consiga abrir a boca. — Sempre que perguntamos alguma coisa, *qualquer coisa*, sobre antes...

— Ela quis manter em segredo — respondo.

— Phee...

— Por favor, mãe, não me venha com essa de "Phee...".

Tento não ficar tão desconcertada quanto Sky com os buracos do passado que Mamãe se recusa a preencher, mas, mesmo assim, *meu* lábio está trêmulo. Ando até a cozinha minúscula antes que uma das duas perceba.

— O Lower East Side foi zona proibida por anos — começa Mamãe baixinho. — Quando os bombardeios pararam, os Aliados Vermelhos decretaram uma quarentena na região. Mesmo que eu quisesse mostrar para vocês, Rolladin...

— Ah, por favor. — Como se mamãe obedecesse a todas as regras de Rolladin. — Você podia ter nos trazido aqui antes. Você sabe disso, e nós também.

Mamãe faz que não.

— Você tem razão. — Ela senta no sofá verde caindo aos pedaços por um minuto e corre os dedos pelos cabelos. — Sei que vocês não vão entender, mas eu as trouxe aqui quando consegui. Não estava pronta para tornar estas memórias reais. Ainda não estou. Dói o simples fato de estar aqui, ver tudo congelado no tempo. — Ela nos fita com olhos marejados. — Deus me livre um dia vocês saberem como é perder tudo. Precisar lidar com isso depois; essa talvez seja a pior parte. — Ela levanta e se volta para a janela. — Às vezes o passado deve permanecer no passado.

Mamãe fica ali por alguns instantes, olhando para uma rua vazia através do vidro empoeirado. Sei o que está fazendo. Ela está se concentrando em si mesma, se fechando antes que achemos outro caminho para dentro dela.

— O tempo está correndo. — Mamãe se volta para o quarto, os olhos cravados no carpete puído. — Não vamos esquecer por que estamos aqui. O presente de aniversário de Phee, lembram?

— Então é isso? — pergunto às costas dela. — Fim de papo?

Nenhuma resposta.

Sky e eu nos entreolhamos. Mamãe é assim. Um livro fechado. É inútil tentar abri-la.

— É bom esse presente ser legal, só vou dizer isso — finalmente sussurro para Sky, e seguimos Mamãe até seu antigo quarto.

Mamãe se espreme entre a parede e uma cama que quase devora o quarto. Ela tira uma fotografia preto e branca indistinta da parede, revelando uma pequena porta de aço.

— O que é isso? — pergunta Sky.

— Um cofre. Seu pai o instalou quando mudamos para cá. — Mamãe não tem pressa ao girar um disco de um lado para o outro. Direita, esquerda, direita e a porta abre com um clique.

— Para que serve essa coisa?

— Ele mantém coisas importantes em segurança.

— Como o quê? — Tento espiar, mas ela entra na frente.

— Como... nossos passaportes, a certidão de nascimento de Sky...

— Uma *certidão* de nascimento? — repito. Algumas coisas de Antes são simplesmente ridículas. — Um papel que diz que você nasceu? O fato de estar aqui não é prova o bastante?

Mamãe solta uma breve risada e continua a remexer numa pilha de coisas que não consigo ver. Meu Deus, espero *de verdade* que o meu presente não seja uma porcaria de um pedaço de papel.

Por fim, ela tira algo brilhante e vermelho do cofre, e meu coração pula uma batida. É...

Uma *arma*.

Uma arma de verdade, não de chumbinho como a dela. E está pintada de vermelho, exatamente como as poucas armas que os cavaleiros carregam no parque. As permitidas pelo Exército Vermelho.

— Como você conseguiu isso? — sussurra Sky.

— Não importa. — Mamãe abre o tambor e eu conto quatro balas, balas *de verdade*, peixões prateados implorando para serem disparados.

— É para mim? — pergunto.

Mamãe olha para Sky e percebo que tenta avaliar se minha irmã pensa que é uma péssima ideia. É claro que pensa. Mas Mamãe sabe que agora já tenho idade o suficiente para me proteger, dos desgarrados no verão ou de confusões no parque. É preciso ser valente nessa ilha, ou você não tem a menor chance. Mas Sky nunca entendeu isso de verdade. Ela nunca quis.

17

— Então Phee ganha a arma? — Sky apenas faz que não. — Você não achou que seria um bom presente, digamos, um ano atrás? Quando *eu* fiz 16 anos?

— Sky, por favor — diz Mamãe. — Não dificulte as coisas. Hoje é o dia da Phee. Eu lhe dei o que achei que fazia sentido no momento.

— Sua mira é uma droga, Sky, todo mundo sabe disso — tento ajudar, pensando na primeira e última vez que ela participou da competição júnior de arquearia nas festividades do censo. Mas quando ergo os olhos, o rosto de Sky está todo carrancudo, como se ela fosse chorar outra vez. Droga, odeio quando minhas palavras simplesmente escapam e a magoam. — Quer dizer, a faca faz mais o seu *estilo*. Uma arma mais pessoal. Se algum dia tiver coragem de usá-la, é claro.

Minha irmã me lança um olhar mais letal que qualquer faca.

— Phee — diz Sky —, às vezes é difícil aturar você.

Ela sai pisando forte e vai até o banheiro do quarto, dando a volta no seu antigo berço. E bate a porta.

— Por que você diz essas coisas para ela?

— Só estava tentando ajudar.

— Estou falando sério, Phee — insiste Mamãe. — Tente se colocar no lugar da sua irmã. Se não tiverem uma à outra, vocês não têm nada.

Olho para o carpete surrado, e uma onda morna de vergonha me faz corar. Odeio me sentir assim, então tento ignorar.

— Por favor, posso segurar a arma?

Mamãe suspira.

— Isto aqui não é um brinquedo. Pensei muito antes de me decidir. — Ela manuseia o revólver, abre o tambor. Tanto poder, tanto potencial em suas mãos. — Achei que Sky seria mais cuidadosa — diz ela. — Mas sei que se algum dia precisar usá-la, quer dizer, *usá-la* de verdade...

— Eu serei capaz de apertar o gatilho — termino a frase. Não preciso acrescentar que Sky não seria. Nós duas sabemos. Todas nós sabemos.

— Não posso proteger vocês para sempre. Este presente é um sinal de confiança. Que o manterá escondido e só usará se você e Sky estiverem em perigo. Que o *respeitará*. Você entende?

Faço que sim, mas o coração e a cabeça estão a mil. Quero estar lá fora, disparando essa coisa. *Pá.* Um dedo no gatilho e um relâmpago sai da minha mão. *Pá.*

— Está me ouvindo? — Os olhos azuis de Mamãe cravam nos meus.

— Sim. Estou ouvindo. — Então a abraço, pela arma e pela confiança, e tiro o presente de suas mãos trêmulas. O revólver reluzente encaixa em minha mão como uma peça de quebra-cabeça. Como se fosse feita para mim.

— Posso testar?

Mamãe pega a arma e volta a revirar o cofre. Tira de lá uma caixinha vermelha gasta nos cantos e a enfia no bolso.

— Você vai dar um tiro. Uma bala de festim. Não quero criar mais comoção antes de irmos para o parque.

Ela aciona uma pequena alavanca na arma.

— Isto é a trava de segurança. Sempre a deixe travada. — Ela volta a mexer no revólver e abre o tambor. — E nunca guarde a arma carregada.

Mamãe coloca tudo nas minhas mãos.

— Cuide bem disso. Não é como a minha pistola de pressão. Esta é toda munição que eu tenho. Quando acabar, acabou. Você entendeu?

Eu concordo, completamente arrebatada pela arma.

— Venha, vamos conferir se ainda funciona.

Acompanho Mamãe até a janela com uma energia nervosa subindo pela espinha. Ela abre a janela que não é tocada há mais de uma década e nós duas saímos para a escada de incêndio.

2
SKY

As paredes desse apartamento escuro são finas como papel, e eu as escuto rindo lá fora ao saírem para a escada de incêndio. Tagarelando e uivando como duas lobas. E eu sou a ovelha negra que se trancou no banheiro. *O banheiro do apartamento onde cresci. Onde fui bebê. Meu Deus, eu brinquei nessa banheira.*

O cômodo apertado é claustrofóbico se comparado ao do nosso apartamento às margens do rio: uma banheira pequena, um vaso verde-musgo cuja tampa não ouso levantar. Queria ser capaz de lembrar de alguma coisa, *qualquer coisa*, sobre esse lugar, sobre antes. Mas, assim como grande parte do passado, ele é um estranho.

Uma janela pequenina lança um brilho vaporoso no chão imundo, o que permite que eu veja a mim mesma no espelho. Meu rosto ainda está corado de ver Mamãe dar a Phee aquele presente, e eu queria poder abrir as torneiras. Deixar a água correr pelas mãos e pelo rosto e me refrescar. Mas claro, não há água ali, não há água em torneira alguma. Todas são provocações, promessas vazias. Então, em vez disso me olho no espelho, com tanta força que passo a não reconhecer mais minhas feições.

Não é de se estranhar que eu seja a excêntrica da família.

Sou pequena, tenho aparência frágil. *Pequenina.* Phee é minha irmã caçula e ainda assim é cinco centímetros maior. É mais alta que eu desde que consigo me lembrar. Tenho braços e pernas que cansam fácil, pele que não gosta do sol. Cutuco meu rosto pálido, chego bem perto do espelho. *Delicada*, minha mãe diz quando me defende de mim mesma. *As garotas do velho mundo matariam para parecer com você.* Sei que a intenção é me animar, mas isso faz com que eu me sinta ainda mais sozinha nessa pequena e terrível ilha; uma relíquia de outro tempo.

As garotas do velho mundo.

Eu nasci para ser uma daquelas garotas.

Destranco a porta e volto ao quarto, onde as sombras de Mamãe e Phee dançam como marionetes no chão acarpetado. Mamãe está atrás dela no pequeno patamar lá fora, guiando suas mãos, mostrando como apontar e atirar. Sinto um gosto ruim na boca e tenho vontade gritar o mais alto possível, fazer com que saibam que estou aqui.

Mas claro que não vou gritar. *Você é melhor que isso*, ecoa a voz de Mamãe na minha cabeça. *Você é mais forte que Phee, de um jeito diferente. Equilíbrio. Paciência. Controle.*

Às vezes fico farta de ser mais forte que Phee de um jeito diferente.

Passo a esquadrinhar o quarto. Com todo cuidado, abro uma velha cômoda coberta de pó e vasculho o estreito armário. Não há grande coisa em nenhum dos dois, e, sem precisar pensar demais, concluo que Mamãe deve ter vindo aqui sozinha para fazer a limpa no apartamento do mesmo jeito que tira a carne de suas presas. Onde estávamos quando ela fez as visitas secretas ao Lower East Side?

Conhecendo nossa mãe, provavelmente nunca vamos saber.

Lembro do cofre e vou até a parede oposta; vejo a porta ainda aberta. Essa portinha na parede tem um quê de mágico, como se ao tocá-la, se ao *desejar*, eu pudesse encolher e entrar ali, me transportar para lugares que conheci nos livros. O País das Maravilhas. Nárnia. Outro tempo. É infantil, sei disso, mas eu tento. Boto a mão dentro da câmara prateada e prendo o ar, à espera de uma transformação.

Mas nada acontece.

O cofre é apenas lar de alguns papéis: livrinhos azuis com selos oficiais na capa, envelopes surrados, rasgados, cheios de papéis desbotados e cartões de plástico duro. Folheio tudo, incerta do que procuro, ficando cada vez mais irritada. *O que eu esperava encontrar aqui? Três bilhetes dourados para outra vida? Os segredos da viagem no tempo?*

Estou prestes a bater na porta, indignada, quando meus dedos roçam algo macio e gasto, algo que definitivamente *não* é de papel. Com cuidado, tiro o que parece ser uma caixa forrada de couro das sombras do cofre.

Um *livro*. Sem título, sem nome, apenas um livro encadernado na cor de couro menos natural que já vi. Lentamente, abro a macia capa de um azul radiante. Ao invés do que espero encontrar — uma página de rosto com poucas palavras grandes em negrito e alguma fonte fria, como nos meus livros, que garimpamos em bibliotecas e apartamentos —, vejo escrita rebuscada feita *a mão*. Curvas e voltas e pingos, tinta que corre febril pela página.

Na página de rosto está escrito *Propriedade de Sarah Walker Miller*. Sarah Miller?

Mamãe.

Um rugido rasga meus tímpanos, me arranca do transe num sobressalto, e eu bato a cabeça na portinha do cofre. O estrondo ecoa e ecoa, até que, por fim, o som do disparo é soterrado pela risada confiante de Phee. Ela e Mamãe estarão de volta a qualquer minuto.

Sei que deveria guardar o livro atrás da fortaleza de papéis, que Mamãe não ia querer que bisbilhotasse ali. Mas viro a página, não consigo me segurar.

4 de janeiro — Todo ano é a mesma coisa. Juro que finalmente darei às histórias que povoam minha mente uma página onde pousar. Mas agora, com fraldas e mamadas e os cochilos inexistentes de Sky, meu sonho cada vez mais soa como um capricho. Ridículo, até: Sarah Miller está tentando ser escritora!

É mais um fardo para minha família que qualquer outra coisa.

Mas preciso de algo apenas meu, e os dias insistem em se fundir numa massa indistinta. Tenho pânico de acordar um dia e décadas terem se passado.

Então preciso começar aos poucos, com você.

Espere aí, então este livro foi escrito por Mamãe? Ela não faz menção ao ano, mas obviamente foi escrito quando eu era bebê.

Folheio as páginas. A maioria está coberta com a mesma tinta feroz. A caligrafia parece mudar: escrita fluida, garranchos apertados, palavras trêmulas. Mas as páginas estão quase que totalmente preenchidas. Maravilhosamente preenchidas. *O que eu tenho nas mãos?*

Ouço pés se arrastando na escada de incêndio e sei que serei pega no flagra a qualquer minuto. Devia devolver o livro azul ao escuro do cofre e esquecer que existe. Se Mamãe quiser nos contar a respeito, ela contará.

Mas sei que não vai. Há tanta coisa que não nos diz. E não posso permitir que o cofre devore esse livro. Seja lá o que for, é sobre nossa mãe. Coisas que não sabemos, coisas que ela talvez não consiga dizer em voz alta.

Antes que a mente perceba o que minhas mãos estão fazendo, começo a revirar a mochila, à procura da minha coleção de livros. *Grandes esperanças. A fantástica fábrica de chocolate. A menina e o porquinho.*

Não, não, não. Também não posso me desfazer desses.

Mas escuto a janela da saída de incêndio voltar a ser aberta e sei que não posso hesitar. Respiro fundo e sussurro baixinho um obrigada a E. B. White e sua aranha por todas as histórias. Tiro a sobrecapa do livro, visto-a no livro de Mamãe e o enterro na mochila. Então pego o livro e o enfio no cofre, camuflado na pilha de papéis soltos.

Adeus, Charlotte.

— Você ouviu? — Phee guincha ao dar a volta na cama vindo até mim. — Você ouviu o tiro?

Meu coração sai pela boca, mas não é por causa do tiro. *Já escondi alguma coisa de Mamãe antes?*

— É, seria difícil não ouvir. O apartamento todo sacudiu.

— Mirei numa lata do outro lado da rua. Se fosse uma bala de verdade teria mandado a tampa pelos ares.

Dou um sorriso falso para minha irmã, mas não respondo. Phee faz esse tipo de bravata o tempo todo. E não posso dar corda, não agora; ainda estou meio que chateada com as duas. Além do mais, minha cabeça está em outro lugar. Olho para Mamãe, tentando avaliar se consegue perceber meu nervosismo, que minha mochila foi aberta e seus segredos estão guardados ali dentro.

— É melhor irmos andando. — Mamãe passa ao meu lado para ir até o cofre. — E é bom nos apressarmos, ou vamos perder o registro.

Fico sem ar. *Será que ela descobriu? Será que percebeu a troca?*

Mas Mamãe apenas olha para o interior da portinhola antes de fechar e trancar o cofre.

Então eu respiro. Por ora, a verdade permanece enterrada.

Quando Mamãe tranca a porta às nossas costas, Phee me estende a arma vermelha descarregada e dá de ombros.

— Podemos dividi-la, sabe? — oferece ela. — Ou revezar. Mamãe disse que só ganhei a arma porque me meto mais em confusão, para começo de conversa.

Essa é a versão de Phee para um pedido de desculpas; ela notou que ainda estou chateada.

— Talvez seja verdade. Mas não tem problema, pode ficar com ela — digo, surpresa por ter sido sincera. Aperto a mochila contra o peito, sabendo que agora tenho algo bem mais valioso que uma arma. — Eu aviso se precisar de um tiro certeiro.

Quando deixamos o sobrado para recomeçar a caminhada, a tarde já está avançada, mas ainda assim Mamãe insiste que é melhor voltarmos por onde viemos, seguindo até o rio East e caminhando pela margem até o parque. É definitivamente fora de mão, mas ela nem ao menos dá ouvidos aos pedidos de Phee para irmos pela Terceira Avenida. Nunca arriscamos caminhar tão perto dos túneis. Nunca. Nem mesmo agora, com um revólver.

Enquanto andamos, olho para a outra margem do rio, para as carcaças parcialmente submersas das pontes do Brooklyn e de Manhattan, as construções cinzentas que nos cercam como arame farpado. Protejo os olhos do sol forte e vasculho o horizonte à procura de nossos captores, os Aliados Vermelhos.

Não tenho certeza se lembro da última vez que vi um soldado Vermelho na nossa ilha. Tenho memórias vagas de homens uniformizados com armas marchando por nossas avenidas destruídas pela guerra, mas agora eles basicamente nos deixam à própria sorte. Os únicos lembretes de que somos prisioneiros são os incêndios e os clarões do outro lado do rio de tempos em tempos, ou as mensagens dos Aliados Vermelhos transmitidas por Rolladin e seu Conselho. Hoje, no entanto, ao seguirmos até o parque para o censo anual, estou doida para vê-los. Para encontrar sinais de vida daqueles que nos mantêm presos, cercados. Pequenos.

Mas não há sinal dos soldados, e isso me faz sentir raiva. E solidão.

Chegamos rápido aos destroços da Ponte de Queensboro, mas praticamente nos arrastamos ao avançarmos em meio às pilhas gigantescas de estilhaços, cimento despedaçado e entulho que margeiam o rio East como lápides.

— Isso é tão idiota — sussurra Phee para mim enquanto Mamãe segue com cuidado mais à frente. — Quando foi a última vez que alguém realmente viu um devorador dos túneis? — Ela salta sobre uma laje de concreto. — Devíamos ter atravessado o centro. Por que arriscar nos atrasarmos para o censo?

Ela tem razão, é claro. Se nos atrasarmos para o registro, Rolladin pode barrar nossa entrada no parque, mandar-nos dar meia-volta. Um inverno sozinhas às margens do rio, sem garantias de aquecimento ou comida. Mas duvido que ela fizesse isso. Apesar do ódio de Mamãe, Rolladin tem uma queda pela nossa família.

— Você conhece Mamãe: segurança em primeiro lugar. — Olho para o céu. — Vai dar tudo certo. Estamos indo rápido.

Um estrondo alto, de metal contra metal, rompe o silêncio da cidade. Phee e eu damos um salto e olhamos à frente.

— Mamãe!

Ela está caída em meio a um entulho de metal retorcido e segura o tornozelo, gemendo. Corremos até lá e nos atiramos ao seu lado. Ela se vira, respirando rápido e com esforço.

— O que foi? Você se machucou? — Examino o corpo dela. — O que aconteceu?

— Meu tornozelo — balbucia Mamãe, arfando. Ela tenta mexer o pé, mas faz uma careta e desiste. — Deve ter sido uma valeta ou coisa parecida, provavelmente estava escondida nos escombros... eu caí com tudo. — Ela agita a mão para um ponto logo atrás. Um pedaço de metal se projeta de um pequeno buraco num ângulo agudo, como uma das gangorras do parque.

— Você acha que está quebrado? — Phee olha para mim por cima da cabeça de Mamãe. — Você consegue andar?

— Sim. Consigo andar. — Mamãe apoia as mãos e os joelhos no chão e, com cuidado, tenta se levantar — Sim, eu consigo... eu consigo... AAHHHHH... Droga —, mas desaba sob o próprio peso. — Deve estar torcido. — Ela deita de lado para ver melhor o tornozelo, que começa a inchar como um balão. — Só pode ser brincadeira — sussurra, jogando a cabeça para trás, contra a terra.

— Mamãe, nós precisamos carregá-la — diz Phee.

— Não, eu vou ficar bem. — Ela faz menção de tentar ficar de pé outra vez. — Só esperem eu me levantar.

— Mamãe — digo, paciente porém com firmeza, já que ela preferiria ir ao inferno e voltar se arrastando a dar trabalho a mim ou à minha irmã. — Nós vamos te ajudar a chegar ao parque, está bem? Deixe com a gente.

Mamãe olha para mim por um longo tempo. Então concorda, relutante.

— Uma tala vai ajudar. — Ela aponta para os escombros. — Phee, ache um pedaço de madeira ou metal mais ou menos desse tamanho — acrescenta, separando as mãos cerca de trinta centímetros. — Sky, me passe um de seus cachecóis. Rápido. Precisamos ir andando. — Ela corre os dedos pelos cabelos, sua marca registrada quando está nervosa, e percebo seu pânico. Passo a ofegar enquanto reviro a mochila.

— Está tudo bem, querida — diz Mamãe. Mas sua voz está aguda e tensa. — Nós vamos conseguir. Sempre conseguimos.

Corremos contra o relógio de Mamãe à medida que o céu vai ficando cinza e frio, zombando do nosso manquejar pela margem do rio East. Mamãe aperta os olhos a cada poucos passos, e Phee e eu usamos cada grama da força de vontade que temos para não parar e ampará-la.

Saímos da Primeira Avenida e entramos na Rua 76. Suamos, praguejamos, e eu tento me concentrar apenas em seguir mancando adiante.

Mordo o lábio toda vez que quero dizer que meus ombros estão prestes a ceder, que meu pescoço está tão tenso que parece que vai partir.

— Estamos quase lá. — Mamãe ergue a mão ao lado do meu pescoço para conferir o relógio. — Vamos conseguir.

Quando chegamos à entrada do velho Hotel Carlyle, minha pele está escorregadia e meu fino casaco de couro, praticamente me sufocando. O rosto de Phee, que bufa e ofega do outro lado de Mamãe, está vermelho como um cardeal. Com as mochilas sacudindo nas costas, irrompemos no empoeirado saguão do Carlyle. Phee toca o sino da recepção no exato momento em que um dos cavaleiros de Rolladin, Philip, coloca uma placa de FECHADO escrita manualmente sobre o balcão.

— Tarde demais — murmura Phillip. Ele nem ao menos olha para nós ao ajeitar a pele de guaxinim nos ombros e jogar para trás os cabelos loiros que começam a rarear. — O registro do censo está encerrado.

— Philip. — Mamãe tenta recuperar o fôlego. — Foi uma questão de minutos. Meu tornozelo... eu caí vindo para cá. As meninas me carregaram. Fizemos o possível...

— Você precisa mandar consertar esse Rolex. — Philip contrai os lábios e revira os olhos. — Pena que não sobrou nenhum relojoeiro para recomendar.

Phee e eu trocamos um olhar às costas de Mamãe. Isso não é bom. Mas ela já está atrás de Philip, puxando nossos ombros como rédeas para manobrar nossa equipe de três.

— Philip, espere. — Mamãe apela enquanto ele anda pelo saguão. — Foi um acidente. Não podemos estar mais de cinco minutos atrasadas, no máximo. Por favor...

— Você conhece as regras melhor do que ninguém. Resolva com Rolladin. — Ele dispara aquelas palavras como se fossem balas.

— Por favor, Philip — Mamãe tenta outra vez quando já cambaleamos atrás dele, a voz num sussurro desesperado. — Nós nunca diremos nada. Apenas olhe para o outro lado, as meninas me levarão para cima. Rolladin jamais precisará saber. Pelos velhos tempos...

— Sarah. — Philip se volta abruptamente, agora empunhando uma faca de cabo vermelho, de modo que sabemos que a conversa está encerrada. — O. Registro. Está. Encerrado. Entendido? Vá ao Belvedere e explique sua situação.

Quase às lágrimas, Mamãe se apoia em nós duas quando a amparamos Carlyle afora, atravessamos a Rua 76 e entramos na Quinta Avenida. Logo, cimento e tijolos dão lugar a um emaranhado de árvores e então à vastidão apinhada de gente do Grande Gramado do Central Park.

Ao mancarmos pelo Grande Gramado, trabalhadores cansados nos observam, cumprimentam com a cabeça enquanto contornamos o milharal e passamos em meio aos canteiros de batata e aos pequenos pomares de macieiras. Trevor, um dos jovens internos, acena para nós dos campos, o rosto se iluminando como o amanhecer ao nos ver. Ele abre caminho pelos trabalhadores para nos cumprimentar, mas faço que não e ergo a mão exausta dizendo *mais tarde*.

Quando chegamos aos portões do Castelo do Belvedere, o céu já foi polvilhado com poeira de um azul intenso. Conforme as regras, deixamos armas e mochilas na entrada, apesar de, é claro, Phee manter seu novo revólver escondido nas dobras dos agasalhos. Ao deixar minha mochila num canto, meu coração dá um salto — não posso levar o diário de Mamãe. *E se um dos cavaleiros o encontrar e decidir ficar com ele?* Mas tanta coisa está acontecendo que não há tempo para pensar numa solução. Dois cavaleiros imediatamente se posicionam ao nosso lado para nos conduzir às entranhas do castelo.

— Que mancada, Sarah — sussurra uma das jovens e esguias cavaleiras para minha mãe. As duas seguram Phee e eu pelo braço e nos arrastam castelo adentro. — Você sabe que Rolladin não gosta que invernais a deixem esperando.

Não consigo lembrar o nome dessa mulher — *Cass ou Kate ou algo assim* —, mas a reconheço imediatamente de outros invernos no parque. Ela deve ter jurado fidelidade a Rolladin e sido aceita como cavaleira, ou "cagalheira", como Phee gosta de chamar.

— Deixe que eu me preocupo com isso — rebate Mamãe, travando os dentes para engolir a dor.

— Ah, certamente — responde a recruta com prazer. — Estou contando os minutos para ver você e essas duas franguinhas serem atiradas para fora neste inverno. Isso não acontece todo dia.

Sinto um embrulho no estômago enquanto seguimos pelo corredor iluminado por pequenos fogareiros. O brilho das chamas dança no teto de mármore, um coro caloroso e festivo indiferente às nossas agruras.

— Fiquem aqui — diz Cass/Kate quando chegamos à antessala de Rolladin. Então ela sai pelo mesmo caminho por onde viemos.

— Você acha que ela tira essa pele de esquilo ridícula quando lambe as botas de Rolladin? — sussurra Phee.

— Quieta. Não piore as coisas. Deixem que eu falo, está bem? — murmura Mamãe. — Não consigo acreditar nisso.

Mamãe volta a correr os dedos pelos cabelos. Meus nervos também estão a mil, e meus dentes passam a tiritar, apesar do calor da sala iluminada por uma lareira. Os olhos esbugalhados de minha irmã refletem os meus medos.

Pode ser o fim.

Este pode ser o nosso último inverno.

— Então a pródiga Sarah e suas adoráveis filhas decidiram se juntar a nós mais uma vez. — A voz de Rolladin toma conta da sala. Ela emerge das sombras do corredor que leva aos seus aposentos.

Aparenta estar mais alta que no último ano ao vir até nós sem pressa. E então crava os olhos grandes e vívidos nos de Mamãe.

— Infelizmente, este ano não há lugar para vocês na hospedaria. Você perdeu o prazo do censo. Conhece as regras. Todo ano, bem no meio de outubro. Antes do pôr do sol. Caso contrário, ninguém recebe comida e abrigo.

— Aconteceu um acidente — diz Mamãe. — Quebrei o tornozelo; as meninas precisaram me carregar. Estaremos aqui, trabalhando o inverno todo para compensar meu erro.

Rolladin se agacha para inspecionar o pé ferido. Ela levanta a barra da calça e puxa o tornozelo até a luz das chamas sob os gemidos de Mamãe.

— Torcido — diz. — E não quebrado.

Mamãe não diz uma palavra, mas posso garantir que quer gritar.

— Não sei por que vocês ainda insistem em se arrastar de lá para cá todo inverno — murmura Rolladin ao se levantar. — Deviam passar o ano todo no parque. Já basta dessa história de *inverno*. Esse problema todo poderia ter sido evitado se você simplesmente erguesse os olhos para ver além do seu umbigo.

— Essa escolha é minha — diz Mamãe em voz baixa. Ela apoia o peso em mim para conseguir empertigar-se. — Os Aliados Vermelhos exigem que fiquemos aqui no inverno, e só.

Não consigo deixar de pensar que não é hora de insistir em nossa independência parcial, mas o lábio superior de Mamãe fica rígido. Ela não hesita.

Observo Rolladin ponderar enquanto caminha lentamente, estudando cada uma de nós como se fôssemos pedaços de carne.

— É claro. Você tem razão, Sarah — responde Rolladin. — Regras *são* regras. Então, infelizmente, estamos de volta ao ponto de partida. Quem perde o prazo do censo não consta nos registros. Só alimentamos e abrigamos quem estiver registrado. — Como prova, ela pega um enorme volume encadernado em couro. — As muitas leis dadas a nós pelos Aliados Vermelhos. Infelizmente, o que está aqui, está aqui.

— Rolladin. Houve um *acidente* — insiste Mamãe. — Nós nos atrasamos apenas alguns minutos. Não voltará a acontecer.

Rolladin encara minha mãe, tão perto de nós que consigo ver as fundas rugas ao redor de seus olhos, sua pele curtida pelo sol. Não pode ser muito mais velha que Mamãe, mas o tempo não foi generoso com ela.

— Ninguém é perfeito, Sarah, eu entendo.

Rolladin sorri e roça os dedos em um cacho do cabelo da minha mãe, como se afagasse um dos cavalos do parque. Meu Deus, como quero dar uma bofetada naquela mão, cuspir na cara dela, dizer que pare de tocar na minha mãe. Mas a voz de Mamãe volta a ecoar na minha cabeça. *Equilíbrio. Paciência. Controle.*

— Só que você está me colocando numa posição difícil — prossegue Rolladin. — Como comandante do parque, não posso ignorar as regras, apesar de um tornozelo torcido, um caminho errado ou falta de bom senso. Então, por mais que odeie a ideia, preciso fazer de vocês três um exemplo.

— Os soldados Vermelhos nos bairros nem sabem mais o que acontece por aqui. — Apesar da aparente calma de Mamãe, ouço desespero em sua voz, e isso volta a inflamar meu pânico. — Você pode fazer uma exceção. Eles nunca saberão. Foram cinco minutos, Rolladin, a punição não condiz com o crime.

— E alguma vez condiz? — Rolladin se vira. — Cavaleiros e trabalhadores viram vocês chegando quando bem entenderam, desrespeitando minha autoridade. Não posso simplesmente ignorar isso. Mas... *posso* fazer uma concessão. — Então ela estende os braços para nós, como se de fato oferecesse alguma coisa. — Uma de vocês lutará hoje à noite.

— O quê? Você quer dizer na Rua 65? — rebate Mamãe. — Mas isso é ridículo. Aquilo é para lutadores. Para aspirantes e cavaleiros...

— Você entra no ringue, leva alguns sopapos, sobrevive a uma rodada para garantir que a luta não seja invalidada — corta Rolladin. — Pode até ser... *humilhante*, para dizer o mínimo. Mas você mostrará aos outros prisioneiros que respeita as regras do parque. Olho por olho — argumenta. — Nada aqui é dado de graça, e sim merecido.

— Rolladin, não. Pense em outra coisa — diz Mamãe, dando um passo na direção de nossa comandante. — Não estou em condições de lutar, e de jeito nenhum vou mandar uma das minhas meninas para a ponte da Rua 65.

A mão de Rolladin estala no rosto de minha mãe.

— Não esqueça com quem você está falando.

— Mamãe!

Phee se lança à frente em posição de combate, mas a seguro antes que encoste em Rolladin.

— Eu vou, está bem? — avisa ela, agitando as mãos.

— Phee, não — sussurro.

— Absolutamente não, Phoenix — diz Mamãe.

— Alguém preci... — começa Phee.

— NÃO. Se você insiste mesmo nisso, Rolladin — acrescenta Mamãe lentamente —, então coloque a mim nessas suas lutas ridículas.

— Mamãe, sem chance de você conseguir lutar. Olhe para você. — Phee se volta para mim em busca de apoio, mas estou sem palavras. Rolladin vai mesmo fazer isso? Será mesmo Mamãe ou minha irmã?

Uma voz perversa e masoquista dentro de mim sussurra: *Por que não você?*

— Rolladin. — Phee se desvencilha de Mamãe e dá um passo à frente. — Pode me inscrever na luta.

— Lembra alguém, não é verdade? — Rolladin pisca para minha mãe ao se curvar sobre a mesa e folhear alguns papéis. — Vou fazer umas mudanças, botar a disputa pela posição no Conselho como luta de abertura... então Phee pode duelar com minha nova cavaleira, Cass, como luta de iniciação dela. — Rolladin ergue os olhos e dá um sorriso enorme de hiena. — Tudo acertado.

Mamãe consegue ficar em silêncio, mas a sinto tremendo ao meu lado. Puxo-a para perto e Phee para ainda mais perto, tentando ser seu esteio. Dar apoio é o meu forte, afinal de contas. Enquanto minha irmã luta para salvar nossos lugares no parque.

Não é assim que as coisas deveriam ser, eu sei. E odeio isso.

— Deixem suas coisas no Carlyle — acrescenta Rolladin ao voltar para seus aposentos, para a escuridão de onde veio. — Seu quarto ainda está aberto no terceiro andar. E, pelo amor de Deus, Sarah. Não se esqueçam de usar a bacia. Vocês três cheiram a merda.

3
PHEE

Faz quase uma hora desde que saímos do palácio de Rolladin e nos instalamos em nosso quartinho no Carlyle, mas ainda estou tensa. Deitada na cama, seguro minha nova arma, desejando também poder cuspir balas e rugir pela cidade.

— Simplesmente não consigo acreditar — retruca Mamãe no momento em que Sky volta ao quarto com uma bacia e muletas para ela. — Não acredito que você vai mesmo lutar.

— Já discutimos isso — digo. — Não havia escolha. Se perdermos o prazo do censo, somos registradas nos livros como BCs.

— Rolladin não deveria poder nos lançar como baixas civis por não chegarmos aqui a tempo — murmura Sky ao ajudar Mamãe a se ajustar às muletas.

As varas de madeira vão até a cintura, quase perfeitas, e ela assente, agradecendo.

— O censo deveria ser uma contagem dos prisioneiros que restam, não um prazo final — acrescenta Sky ao largar o corpo na cama ao meu lado. — Rolladin simplesmente desrespeita as regras para fazer tudo que quer. Não é assim que as coisas deveriam ser.

— Quem dá a mínima para como as coisas *deveriam* ser? — digo. — O que importa é como elas são. Você conhece Rolladin. Se não jogamos pelas regras dela, ela nos joga para fora de uma vez por todas.

— Talvez fosse melhor — responde Sky. — O parque não é a única alternativa para sobreviver ao inverno. Pense nos desgarrados, Phee.

É sério? Quer dizer, sei que ela está chateada, mas isso é maluquice.

— Então... você não vê problema em dar adeus aos seus livros para nos aquecermos em Wall Street.

Sky hesita.

— Ou de esquentar a cama de devoradores dos túneis em troca de comida, implorar por um braço ou uma perna...

— Phoenix — repreende Mamãe. — Não brinque com isso.

— Então precisamos fazer o que Rolladin disse — retruco. Não é assim tão complicado. Sobreviver significa o parque, e o parque significa as regras de Rolladin. — Uma de nós precisa lutar.

Minha mãe encosta as muletas na mesa e se senta ao meu lado. Ela molha um pano na bacia.

— Mas esse alguém deveria ser eu. — Mamãe limpa a sujeira do meu rosto. Fito seu olhos e vejo lágrimas lutando para cair. — O meu dever é proteger vocês, e não o contrário.

— Olhe só você. Nem consegue andar. — Faço que não. — Não somos mais crianças, Mamãe.

Mas, apesar do argumento, ela me puxa e me aninha como um bebê. Sinto seu corpo todo tremer naquele abraço.

— Então deveria ser eu. — Sky se levanta e passa a tirar as coisas da mochila no canto do quarto. Me solto do abraço de Mamãe e olho para minha irmã, mas ela não tira os olhos de suas coisas. — Eu sou a mais velha.

Fico surpresa que Sky pense dessa forma.

— Mas você é menor. — Ela acha mesmo que eu espero que me proteja? Além do mais, a imagem de Sky lutando na Rua 65 de casaco de couro e legging é tão absurda que dá vontade de rir. — Tá tudo bem.

— Tá tudo bem coisa nenhuma. — Ela bate a mão espalmada na cô모da de madeira, e tenho um sobressalto. Minha irmã nunca fica irada ou fora de controle. Mas ela evita meus olhos, apenas continua a colocar roupas nas gavetas com gestos controlados. — Nada disso está bem.

Deixo Mamãe terminar de limpar meu rosto com água da bacia enquanto me dá lições de luta de rua... *dê um soco ou dois, e resista ao primeiro* round. *Depois que aquele primeiro sino tocar, você deixa Cass lhe acertar, aí você CAI...*, então levo o balde para o banheiro e termino de me lavar. A chama de um candeeiro bruxuleia num canto alto do banheiro, e minha sombra cresce e dança enquanto me banho. O cômodo todo está aquecido, não apenas um canto, o que é uma ótima mudança com relação ao nosso apartamento em Wall Street.

Claro, muitas coisas sobre o parque me deixam inquieta — os cagalheiros, as regras. A forma como as regras parecem funcionar apenas contra nós, especialmente esta noite. Mas também há coisas incríveis. Tipo, o parque nos mantém alimentadas, em segurança e vivas. E dá a todos nós um propósito — sobreviver ao inverno juntos, uma colheita de cada vez. Ao menos até que a guerra além dos arranha-céus chegue ao fim.

Respiro fundo e faço de conta de que é por isso que lutarei — por minha família e todos os prisioneiros —, e não por Rolladin e seu livro grosso de regras dos Aliados Vermelhos.

Mas, ao me vestir depois do banho, minha determinação meio que arrefece e se desfaz. E um medo dessa noite passa a roncar no meu estômago. Penso nas lutas, no quanto estava empolgada essa manhã para ver os cagalheiros arrancarem o couro uns dos outros e em como agora faço parte do show.

Então, apesar de fazer força para evitar, penso nas lutas de invernos passados. Jovens aspirantes quebrando a cara até a beira da morte em nome de uma chance de se juntar às fileiras de Rolladin. Recrutas se destroçando para impressionar nossa comandante. Depois penso nos hematomas e lábios inchados dos perdedores, naqueles que passam o inverno todo sem conseguir andar.

E se Cass cortar meu rosto ou coisa parecida?

E se eu quebrar um braço? Uma perna?

E se eu *morrer*?

Balanço a cabeça como se isso pudesse afastar fisicamente o medo. Preciso suportar apenas uma rodada para que a luta seja válida. Então, quando começar a segunda rodada, levo um soco e fico no chão.

Expiro como se pudesse colocar para fora todas as preocupações. *Encare cada minuto, cada passo, um de cada vez.*

* * *

Quando saio do banheiro, Mamãe já saiu à procura de panos para improvisar alças nas muletas e minha irmã está num canto do quarto com outro candeeiro. É a primeira vez que paramos hoje, e ela já está perdida num livro. Mas fico aliviada. Desejo aquela distração mais do que gostaria de admitir.

— Você já não leu esse livro umas vinte vezes? — indago, apontando para a capa surrada de *A menina e o porquinho*. Nunca entendi essa coisa de ler o mesmo livro duas vezes. Ou até mesmo uma, para ser bem honesta.

— Só estou tentando ocupar a cabeça — diz Sky, sem erguer os olhos. O jeito vazio como fala aquilo me dá uma pontada de alguma coisa que não sei explicar. Às vezes sinto que Sky gosta mais das personagens dos livros que de mim.

— Ah, então seja produtiva e vá se limpar, sua porquinha. — Caio na cama ao lado dela, arranco o livro de suas mãos e a empurro para ter atenção de verdade.

— Pare, é frágil! — ela grita.

— Sua doida. É um *livro*.

Mas Sky arranca o livro de minhas mãos como se eu tivesse esmagado Charlotte, uma das personagens principais, ou coisa parecida.

— Olha, eu não quis surtar, está bem? — O rosto de Sky troca de roupa, e agora ele veste apenas simpatia. — Desculpe. Não consigo imaginar o que você está passando agora.

Mas não quero piedade. Quero fazer alguma coisa com todo esse medo e toda essa agressão que borbulham dentro de mim.

— Até parece que é doida. — Me curvo e arranco o livro dela outra vez, só porque agora sei que ela não quer que eu o pegue.

— Phoenix...

E quando consigo colocar as mãos no livro, finalmente entendo o porquê de tanta comoção.

Não é *A menina e o porquinho*.

Folheio as páginas, da primeira à última e de volta à primeira. Nunca vi tanta coisa manuscrita no mesmo lugar, ao menos não desde que

Mamãe nos forçou a aprender quando crianças. Quase sempre rabiscos de Mamãe dizendo que foi caçar nos arredores do apartamento em Wall Street, ou que está na horta da cobertura. Pensando bem, a caligrafia lembra a da Mamãe, cheia de curvas e apertada ao mesmo tempo.

Como se lesse meus pensamentos, Sky sussurra:

— É um livro da Mamãe.

— Como assim, "da Mamãe"? Tipo, escrito por ela? Quando?

Abro a capa esperando ver um título, como nos romances de Sky, mas isso apenas confirma o que ela disse: *Propriedade de Sarah Walker Miller.*

Sky me cala com um sussurro e olha para a porta.

— Quando eu era bebê. Antes de você nascer.

Seus lábios ficam trêmulos, e preciso me conter para não revirar os olhos, porque penso que ela vai chorar. Mas não.

— Peguei no antigo apartamento dela — diz Sky. — Ela não sabe. É segredo, está bem? Não acho que ela iria querer que ficássemos com ele. Estava escondido dentro do cofre.

Sky espera algum tipo de reação, sei disso, mas não consigo falar. Estou chocada. Roubar da Mamãe é algo que jamais pensei que Sky faria, que fosse capaz de fazer, na verdade.

Ela desiste de esperar por uma resposta, pega o livro de volta e folheia algumas páginas.

— É de antes da guerra. — Seus sussurros agora dão lugar a murmúrios. — Olhe.

4 de janeiro — Todo ano é a mesma coisa. Juro que finalmente darei às histórias que povoam minha mente uma página onde pousar. Mas agora, com fraldas e mamadas e os cochilos inexistentes de Sky, meu sonho cada vez mais soa como um capricho. Ridículo, até: Sarah Miller está tentando ser escritora!

É mais um fardo para minha família que qualquer outra coisa.

Um turbilhão de pensamentos e perguntas passa pela minha cabeça. É tudo muito vago, e a confusão traz uma rajada de sensações. Se o livro da Mamãe estava trancado naquele cofre, obviamente a ideia era que não visse a luz do dia. Será mesmo uma boa ideia sabermos o que há nele?

Quero que Sky entenda isso, que me sinto incomodada e inquieta com o que me mostrou. Mas, como sempre, não consigo encontrar as palavras certas, e Sky espera que eu diga alguma coisa.

— Pouca coisa mudou — digo, por fim. — Você ainda tem o maior trabalho para dormir.

Sky apenas balança a cabeça, vira a página e volta a mergulhar no livro.

15 de fevereiro — Então é oficial. Tom decidiu deixar o ateliê de Robert Mulaney para trabalhar com o pai e Mary na firma. Sinto que acabei com uma parte da alma dele...

Damos um pulo quando ouvimos o rangido na porta do quarto. Sky rapidamente fecha o livro manuscrito, de modo que agora tudo que se vê no seu colo é uma ilustração desbotada com um porco e uma aranha.

— Ainda tentando fisgar sua irmã com *A menina e o porquinho*? — pergunta Mamãe com um sorriso forçado. Ela parece ter um milhão de anos de idade, cansada e curvada sobre aquelas muletas, e sinto uma onda de culpa pela ideia de mentir para ela, especialmente hoje à noite. Mas Sky tem razão. Mamãe sem dúvida pegaria o livro se o encontrasse com nós duas. E a única certeza que tenho a respeito daquela coisa é de que não estou pronta para me despedir dela.

Mas antes que tenha a oportunidade de dizer qualquer coisa, Sky se intromete e responde.

— É um clássico.

Olho para ela, chocada com a facilidade com que a mentira sai de sua boca.

— Também era um dos meus favoritos quando eu era criança — diz Mamãe, e um olhar perdido se apodera de seu rosto. — Meninas, vamos terminar com esse banho de uma vez. Não há motivos para piorar ainda mais as coisas.

Depois que Mamãe esconde minha arma contrabandeada debaixo do colchão, pegamos trapos e varetas deixados no fim do corredor e montamos tochas, que acendemos nos candeeiros fora do quarto.

O céu já se assentou no crepúsculo lá fora, iluminando as árvores dos arredores e dando à vista um ar para lá de sinistro. Meu medo está a todo vapor, mas é um sentimento impreciso. Quero correr, gritar e voar, tudo ao mesmo tempo. Tenho tanto terror e ansiedade correndo nas veias que poderia explodir a qualquer momento.

— Proteja o rosto, proteja o estômago — aconselha Mamãe. Ela manca apoiada nas muletas improvisadas, rumo à massa de gente reunida para ouvir Rolladin no Prado das Ovelhas, centenas de tochas se agitando no ar. — Você precisa resistir ao primeiro round.

— Certo.

— No segundo, caia assim que Cass encostar em você. Entendeu? — Mamãe continua o sermão com aqueles olhos inflamados. — Caia e fique no chão.

— Sim. — Mal consigo ouvir minha resposta, soterrada pelas batidas do tratante do meu coração. — Ficar no chão.

— Você não precisa fazer isso, Phee. — Sky segura minha mão e olha para a multidão faminta. — Nós podemos fugir. Ou eu posso lutar no seu lugar.

Se já ouvi uma proposta vazia na vida, aquela é uma. Como se eu fosse assinar a sentença de morte de Sky. E para onde fugiríamos?

Mas faz com que me sinta melhor. É como se realmente fosse uma escolha. Me dá força, dá aquela sensação de confiança para seguir em frente.

— Não, pode deixar comigo. Vou ficar bem.

Sky leva a mão às minhas costas e abrimos caminho pelo labirinto humano. A multidão tem corpos e mais corpos de profundidade, uma bruma de suor seco e terra do trabalho do dia. Atravessamos a massa, e Lauren, a melhor amiga de Mamãe, nos chama da multidão, mas ela se limita a cumprimentá-la com um gesto desanimado e segue com nós duas até a frente.

Estou me sentindo péssima por pensar assim, mas preciso de um tempo longe de Mamãe e Sky. Elas estão me deixando nervosa, ainda mais nervosa do que já estou. Como se fossem mais um peso nos meus ombros. Mais gente que decepcionarei se me machucar. Ou coisa pior.

Estamos a nove ou dez filas da frente quando escuto uma voz conhecida.

— Phee! Phee! — Os gritos são quase indistintos na multidão.

Droga. Eu *realmente* não posso lidar com Trevor agora. Ele vem até nós e de alguma forma consegue se colocar entre mim e Mamãe.

— Sarah, você está bem? Por que as muletas?

— Trev, estou bem, querido. Foi só um acidente.

— E essa história das lutas? Vi o programa. Phee está lá. — Ele olha para mim. — Por que você está lá?

— Trev, nós conversamos depois das lutas. Dê algum espaço a Phee, certo? — retruca Mamãe, mas ela soa atordoada.

— Phee vai ficar bem? — grita Trevor às nossas costas quando passa a ser engolido pela multidão e continuamos em frente. — Ela vai ficar bem? — Sua voz fica mais distante, como se flutuássemos para longe, cada vez mais longe mar adentro.

— Vai ficar tudo bem, Trev — consigo gritar de alguma forma. — Vai ficar tudo bem.

Cagalheiros saem rastejando das dobras da multidão, gesticulam para Mamãe e Sky e me tiram dos braços delas. Agora que consegui o que queria — fomos separadas —, não tenho certeza se consigo me manter de pé sozinha. Meus joelhos fraquejam, mas os cagalheiros seguem me conduzindo para além da tribuna de Rolladin impassíveis.

— Phee... não! — grita Mamãe. Viro o pescoço e consigo ver ela e Sky nadando na maré da multidão para me acompanhar. — Clara — grita Mamãe para a velha guarda loira à minha direita. — Por favor, não faça isso.

— O que está feito, está feito, Sarah — murmura a guarda.

Passo pelo palco de Rolladin enquanto ela se prepara para subir e falar à multidão do parque, rodeada por seu Conselho e um halo de tochas. De alguma forma, encontro os olhos de Sky uma última vez antes de ser arrastada até a floresta para os preparativos da luta.

— Vai ficar tudo bem — grito para ela com uma voz que não reconheço. — Nós vamos ficar bem.

4
SKY

Impotente, assisto Phee ser arrastada até as árvores que margeiam o lago do parque. Vendo-a desaparecer na escuridão, desprendo uma raiva que está entranhada na minha pele e ameaça me devorar.

As palavras de Phee ecoam na minha cabeça. *A menor*.

A ovelha negra.

A que fica de lado.

Eu sou a mais velha. Não deveria ser Phee.

Deveria ser eu.

Tento me libertar dos meus demônios e me concentrar em Mamãe, em ser aquele apoio para ela, e aperto sua mão.

— Boas-vindas — a voz de Rolladin retumba pelo parque — aos poucos trabalhadores de inverno que se juntaram a nós. Aos internos, ao meu Conselho. Aos meus cavaleiros. Companheiros sobreviventes, todos os gloriosos 382, de acordo com o censo, nós vivemos mais um ano. E, por isso, temos muito para celebrar.

A multidão vibra e uma onda de tochas sobe e desce.

— A guerra continua além desses arranha-céus e, ainda assim, em virtude de nossa determinação, nossa honra, nossa *recusa* em desistir, nós vivemos — continua ela. — Nossa cidade caiu, nossa costa foi cercada. Os Aliados Vermelhos nos isolaram do resto do mundo. E ainda assim vivemos. Deram-nos nada além de nossas mãos nuas para sobreviver. E ainda assim, VIVEMOS! — Rolladin movimenta os braços em direção às estrelas, e outro urro da plateia ecoa como um trovão pelo parque.

— Fui com meu Conselho de Cavaleiros até as fronteiras do Brooklyn este verão — continua Rolladin. — Implorei aos Aliados Vermelhos que nos poupassem mais uma vez, que nos deixassem aqui em cativeiro enquanto a guerra perdura. E por causa de todos vocês, podemos continuar a sobreviver aqui. Podemos nos permitir ser ignorados. Nós erguemos um oásis no meio de uma zona de guerra. E *continuaremos* a prosperar.

Ela desce até o mato, e a multidão volta a vibrar, abrindo-se como um trigal numa tempestade.

— Esta noite não sou sua comandante, mas uma prisioneira como vocês. Sua irmã que emergiu dos túneis quando os céus estavam negros e as ruas em brasas, e rastejamos de volta à vida todos aqueles outonos atrás — diz ela. — Esta noite lhes dou um presente, uma celebração digna da sua coragem. E nós exultaremos, dançaremos e lutaremos por tudo a que devemos ser gratos.

Mal consigo enxergar acima da onda de pessoas à minha frente, mas parece que Rolladin gesticula para um grupo de aspirantes às suas costas. Os cavaleiros se dispersam e seguem para a mata. As lutas na Rua 65 estão para começar. É isso. É real.

— Então, sem mais delongas, comecemos as festividades do censo. À ponte da Rua 65 para as primeiras competições!

A multidão vibra e um coro de tambores entra em cena, retumbando contra o céu noturno. Como uma manada, atravessamos o Prado das Ovelhas e as árvores e nos derramamos nas trilhas de cimento que cortam o parque como rios congelados. Mamãe saltita ao meu lado com as muletas, fazendo caretas a cada passo.

— Rolladin disse que a primeira luta será por uma posição no Conselho e que a segunda será entre Phee e Cass. — Posso jurar que meu coração bate mais alto que os tambores. — Precisamos ficar bem debaixo da ponte, para que Phee possa nos ver.

Mamãe faz que sim.

— Precisamos apertar o passo.

Lauren, a amiga de Mamãe, nos alcança e nós três abrimos caminho pela multidão, caminhando rápido para chegar à frente da manada antes que ela se espalhe pelos dois lados da ponte da Rua 65.

— Vocês conseguem vê-la? — pergunta Lauren.

— Não, perdemos ela de vista — diz Mamãe. — Devem estar fazendo os preparativos na mata.

A música fica tão alta que mal consigo ouvir meus pensamentos. Há violões na multidão agora, e canções... não palavras, mas lamentos e entoações. Sons agourentos e estranhamente belos, como odes de pesadelos.

Apressadamente, percorremos a Ponte da Rua 65. Quase trombamos com uma das aspirantes de Rolladin, que logo faz sinal de *pare* com um braço e com o outro agita uma tocha acima da cabeça. Algumas crianças do parque riem ao correr em volta da guarda e escalar as pedras até a rua abandonada acima, então se penduram, numa tentativa de assistir às lutas de cabeça para baixo. Minha irmã e eu costumávamos fazer o mesmo. Minha irmã, que está prestes a lutar esta noite.

Respiro fundo e tento me concentrar em minha missão — proteger nosso lugar na frente, na primeira fila. Lauren e eu passamos a abrir espaço com os cotovelos e eu estendo a mão como um muro protetor em frente a Mamãe à medida que prisioneiros se amontoam à nossa volta. Alguns chegam à ponte pelo outro lado, de modo que agora a passagem é uma massa compacta de corpos. Guardas com tochas pontuam a multidão como estacas de cerca, e a luz das chamas lança sombras bizarras e assustadoras no teto da arcada.

— Mantenham o vão livre! Mantenham o vão livre! — Clara, a guarda que levou Phee, berra ao caminhar descrevendo um longo e largo percurso oval, marcando com os pés os limites do ringue. — Mantenham o vão livre para Rolladin!

Os tambores passam a tocar a meio tom quando Rolladin abre caminho pela multidão e vão adentro.

Mamãe aperta a minha mão e olha para mim.

— Diga que Phee vai ficar bem.

— Ela vai ficar bem — digo para nós duas.

— As lutas da Rua 65 não são apenas uma tradição do parque. — A voz de Rolladin ecoa pelo túnel no instante em que os tambores caem numa batida ritmada: *BUM bum BUM bum BUM bum BUM bum BUM.*

— Elas são um testamento aos prisioneiros tirados de nós. Uma celebração às vidas sacrificadas para o divertimento dos Aliados Vermelhos, àqueles espancados por esporte nesta mesma rua. Nós os reverenciamos com essas lutas. Nunca esqueçamos nossos primórdios de desespero. E sempre lembremos que a força e o sacrifício nos mantêm vivos.

A multidão grita em uníssono: *URRA!*

— Para o primeiro combate, ofereço a vocês meus recrutas Philip e Lory. Ambos lutam pela chance de se juntar ao meu Conselho, uma vez que perdemos minha querida amiga e confidente Samantha neste verão. — Alguns cavaleiros soltam murmúrios de pesar. — Mas, como aprendemos com essa cidade traiçoeira, da morte vem a vida e a oportunidade. — Rolladin ergue os braços para o alto da arcada. — Três lutas! Seguidas por competições de arquearia e, é claro, as corridas. Então, por fim, mas não menos importante... o banquete do seu ano!

Outro *URRA!*

— Sem mais demora, comecemos!

Uma capa de pele macia roça meu braço quando Lory abre caminho rumo à ponte. Philip atravessa a multidão do outro lado, e os dois passam a circular o vão iluminado por tochas numa perigosa dança de luz e sombras.

— Philip está morto — digo a Mamãe e Lauren ao observar os braços bem definidos de Lory, suas pernas grossas como troncos de árvore. Ela usa um capacete todo arranhado, que já passou da idade de aposentadoria há algum tempo, e não carrega armas além das próprias mãos.

Não que eu sinta pena de Philip. Depois que nos escorraçou no registro, torço contra ele com todo o meu ser. As entranhas da minha alma clamam por sua destruição.

— Ele está ficando velho — diz Lauren. — Foi uma jogada de poder estúpida. Rolladin vai tirar a capa dele se ele perder.

O vozerio chega ao auge da excitação com apostas e mais apostas sendo feitas e discutidas — quem vai vencer, quantas rodadas, quantos golpes. Tento me acalmar naquele caos, não pensar que minha irmã lutará em seguida. Que as chances dela devem ser menores que as de qualquer um que já lutou no parque.

Passo o braço pelos ombros de minha mãe e puxo-a para perto, deixando que se apoie em mim. Estico o pescoço e olho para trás, tentando enxergar além da massa de corpos e ver Phee se aproximando.

Nem sinal dela, mas por um segundo vejo outra coisa atravessando o descampado além da multidão. Entrando e saindo das sombras, atravessando a trilha de cimento e sumindo nas árvores, deixando para trás a comoção da Rua 65. Fico tentada em acreditar que é um veado assustado, mas é mais lento e menor. Quase... quase parece uma pessoa.

Mas antes que consiga me decidir, antes de dizer qualquer coisa a Mamãe, a loucura debaixo da ponte me sobrepuja. Os tambores, as vaias, a torcida — o som cresce como a fúria de uma tempestade. Então o grito de guerra de Lory troveja pelo vão.

— Você é meu!

Philip leva um pé à parede de pedra da passagem subterrânea e se lança contra Lory, como se voasse.

Mas seu punho encontra apenas ar quando Lory se esquiva e lhe enterra o cotovelo no estômago. Philip se curva e Lory acerta um chute certeiro no seu queixo, que o manda cambaleando de volta à parede de pedra. Ele tromba contra a arcada com um baque.

Mas levanta rápido e, gingando, se afasta de Lory.

Ela desfere um golpe, ele esquiva, ela tenta um gancho, ele salta...

— TEMPO! — Clara, a juíza, irrompe da massa compacta de espectadores do lado oposto do ringue. Ela separa Philip e Lory, empurrando-os para lados opostos do vão.

A multidão está em êxtase, e eu sinto empurrões, hálito quente no pescoço e puxões na minha roupa quando os espectadores atrás de nós tentam abrir espaço para enxergar melhor.

— Segunda rodada! — brada Clara um minuto depois.

Philip ajeita o capacete e pisa no ringue. O cretino corre parado como numa patética volta de aquecimento, mas Lory já investe contra ele.

— Philip já era! — declara a sra. Warbler atrás de mim, tossindo. — Lory vai acabar com ele! Vai acabar com ele!

Lory encaixa um soco no rosto de Philip, dois, manda-o cambaleando para trás.

— Use uma pedra! — grita alguém da multidão, incitando a cavaleira.

Faço uma careta de expectativa quando Lory vasculha as sombras sob a ponte e pega uma pedra lisa do tamanho de um punho. Philip tenta rastejar para longe, mas Lory agarra o colarinho de sua pele de guaxinim e desaba sobre ele.

— Pare! — grita Philip. — Pare!

Mas ninguém dá atenção. Isso é briga de rua na Rua 65, afinal de contas. Não existem regras. E não tem "pare" até que alguém esteja desacordado no chão.

Lory arranca o capacete de Philip e lhe desce a pedra na cabeça. Um rio de sangue verte da têmpora, cobrindo seus olhos, o cabelo, o... não consigo mais olhar.

— Acabe com ele, Lory! — grita a multidão.

Fico de olhos fechados. Busco a mão de Mamãe outra vez e aperto o mais forte que consigo.

Então escuto a juíza:

— Um, dois, três, quatro, cinco... — A plateia entra na contagem. — Seis... sete... oito!

Então silêncio.

— Bravo. — A voz de Rolladin ecoa pelo túnel. — Bravo.

Meus olhos se abrem. Rolladin está acima do corpo encolhido de Philip no canto da passagem da Rua 65. Ela se abaixa para vê-lo, o rosto em uma confusão de emoções. Então volta a ser nada além de um quadro em branco.

— Lory se juntará ao meu Conselho de Cavaleiros por sua bravura. Os serviços de Philip foram louváveis. — Rolladin gesticula para que um grupo de aspirantes se aproxime para levar o perdedor desacordado. — Mas chegaram ao fim. Se sobreviver a esta noite — diz ela aos subordinados —, ele começará como trabalhador amanhã.

A multidão vibra e ri quando três jovens aspirantes carregam Philip vão afora. Rolladin tira a pele de predador do vencedor das mãos da juíza, joga-a sobre o ombro e atravessa o ringue para parabenizar Lory. Aperta o rosto dela e puxa-o para si em um beijo feroz, possessivo.

— Vocês entendem ao que estão assistindo, o porquê de lhes oferecer essas lutas ano após ano? — pergunta Rolladin à multidão. — Para mostrar *evolução*. A sobrevivência dos mais fortes. Apenas os que são mais fortes entre nós, como a nossa campeã aqui — ela joga o braço de Lory para cima — sobreviverão. Não há espaço para fraqueza nessa cidade.

Apenas quando Rolladin envolve a mais nova integrante do seu Conselho com a cobiçada pele de um tigre do zoológico percebo que Mamãe está chorando.

5
PHEE

— Vou arrancar seu cabelo. Seus olhos. Fazer um colar com seus dentes — diz Cass às minhas costas enquanto uma dupla de cagalheiros me arrasta pelo Campo das Ovelhas rumo à Rua 65.

Uma das brutamontes aperta meu braço com mais força, então se volta para Cass.

— Guarde a luta para o ringue.

Seguimos pelo campo escuro, então por trilhas de cimento rachado até a passagem subterrânea, encimada como uma meia-lua pelo arco que sustenta a Rua 65 na sua travessia do parque. Trabalhadores e cagalheiros empunhando tochas se derramam pelos dois lados do vão, crianças estão penduradas na ponte para uma visão gratuita das lutas. Basicamente, a cena toda é de caos: gritos e berros e clarões de fogo contra o céu noturno, apostas e discussões. Todos os anos estive ali no meio, parte da plateia com sede de sangue, bradando que algum cagalheiro recebesse o que merecia. Nunca percebi que aquilo mais parece algum tipo de sacrifício insano.

Alguém sai da balbúrdia e vem correndo até nós.

— Estão prontos para ela — diz Clara, a velha juíza.

— Quem venceu? — pergunta Cass detrás de mim.

— Lory.

— Faz sentido. Philip era uma peça de museu. — Cass ri. — Já estava cansada mesmo daquela bicha velha.

Mas Clara não ri com ela.

— Tenha respeito. Ele ficou com o rosto acabado. — A juíza me afasta dos braços da escolta e aponta o queixo para Cass. — Talvez você devesse se concentrar na sua própria luta.

Cass arruma a pele de esquilo nos ombros, a única porcaria que a separa de mim.

— Você acha que estou preocupada com essa franguinha? Por favor. — Ela sorri para mim. — Ela já está morta.

Os tambores voltam a acelerar, e sei que estamos a minutos de começar. Meu coração passa a pipocar, saltar, tentar sair pela boca. *Meu Deus, acho que vou vomitar.* A juíza me afasta de Cass e minhas duas guarda-costas, então me puxa ao descermos o pequeno morro e entrarmos na multidão.

O vão vibra, é uma massa espessa de mãos suarentas, berros e vaias — *Espere um pouco, aquela é Phee? A caçula de Sarah Miller?* — quando atravesso a multidão com a juíza. Minha cabeça começa a girar, meu coração continua a martelar e juro que vou me afogar naquilo tudo. Como se fosse passar por cima de mim e me puxar para o fundo.

— Acho que não consigo fazer isso — afirmo, antes de me dar conta de que as palavras são minhas.

Clara me puxa para perto dela enquanto avançamos.

— Você pode, e você vai — sussurra. — Faça o que for necessário para resistir ao primeiro round. — Apesar de me dar um conselho, seus olhos são duros. — O único lugar onde não existem regras é o ringue.

Mas antes que consiga mais apoio de Clara, ela me empurra para o centro do vão.

A multidão se cala enquanto me posiciono ali, sozinha, em meio a centenas de prisioneiros.

Olho ao redor, os rostos de amigos e trabalhadores se fundindo sob a luz e as sombras da passagem subterrânea. Procuro respirar fundo e me concentrar apenas em encontrar Sky e Mamãe, mas os suspiros e os assobios de surpresa da plateia me abalam como um trovão.

Recuo até topar com as mãos da multidão às minhas costas, então olho para o outro lado, onde estão amontoados como palitos de fósforo.

Mesmo que quisesse escapar, não há para onde correr.

— Agora, tenho algo *incomum* para o deleite de vocês. — Rolladin vai até o centro do ringue e fala para a multidão. — Uma de vocês me solicitou uma luta como pedido de clemência.

A multidão fica mais ruidosa, um enxame zumbindo perguntas.

— A família dela desrespeitou as regras do parque — acrescenta Rolladin — e fez esse pedido por puro desespero. Como podem ver, eu aceitei. Mas que seja uma lição a todos vocês. Ninguém ganha *nada* de graça numa guerra.

Rolladin olha para mim. Tem uma expressão estranha no rosto, como se estivesse preocupada ou mesmo angustiada. Então me cumprimenta com a cabeça, um gesto tão sutil e grave que quase passa despercebido. Mas não suporto olhar para ela. *Vai se ferrar, Rolladin.*

Tateio o colar de capim que Sky me deu de aniversário esta manhã, faço de conta que é a mão dela. *Preciso* ver a minha família, e essa urgência acelera minha respiração, faz tremer minhas mãos. Vasculho a multidão num frenesi, pulo de rosto em rosto o mais rápido que consigo.

Onde estão elas?

Clara volta com um capacete surrado. A coisa tem um buraco no lado direito e um amassado bem no meio.

— Não tire isso, aconteça o que acontecer — aconselha ela ao prender a alça sob meu queixo.

Mas eu não respondo, não *consigo* responder — tudo acontece rápido demais, nada parece real. Observo de uma jaula no pesadelo de outra pessoa.

Rolladin ainda matraqueia sobre Cass e a luta, e sobre eu ser um exemplo, mas não consigo processar as palavras. São apenas moscas zumbindo à minha volta.

— Olho por olho...

Meu único pensamento é: *Onde estão elas?*

— As regras do parque...

As sombras que dançam no teto arqueado do vão, a voz de Rolladin, os suspiros e assobios, tudo isso levanta fervura e, antes que perceba o que estou fazendo, minhas cordas vocais vibram ao som de "ESPERE!".

Então estou falando. O medo me oprime, me espreme por todos os lados, mas de alguma forma estou falando.

— Não faço isso pela Comandante Rolladin — digo. Estou surpresa por soar poderosa, meu tom firme e inabalável como um tambor. — Faço isso pela minha família. Por minha mãe e Sky. — Olho em volta, para os rostos duros e cansados do parque nos dois lados da passagem. — Pelos trabalhadores.

— Como você ousa falar... — começa Rolladin, mas ela é interrompida.

— Phee!

Sky dribla um dos cagalheiros que controlam a multidão no lado oposto e dá alguns passos na direção do ringue. Mamãe tenta contê-la, mas ela se desvencilha. Fecho os olhos e volto a abri-los, e então não há mais multidão. Apenas nós duas. Às margens do rio em Wall Street, rindo e soltando golpes, prontas para começar a nossa própria luta de mentirinha. E naquele jeito maluco que tem de ler meus pensamentos, Sky me lembra do que esqueci.

— Não esqueça das suas armas — grita ela.

A multidão murmura, confusa.

Mas eu não estou confusa.

Respiro fundo, volto a fechar os olhos e faço o que ela diz. Penso nas armas que fazíamos quando crianças, armas que brotavam de histórias e sonhos de minha irmã. Espadas de magos e pó mágico das fadas que Sky jurava viverem no Parque Battery. Era só sacarmos as armas e estávamos prontas para enfrentar qualquer coisa. Mesmo os fantasmas que faziam Mamãe gritar no meio da noite. Mesmo os esqueletos que encontrávamos em camas ao garimparmos apartamentos no centro.

Cass não pode encostar em mim.

— Silêncio! — urra Rolladin. — Já basta de atraso. É hora de começar!

Minha irmã volta ao lugar de onde tinha saído. Então somos apenas eu e Cass, em lados opostos do vão. Ela dá alguns passos para o lado, me estudando como um animal de zoológico, então passo a imitá-la e dar passadas para o outro lado. A multidão volta a ganhar vida, e uma onda de berros e assobios irrompe do parque e sacode a ponte.

— PHOE-NIX. PHOE-NIX.

Apesar da névoa de medo, escuto a torcida. Travo os dentes, aperto os punhos e engulo, engulo e engulo o bolo entalado na minha garganta.

Cass atravessa o ringue. Investe contra mim com tudo, correndo, saltando, os punhos contrastados contra o vão iluminado por tochas...

Esquivo e rolo para o lado.

Cass se levanta, sacode a poeira, se vira e sorri.

— Você não pode se esquivar para sempre.

Ela urra e arremete contra mim outra vez, os punhos erguidos prontos para atacar. Agarra meus ombros antes que eu consiga evitá-la. Minhas mãos sobem por instinto, procurando seu rosto, seus olhos, aquela pele de esquilo ridícula...

BUM. Meu corpo sacode. Então Cass ergue a mão e a desce no meu rosto. A pancada queima, parece cera de vela. Solto um uivo e me viro para correr. Mas Cass me alcança. Ela me empurra, e agora estou voando de costas. Caio no chão e o ar é arrancado de mim num gemido de agonia. Suspiros ecoam na passagem subterrânea.

Levante. Que diabo, Phee, levante — sobreviva ao primeiro assalto.

Sugo ar para meus pulmões castigados e rastejo até ficar de pé.

— Você é uma masoquistazinha de merda, hein?

Cass salta sobre mim, agarra meus cabelos e me puxa até a parede de pedra.

— Pare — estou gritando. — PARE!

De alguma forma, consigo acertar uma cotovelada nas costelas de Cass, que se encolhe, então me atiro contra ela e caímos no chão.

Gritos de incentivo ecoam no vão da ponte:

— Aguente firme, Phoenix!

— Ela não passa de uma cadela de Rolladin!

— Não desista. Por mim! Pela minha filha! Que ela descanse em paz!

Então a juíza nos separa aos gritos de "TEMPO!".

Cass investe contra mim, mas Clara a puxa para o canto oposto.

— Você *pediu*, sua vaca! — grita Cass, se debatendo ao ser arrastada para o intervalo de um minuto entre as rodadas.

A multidão é uma onda de vozes, como um oceano sob a Rua 65, mas de alguma forma consigo distinguir a voz que preciso ouvir. Mamãe.

— Phee, no próximo golpe fique no chão!

Levanto com esforço, desesperada para ver Mamãe e Sky outra vez. Mas ela não está mais nas primeiras filas. Deve ter sido engolida pela multidão.

— Segunda rodada!

Cass irrompe dos trabalhadores e vem correndo. Ela não perde tempo. Um golpe resvala nas minhas costelas. Então um gancho acerta o meu queixo e, juro, sinto a pancada em todos os dentes. O próximo golpe vem como um raio na direção do meu rosto, e a dor arde como uma queimadura.

Eu me curvo.

Cass me chuta no estômago e agora saio voando, apenas bile e cuspe e sangue ao rastejar até a lateral do vão, até as fileiras e fileiras de pernas e pés que delimitam o ringue.

— Já basta! — Não enxergo minha irmã, mas consigo ouvi-la. A voz de Sky se destaca, totalmente em pânico e desespero acima das demais. — Phoenix, fique no CHÃO!

A juíza abre a contagem.

— Um... dois...

Então o tempo faz uma coisa esquisita quando estou no chão, sangrando.

Ele para, me estende uma pedaço da eternidade, e eu *sinto* todos os trabalhadores ao meu redor. Todos os prisioneiros, em especial os mais jovens, como Sky e eu, até mesmo Trevor, aqueles que conhecem apenas regras.

E apesar de saber que devo simplesmente *parar*, ficar no chão, eu disse que lutaria por eles.

— ... cinco... seis...

Antes que consiga pensar *sim, certo, é isso que eu vou fazer*, vejo o cabo vermelho de uma faquinha na bota de um cagalheiro. Me lanço contra a perna e puxo a arma, então, com cada fagulha de força que me resta, giro o corpo e golpeio com as palavras da juíza chiando no ouvido: *O único lugar onde não existem regras é o ringue.*

A pequena faca acaba enterrada no antebraço de Cass, mas eu a puxo por puro reflexo. Seus olhos se arregalam, ela dá um grito esganiçado e cai encolhida no chão, protegendo o braço. Consigo ficar de pé, com sangue, dor e calor me atacando de todos os lados, no instante em que Clara salta entre Cass e eu.

— TEMPO! — diz a juíza, nos empurrando para cantos opostos.

Olho para Cass, que tem um corte sangrento do tamanho de um dedo no braço. *Eu fiz aquilo.* Expiro, enxugo os lábios, a testa, arrumo o capacete. *Eu fiz aquilo.*

— Tempo? — esbraveja Cass. — *Tempo?* Essa vadia é uma trapaceira! Não é permitido trazer armas para o ringue! Rolladin... — Ela apela à nossa comandante, que observa do conforto do seu lugar de honra ao lado do ringue.

O rosto de Rolladin está duro, frio... ela não responde.

Afinal, aquilo é permitido? E isso importa?

Não consigo pensar, não consigo processar nada, porque o tempo agora pula como uma criança chapada de mel. Mas de alguma forma consigo falar.

— Eu não trouxe a faca.

Cass solta um riso curto, de canto de boca.

— Não me venha com sutilezas — grita ela de volta. — Você está morta.

Novamente, a plateia é toda murmúrios, resmungos e suspiros. Em meio àquele turbilhão, juro que consigo escutar Sky e Mamãe falando comigo.

— Phee, já basta!

Mas o tempo insiste em saltar à frente e Clara solta um berro.

— Terceira rodada!

Então Cass vem na minha direção como um leão de uma jaula aberta. Tento manter a faquinha ensanguentada entre nós, fustigando em todas as direções como um muro móvel que ela não pode escalar.

Mas ela agarra o meu braço e o puxa contra o joelho, enterra a outra mão na minha barriga. Não consigo mais segurar. É como se tivessem arrancado meu coração e o jogado no chão. Caio de joelhos e a faca sai voando.

Tento pegá-la de volta, mas Cass me puxa e nos atracamos, rolamos pelo vão da ponte com nada além dos gritos que se espalham pelo parque. Ela está a um braço da faca, um palmo. Sei que estará acabado quando alcançar a arma. Mas não consigo segurá-la, eu... Não consigo detê-la... Seus dedos envolvem o cabo...

— JÁ BASTA!

Cass olha para mim esfomeada. Então para Rolladin, confusa.

Quero rolar para longe de Cass e correr, correr o mais rápido que minhas pernas conseguirem, através da multidão agora tão silenciosa quanto Wall Street no inverno. Mas não consigo me mover.

— Eu disse já basta. — A voz de Rolladin está mais alta e próxima agora, como se estivesse bem perto de mim, no meu ouvido, e então sinto Cass soltar minha mão. Rolladin de alguma forma *está* ao meu lado. Um puxão bruto dela e estou de pé. Ela segura meu braço, evitando que eu caia, e contém Cass do outro lado.

— A luta ficou empatada — proclama Rolladin no vão da ponte. Mas sua voz soa estranha, trêmula, como se tentasse se equilibrar na borda de um arranha-céu. — Cass garantiu seu lugar como mais nova cavaleira no meu conselho inferior. E por sua coragem, Phee e a família continuarão no parque. Ração extra para as três esta noite.

A multidão rompe o silêncio, com centenas de vozes soltando urros, e um sorriso ensanguentado se forma em meus lábios. *Empate.*

E apesar de o mundo continuar girando, consigo me empertigar.

— Luta final! — brada Rolladin para a multidão. Mas antes de voltar ao melhor lugar da passagem subterrânea, ela me puxa para si, tão apertado que consigo ver o ponto onde o azul de suas íris dá lugar ao verde.

— Vá para sua mãe. — Seus olhos estão atônitos, dois fantasmas torturados à luz das chamas. — Agora.

6
SKY

As chamas da fogueira nos lambem as mãos e o rosto, aquecem a barriga cheia de ensopado de pavão e, por um instante, o mundo é uma miragem, a crista de um sonho. Minha irmã está em segurança. Com um olho roxo, os lábios inchados e algumas costelas doloridas. Mas em segurança. *Viva.*

Comemos lado a lado, curvadas sobre nossas tigelas de sopa. Passei inclusive meu braço pelo dela, apenas para me convencer de que estava mesmo ali. É um jeito estranho de sentar, eu sei, mas quando Phee tentou me afastar e devorar a comida com as mãos, por algum motivo não consegui soltá-la.

— Tudo bem, sua doida — disse ela, dando de ombros, mas me deu um sorriso largo e um pouco torto. Nós duas sabemos quão perto ela chegou, *nós* chegamos, de perder tudo. — De braços dados, então.

O Campo das Ovelhas está agora polvilhado de fogueiras, cada qual rodeada por prisioneiros cansados e famintos sentados em pedras ou toras, já que as corridas terminaram e teve início o banquete oficial do censo. A maioria está lotada de gente, mas, depois da bravura de Phee, Rolladin nos deu nossa própria fogueira próxima ao aconchego das árvores, nos limites da multidão. Ironicamente, apesar de ter exigido que uma de nós lutasse, para começo de conversa, Rolladin insistia em perguntar a Phee se ela estava *bem*. Chegou a conferir ela mesma os ferimentos de minha irmã durante as competições de arquearia, em vez de deixar a tarefa a cargo de um dos enfermeiros, quase... quase como se fosse importante para ela. Mamãe a acompanhou com seu olhar de aço o tempo todo, é claro, mas por isso eu já esperava.

— Ainda não consigo acreditar naquela luta — diz Mamãe agora, depois de voltar da fila da ração e se acomodar do outro lado de Phee, como se a abrigássemos. Nosso ansiado reencontro aconteceu ainda na Rua 65, logo após a luta, mas Mamãe e eu não confiamos na sorte, como se Phee pudesse sumir a qualquer momento. — Sua irmã e eu ficamos transtornadas.

— O que, você achou mesmo que aquela Cass-eta ia acabar comigo? — pergunta Phee para a tigela. Mas quando tateia os lábios inchados, vejo que ainda há medo nos seus olhos. E, por algum motivo, eu também ainda sinto medo, como se acabasse de acordar de uma longa sucessão de pesadelos febris. *Nós chegamos muito perto.*

Mamãe nos abraça.

— Nunca, jamais, *jamais* aprontem uma loucura dessas outra vez, estão me ouvindo? — sussurra.

Não consigo evitar um riso quando sinto Phee dando de ombros ao meu lado.

— Veremos — diz ela.

A festa fica animada e ruidosa, a música volta a embalar e alguns cavaleiros passam a dançar no centro dos campos. Eles erguem as canecas com aguardente de Rolladin e brindam ao se requebrarem parque afora.

Todo ano é a mesma coisa. Assistimos às lutas e gritamos por sangue. Depois alguns trabalhadores disputam provas de arquearia e corridas por rações extras ou um dia de folga. Então somos alimentados, bem alimentados para variar, e relaxamos sob as estrelas ao som de música até a meia-noite. Ou até os cavaleiros perderem as estribeiras e começarem a brigar, o que acontecer primeiro.

É um dos poucos dias despreocupados no parque, e quero aproveitar o momento, apenas me permitir festejar — mas não é fácil. Ainda estou com os nervos à flor da pele e não consigo discernir meus sentimentos. Medo, adrenalina, inveja, raiva. E nos cantos escuros, como sempre, como poeira varrida para debaixo do tapete, uma tristeza que nunca consigo entender plenamente.

— Ah, meu Deus — murmura Phee ao meu lado. — Lá vem ele de novo.

Acompanho seu olhar e vejo Trev atravessar o parque aos tropeços, com um sorriso enorme no rosto e uma tigela fumegante nas mãos. Faço que não e começo a rir, tentando prender os pensamentos desconcertantes no fundo do meu cérebro.

— Seja simpática. — Mamãe repreende minha irmã.

Geralmente sinto pena de Phee, é sério. O desengonçado Trevor, autoproclamado Miller adotivo, tem uma queda tão grande por ela que no geral dói ver os dois juntos. Mas às vezes é divertido. Agora Trevor praticamente corre até nossa fogueira, pulando e acenando da multidão com os braços estendidos como se desse graças a Deus, derramando ensopado de pavão em metade do parque.

— Phee, a aniversariante vitoriosa! Você foi incrível! — Ele ofega ao se aproximar de nós, procura um lugar em volta. Cedo o meu, satisfeita.

— Sky, não levante... — diz Phee entre os dentes.

— Ah, não me importo. — Sei que ela foi ao inferno e voltou hoje à noite, mas somos irmãs, afinal de contas. Phee vai me matar por isso, mas vale a pena.

Trevor se senta, esbaforido, bem ao lado dela, os sedosos cabelos pretos caindo sobre os olhos.

— Você. Foi. Fantasticamente Incrível — diz, arrebatado. — Não sabia que tinha aquilo dentro de você! Quer dizer, claro que sabia, mas ver em carne e osso... — Ele olha para Mamãe e para mim, como quem reforça cada vírgula de seu eloquente discurso. — Cass vai para cima de você. Cass faz de você um saco de pancada. Cass lhe deixa estatelada no chão. Aí você surrupia uma arma do sapato de um cavaleiro e ops! Abre um talhão nela. — Trevor solta aquele riso entrecortado dele ao brandir uma faca invisível sobre o fogo.

Minha mãe, santa que é, sorri carinhosamente para Trevor como sempre. Então começa a passar a mão pelos cabelos de Phee.

— Ela é incrível, não é?

Sinto uma coisa miúda e espinhenta na garganta, mas entro no coro de sorrisos.

— Eu sempre soube. Desde que ela era criança...

— Trev, você é mais novo que eu. — Phee revira os olhos e balbucia para mim: *Socorro*.

— Cheguei a apostar rações com a velha Warbler — continua Trevor. — Dois dias de comida. Esse é o primeiro de muitos pratos esta noite. — Ele dá um sorriso cheio de dentes ao colocar a tigela de ensopado debaixo do nariz de Phee. Então olha para o fogo ao refletir sobre algo. — Cara, espero não matar a velha.

— A sra. Warbler já passou por coisa pior. — Mamãe ri e continua a brincar com o cabelo de Phee. — E ainda é forte como um touro. Acho que é seguro cobrar a aposta.

Aos poucos, me afasto do fogo enquanto Mamãe ajuda Trevor a recapitular a luta de Phee cena a cena. Não é que eu *queira* sentir inveja. Ou que eu queira ser como uma sombra enquanto minha irmã brilha. Mas às vezes não sei como afastar esses pensamentos. Meu sorriso fica oco, meu coração acelera e chego a me perguntar se as pessoas conseguem ver através de mim, ver o quanto sou diferente por dentro. Que não sou forjada de aço, como Phee. Que não fui feita para essa cidade — enquanto minha irmã é praticamente um prodígio.

Perambulo até as árvores ouvindo a música acelerar e a balbúrdia do parque ficar ensurdecedora. Paro pouco antes do limite da mata, para o caso de haver saqueadores ou devoradores à espreita por ali, à espera das sobras — ou de algum desavisado — da festa. Mas tenho certeza de que estou segura. Um desgarrado não vem ao parque desde que éramos crianças.

Como sempre quando me sinto ansiosa e confusa, deixo a mente vagar, deixo meus pensamentos se juntarem como os elos de uma corrente e me arrastarem para um lugar melhor. Penso no passado e no quanto não sei sobre Mamãe e essa cidade. Vejo-a escrevendo segredos naquele surrado livrinho azul que agora me pertence, e logo, talvez mesmo hoje à noite, poderei ler e compartilhar desses segredos. Talvez se souber o que aconteceu antes, eu consiga me conformar com onde estou em vez de desejar com cada fibra do meu ser estar em outro lugar.

Ouço um galho se partir na escuridão da floresta e sinto uma pontada de pânico. Estou sendo imprudente, estou perto demais da floresta. Mas antes que consiga me virar e voltar para minha família, um brilho verde dispara de árvore em árvore. Ele se move outra vez, um relâmpago esmeralda, e meu coração passa a se debater como um peixe vivo nas mãos de alguém. Será um animal? Uma pessoa? *Que tipo de pessoa?*

Tento lembrar dos alertas de Mamãe sobre os devoradores dos túneis. *Não entre em pânico. Recue devagar. Então corra o mais rápido que puder.* E sobre saqueadores. *Esvazie os bolsos. Bote as armas no chão. Então se encolha e obedeça.*

Mas e se você não souber com que tipo de desgarrado está lidando?

Começo a recuar arrastando os pés quando a forma verde para entre as árvores por uma fração de segundo. É um homem. Um *rapaz*, com o rosto coberto de lama, cabelo camuflado com folhas e olhos tão brancos em contraste ao rosto sujo que brilham como luas. Nossos olhares se encontram.

Solto um suspiro curto, assustado. Conheço o rosto de todos os homens do parque — os trabalhadores, os cavaleiros. Não são muitos. Tenho certeza de que nunca vi aquele. Minha cabeça passa a girar com uma constatação que cai num baque — *era esse o estranho afastado da multidão durante as lutas?*

Mas antes que consiga me decidir, ele some.

Avanço um passo na direção do local onde o homem invisível da floresta estava, corro um pouco entre as árvores para tentar encontrá-lo. Mas a mata é impassível, as árvores, indiferentes. *Não vimos nada,* parecem sussurrar. *Você está invocando fantasmas.*

Será que estou começando a ver coisas? Minha imaginação já me pregou peças antes. Mas não assim... e não duas vezes.

Respiro fundo e, com urgência, procuro mais um pouco em volta do grosso e nodoso tronco de carvalho onde o vi.

Nada. Nenhuma pegada, nenhum rastro, nenhuma prova.

* * *

Não falo sobre isso com Mamãe, Phee ou Trevor quando volto à fogueira, ou mesmo quando caminhamos para casa depois da festa. Tento parar de pensar naquilo, procuro me convencer de que eram reflexos das chamas na passagem subterrânea, a luz do luar filtrada pelas árvores, criando sombras. Quando seguimos com a multidão pelo saguão do Carlyle e pelas imponentes escadas de mármore do hotel, já consegui aquietar a mente.

Entramos no quarto e Mamãe vai ao banheiro refazer o curativo no tornozelo, então Phee e eu caímos na nossa cama macia com um buraco mole no meio. Phee joga o braço sobre minha barriga, eu rio e a empurro. Cheiramos a sangue, ar e terra, mas não é nojento, e sim reconfortante. Estamos aquecidas e vivas. E juntas. Respiro fundo, pensando apenas em tudo a que preciso ser grata, tentando me concentrar apenas naquele momento.

Mamãe passa a cabeça pela fresta da porta do banheiro e nos vê deitadas.

— Levantem — diz.

— Nunca mais vou mexer um músculo — murmura Phee no travesseiro. — Acabo de salvar nossa pele no inverno. Isso é uma vida inteira de passes livres.

Rio e a cutuco de leve.

— Vamos. Você sabe que ela não vai parar de encher até obedecermos.

Phee solta um gemido, mas se levanta para que Mamãe troque seus curativos. E agora que ela está ocupada, enfio a cabeça debaixo da cama para pegar o diário na mochila. Ainda está com a sobrecapa de *A menina e o porquinho*, então me recosto na suja cabeceira de seda, tendo o cuidado de deixar as páginas manuscritas invisíveis de qualquer outro ângulo. Sei que é perigoso ler assim às claras, mas estou impaciente para voltar ao livro desde o jantar. Quis — não, *precisei* — saber mais sobre minha mãe a vida toda, e agora seu diário do velho mundo repousa nas minhas mãos, pronto para me oferecer exatamente isso.

15 de fevereiro — Então é oficial. Tom decidiu deixar o ateliê de Robert Mulaney para trabalhar com o pai e Mary na firma. Sinto que acabei com uma parte da alma dele — sei o quanto ele ama trabalhar com Robert. Também amei os dois trabalhando juntos — ao menos alguém da nossa velha turma na NYU correu atrás dos próprios sonhos. Mas precisamos do dinheiro, e apesar de termos debatido os prós e contras desde que Sky nasceu, há seis meses, nós dois sabemos, desde o princípio, que era a única solução no longo prazo.

Tom começa no departamento administrativo na segunda. Ele diz que está tudo bem, mas sei que está mentindo. Andamos nos evitando esses dias.

Espero de verdade, de verdade, que ele e Mary não se matem.

28 de fevereiro — Tenho me sentido péssima, cansada e oprimida. Sou apenas eu em casa e Sky não dá trégua. Não tenho uma folga sequer.

Sinto uma pontada de culpa, mas continuo a ler.

Além do mais, Tom agora sempre arruma confusão quando volta para casa, como se fosse o único afetado pela nova situação. Ao que parece, Mary usa toda chance que tem para lembrar que ele voltou rastejando para a família. Como é inferior no totem dos Miller. Como fracassou como artista. Blá-blá-blá.

Tento ser compreensiva, mas estou tão cansada quando ele chega que me ressinto por ele acreditar que tem o direito de reclamar. Ele pode conversar com adultos! Veste cuecas limpas! Pede o almoço! Enquanto eu basicamente dei adeus a qualquer esperança de começar, de fato, o meu romance. Os dias insistem em voar num redemoinho de mamadas e fraldas.

E, cá entre nós, na maioria das vezes acho que ele está mentindo, que apenas mascara as próprias inseguranças. Nunca vi esse lado de Mary. Negociadora casca-grossa, sim. Audaciosa aspiran-

te à diretora-executiva, sem dúvida. Mas vingativa? Prepotente? Impossível?

Tom é dramático demais.

3 de março — Odeio o metrô. É sério. Estamos aqui sentadas há mais de uma hora, e o condutor nem ao menos se dignou a informar por que estamos parados. GCI, ou seja, Grandessíssimos Cretinos Insensíveis.

Mary está com Sky no colo, de alguma forma conseguiu acalmá-la. Sussurra historinhas fofas sobre seus animais preferidos, a tímida girafa, o nobre urso-polar e o que mais arrancar gargalhadas e balbucios de Sky.

É boa demais com ela. O que me deixa triste e culpada, já que Mary jamais será capaz de ter um filho. E a tristeza é desconfortável, é como outro passageiro espremido entre nós. No Ano-Novo, depois de botarmos Sky para dormir, bebermos além da nossa cota de Manhattans, de Tom e Jim apagarem no sofá, Mary admitiu que teve o quarto aborto. Desde então, deixou de falar sobre ela e Jim tentarem, e eu parei de perguntar.

Enfim, estamos a caminho do zoológico agora, onde Mary vai nos oferecer sua visita guiada especial de "voluntária do zoo" — ela até deu um macaco de pelúcia a Sky. Demos a Tom um dia de Folga do Papai para trabalhar numa grande instalação com Robert no ateliê. Sei a falta que ele sente.

3 de março, mais tarde — Ainda não saímos do lugar, e já faz pelo menos duas horas.

— Ei! — diz Phee ao emergir da suave luz de lampião do banheiro. Fecho o livro instintivamente. Ela está bem melhor do que alguns minutos atrás. As ataduras foram trocadas, o rosto está limpo. Ela olha desconfiada para Mamãe e me lança um olhar reprovador. — Eu achei... achei que fôssemos ler *A menina e o porquinho* juntas.

— E vamos — respondo impassível, mandando mensagens telepáticas com os olhos arregalados: *Por favor, não vá estragar tudo. Por favor, não dê uma de Phee.* — Você me alcança mais tarde.

— Mas — ela hesita — não é a mesma coisa que lermos juntas. Espere da próxima vez.

Percebo que Phee ficou magoada de verdade por eu ter ao menos pensado em continuar sem ela. Concordo com um movimento de cabeça. Às vezes ela ainda me surpreende, apesar de conhecê-la melhor que a mim mesma.

— Espero. Desculpe.

— Sua irmã geralmente precisa torcer seu braço para você abrir um livro — diz Mamãe a Phee, então ri e me chama ao banheiro. — Acho que você está fazendo progresso, Skyler.

— Pare no metrô — sussurro quando Phee e eu trocamos de lugar.

Depois que Mamãe cai no sono, Phee e eu nos instalamos na espaçosa banheira de mármore, onde a luz da chama é mais forte. Esperei até ouvir o característico ressonar dela, então belisquei o braço de Phee, como combinamos, e nos esgueiramos juntas até o banheiro. Não sei quanto a ela, mas eu planejo ficar acordada e ir até o fim do diário. Quero que as palavras de Mamãe, sua antiga vida, me cubram como uma onda enorme.

— Esta banheira é desconfortável — sussurra Phee.

— É, mas a luz é péssima no quarto — digo. — Você chegou à parte onde Mamãe e Mary estão me levando ao zoológico e ficam presas no metrô?

— E Papai está fora fazendo arte ou coisa parecida com o amigo?

Faço que sim e abro o livro. A luz da chama dança sobre as páginas amassadas e mergulhamos juntas no mundo antigo de Mamãe.

3 de março, mais tarde — Ainda não saímos do lugar, e já faz pelo menos duas horas. Minha claustrofobia começou a se manifestar há uns trinta minutos, então Mary, Sky e eu nos acomodamos em um banco vazio no canto. "Respire", Mary fica repetindo. "Não vai demorar até alguém abrir as portas."

Sky está no colo de Mary, subindo e descendo ao sabor de sua respiração, como num bote salva-vidas. Onde está o meu bote salva-vidas?

Não há muitas pessoas no nosso vagão, talvez dez — alguns ciclistas de roupas justas. Um sem-teto embrulhado em sacos de lixo. Uma adolescente esguia com cara de modelo de capa de revista, capaz de jogar até mesmo uma mulher das mais confiantes de volta ao tormento da insegurança juvenil.

Mas a sensação é que não há espaço para todos. É como se estivéssemos inflando, espichando, sugando o ar com a boca, as sacolas e bolsas.

"Ninguém está roubando seu ar", disse Mary. "Apenas respire."

Mary raramente me faz rir, e meio que conto com isso.

3 de março, mais tarde — Ouvimos garantias inúteis do condutor, abafadas e distorcidas pelos alto-falantes.

Silêncio.

E depois escuridão.

Sky passou a chorar e dormir de forma intermitente, então Mary e eu nos revezamos cochilando encostadas uma na outra. Enquanto Mary dormia, encontrei seu isqueiro (sabia que ela não tinha parado). Peguei o pano no fundo da bolsa e me cobri para dar de mamar a Sky.

Debatemos a possibilidade de arrombar as portas ou quebrar as janelas se ninguém abrir a saída de emergência em breve. O homem embrulhado em sacos de lixo sugeriu reunirmos nossas energias e usarmos controle mental, enquanto a adolescente, Bronwyn, mexeu no cabelo e disse para simplesmente chamarmos o GCI.

Mas ninguém faz nada. Nos limitamos a falar um de cada vez, proporcionando a nós mesmos uma trilha sonora relaxante.

3 de março, mais tarde — Jurei que íamos morrer.

"Nós não vamos morrer", disse Mary, revirando os olhos. "Por favor."

Mas apertou minha mão de qualquer forma, e meu coração desacelerou um pouquinho.

É engraçado como ela e Tom são diferentes. Tom tem alma de artista, é atormentado, impetuoso. A irmã dele sempre foi a mais firme. E apesar de desejar desesperadamente que Tom estivesse aqui, segurando minha mão, foi Mary quem soube o que fazer e dizer para me acalmar.

— Mamãe nunca mencionou essa tal de Mary, não é? — pergunta Phee, se ajeitando na banheira.

— Nunca.

— E ela é a irmã de Tom, quer dizer, de Papai. Então é cunhada de Mamãe.

— Certo... mas esse diário foi escrito antes da guerra — penso em voz alta. Folheio as páginas. — Não há qualquer menção a soldados, a empresa da família de Papai estava firme e forte, Mamãe me levava ao zoológico. Mary provavelmente morreu durante os ataques, por isso Mamãe não fala nela.

Penso em todas as pessoas que, assim como Mary, não sobreviveram aos ataques. Nos fantasmas de Mamãe e em quantos eles devem ser. Fantasmas que lhe atormentam os pensamentos, que a fazem gritar no meio da noite. E, pela primeira vez, meio que compreendo o mantra dela, talvez até mesmo simpatize com ele. *Às vezes o passado deve ficar no passado.*

— Você não acha estranho mesmo assim? — pergunta Phee. — Que Mamãe nunca tenha mencionado Mary, ainda que ela tenha morrido?

— Você conhece Mamãe. Ela não fala sobre *nada*. Demorou mais de uma década para nos levar ao antigo apartamento.

— Verdade. Certo, espere, espere um segundo — resmunga Phee. — Meu traseiro está me matando. Essa banheira é dura feito cimento.

Ela levanta as pernas para passá-las por cima de mim e quase me chuta o olho. Algumas tentativas depois, acabamos nos ajeitando com as pernas penduradas na lateral da banheira vazia e a cabeça apoiada em toalhas dobradas na borda azulejada, como se tomássemos banho de sol à luz do candeeiro.

— Tudo bem, estou pronta — diz Phee, e abro o livro para continuarmos.

6 de março — Dias se passaram. Apenas agora consegui parar para escrever o que aconteceu.

Basta dizer que ninguém veio nos salvar. Então precisamos fazê-lo nós mesmos.

Mary de alguma forma transformou o carrinho de bebê de Sky numa arma, e os três homens com roupas de ciclista ajudaram a quebrar os vidros e arrancar as janelas do trem. Um a um, nos arrastamos para fora das entranhas da besta e então passamos ao resgate nos outros vagões. Se não estivesse com Sky, poderia ter caído na risada, ficado empolgada com aquela bizarra aventura de sábado.

— Você atrapalha tudo — provoca Phee.
— Quer ficar quieta? Estou tentando entender isso.

Mas meus nervos estavam em frangalhos, não conseguia pensar em outra coisa que não voltar para casa.

Quando todos já estavam do lado de fora, remontamos o carrinho e o rolamos pelo túnel com o resto do nosso grupo desordenado. O breu era tamanho que o escuro tinha textura. A tênue luz azul dos celulares ajudava pouco, e quase ninguém tinha isqueiro. Agora que é proibido fumar em Nova York, fumantes são raridade, acho. Eram apenas Mary e a adolescente esguia, Bronwyn, além de todas as integrantes de um grupo de sessentonas do Kansas, que visitavam a cidade para um fim de semana de luxo só para garotas.

Com as donas dos isqueiros à frente, avançamos com cuidado pelos trilhos até a próxima estação do metrô; éramos cerca de cinquenta. Em certa altura, Mary anunciou que estávamos entre as estações Rua 33 e Grand Central. Ficou claro, tanto pelo isqueiro quanto pela arma-carrinho de bebê, que era ela a líder da nossa patética brigada. Ela disse que a energia devia ter caído, talvez na cidade toda. E que saberíamos o que estava acontecendo assim que chegássemos à Grand Central.

Ouvimos um bocejo no quarto. Então um suspiro de surpresa.

— Ela acordou — sussurra Phee. — Esconda.

Fecho o livro e o ajeito entre Phee e eu no instante em que Mamãe abre a porta de supetão.

— O que vocês estão fazendo?

Sombras lhe talham os olhos e o rosto, e ela parece velha à luz do fogareiro. Dá para perceber que está praticamente dormindo. Por um segundo, considero abrir o jogo e dizer que estamos com o livro dela, que roubamos seu passado, e deixar que acorde amanhã pensando que foi apenas um sonho.

— Só conversando — digo.

— Amanhã é nosso primeiro dia nos campos — murmura Mamãe, visivelmente mais relaxada agora que nos encontrou sãs e salvas. — Vocês precisam descansar. Teremos um dia puxado pela frente. Venham, fora da banheira.

Começamos a sair quando ela volta cambaleando para o quarto.

— Quando terminamos? — sussurra Phee.

— Amanhã. — Penso naquela manhã, em como parece que vidas inteiras se passaram desde então, e me dou conta de que estou ansiosa por um novo dia. Mesmo que signifique precisar esperar.

— Ei, Phee?

— O quê?

Passo o braço pelo ombro dela e ajudo a se guiar pelo escuro.

— Feliz aniversário.

Voltamos ao quarto e guardo o diário na mochila, que empurro até bem debaixo da cama.

Deito ao lado de Phee e tenho um sono inquieto. Sonho com túneis escuros. Heróis lutando à luz de fogo. E belos e solitários homens da floresta.

7

PHEE

Sento numa pedra à sombra das árvores que margeiam o Grande Gramado e massageio as costelas doloridas. Acho que pela décima vez naquela hora. Há centenas de trabalhadores nos campos, colhendo milho e maçã. Fileiras e mais fileiras de costas curvadas e testas suadas. Eu, lógico, sou a única que fez um milhão de pausas desde o amanhecer.

Mas ninguém me enche a paciência.

Algo mudou desde a luta. Vi no rosto de outros trabalhadores. Nos sorrisos irônicos dos cagalheiros na festa ontem à noite e na distribuição de tarefas naquela manhã. Há gestos respeitosos, conversas sobre a minha "astúcia", sussurros sobre o meu "potencial".

Sarah, Rolladin deve estar de olho na sua caçula, ouvi Lauren dizer à minha mãe esta manhã.

Você já estará usando uma pele de cavaleira a essa altura no ano que vem. Pode escrever, a velha Warbler grasnou para mim na festa, quando passei pela fogueira lotada dela a caminho da nossa fogueira presidencial.

Trevor, inclusive, escutou uma conversa da conselheira Lory com Cass quando já estavam bem chumbadas, dizendo que Cass precisava me deixar em paz de agora em diante. Que por causa da impressão que meu desempenho na Rua 65 deixou em Rolladin, alguém vai me indicar, que em breve serei uma deles.

Uma *deles*.

Fui criada para odiar os cagalheiros. E odeio. Ao menos acho que odeio. Tecnicamente, são tão prisioneiros de guerra como o restante de nós, confinados nessa ilha morta assim como todo mundo. Mas são os "escolhidos". Reza a lenda que quando nossa cidade se rendeu aos Aliados Vermelhos, os cretinos dos nossos captores os deixaram no comando. Bem, acho que deixaram *Rolladin* no comando, e ela engrossou suas fileiras com brutamontes e beldades. Brutamontes com passe livre para arrancar o nosso couro e dar ordens em troca de comida e segurança.

Uma troca furada, obviamente.

Começo a futucar o lábio quando sento e acabo rasgando a casquinha que se formou à noite. Volto a pensar nas lutas, em como a plateia torceu por mim, no modo como passaram a me olhar diferente depois, como se eu não fosse uma qualquer. E me pergunto: seria mesmo o fim do mundo ser uma cavaleira? Rações a mais para minha mãe e Sky, quartos no Castelo do Belvedere. E eu poderia praticamente garantir que ninguém jamais faria mal à minha família.

Observo Mamãe e Sky nos campos, arrancando a casca verde-clara das espigas amarelas. Não sei por que perco meu tempo pensando nisso. Mamãe me mataria. Não é apenas que o trabalho de cavaleira seja perigoso — patrulhar o Upper East Side e o Upper West Side à procura de devoradores e saqueadores, estar na linha de frente dos rompantes e caprichos de Rolladin. Também seria o maior insulto imaginável para Mamãe. Ela odeia tanto Rolladin que é como uma droga, e às vezes acho que ela está tão chapada que não consegue enxergar com clareza. Se eu algum dia "trabalhasse" para Rolladin, é bem capaz que Mamãe me deserdasse.

Penso em toda essa treta da Mamãe com Rolladin. Então penso em Rolladin interrompendo a luta, parando Cass antes que ela alcançasse a faca — apesar de ter sido a própria quem colocou nossa família nessa situação. *Por quê?* Não faz sentido. Às vezes fico incomodada quando percebo quão pouco sabemos sobre Mamãe, e essa cidade, e por que as coisas são como são. Mas, ao contrário de Sky, não deixo que isso me atormente.

Então respiro fundo. E olho para as duas, para a luz banhando o milharal, fazendo parecer que trabalham num campo cheio de prata. E agradeço pelo que *de fato* sei: que tenho sorte.

Por fim, levanto e trabalho por mais algumas horas, até que dois cavaleiros passam berrando nos campos: "Intervalo!" Todos largam as ferramentas e convergem para as filas de ração como um exército de formigas. O almoço de hoje não será tão glamoroso quanto o ensopado de ontem à noite, mas quem se importa? Estou faminta. Mamãe aproveita a pausa para conversar com Lauren na borda do milharal, mas não consigo esperar. Empurro Sky para a fila.

— Polenta ou purê de batata? — especulo quando assumimos nosso lugar atrás de uns trinta trabalhadores.

— Purê, sem dúvida — responde ela, alongando as costas.

— Sem chance — diz Trevor, que aparece do meu outro lado como num passe de mágica. — Fiquei sabendo que apenas começamos a colher as batatas. Ainda não dá para fazer purê.

— Hum. De onde você surgiu? — pergunto.

— Do zoológico — responde ele, sem perceber a gozação. — Vi você aqui na frente e não quis perder a oportunidade.

Sky e eu torcemos o nariz quando o fedor de Trev se assenta. Alguns trabalhadores à nossa frente passam a resmungar. Então dois meninos, talvez um pouco mais novos que Trev, soltam risos abafados atrás de nós.

Olho bem para Trevor. Ele tem restos de carne na camisa, manchas de sangue nos braços. A fedentina é tamanha que quase faz a cabeça doer.

— O que diabos você fez hoje de manhã? — pergunto.

— Trevor foi engolido por um bicho — responde um dos meninos.

Dou meia-volta e encaro dois rostos sujos, todos esfarrapados, e sorrisos infantis. Os meninos são definitivamente mais novos que Trevor, devem ter 12, 13 anos. Não que isso faça diferença. Trev não se defende, não importa quem o importune.

O que se pronunciou fica nervoso, com direito a corar e tudo mais, agora que tem minha atenção.

— Vermelho de merda. — Ele indica Trev com a cabeça. — Rolladin dá o trabalho sujo todo para os rejeitados. — Então ri e olha para mim, ansioso, como se esperasse um incentivo.

Mas algo estala dentro de mim, e meu coração entra em modo de combate, quase como se estivesse de volta à ponte da Rua 65. Claro, na maioria dos dias quero estrangular Trevor. Mas isso não quer dizer que vou deixar alguém mais mexer com ele.

— Bobagem — digo ao menino. — Se fosse assim, sua família trabalharia no matadouro o inverno inteiro.

Sky sorri quando o amigo do menino passa a provocá-lo também: *Ela te pegou. Você devia ver sua cara!*

Mas Trev não diz nada. Ele continua calado o tempo todo — na verdade, essas provocações são os únicos momentos em que fica em silêncio. Ele continua atrás de nós duas como uma sombra inquieta enquanto a fila serpenteia adiante.

Pegamos nossas tigelas do que parece ser algum tipo de mistura de maçã e trigo em silêncio. Então nos acomodamos num pequeno pedaço de grama próximo aos campos. O intervalo do almoço é de meia hora — o primeiro e único antes do fim do dia de trabalho e da ração da noite.

— No fim das contas não é tão ruim — diz Sky entre colheradas. Suas mãos estão um pouco trêmulas, e posso garantir que já está exausta. Eu também estou exausta. Dormimos umas quatro horas aquela noite, a maior parte do tempo virando e revirando.

— Verdade. As maçãs estão maduras na medida certa — observa Trev de boca cheia.

— Esqueci que você colheu maçãs durante o inverno passado — diz Sky. — Ei, por que lhe tiraram da colheita este ano? Achei que você tivesse as mãos mais rápidas do parque.

Ela me olha de lado e pisca um olho. Trev está sempre contando histórias mirabolantes que fazem dele o Garoto Prodígio do parque. Minha irmã costuma dar mais corda que eu.

— Estou ficando mais velho. — Trev dá de ombros. — E eles preferem que os homens e as mulheres mais fortes cuidem da carne.

— Homens? — digo com uma fungada. — Você não está forçando um pouco?

Trevor fica vermelho feito uma beterraba, e por um instante me sinto péssima. Não consegui evitar a piadinha.

— Só estamos surpresas — diz Sky, intercedendo por mim. — Você tem apenas 13 anos, certo?

— Tenho 14! Quase 15. E se não for eu, quem vai ser? Não é como se tivéssemos um monte de... de *caras* à disposição. Me ofereci para ajudar e fazer minha parte.

Bem, ele tem razão nisso. Somos quatro mulheres para cada homem nessa ilha, com base no último censo de Rolladin. Menos até, se contarmos as crianças e "caras" como Trev. Mas agora me pergunto por que *eu* mesma não fui mandada para o zoológico esta manhã com os trabalhadores mais fortes, em vez de trabalhar a terra. Talvez sejam as costelas machucadas. Ou alguma estranha recompensa por ontem à noite.

— Enfim, quanto você acha que vai demorar até alguém oficialmente indicar Phee? — sussurra Trev para Sky, como se lesse meus pensamentos.

Sky o fita curiosa, e arregalo os olhos para calá-lo. Não contei a Sky dos boatos que ouvi sobre minha indicação para cavaleira. Não sei se é verdade e, além do mais, sei o que minha irmã pensa deles.

— Do que você está falando? Phee, do que ele está falando?

— Nada — digo com impaciência, ao mesmo tempo em que Trev matraqueia:

— Da indicação de Phee para cavaleira.

O rosto de Sky congela.

— Trev, seu fofoqueiro, você está parecendo a velha Warbler. — Olho para minha irmã. — É besteira. São só boatos, Sky. Rolladin não vai me tornar uma cagalheira por causa de uma lutinha qualquer.

— Dããã, é claro que não. Um dos cavaleiros precisa indicar você, mas isso é fácil — continua Trev, piorando as coisas. — E você provavelmente vai precisar lutar no ano que vem pela sua iniciação e tudo o mais...

— Digamos que isso tudo aconteça — interrompe-o Sky, com a voz embargada. — Phee, você consideraria mesmo isso?

Mexo no meu mingau, tentando encontrar uma saída mais fácil.

— Para que perder tempo com "e se"? Ninguém me indicou.

— Qual é, Phee. Responda. E se alguém indicasse, se *Rolladin* em pessoa lhe escolhesse, o que você diria? Você nem pensaria nisso, pensaria? — O olhar dela é tão intenso que é como se tentasse ver através de mim.

— Eu diria não, é claro. Sem chance. — Odeio esconder as coisas de Sky; faz minhas entranhas revirarem. Mas digo o que imagino que ela quer ouvir. — Está brincando? Mamãe me mataria.

— Então, por Mamãe, você não pensaria. — Os olhos dela ficam um pouco marejados. Sky raramente chora de verdade, mas sempre que fica preocupada ou confusa ou com raiva, seus olhos incham como nuvens de tempestade. Estão assim agora, brilhantes e desfocados.

— Exatamente. — Hesito. Já não sei mais se é a resposta certa.

— Não porque os cavaleiros são animais. Não porque espancam as pessoas por roubarem uma ração a mais. — A tigela de Sky treme tanto que pedaços de maçã vão parar no mato. — Ou porque, apesar de também serem prisioneiros, eles nos tratam como escravos. Mas porque *Mamãe* ficaria *furiosa*.

Olho de um lado para o outro, para uma Sky corada e um Trevor confuso. Vejo estampado na cara dele o que sinto. Mas ele não dá um pio. De besta, Trev não tem nada.

— Uma luta, uma noite de torcida da multidão e você simplesmente... *esquece*... que eles são monstros?

— Não — rebato. — Só quis dizer que é perda de tempo pensar nisso. Porque não é como se eu tivesse algum tipo de escolha.

— Mas se Mamãe não se importasse, você estaria pronta para usar aquela pele de recruta e passar a obedecer aos caprichos de Rolladin. Simplesmente viraria a casaca. Todos que você amou, conheceu, com quem trabalhou, tudo bem tratá-los como lixo. E pelo quê? Você não viu o que fizeram com Philip depois que ele perdeu?

É claro que eu tinha visto Philip, o perdedor da luta, aquela manhã. Ele voou alto demais e cortaram a linha dele, então agora está mancando pelo Grande Gramado como qualquer trabalhador velho. Rolladin o jogou fora, e nenhum grupo de trabalhadores o aceita mais. Agora ele é uma ilha de um homem só.

— Sky, você está botando palavras na minha boca. Eu não disse que queria ser...

— Não precisou. — Sky faz que não. — Foi o que você não disse.

Não sei como rebater aquilo.

Meu rosto está em chamas e minha cabeça a mil, mas não encontro as palavras. Não consigo lembrar como chegamos aqui. Por que ela está tão irada? Tudo que sei é que agora também estou irada, mas não consigo especificar o motivo. Talvez seja porque ela está furiosa comigo.

Ou talvez porque Sky *sempre* faz com que eu escute os sentimentos dela, mas na maioria das vezes não sei como dar voz aos meus.

Evito o olhar dela e me volto para o meu almoço.

— Trev, vou quebrar sua cara — finalmente murmuro para a tigela.

— Por que cargas d'água você está brava comigo?

— Só esqueça essa história da luta de uma vez, está bem?

Terminamos o almoço em silêncio antes dos recrutas passarem chamando todos de volta ao trabalho. Trevor voltou ao zoológico e eu segui Sky até o milharal. Ela se colocou do lado esquerdo de Mamãe, e fiquei do lado direito de Lauren. Acho que precisamos de um tempo uma da outra. Às vezes é assim com a gente.

Na maioria dos dias sinto como se fôssemos os últimos remanescentes de uma tribo incrível. Apenas eu, Sky e Mamãe contra os desgarrados e os cagalheiros. O mundo inteiro, se cortassem o papo furado e acabassem com essa guerra estúpida. Mas às vezes Sky e eu simplesmente não falamos a mesma língua. Minha irmã sempre sonha com o mundo além dos arranha-céus, mas a verdade é que vivemos *dentro* da cerca deles. E enquanto vivermos, é assim que tudo vai ser. Questionar as coisas, desejar que fossem diferentes, é uma completa perda de tempo.

Dobro as mangas para começar a colher as espigas, ainda imersa em pensamentos. Sei que os cagalheiros podem ser uns idiotas. Claro que sei. Mas às vezes coisas ruins, usadas do jeito certo, podem trazer coisas boas — como a minha luta na Rua 65. Que nos deu a chance de continuar no parque, rendeu rações a mais e ainda por cima me fez ganhar algum respeito. Ser uma cavaleira deve ser assim o tempo todo, para nós três. E o que isso quer dizer?

Os fins podem justificar os meios.

Mas sei que Sky não entenderia. E depois de dezesseis anos, sei que é inútil tentar, mesmo que encontrasse as palavras perfeitas.

Respiro fundo para me acalmar e pego um balde.

O dia sangra ao anoitecer nos milharais. Trabalhamos em silêncio, colhendo as espigas uma a uma. Arrancando a casca sedosa. Debulhando o milho. Preciso admitir que gosto de trabalhar com as mãos por aqui. É sereno deixar que as horas deslizem enquanto os dedos trabalham em tranquilidade. O silêncio massageia a mente, o vento da tarde esfria meu mau humor. E quando chega o pôr do sol, não sinto mais raiva. Apenas cansaço. E é um cansaço bom, um dolorido que diz *você foi útil.*

O céu finalmente fica poeirento e rosado, prometendo comida em breve. Mas apenas quando a luz já quase se extinguiu alguém quebra o silêncio.

— Sarah — sussurra Lauren para Mamãe. — Olhe os cavaleiros. O que está acontecendo?

Acompanho o olhar de Lauren para além das espigas, até o limite dos campos. Os recrutas estão em polvorosa, correndo para a mata um a um. E atrás deles vem o Conselho dos Cavaleiros — os seis envergam suas pomposas capas de predador e estão armados até os dentes com espadas, facas e as poucas armas de fogo que Rolladin mantém em segurança no Castelo do Belvedere.

— Não faço ideia — sussurra Mamãe. — Mas não parece bom.

A maioria dos trabalhadores já largou as ferramentas e segue em meio ao milharal na direção dos cavaleiros. Nós nos juntamos a eles; colocamos as últimas espigas nos baldes e vamos até a borda do milharal para ver melhor.

— Reúna os recrutas — diz Lory a Cass e alguns outros cavaleiros menos importantes. — Fiquem aí! — ordena, aos gritos, em nossa direção. — Quem sair do milharal leva chumbo. Sem exceção.

Lory entra na mata com os outros cinco membros do Conselho de Rolladin enquanto Cass lidera um grupo de cavaleiros numa debandada até o castelo.

É claro que os milharais agora estão um burburinho.

"O que você acha que é?"

"Será que é um desgarrado?"

São tantas perguntas que o milharal parece ficar apertado.

— Quando foi a última vez que um desgarrado conseguiu entrar no parque? — sussurra Sky.

— Anos atrás — sussurra Mamãe de volta.

Olho além de Lauren e Mamãe para Sky, e nos entreolhamos. Isso parece ser importante. De uma hora para outra, minha indicação para cavaleira é a menor de nossas preocupações.

Saio de onde estava e vou até Sky, que dá um sorriso ansioso. Qualquer tensão que existisse entre nós essa tarde se foi. Ela bota a mão no meu ombro e a deixa ali, como se nos ancorasse. Trevor passa correndo ao meu lado e abaixa as espigas para ver melhor.

Há suspiros e calafrios quando Cass vem correndo dos campos do norte com os outros trinta recrutas armados a reboque. E atrás desse pequeno exército vem Rolladin.

Isso não é comum. Rolladin nunca vai aos campos. Está abaixo dela. Vê-la agora começa a me fazer surtar de verdade.

E mais, ela carrega um dos poucos fuzis da ilha.

— Ninguém sai dos campos — urra ela para nós. — Ou faço a cabeça de vocês de soleira.

Ela se embrenha na floresta. Ouvimos gritos, ordens abafadas, um tiro cortar o ar.

— Isso é loucura — sussurra Sky para mim. — Eles nunca usam as armas.

Ninguém dá um passo além do limite das plantações, mas pescoços estão esticados, mares de olhos varrem a escuridão.

Os conselheiros lentamente emergem da mata em um amplo círculo, suas armas estendidas como uma boca cheia de presas. No centro do círculo vemos um grupo de estranhos com as mãos erguidas. Sujos, esfarrapados, empastados com lama e folhas. São quatro. Todos homens, o que é meio estranho, considerando a predominância de mulheres no parque.

Faço uma inspeção rápida.

O mais velho tem uns 50 anos. Outro tem mais ou menos a idade de Mamãe, há também um cara alto e magro que deve ter algo em torno de 25 anos, além de um adolescente. Os dois mais jovens se parecem, inclusive; ambos têm cabelos pretos revoltos que se espalham por todo lado.

Engraçado, esses caras não parecem ser devoradores dos túneis enlouquecidos, ou mesmo saqueadores, os bandidos barra-pesada sobre quem Mamãe sempre nos alerta. Eles parecem apenas cansados. Ouço a respiração de Sky acelerar ao meu lado quando os homens ficam mais visíveis.

— Tudo bem — digo. — Rolladin os pegou. Estamos seguras. Acabou.

Ela me olha assustada e apenas balança a cabeça.

— Trabalhadores! — brada Rolladin para nós, encolhidos nos campos. — Esses porcos egoístas vieram pilhar o parque, roubar sua comida... colher os frutos do seu esforço. O que devo fazer com eles?

Ninguém diz uma palavra.

Rolladin arremete na direção dos milharais e troveja:

— Como chamamos esses *covardes*? Esses prisioneiros imprestáveis que não admitem se render e trabalhar para viver?

Uma centelha se espalha pelos campos, um murmúrio que cresce até se tornar um grito de guerra. "Traidores."

— Traidores.

— TRAIDORES.

O sorriso de Rolladin se alarga com nossos brados, então ela ergue o fuzil e o sacode, como quem diz: *Isso, isso. Era isso que eu esperava. Agora se acalmem.*

Ela se volta para os desgarrados.

— Por favor! — grita o mais velho do grupo, mas Rolladin lhe acerta uma coronhada na barriga.

— Calado. Vocês mexeram com a mulher errada, seus imbecis. Não tenho tempo para parasitas. — Ela cospe no chão em frente aos homens. — Ou psicopatas. Quem quer que vocês sejam, *o que quer* que vocês sejam, aqui seguimos as regras para os prisioneiros de guerra à risca.

— Ela anda de um lado para o outro como um tigre faminto. — Lory, tranque esses desgarrados no zoológico.

— Espere, espere, por favor! Acho que houve um engano. — O senhor olha para os amigos em busca de apoio. — Não entendemos o que você está dizendo. Nós não somos desgarrados ou... ou psicopatas.

A voz dele é esquisita, meio como se cantasse, as vogais têm som cheio e nítido. *Sotaque?*, balbucio para Sky. Ela concorda.

— Por favor — continua o homem. — Viemos de tão longe. Deixe-nos descansar por uma noite. Deixe-nos descansar e navegaremos para longe daqui, deixaremos você e sua cidade para sempre. Nós juramos. Só viemos para Nova York porque ouvimos dizer que aqui havia esperança.

Espere um pouco, *viemos* para Nova York? De onde? Do Brooklyn? Esses caras são soldados dos Aliados Vermelhos disfarçados?

Não sou a única que está confusa. A multidão volta a zumbir.

"Viemos para Nova York?"

"Foi isso que ele disse?"

"Eu ouvi direito?"

— SILÊNCIO! — urra Rolladin. Mas vejo no rosto dela algo que jamais vi antes.

Medo.

8
SKY

Tudo aconteceu num redemoinho, uma tempestade de comoção. Rolladin e os conselheiros com armas de fogo levam os desgarrados, ou espiões inimigos, ou seja lá quem eles forem, para o zoológico, enquanto Lory lidera um grupo armado de recrutas pelos campos. Eles vociferam, nos empurram contra os pés de milho, arrancam as ferramentas de nossas mãos. Deixamos os campos na maior desordem, para então sermos conduzidos de volta ao Carlyle para uma noite de confinamento.

Não lembro de isso ter acontecido antes. Meu coração fica na garganta o tempo todo, como se ameaçasse me deixar e encontrar ele próprio uma saída daquilo.

Ainda assim, em meio ao caos, consigo pensar apenas numa coisa, indefinidamente. E não consigo acreditar. O homem da floresta.

A visão que tive.

Ele é real.

Os cavaleiros nos tangem pelo parque até que o grupo se afunila na ponte para a Rua 76. Me separo de Phee e Mamãe quando somos conduzidos de volta ao Carlyle e, minutos depois, de Lauren. Respiro fundo, tentando conter o pânico. Trevor e eu nos amparamos enquanto a multidão nos carrega para casa.

— Ninguém sai dos quartos, estão me ouvindo? — grita Lory para a multidão. — Ordens de Rolladin. Cada um no seu quarto. As rações serão entregues a vocês hoje à noite. Não se apresentem nos campos amanhã a não ser que sejam instruídos.

A multidão é um mar de sussurros e murmúrios, de questionamentos.

— E quanto aos ingleses? — berra a sra. Warbler por cima da barulheira. — O que vai acontecer com eles?

Lory ergue seu arco acima da multidão e aponta para a cabeça da sra. Warbler. O único problema é que há cerca de dez pessoas — incluindo Trevor e eu — na frente do alvo.

— Calada, sua velha insuportável, ou vai comer madeira — responde. — Vocês ouviram Rolladin. Eles são traidores. Vamos prendê-los, ela os julgará e provavelmente os mandará para forca amanhã de manhã. Agora vamos!

Entramos no saguão úmido e escuro do Carlyle. Trevor tenta me seguir escada acima, mas um cavaleiro o agarra e o puxa pelo corredor até os quartos de solteiro.

— Espere, Trev...

— Skyler! — grita ele para mim.

— Cada um para o seu quarto! — Cavaleiros me empurram pelas escadas com o resto da multidão. — Não temos a noite toda.

Quando chego ao nosso quarto, Mamãe e Phee felizmente já estão lá, a salvo, e eu relaxo um pouco. As duas preparam alguns fogareiros com uma parte da nossa porção de madeira.

— Sky, graças a Deus — sussurra Mamãe. Ela larga a madeira e manqueja na minha direção, passando os braços pelo meu pescoço.

— Mamãe — diz Phee atrás dela. — O que foi aquilo tudo?

Seguro a mão dela.

— Isso já aconteceu antes?

— O toque de recolher? — pergunta Mamãe.

Vamos até a janela e olhamos pelo vidro empoeirado. Dois cavaleiros armados guardam o Carlyle, flanqueando a entrada como gárgulas gêmeas. Não tenho dúvidas de que vários outros patrulham os corredores para garantir que ninguém deixe os quartos.

— Da última vez que algo assim aconteceu, vocês duas eram bem pequenas — responde Mamãe. — Um bando de devoradores dos túneis subiu para garimpar. Foi durante a ocupação, quando alguns pelotões dos Aliados Vermelhos ainda estavam estacionados no Met e no Museu de História Natural. — Mamãe fica com aquele olhar distante outra vez. — Ficamos trancados por dias. Passaram pente-fino no parque à procura de desgarrados, e cinco devoradores foram encontrados, julgados e mortos. Os generais Vermelhos permitiram que o bando de Rolladin executasse a ordem. Eles foram enforcados em cruzes ao longo da borda sul. Nos postes de iluminação — sussurra ela. — Da Quinta Avenida ao Columbus Circle.

Os olhos de Mamãe ficam marejados. Ela raramente conta tanta coisa, e quero lhe dar um minuto para organizar os pensamentos.

Mas Phee, como sempre, se intromete.

— Os caras na mata hoje à noite. Eles também podem ser devoradores?

— Vocês duas não se lembram da aparência de um devorador. — Mamãe não olha para nós, mantém os olhos fixos na janela. — Tentei protegê-las para que não se lembrassem. Mas vocês reconheceriam um se o vissem. — Ela pega a mão de Phee, e a minha e as beija. — Eles não são normais. Não são humanos. São como cascas de pessoas que se perderam nos túneis, para a escuridão.

Estranhamente, as palavras de Mamãe me levam de volta ao diário, para quando os túneis eram o "metrô". Vejo-a todos esses anos atrás, vagando com Mary e eu pela escuridão. Sinto desespero por saber o que separa a mulher de então da mulher à nossa frente. O que separa sua cidade despreocupada do esqueleto de Manhattan que nos enjaula. Mas sei que Mamãe não nos contará, mesmo que perguntemos com insistência.

E o único conforto que tiro disso é que temos parte de sua história no papel, quer ela goste ou não.

— Então esses caras são saqueadores de fora do parque? — pergunta Phee.

— Saqueadores são lobos solitários, não andam em bando como aqueles homens. Eles se escondem nos escombros da cidade, garimpam comida e suprimentos aqui e ali. Não imagino que nenhum saqueador tenha sobrevivido aos invernos rigorosos dos últimos anos. — Mamãe faz que não. — Sempre houve... boatos... de outros desgarrados na ilha. Mas a essa altura, o parque e os últimos devoradores devem ser tudo que restou.

Mamãe corre os dedos pelo cabelo, tensa com nossas perguntas, que ficam mais e mais complicadas.

— Então de onde eles vieram, Mamãe? — insisto com delicadeza. — Do Brooklyn?

— É, eles são Aliados Vermelhos nos espionando? — Phee respira fundo. — Rolladin não teria coragem de matá-los. Teria?

— Aqueles homens têm sotaque inglês. — Mamãe esquece um pouco o cabelo e apoia as mãos no peitoril da janela. — Eu me recuso a acreditar que os britânicos se bandearam para o lado dos Aliados Vermelhos. O Reino Unido sempre foi nosso aliado. *É* nosso aliado — reitera ela, soltando um suspiro. — Por outro lado, quem sabe o que diabos está acontecendo fora daqui? Rolladin não nos dá notícias da guerra. Nenhuma notícia digna de nota, pelo menos.

Tento acompanhar, juntar as peças. Mas elas parecem não se encaixar.

— Mãe, se eles não são desgarrados e não são soldados Vermelhos — pergunta Phee, exatamente o que estou pensando —, quem diabos eles são?

— E o mais importante — acrescento, agora com um frio no estômago: — como eles estão aqui?

Uma batida estrondosa na porta nos faz pular e, num reflexo, solto um gritinho.

— Está tudo bem — diz Mamãe. — São apenas os cavaleiros.

— Três rações. A família Miller está servida — troveja uma voz rouca do outro lado da porta. — Peguem enquanto ainda está morno.

Levamos as três pequenas bandejas para dentro, espalhamos algumas toalhas à luz das velas e montamos nosso piquenique. Phee e eu tentamos levar a conversa adiante, descobrir mais, porém está claro que Mamãe sabe tanto sobre os ingleses quanto nós. Acabamos comendo em silêncio na penumbra. Através das paredes finas do Carlyle, ouvimos discussões em outros quartos, o clangor de objetos metálicos, sussurros indistintos.

— Querem jogar cartas? — pergunta Mamãe, depois de limparmos as bandejas e as guardarmos nas sombras do banheiro.

— Está um pouco escuro — fala Phee. — Não podemos acender alguns desses fogareiros?

— É melhor guardamos a madeira para o caso de passarmos outra noite aqui. Duvido que os cavaleiros pensem em distribuir mais suprimentos.

Alguns dias atrás, se alguém dissesse que eu seria forçada a ficar trancada jogando cartas, lendo, segura e aquecida, eu teria ficado empolgada. Mas hoje à noite o hotel está claustrofóbico, superlotado com todas as perguntas que se acotovelaram até o nosso quarto.

Por que preciso de um livro para conhecer a minha própria mãe? Por que estamos enjauladas aqui? Por que as coisas são como são?

E por que penso naquele garoto na mata?

Pensar no garoto traz um rubor que se espalha pelo meu rosto como dedos.

— Vamos ler, então? — sugeriu Mamãe. — O que você está lendo? *A menina e o porquinho* outra vez, certo? — Ela enverga seu melhor sorriso, tentando nos distrair e nos fazer esquecer por um momento de que somos prisioneiras. — Por que você não lê um pouco para nós?

Os olhos de Phee se arregalam, e eu os evito, com receio de que eu mesma acabe me traindo. *Não podemos ler A menina e o porquinho para você. Esse livro está no cofre do seu apartamento abandonado. Mas que tal ler o seu diário, em vez disso?*

— Estou um pouco cansada, mãe — murmuro olhando para o colo. — Talvez seja melhor nos deitarmos e recomeçarmos amanhã.

— Tudo bem — concorda ela em voz baixa. — Eu entendo. Acho que foi outro longo dia.

Algum tempo depois, estou acordada na cama. O luar dança no teto cheio de infiltrações, criando a ilusão de que dormimos sob uma maré lenta, preguiçosa. Faz lembrar o rio em casa, em Wall Street, a forma como a água se estende por tamanha vastidão que é quase possível ouvir as ondas quebrarem entoando *Liberdade* se escutarmos com atenção.

Arrumo o travesseiro e me volto para Phee. Ela ressona, já dorme a sono solto, sem uma preocupação no mundo. Tem um leve sorriso na boca, como se até mesmo os sonhos dessem certo para ela. O que me faz pensar no que disse mais cedo. Sobre se juntar aos cavaleiros, tornar-se um deles. Não que tenha dito essas palavras, mas não precisou.

E isso me atormentou o dia inteiro.

Vejo-a dormir. A forte, audaz e altiva Phee, protetora da família. Futura líder do parque. Uma semente de preocupação cria raízes no meu estômago.

E se ela se tornar uma cavaleira, o que acontece? Eu me torno uma trabalhadora residente? Simplesmente continuo a segui-la por aí como uma sombra? A encolher e encolher até sumir de vez, ao passo que ela brilha mais e mais?

E o que me incomoda de verdade: estou mais angustiada porque Phee seria capaz de tomar a decisão tresloucada de ser uma cavaleira ou porque eu jamais terei essa chance?

Volto a deitar e admirar as formas no teto. Penso nas lutas, nas regras do parque, em como flutuo despercebida por aqui. Minhas qualidades preferidas de Mamãe dançam na minha cabeça. *Equilíbrio. Paciência. Controle.*

Sou mesmo paciente? Elas realmente me veem como alguém sob controle?

Ou apenas sou definida pelo que minha irmã mais nova não é?

O pensamento floresce, sobe pelas minhas entranhas e se enrola na espinha. Não consigo mais ficar parada. Preciso de ar. E espaço. Preciso estar lá fora eu mesma, sair pela porta, mergulhar no mundo de outro alguém e me esconder lá.

Mas claro que não farei isso sozinha.

Sacudo o braço de Phee de leve e ela acorda num sobressalto, mas sou rápida em cobrir sua boca. Aponto para Mamãe com o queixo. Se não quisermos acordá-la, precisamos nos comunicar na língua de sinais das irmãs que ensinei a Phee — um misto de língua de sinais básica que aprendi num livro e alguns gestos só nossos.

Phee esfrega os olhos e olha por cima do ombro. Mamãe dorme pesado, roncando na escuridão. Os olhos de Phee despertam quando percebe porque a acordei. Ela ergue as mãos, com as palmas para cima, e passa a abanar a mão direita de um lado para o outro, virando páginas invisíveis. Faço que sim. *Exatamente. O diário.*

Ela aponta para o banheiro.

Faço que não, aponto para Mamãe e então para meus olhos. *O banheiro não, ela vai acordar se acendermos os fogareiros.*

Ela joga as mãos para cima. *O que faremos então?*

Não acredito que estou fazendo isso. Aponto para a porta. Quero me esgueirar pela porta, pelo corredor.

Ela leva o indicador à têmpora e passa a girá-lo. *Você é o quê, louca?* Então corre o polegar pelo pescoço. *Suicídio.*

Dou de ombros e ignoro minhas mãos trêmulas. Com cuidado, liberto as pernas da pilha de cobertores velhos e lençóis. Não sei se estou blefando até que Phee me segura pelo pulso.

Ela balança a cabeça devagar. *Não.*

E por um momento, pela primeira vez em toda nossa vida, talvez, estou pronta para algo perigoso. E ela, não. Isso me dá força, tira um talho da erva daninha da autodepreciação, me empolga ao ponto da inconsequência. Respiro fundo, aponto para ela e trago as mãos para o lado da cabeça em sinal de oração. *Então volte a dormir.*

Aceno de leve, termino de me livrar das cobertas e pego o diário debaixo da nossa cama.

Phee está ao meu lado antes mesmo que eu abra a porta.

9
PHEE

Enfim, não sei por que Sky inventou de vir com essa de valente, mas não vou fingir que estou gostando. Sair do quarto em pleno toque de recolher é estupidez, tolice. E se formos pegas? O que acontece? É claro que quero ler esse diário tanto quanto ela, mas há outras formas.

Não digo nada disso, é claro. Não vou ficar para trás, simplesmente não faz sentido. Não é assim que agimos. Para dizer a verdade, é ela quem geralmente vem na minha cola.

Nós nos esgueiramos pelo corredor e levo a mão a um dos fogareiros presos nas paredes, mas Sky a segura e faz que não. Ainda na língua de sinais secreta das irmãs, aponta para nós duas e para o fim do corredor. Então passa a gesticular rápido demais, e não entendo mais nada. *Chega.* Jogo as mãos para cima. E ergo o dedo indicador. *Espere um segundo.*

Volto ao quarto para pegar uma de nossas tochas. Ao menos uma de nós estará preparada. Faço uma pausa e penso na minha arma, que na verdade ainda não carreguei desde que a ganhei de Mamãe. Isso sim é estar preparada.

Não, má ideia, Phee. Não é necessário.

Mas parte de mim, uma da qual não me orgulho, implora e suplica para que eu a pegue. *É você quem deveria ser a fodona*, zomba minha diabinha. *Não Sky.*

Sinceramente, não tenho um minuto a perder com essa crise de *Quem sou eu de verdade?* E já que não tenho tempo para debater comigo mesma, apenas escuto a voz e enfio a mão debaixo do colchão. Boto o revólver no bolso direito da calça de moletom e as balas no esquerdo.

Pronto. As coisas parecem estar de volta ao lugar. Saio pela porta.

— Não, deixe a tocha. Vamos subir tateando pelas escadas internas — sussurra Sky quando volto. — Precisamos ficar nas sombras. Venha.

Ignoro essa ideia e levo a tocha apagada ao segui-la pelo corredor do Carlyle.

Deve ser quase meia-noite. Estou tão nervosa que começo a ver e ouvir coisas, cagalheiros saindo das sombras, sussurros nas paredes. Então tenho certeza de ouvir dois guardas conversando em voz baixa no extremo oposto do corredor. Seguro a mão de Sky e nos colamos ao papel de parede como se fosse possível atravessá-lo. Vemos os dois cagalheiros passarem pelo nosso corredor e seguirem para os quartos de numeração menor. Quando desaparecem, nos esgueiramos até a saída da escada, abrimos a porta e nos abrigamos atrás dela. Abro-a outra vez para acender a tocha num fogareiro próximo e volto a me juntar a Sky do outro lado.

— Assim podemos ver para onde estamos indo — digo.

— É, e eles podem nos ver. — Sky faz que não. — Disse para deixar isso para trás e simplesmente me seguir. Podemos acender um fogo no terraço.

— Com o quê? Depois você vai me agradecer.

Ela faz que não outra vez e passa a subir alguns degraus usando as mãos e os joelhos.

— Fique abaixada — me interrompe ela. — Há cavaleiros patrulhando todos os andares. Se virem essa chama, estamos acabadas.

— É, e se tropeçarmos na escada estamos acabadas.

— Phee — resmunga Sky. — Ninguém insistiu para você vir.

Fala sério. Até parece que ela teria ido sem mim.

— Cai na real — retruco.

Continuamos a subir em silêncio, até que finalmente chegamos à porta do terraço. Está trancada com umas quatro correntes enormes e cadeados, mas as correntes estão frouxas, então conseguimos empurrar a porta o bastante para nos espremermos pela fresta. Sky vai primeiro, eu passo a tocha para ela e vou atrás, para o ar fresco do deque do terraço.

Atravessamos correndo o espaço deserto passando por uma sucessão de sofás esfarrapados até uma forma retangular no extremo oposto. Em frente há bancos enferrujados, e rastejamos até o interior. Vemos garrafas pela metade e cacos de vidro por todos os lados. Leio os rótulos: JIM BEAM. JACK DANIELS. JOSE CUERVO. E um monte de outros caras.

Sky afasta os cacos com o pé e sentamos encostadas às prateleiras. Seguro a tocha enquanto ela tira o diário da cintura das calças cintilantes de *stretch*. O pijama dela faz com que todas as minhas roupas pareçam trapos.

— Vamos terminar isso hoje à noite — diz Sky ao abrir o livro. Apoio o cabo da tocha no joelho e o diário ganha vida, luz de fogo reanimando palavras antigas. E pela primeira vez desde que ela me acordou, estamos de acordo.

— Pode apostar.

Retomamos com Mamãe e a cunhada, Mary, vagando pelos túneis.

Mas sentimos um choque antes de chegarmos à Grand Central, um abalo tão poderoso que parecia que o tapete do mundo estava sendo puxado debaixo de nós. Encostei-me na plataforma do metrô e abracei Sky. Ela desatou a chorar, como se estivesse sendo torturada no escuro.

"Precisamos sair daqui", implorou uma mulher bem-vestida demais para o metrô num domingo assim que a terra parou de tremer. "Agora."

Eu conseguia sentir no grupo uma nova tensão subjacente, um pânico coletivo sem amarras. Todos passamos a tentar escalar a plataforma, grunhindo e nos acotovelando ao nos atirarmos rumo à liberdade. A adolescente do nosso trem, Bronwyn, choramingava atrás de mim, dizendo que não estava pronta para morrer.

Mary abaixou um pouco a voz, apesar dos murmúrios e gritos que borbulhavam à nossa volta. "Aconteça o que acontecer", ela me disse, "ficaremos juntas, certo?".

A voz dela estava trêmula, e aquilo me apavorou de verdade.

"Mary..."

"Apenas prometa", ela disse.

Eu disse que claro.

A multidão passou a subir as escadas da estação. Os isqueiros se apagaram com a desordem e ficamos cegos, uma massa de mãos tateando a escuridão. Saltamos as catracas um a um. Mas não havia luz do sol para nos receber. Vagamos por uma névoa espessa e poeirenta. Ouvimos o matraquear de metralhadoras, berros em línguas estrangeiras. Gritos de agonia.

Estávamos perdidos, ratos de laboratório em um labirinto de brumas, e eu quis gritar, simplesmente sentar e gritar, tamanho era o pânico que sentia. Mas em vez disso apertei Sky contra o peito e rezei. Por ela, pelo pai. Onde estava Tom? Estaria a salvo? Estariam ele e Robert no ateliê ou em algum lugar subterrâneo?

Senti uma mão na cintura e Mary estava ao meu lado. "Todos de volta ao metrô", ela nos disse. "Agora!". Mary nos liderou escadaria abaixo até as entranhas vazias e esfomeadas da cidade. Descemos com cuidado e, àquela altura, Sky berrava. Faminta, cansada, com a fralda suja. Prometi que a levaria para casa. Mas talvez fosse conversa mole. Talvez o mundo estivesse desmoronando.

— Espera um pouco. — Sky arranca o livro de mim e se curva para ler mais de perto, como se tentasse escutá-lo sussurrar. — Gritos de agonia... línguas estrangeiras. Metralhadoras. — Ela me fita com os olhos arregalados, inquietantes à luz da tocha. — Você está entendendo o que é isso?

— Como assim? Do que você está falando?

Ela folheia o diário de Mamãe tão rápido que a tinta passa a formar um borrão.

— Isto não é... apenas um diário sobre a vida de Mamãe antes dos ataques. — As palavras de Sky praticamente se atropelam de tão agitadas que estão para sair. — Isto *é* a história dos ataques. Tudo acontece bem aqui, nessas páginas. Talvez todos os segredos, todas as peças perdidas... sobre Mamãe... e *Papai*... até mesmo eu e você, elas podem estar aqui. Phee, isto pode explicar tudo.

Olho para o diário e penso em tudo que não sabemos. Em todas as vezes que Sky perguntou sobre a vida de Mamãe Antes, ou mesmo Depois, e o rosto dela apenas ficava nebuloso.

Não quero dizer a Sky que é como espionar, como se estivéssemos invadindo nossa mãe e puxando para fora todos os seus segredos.

Porque, neste exato momento, tenho dificuldade para respirar.

Neste momento, a ideia de descobrir o que aconteceu com Mamãe, com nossa família, é tão grande e pesada que quase me derruba.

— Tudo o que não sabemos sobre nossa família pode estar aí?

— Mais do que nossa família, Phee. — Sky faz que não. — Tudo que não sabemos sobre esta *cidade*. Sobre Manhattan.

8 de março — Sobrevivemos a outro dia. Acampamos na escuridão bem perto de onde o trem número 7 parava na Times Square. Enquanto isso, libertamos os passageiros de dois outros trens do metrô.

Ninguém sabia o que estava acontecendo na superfície. Nada de celular, computador, televisão. Aqueles que ainda tinham aparelho com carga perambulavam à procura de sinal como bêbados cambaleantes. Mary finalmente rompeu o silêncio.

"Precisamos mandar um grupo de batedores à superfície."

Debatemos por horas o que se passava lá em cima, centenas de vozes acaloradas, até que Lauren, a mulher bem-vestida, finalmente observou que, independentemente do que acontecia, estávamos no escondendo e devíamos ficar quietos.

"Mary, você enlouqueceu? Nós não sabemos quem — ou o quê — está lá em cima", disse Bronwyn de um canto. A máscara de confiança que a adolescente perfeita exibia no metrô sumira junto com a maquiagem. Agora eu via apenas uma menina pálida, sozinha, afogando-se num mar de estranhos — a filha de alguém perdida no escuro. "A polícia vai nos encontrar, não é possível que não nos encontrem", disse Bronwyn com um calafrio. "Alguém vai nos salvar."

"Não seja tola", disse Mary. "Não podemos ficar aqui para sempre. Precisamos nos salvar".

É claro que Mary recorreu a mim para apoio, e, apesar de estar exausta, reuni minha convicção e disse: "Com certeza. Sim, precisamos fazer alguma coisa." Então apertei Sky contra o peito, abaixei a voz e sussurrei para Bronwyn: "Tudo vai ficar bem."

A multidão passou a murmurar em concordância e logo fazíamos planos, selecionávamos os batedores que seriam mandados à estação da Times Square. Os ciclistas do nosso vagão se ofereceram como voluntários e lhes demos instruções cuidadosas. Usamos nossa sabedoria coletiva e rabiscamos no caderno de alguém um mapa da infinidade de corredores e passagens da estação. Reunimos contribuições e os despachamos com dinheiro, um isqueiro e esperança.

"Sejam rápidos", alertou Mary quando saltavam as catracas da estação. "Estamos aqui embaixo, esperando por vocês."

Foi então que finalmente vi aquele fogo por trás dos olhos de Mary, o poder que Tom costumava me dizer estar ali, pronto para queimá-lo até as cinzas. Mas estava grata por ele. Começava a pensar que, sem Mary, enlouqueceria lá embaixo. Era bem capaz que corresse até a escuridão me engolfar e me tomar como sua.

Os ciclistas nunca voltaram.

20 de março — Já faz semanas. Ou talvez tenha sido uma vida. Não tenho certeza. Dividi minha mente em duas — a parte ansiosa e plenamente consciente está adormecida. Restou apenas o meu eu animal, que vaga por este labirinto escuro. Respiro, como e cuido de Sky. Não penso. Não posso pensar.

Somos meramente migrantes perdidos à mercê da cidade, sobreviventes à caça de uma segunda chance. Acampamos em diferentes estações do metrô, trocando histórias de nossas vidas passadas como figurinhas. Lauren falou da filha, uma brilhante aluna de quinta série. Bronwyn do namorado "perfeito", um calouro arrogante na NYU... e então comentou mais baixinho, enquanto brincava com Sky, das irmãs pequenas que deixou na cidade natal.

Alguns do nosso bando condenado se ofereceram para garimpar na superfície. Muitos não voltaram. Outros sim, com comida, roupas. Lanternas e velas. E, é claro, imagens.

"Nova York está sendo atacada", disseram. "Estamos em guerra. As ruas estão cheias de mortos. Há soldados em cada esquina. Não sobrou nada."

Eu não acredito. Não consigo acreditar. Fico no meu casulo escuro, pegando rações para mim e Sky, cuidando de Bronwyn, agarrando-me a Mary. Ando tão enjoada.

1º de abril — Nossos números estão rareando. Os corajosos morrem mais rápido, um a um se oferecendo ou sendo escolhidos para missões praticamente suicidas. Os que sobraram são jovens ou velhos, assustados ou doentes. Sobrevivemos à custa de mantimentos garimpados em lojas e restaurantes abandonados. Nós racionamos. Queremos desistir. Mas Mary nos mantém focados e em movimento. Não há mais ninguém para liderar esse grupo patético.

Passamos a maioria dos dias vagando ou escondidos pelos cantos, especulando. Compilamos uma montagem mental coletiva da superfície com os poucos que voltaram com suprimentos. Nossas teorias começam toda manhã em fogo brando, esquentam durante o dia até levantar fervura, e à noite assobiamos mais alto que uma chaleira.

"Foi a China."

"Encontrei sobreviventes da Linha N na superfície. Foi o Oriente Médio, sem dúvidas."

"Ouvi dizer que o Brooklyn foi bombardeado."

"Não, foi o Queens. E começou com o Japão."

"Seus idiotas, foi uma invasão por terra. Ninguém jogou uma bomba atômica."

Mas ninguém sabe com certeza.

15 de abril — A dor ficou insuportável. É como se as entranhas quisessem sair pela boca, e agora dói até mesmo andar. Onde está Tom?

Às vezes eu o vejo vagando pela escuridão à minha procura. Escuto rangidos, ruídos no subterrâneo, e acho que ele e Robert estão logo ali, vindo em nosso resgate.

Escutamos uma sacudida frustrada das correntes do outro lado do bar. Uma porta furiosa tentando se libertar das dobradiças. Tenho um sobressalto e quase queimo o diário. Os olhos de Sky se acendem à luz da tocha. Ela rapidamente coloca o diário de volta na cintura das calças e gesticula para que eu sopre a chama.

Nossa luz desaparece no instante em que passamos a escutar uma série de estalos nos cadeados da porta. Uma a uma, as correntes caem com estardalhaço, então vozes irrompem terraço adentro.

— Isso é ridículo. Devíamos estar no zoológico ou no castelo.

Fecho os olhos. Nunca esquecerei aquela voz. A voz que zombou de mim antes da luta na Rua 65. Que prometeu que eu não sairia viva. Cass.

— Os trabalhadores são como ovelhas. Sabem ficar no curral — acrescenta Cass. — Não precisamos estar nessa porcaria de hotel perdendo toda a ação.

A voz dela fica mais alta, e ouço passos vindo em nossa direção. Ao meu lado, Sky passa a ofegar, então seguro sua mão. Nossas palmas, suadas de medo, se encaixam.

— Ovelhas, hein? — responde outra voz, mais grave, masculina. — Então por que você mandou me chamar no saguão?

— Darren, Lory mandou chamar você. Não fui eu.

— Já basta de discussão — corta uma terceira voz. *Quantos eles são?* — Cass, para uma cavaleira na base do totem, você tem bastante coisa a dizer. Como conselheira, eu tomo as decisões aqui. E vi uma chama na escadaria.

Uma chama na escadaria. Uma chama. A minha chama. Meu estômago dá um mortal de costas e cai no chão forrado de cacos.

— O esquadrão de Darren estava de guarda no saguão. O seu, no segundo andar, o de Clara, no terceiro, e eu patrulhava o quarto. Então, se não eram ovelhas, quem diabos estava nas escadas? — A terceira pessoa, que agora eu poderia apostar uma ração que era Lory, faz uma pausa dramática. Então ouço um gemido e um resmungo, como se acontecesse algum joguinho de poder do outro lado do bar.

— Agora cale essa matraca e obedeça suas ordens — diz Lory. — Este é o último lugar que temos para procurar.

Sky solta minha mão e sobe com os dedos até o meu pulso, então com delicadeza enterra as unhas na minha pele. Um claríssimo *Eu falei*. Droga, odeio quando ela tem razão. Não devia ter acendido a tocha.

Agora me pergunto como ela ficaria se soubesse que estou com a arma.

Respiro fundo em silêncio e corro os olhos pelas garrafas e os cacos que nos cercam. Se não sairmos daqui, com certeza seremos pegas. Se nos mexermos em meio a todo esse vidro, faremos barulho e seremos pegas. Fecho os olhos e considero brevemente sair dali mandando bala. Quantas eu tenho? Quatro? Talvez não seja o bastante. Isso se tiver coragem de apertar o gatilho.

Os passos se separam, arrastam-se à nossa volta em todas as direções. Os cagalheiros devem estar olhando debaixo dos sofás e nos cantos em sua busca pela ovelha perdida.

— Lory, não tem ninguém aqui — choraminga Cass. — Por favor, vamos voltar para o castelo. Você prometeu que eu veria o julgamento.

E por um breve e incrível momento, acredito que podemos estar salvas. Sky segura minha mão outra vez e apertamos. *Sim, sim, sim, voltem para aquela porcaria de castelo.*

— Eles devem ter escapulido de volta para os quartos — diz Lory com um suspiro. — Acho que os outros cavaleiros dão conta de serem babás por uma noite. Confira o bar e vamos dar o fora daqui.

O bar.

Sky e eu nos entreolhamos, espelhos de pânico. Passos vêm na nossa direção do lado oposto do terraço.

Ideias incompletas passam a zumbir pelo meu cérebro. *Cagalheiros. Toque de recolher. Castelo. Rolladin. Luta de rua.*

Pense, pense, pense.

As ideias finalmente arregaçam as mangas e passam a trabalhar juntas para construir o embrião de um plano.

Levo uma mão ao peito, como se de fato fosse capaz de manter o coração em toque de recolher, e com a outra busco apoio no ombro de Sky. Então tiro a pequena arma e as balas dos bolsos e as coloco dentro da calcinha. Sky me observa, horrorizada.

— *Você trouxe a sua arma?* — balbucia. — *Imbecil.*

Ela tem razão, é claro. De novo. Não existe precedente para ser pego no terraço durante um toque de recolher, muito menos com uma arma.

Mas não admito isso, apenas sussurro para Sky.

— Faça o que eu fizer.

Corro os olhos pelas garrafas. Daquela turma, Jim Beam me parece ser um cara sólido, racional — uma verdadeira rocha numa enrascada como aquela. A tampa está empoeirada por anos de desuso, mas ela finalmente cede e eu derramo o líquido cor de caramelo nas mãos. Esfrego atrás das orelhas, dou um longo gole daquela coisa repulsiva e a passo para Sky antes de me levantar.

Lá. Vamos. Nós.

— Nós estamos aqui — falo arrastado para todo terraço ouvir. Tento lembrar as noites observando os cagalheiros mais desleixados cambaleando pelo parque, e os invoco. — Co-me-mo-rando.

Olho para Sky, imploro. *Beba, tome banho com essa coisa, e levante. Por favor.*

Ela faz menção de enfiar o diário na calça, hesita, mas pensa bem e o esconde num armário, camuflado atrás de algumas garrafas. Então dá um longo gole do Jim e, sufocando, passa um pouco no rosto antes de se levantar.

— O que vocês estão fazendo aqui em cima? — brada Lory — Enchendo a cara? Com a nossa bebida?

Ela avança até nós e arranca a garrafa pela metade da mão de Sky. Os outros três cavaleiros convergem sobre nós.

— Uh, vocês estão fedendo.

Lory e Cass passam a revistar Sky, ao passo que Darren me arrasta até o centro do terraço. Ele segura meus braços atrás das costas e revista os bolsos da minha calça de moletom com a outra mão, à procura de bebida, armas ou sabe Deus o quê. Estreito um pouco os joelhos. Junto as coxas e rezo para que não veja ou sinta o volume da arma. *Imbecil*, repito em silêncio. *Imbecil*.

Mas ele recua, satisfeito por eu não ter nada. O metal gelado do revólver desliza desconfortavelmente entre as minhas pernas, mas não é nada comparado com a merda que precisaria enfrentar por portar uma arma.

— Ora, se não são as famosas irmãs Miller, co-me-mo-rando — cospe Cass na minha orelha enquanto Lory dá a volta no bar com Sky. — O quê? Agora você acha que pode fazer o que quiser só porque Rolladin não me deixou acabar com a sua raça na Rua 65?

O bafo de Cass é uma sobreposição de cheiros — carne, bebida e um forte fedor enfumaçado —, e eu me reteso e afasto o rosto. Os pelos de sua ridícula pele de esquilo roçam meu olho.

— Não pense que jamais vou esquecer que você me cortou. Vaca.

— Cass — adverte Lory enquanto empurra Sky, como se minha irmã fosse um marionete. Ela me fita, seus olhos arregalados e vazios, e vejo que está cagando de medo. Eu também estou. Fecho os olhos e respiro. *Vamos, confie no plano*.

— O quê? — responde Cass a Lory. — Só estou me divertindo um pouco com ela.

Cass me agarra pelos cabelos, puxa minha cabeça. Travo os dentes para não gritar. Minhas costelas ainda estão doloridas da luta, e Cass está tão perto que me esmaga.

Darren leva a mão às minhas costas e, por um segundo, tenho certeza que vai tatear até encontrar a arma, que estará tudo acabado. Fecho os olhos...

— Cass — repete ele em voz baixa. — Melhor não fazer nada de que possamos nos arrepender.

Cass afrouxa o aperto de morte nos meus cabelos. Ela se recompõe e pigarreia.

— Tudo bem. Vamos prendê-las no zoológico, certo? Então vamos de uma vez. Não temos muito tempo antes do julgamento.

— No zoológico não — responde Lory. — No castelo.

— No *castelo*? Essas duas lambe-botas foram pegas entornando a bebida da comandante. Depois do toque de recolher. Em um *confinamento*. E precisamos que *Rolladin* decida se devemos ou não prendê-las no zoológico? — Cass me mede de cima a baixo. — Não entendo — acrescenta, seu bafejo quente e asqueroso subindo pelo meu rosto. — O que você tem de tão especial? Por que ela se importa?

— O que eu falei sobre essa sua boca, Cass? Não esqueça o seu lugar. — Lory empurra minha irmã na direção da porta e das poças de correntes. — Agora feche a matraca e vamos andando.

Enquanto descemos as escadas tateando as paredes, mantenho as coxas travadas, apertando a arma.

— Podemos ao menos dizer à nossa mãe que estamos sendo levadas? — pergunta Sky acima do barulho dos passos. — Se ela acordar e não estivermos lá... Por favor.

Os cagalheiros soltam gargalhadas, mas nem se dão ao trabalho de responder.

Sky tem razão. Mamãe ficará apavorada se não estivermos lá quando acordar. Rezo para que durma durante aquilo tudo. Que de alguma forma estejamos de volta pela manhã. Mas se as coisas correrem de acordo com meu plano, duvido muito.

— Clara — vocifera Lory para a juíza da minha luta, agora entre Lory e Sky, eu e meus captores. — Fique aqui e informe aos esquadrões que estamos levando essas cretinas ao castelo. Eles devem permanecer nos postos até segunda ordem.

— Sim, senhora. — Clara fica para trás e o restante de nós irrompe pelo saguão de piso liso, e dali para o ar da meia-noite.

Somos arrastadas pela calçada e até as sombras do parque, através da mata e então pela ponte da Rua 76 rumo ao Castelo do Belvedere. Cass aperta meu antebraço com tanta força que amanhã terei uma nova leva de hematomas deixados por ela. Mas não reajo. Na verdade, nem ao menos olho para o lado.

Eu entendo. Ela está soltando socos enquanto pode. Sei que está furiosa e acho que, de um jeito estranho, tem direito de estar. Se Sky e eu fôssemos qualquer outra pessoa, *qualquer uma*, seríamos atiradas nas prisões do zoológico por meses por desobedecermos ordens diretas, anos até. Nossas rações seriam cortadas, nossas famílias, ameaçadas. Mas ao invés disso, como apostava, somos levadas a Rolladin.

Como percebi no terraço, existe algo de especial em relação a nós. Não sei o que ou por quê. Apenas sei que é verdade.

Recebemos os trabalhos mais leves na colheita. O mesmo quarto do Carlyle todos os anos, independentemente de quando chegamos. Na noite passada, Rolladin não deveria ter pensado duas vezes antes de nos atirar para fora do parque, mas em vez disso recebemos um salvo-conduto, uma chance de lutar na Rua 65 para provar nosso valor. E por mais que odeie admitir, eu deveria ter sido finalizada naquela luta. Mas Rolladin interrompeu Cass antes que as coisas ficassem pretas. Vi nos olhos dela quando nos separou, mas, na verdade, sei disso há muito tempo. Há regras que não se aplicam a nós. Chegou a hora de ver até onde isso vai.

Respiro fundo enquanto Darren e Cass me arrastam da escuridão do parque para a luz do salão do castelo.

Precisarei lamber botas como nunca para descobrir.

10
SKY

Estou tão furiosa que vejo cores, o corredor à luz de velas do Belvedere é nada mais que o túnel de um caleidoscópio furioso. Tudo que queria era uma pequena dose de aventura, um escape para outro mundo. Mas, como sempre, Phee toma a frente e em vez de uma noite lendo o diário de Mamãe no terraço, sou conduzida por uma das cavaleiras mais temidas do parque para uma audiência com Rolladin.

No que Phee estava *pensando*? Pegar aquela tocha, levar a arma? Se perdermos o diário, eu jamais a perdoarei.

Lory me empurra ao abrir uma grande e pesada porta de madeira e, mais uma vez, estamos na antecâmara dos aposentos de Rolladin, exatamente como na noite passada, implorando por perdão.

— Eu não posso negar, atitude você tem — rosna Cass no ouvido da minha irmã.

Ao menos dessa vez meu estômago não dá voltas, minha mente não entra em estado de alerta. Simplesmente olho para o outro lado, angustiada, frustrada. Talvez até mesmo um pouco satisfeita que Cass dê uma dura em Phee. Ela não me dá ouvidos; talvez os cavaleiros consigam lhe enfiar um pouco de juízo na cabeça.

— Cass, cuide dessa aqui — diz Lory, me passando para Cass. — Vou chamar Rolladin.

Cass segura minhas mãos atrás das costas enquanto Lory abre a porta do quarto de Rolladin e some na escuridão. Somos deixadas no gabinete. Olho para Phee e avalio se o pequeno revólver está visível nas dobras da calça de moletom. Por sorte, ela nunca veste nada que marque o corpo, então o algodão grosso não revela nada.

Ergo a cabeça e trocamos um olhar. Percebo que ela cuidadosamente está tentando libertar uma das mãos do aperto de Darren para me sinalizar alguma coisa. Seus olhos estão bem abertos e determinados, e ela está com aquela expressão louca que às vezes perpassa seu rosto quando está para deslanchar um plano não exatamente formado. Não sei no que está pensando, mas rápida e sutilmente faço que não. *Não. Você já fez o bastante.*

Rolladin abre a porta com estardalhaço, Lory a reboque, antes que Phee consiga responder.

— Eu ouvi bem? — exige Rolladin, colando o rosto largo no meu. — Saindo durante um toque de recolher? — Ela se move como um gato espreitando a presa. — Bebendo no terraço? Digam, vocês acham que as minhas ordens são *sugestões*? Que estou aberta a interpretações? Não. Saiam. Dos. Seus. Quartos. É assim tão difícil de entender?

Ela parece estar prestes a esbofetear Phee, e cada pingo de rancor que senti por minha irmã nos últimos minutos evapora. Luto para me libertar do aperto de Cass, mas Rolladin já redirecionou a raiva e esmurra a velha mesa de madeira. Pilhas de papéis e pastas saltam, surpresos, e então caem rendidos sobre o tampo.

— Que diabos devo fazer com essa informação? — Rolladin corre os dedos pelos cabelos cor de fogo. — Vocês não me deixaram escolha, suas imbecis. Lory, pode levá-las.

Lory acena para que Cass e Darren voltem por onde viemos.

É isso. Perdão, Mamãe.

— Rolladin, por favor — diz Phee, dissimulada. — Não foi nossa intenção desobedecer. Na verdade, foi o contrário. Estávamos comemorando a captura daqueles desgarrados. Ninguém rouba do parque. Ninguém.

Phee dá um passo hesitante para enfatizar sua encenação, mas Darren a puxa. Observo Rolladin segurar gentilmente o braço de Lory para que espere um instante. Phee toma aquilo com um sinal para que prossiga. Meu Deus, espero que saiba o que está fazendo.

— Quero ficar aqui — diz ela, ansiosa. — O ano todo. Quero segurança. Cansei de ir embora todo verão. Hoje à noite percebi isso, e fui com Sky até o terraço para convencê-la também. Sem que Mamãe nos ouvisse.

Ela olha para mim, faz que sim sugestivamente, e, juro por Deus, não sei se fala a verdade. Isso é uma mentira para Rolladin, certo?

É claro que é.

Mas então penso em nossa conversa sobre Phee se tornar uma cavaleira, nossas incontáveis discussões sobre o parque. E se for sincera comigo mesma, por mais que eu prefira ignorar, nunca vimos esse lugar com os mesmos olhos. De algum forma, essa cidade implacável é um lar para minha irmã. Enquanto para mim, nunca, *jamais* será mais do que uma jaula.

Sinto uma ansiedade incômoda nas entranhas. Afinal, quanta verdade há nessa conversa de Phee? Quem ela quer convencer, a Rolladin ou a mim?

— Nós bebemos um pouquinho. E sinto muito, muito mesmo por pegar o que não é meu, o que pertence aos cavaleiros. Por favor, conceda-nos a clemência dos cavaleiros — continua Phee, apelando para a deferência definitiva no parque. Aquela que as pessoas usam quando não têm nada mais a oferecer, e não acredito que Phee seja capaz de deixar aquelas palavras escaparem pelos lábios. Mamãe explodiria se pudesse ouvi-la. Ela nos ensinou a nunca nos submeter e dizer aquilo.

— Eu faço turnos a mais — prossegue Phee. — Limpo as prisões. Faremos qualquer coisa que você quiser. Mas depois de hoje à noite, sei quem sou e o que quero. E acho que Sky também sabe. Certo, Sky?

Rolladin volta a atenção para mim, ainda à espreita. Mas tem o semblante mais sereno que antes. Há algo novo em seus olhos. Esperança?

— Sim — balbucio, incerta do que dizer ou fazer, minha única certeza é que *sim* parece ser a melhor resposta. — Isso mesmo.

Rolladin contrai os lábios, sem remover os olhos dos meus.

— Esperem lá fora — diz finalmente aos cavaleiros.

— Rolladin — intervém Lory hesitantemente. — Se as outras ovelhas souberem o que aconteceu...

— Você é o quê, surda? — vocifera ela. — Eu disse para saírem.

Os cavaleiros lentamente rastejam para fora como cobras no mato. Rolladin passa o ferrolho na porta com um baque.

E então somos apenas nós três.

— Então — recomeça ela olhando para o chão. Se eu não soubesse de quem se trata, diria que Rolladin parece... nervosa. Tão nervosa quanto eu. — Sentem-se.

Phee e eu damos a volta na mesa e nos instalamos nas duas poltronas de couro rachado. Rolladin se curva e examina o conteúdo de um armário do outro lado. Ela volta com três copos e uma garrafa pela metade com JOHNNIE WALKER BLUE estampado no rótulo. Coloca de lado pilhas de pastas empoeiradas... *Terceira Convenção de Genebra... Código de Guerra dos Aliados Vermelhos...* antes de bater os três copos no tampo da mesa.

— Lory disse que vocês gostam de uísque — resmunga, abrindo a garrafa e servindo doses generosas. Tenho certeza de que Phee também não faz ideia do que ela está falando, mas pegamos nossos copos sem protestar.

Rolladin senta e se recosta no seu trono, nos estudando com os olhos duros e por fim erguendo o copo.

— Saúde.

Levo o líquido aos lábios. O gosto ainda é brutal, mas esse desce um pouco mais fácil que o Jim Beam. É mais macio, e de alguma forma consigo não engasgar. Reúno minhas forças e dou mais um gole. A cada um, fico menos ansiosa. Um pouco menos assustada. Um pouco menos consciente de estar sentada com a líder do parque, discutindo o nosso futuro ao sabor de um copo de uísque. Respiro fundo e dou um gole longo.

— Bem — fala Rolladin. — Vocês estavam dizendo...

Phee limpa a garganta, mas não olha para mim.

— Amamos a nossa mãe — diz ela com todo cuidado. — Mas agora que estamos mais velhas, acho que já podemos tomar as nossas próprias decisões. E quando aqueles desgarrados saíram da mata, tudo se encaixou para mim.

— Tudo se encaixou para você — repete Rolladin sem pressa. — E o quê, permita-me perguntar, se *encaixou* para você?

— É... é como você disse nas lutas. A história da sobrevivência do mais forte. Depois da minha luta, eu entendi. Quer dizer, entendi *de verdade*, sabe? — A voz de Phee passa a traí-la um pouco, a ficar apenas ligeiramente trêmula. Ela dá outro gole do Johnnie e faço o mesmo para reforçar.

— Estamos no meio de uma guerra — diz Phee com novo vigor. — E eu não quero ficar me escondendo nos bastidores. Quero estar na linha de frente, com você, mantendo a ordem nesta cidade. Garantindo que somos tão fortes quanto pudermos quando finalmente formos liberados para lutar e acabar com esta guerra de uma vez por todas.

Ela vai *fundo*, tão fundo que acredito no que diz, e preciso desviar o olhar.

Observo Rolladin mexer no copo, correndo com ele pelo tampo da mesa como um gato quando captura um rato.

— E o que faz você pensar que a quero como cavaleira?

— Ah, não — gagueja Phee. — Eu não penso isso. — Ela faz círculos sobre a mesa com as mãos, puxa as calças de moletom, dando mais espaço à arma escondida. — Eu não espero absolutamente nada. Só quis dizer que espero ser indicada um dia. E se você nos aceitar, somos suas.

Suas. Não me importo mais se Phee está falando sério ou se aquilo tudo é uma tática elaborada para escapar do zoológico. Seja como for, é demais para mim, meu estômago revira de aversão. Não consigo mais olhar para nenhuma das duas. Pego meu copo e viro o uísque goela abaixo, enxugo até a última gota, desejando poder me transportar de volta ao nosso quarto no Carlyle. Ou melhor ainda, para o outro lado do mundo, para outra dimensão, onde não exista Rolladin e essa história de *olho por olho* e *sobrevivência do mais forte.*

— Interessante — responde Rolladin por fim. — Bem, precisarei pensar nessa oferta.

Ela também termina a bebida e, de pronto, serve outra dose.

— E quanto a você? — Rolladin subitamente se volta para mim. Um sorriso ameaça se revelar, mas ela se contém antes que escape. — Você sempre me lembrou a sua mãe. Sempre achei que o nosso estilo de vida não combina com você.

Ela se curva para a frente, com se estivesse prestes a saltar sobre a mesa e me devorar.

— Portanto, tenho praticamente certeza que está apenas indo no embalo dessa aqui.

Sinto um aperto no estômago. Estou chocada. Rolladin prestou assim tanta atenção em mim? Ela me conhece a ponto de ao menos presumir a verdade? Sinto o rosto corar, e não sei se é o álcool ou a sensação nauseante de que posso estar lisonjeada.

Sei que tenho duas opções.

Posso dizer o quanto odeio o parque, essa cidade, ela e todos os arremedos de seres humanos que se submetem às suas vontades.

Ou posso dizer a verdade mais abrangente. Aquela que, independentemente do ciúme que esteja sentindo, do quão insignificante eu me sinta, faz mais parte de mim do que qualquer membro ou órgão, goste eu ou não. Ela borbulha dentro de mim e brota dos meus lábios, armada com nova munição pelo uísque.

— Eu nunca abandonaria Phee — digo, mas não olho para minha irmã, já que minha resposta é tão fundamental que a temo. — Seja lá o que ela quiser, posso viver com isso.

Rolladin me olha por um longo instante e um filme translúcido a recobre, rouba-lhe a cor dos olhos. Por uma fração de segundo ela lembra minha mãe.

— Bem — diz ela —, nisso eu posso acreditar.

Os dedos de Phee encontram os meus sob a mesa e ela aperta de leve.

Sinto-me uma traidora, um reles e desprezível simulacro de filha. Se Rolladin nos aceitar, o que diremos à Mamãe amanhã? Será que ao menos vamos vê-la? Com o uísque assentando, passo a me dar conta de que ali, naquele instante, alteramos para sempre o curso de nossas vidas. Para não falar na de Mamãe.

Ela ficará aqui com nós duas?

Rolladin a forçará a ficar e trabalhar nas plantações? Ou será que Mamãe terá escolha e nos renegará?

Fecho os olhos e penso nesse futuro incerto, vejo Phee como recruta e eu... o quê? Conselheira de Phee? Uma puta do castelo? Meneio a cabeça.

Pare com isso. Pare de pensar. Apenas pare.

— Vocês ficarão aqui esta noite. — Rolladin se levanta bruscamente, o arrastar da cadeira interrompendo meus pensamentos. — Amanhã voltaremos a conversar para acertar os detalhes. Informarei à sua mãe. Ela terá de aceitar.

Então Rolladin bate na porta e o momento acaba. Voltamos a ser apenas duas prisioneiras de guerra sendo disciplinadas.

Lory abre a porta e vejo que os outros dois cavaleiros apenas aguardaram, pacientemente, do outro lado.

— Leve-as para o quarto de hóspedes. E tranque a porta — ordena ela a Darren. Então olha para nós e faz que sim como um gato gordo, satisfeito. — Até amanhã.

Darren nos arrasta por alguns lances de escadaria circular e por um corredor ladeado de janelas, então nos atira em um quartinho simples. Ele bate a porta, passa a tranca do outro lado e somos deixadas a sós.

— Phee. — Sento na cama estreita, trêmula, e levo as mãos à cabeça. O uísque faz com que o quarto se aprume e contraia os músculos, me intimide por diversão. — O que você fez?

— Como assim, o que eu fiz? Não é óbvio? Acabo de salvar a nossa pele.

Phee vai até as sombras de um canto, puxa as duas camadas de calças para tirar a arma e as balas e se junta a mim. Cuidadosamente, acomoda a pequena arma ao seu lado, como se fosse um convidado de honra, em vez de um intruso.

— A gente estava na mesma sala lá embaixo? Você acabou de decretar para nós uma vida inteira com *Rolladin*. Você enlouqueceu? Quer dizer, é sério, você perdeu o juízo?

Phee estica o pescoço para trás, como se me avaliasse.

— Você está bêbada.

— Não fuja do assunto. — Levanto, vou até a janela e olho para a entrada ladeada de tochas do castelo. Lory parte com uma tropa armada até os dentes, seguindo pela trilha de concreto noite adentro.

E percebo que talvez nunca deixemos este castelo como trabalhadoras.

— No que você estava pensando? Trazer essa arma? — Digo para a janela. — E aquela encenação para Rolladin lá embaixo...

— Ah, por favor, eles nem sabem que estou com a arma.

— Não é disso que estamos falando. É sério, por que você simplesmente me ignorou? Por que teve de acender aquela tocha nas escadas? Agora o diário da Mamãe está trancado no terraço!

— Bem, não me culpe por isso. Você sabia que era um risco. Não se preocupe, sei que vamos pegá-lo de volta...

— Phee. — Volto a sentar na cama. Quero gritar ou chorar, mas estou tão frustrada que não consigo me convencer a fazer nem uma coisa nem outra. É sempre assim com a minha irmã. Ela se esquiva, cria justificativas absurdas para tudo, e acabamos rodando em círculos. E não consigo fazer isso agora, simplesmente não consigo. Respiro fundo. — Apenas seja honesta comigo, uma vez na vida. Sem distorcer as coisas. Sem rodeios. Você está feliz com o que acabou acontecendo hoje à noite.

— Qual é. Achei que tínhamos deixado para trás essa coisa de "você quer ser uma cavaleira" — diz ela medindo as palavras. — Estávamos encrencadas. Uma encrenca, caso você tenha esquecido, que foi meio que sua culpa para começo de conversa. E eu nos tirei dela. Fim de papo.

— Você nos tirou dela — repito. *Calma. Fique calma. Pese suas palavras.*

Mas, por algum motivo, não consigo ficar calma e minhas palavras saem voando antes que consiga escolhê-las.

— Phee, nós podíamos ter resolvido isso de muitas formas se você, sei lá, tivesse deixado que eu falasse, talvez? Uma vez na vida? Podíamos ter apelado por uma sentença mais curta. Ou concordado em deixar o parque com Mamãe. Mas a sua ideia é apelar para Rolladin, praticamente *implorar* para que ela nos deixe ficar? O que você acha que vai acontecer amanhã, hein? Como vamos explicar esse pesadelo para Mamãe? Porque posso garantir que Rolladin não está aberta a "Desculpe, estava apenas sondando. Obrigada, mas não queremos mais". Estamos ferradas, Phee. Isto, este castelo. — Ergo as mãos, gesticulando para o quarto. — Isto é nossa casa agora.

Phee balança a cabeça.

— Certo. Sabe essas suas opções? Elas envolvem um tempão presas, ou passando fome e literalmente congelando em Wall Street. Nós estamos vivas, estamos aquecidas e não estamos atrás das grades. Nós explicaremos a situação a Mamãe e faremos ela entender.

— *Se* algum dia voltarmos a ficar sozinhas com ela...

— *Segundo*, se você me permite. — Phee atropela as minhas palavras. — Nós tínhamos uns dois segundos para bolar um plano. E apesar dessa conversa toda agora, não vi você tomar a frente no terraço. Então pode me agradecer. Nós nos livramos de coisa muito pior.

— Isso é o que você acha. — Rolo de lado na cama, enfiando as mãos debaixo do travesseiro macio e aninhando os joelhos no peito. O quarto volta a se mexer, como se ameaçasse girar. — Você simplesmente não entende — acrescento. — Isto não é um jogo.

Phee se deita ao meu lado e, acintosamente, puxa o nosso único lençol, pronta para começar um cabo de guerra. Deixo que fique com ele.

— Eu sei que não é um jogo — rebate ela. — Você sempre acha que é a mais sensata. Mas talvez eu saiba o que estou fazendo. Talvez eu entenda o parque, certo? E sei mais sobre esses cagalheiros do que você jamais seria capaz.

— Por quê? Porque você agora é uma guerreira casca-grossa? — devolvo. — Uma luta, Phee. Você esteve em *uma* luta.

— Ah, esqueça. Às vezes você é uma idiota.

Ela resmunga e puxa o lençol para se cobrir, e a velha cama geme e guincha em protesto. Sei que devo ter passado do ponto, mas não vou me desculpar. Estou cansada dela, dessa história toda. A autoproclamada irmã mais corajosa, mais forte. E eu, apenas a triste nuvenzinha de tempestade que ameaça chover na festa dela. É claro que o que disse a

Rolladin era verdade, que nunca deixaria Phee. Mas ela podia ao menos reconhecer isso. Podia ao menos fingir que estamos nessa juntas. Amanhã, mais do que nunca, vamos precisar uma da outra.

Passo a tremer um pouco, agora que a raiva enxotou o uísque. Mas ignoro o lençol. Não digo nada por um longo tempo.

— Daremos um jeito nisso amanhã — finalmente sussurro para Phee.

É o máximo de que consigo falar.

11
PHEE

Acordo num sobressalto. Sky me sacode freneticamente, cobre a minha boca pela segunda vez naquela noite, acho que para o caso de eu acordar desorientada e gritar. Penso em dizer que aquilo não está ajudando. Tiro a mão dela da minha boca e tento sacudir o sono. Ela está ofegante, agitada, com os olhos escancarados, e eu quase fico sensibilizada, mas lembro que estamos meio que brigadas.

— O que foi? — digo com toda frieza que consigo. — Parece que está com fogo na periquita.

— Venha ver — sussurra ela, ignorando completamente a provocação, já que sei que Sky odeia a palavra "periquita". Ela corre até a janela e eu suspiro, jogo para o lado o lençol que consegui sequestrar e vou até lá.

Abaixo de nós, alguns conselheiros conduzem os quatro caras da floresta para o castelo. As mãos dos prisioneiros estão amarradas, e os cavaleiros prenderam uns aos outros com correntes, como pobres moscas numa teia de aranha. O mais velho vem na frente. Então o cara por volta da idade de Mamãe, depois o outro, de vinte e poucos anos, que discretamente tenta libertar as mãos, e o adolescente. À medida que o grupo some castelo adentro, vejo pela primeira vez o rosto do adolescente sem a lama, as folhas e tudo o mais. Ele até que é fofo.

— Quem são eles? — sussurra Sky.

— Então agora você quer a minha opinião? Achei que tivesse todas as respostas. — Esfrego os olhos para afastar o sono. Não tenho mais vontade de brigar, mas o que ela disse sobre a luta na Rua 65 me deixou furiosa.

— Phee — diz Sky olhando para o chão —, eu passei da linha, está bem? Sei que você passou por muita coisa. E sei que apenas tentou ajudar no terraço. Desculpe.

— Sem problema, me desculpe também — murmuro. — Suas ideias nem sempre são ruins — acrescento, para reforçar.

Sky olha para mim de um jeito engraçado, e tento lembrar se falei ou não aquela última parte em voz alta.

— Enfim, quem Mamãe acha mesmo que são essas caras? — mudo de assunto. — Não são devoradores, certo?

— E não são saqueadores — sussurra Sky. — E definitivamente não são soldados inimigos. A não ser, como Mamãe disse, que os ingleses tenham se juntado aos Aliados Vermelhos contra nós... — Ela deixa as palavras no ar por algum tempo. — O que você acha que vai acontecer com esses homens? E por que esse julgamento vai acontecer na calada da noite? Os trabalhadores e os cavaleiros rasos estão no Carlyle. — Ela leva a mão à maçaneta e a gira com cuidado. A porta cede alguns centímetros, até que a corrente a lembra dos seus limites. — Ninguém a não ser o Conselho estará aqui para ver.

A questão é a seguinte: apesar de o cérebro de Sky dar voltas no meu, ele tem um ponto cego. Não voltarei a falar nisso. Para quê? Sky ralhou comigo da última vez, mas, honestamente, eu entendo como Rolladin pensa. É o tipo de coisa que Sky não entende, nem ao menos presta atenção. Ela é capaz de ler um livro em algumas horas, recitar poemas enormes decor, explicar equações da física. Mas não entende como o parque ou as coisas funcionam nessa cidade.

— Ela fará um julgamento para poder pegar aquela lista de regras e sair ticando tudo — digo a Sky. — Todos os prisioneiros de guerra têm direito a um julgamento, até mesmo os desgarrados, então ela fará um julgamento. Mas ninguém disse que precisa ser justo.

Sky arregala os olhos.

— Então podemos nunca ficar sabendo quem esses homens realmente são — conclui ela. — Eles podem estar mortos amanhã pela manhã.

— Exato. Um julgamento sujo, curto e grosso, uma limpeza rápida sobre a qual Rolladin pode contar a todos no Carlyle amanhã. Um esboço de justiça, nada mais, nada menos. E puf. É como se eles nunca tivessem existido.

— Não, isso é loucura. Isso tudo é louco. — Ela olha para a porta, determinada, como que se preparando para derrubá-la. — Phee, eu preciso saber quem eles são. — Sky está com aquele mesmo olhar desvairado de quando me acordou a primeira vez. — Já cansei de segredos.

— Bem, o que diabos podemos fazer?

Ela faz uma pausa de alguns segundos.

— Vamos precisar do seu revólver.

Apressadas, nos lavamos na bacia no canto do quarto, já que fedemos que nem uma garrafa, e Rolladin poderia nos farejar chegando. Então, sem emitir nenhum som, Sky e eu pegamos o meu revólver e conseguimos enfiar o fino cano vermelho na fresta da porta e, depois do que pareceu uma eternidade cutucando de lá para cá, soltamos a corrente. Voltamos a passar a corrente para fazer parecer que ainda estamos no quarto, para o caso de algum cagalheiro patrulhar pelos corredores. Mas duvido muito. O Carlyle está sob toque de recolher, afinal de contas, e Lory disse a Clara para garantir que os cagalheiros ficassem em seus postos.

Avançamos em silêncio pelo corredor. Dessa vez, sem linguagem de sinais ou provocações. Sem apontar dedos ou palavras. Sky tem razão, isso não é um jogo. Depois do meu apelo a Rolladin, se formos pegas bisbilhotando pelo castelo, espionando, traindo a confiança da comandante, teremos o nosso próprio julgamento fajuto. E acabaremos penduradas numa cruz na Rua 58.

Mas nenhuma de nós diz nada disso. Para quê? Para cagarmos de medo?

Só vou dizer uma coisa: é bom que o segredo desses caras valha a pena.

Temos certeza de que o julgamento será no Grande Salão. Vemos o lugar uma vez por ano, quando alguns poucos trabalhadores "sortudos" são escolhidos para o jantar de Natal no calor do Castelo do Belvedere, com direito a ouvirem Rolladin repetir a saga da emancipação das prisões do zoológico até o Carlyle. Ela explica como conquistou a confiança dos Aliados Vermelhos, como ter se tornado comandante do campo de prisioneiros nos devolveu um pouco de nossas vidas. E, apesar de o jantar ser sempre incrível, é muito, mas muito estranho que sempre tenhamos um lugar à mesa. Sky sempre insiste com Mamãe para saber o motivo, mas eu não. Como já disse, não somos prisioneiras quaisquer.

O Grande Salão fica acima do piso principal e ocupa todo o primeiro andar do castelo. Descemos a escadaria de mármore e seguimos na ponta dos pés pelo corredor escuro do que supostamente é o segundo andar. Procuramos pelo mezanino, de onde Rolladin discursa. É a melhor chance que temos de escutar o julgamento às escondidas antes de voltarmos ao nosso quarto.

— Você ouviu isso? — sussurra Sky, puxando minha mão. — Por aqui.

Sky tem razão. Passo a ouvir ecos de conversas abafadas e respiro um pouco aliviada por estarmos na direção certa. Antes de chegarmos ao espaço onde a luz do Grande Salão reluz no piso de mármore, Sky me segura e aponta para o chão. Engatinhamos e entramos no mezanino em silêncio.

Encaro Sky, aponto para os olhos e então ergo e agito as mãos. *Como vamos ver?*

Ela revira os olhos e puxa a orelha. *Escute.*

Ouço botas, sons arrastados e uma porta bater com um estrondo.

— Que palhaçada é essa, Lory? — A voz de Rolladin. — Por que eles estão aqui?

Acho que ela está falando dos homens da floresta, mas então Lory responde.

— Eles ficaram para ver o julgamento.

— Fui muito clara. Disse que não queria cavaleiros rasos aqui, apenas o Conselho.

— S-sinto muito — gagueja Lory. — Achei que fosse inofensivo...

— Inofensivo? — Rolladin solta um riso ácido. — Por favor, explique. Explique como esse seu cerebrozinho de merda é capaz de interpretar tudo isso como *inofensivo*.

— Desculpe, eu... Então vou levar os cavaleiros de volta ao Carlyle...

— Tarde demais — rebate Rolladin. E depois de um longo silêncio: — Traga-os.

A porta é aberta e bate na parede, então ouvimos o arrastar de botas e o clangor de metal, como os sons distantes de um grupo de presidiários acorrentados.

— Bem-vindos ao nosso humilde lar — troveja a voz de Rolladin pelo Grande Salão. — Desculpem-nos pelas correntes, mas cautela nunca é demais quando homens estranhos brotam nas minhas matas.

Cadeiras são arrastadas no piso. Rolladin e os cagalheiros devem estar se acomodando.

— Cavalheiros, as regras do parque acerca de desgarrados que invadem o território são muito claras — prossegue Rolladin. — Mas posso ser misericordiosa, como bem sabem os meus cavaleiros, quando a situação permite. Então lhes faço uma proposta. Vocês dizem o que eu quero ouvir e eu poupo suas vidas.

— Por favor, dona, não estamos entendendo. Como poderíamos saber o que a senhora quer ouvir? — Acho que é o velho, o primeiro dos forasteiros.

— Porque eu direi — esclarece Rolladin.

Alguns cagalheiros riem.

— Ouçam e repitam — prossegue Rolladin. — Você e esses arremedos patéticos de homens são saqueadores vindos do centro. Vocês superestimaram seus suprimentos para o inverno e recorreram ao parque por puro desespero.

— Como assim, saqueadores? — interrompe o velho.

— Isso mesmo. Bandidos, traidores. — Um longo suspiro de Rolladin. — Não temos a noite toda. Digam as palavras. Facilitem as coisas. "Eu e o meu grupo..."

— Dona — corta o velho. — Como a sua gente deve lhe chamar? Rolladin? A senhora não está... não está nos dando a chance de falar.

Nós não viemos do centro. Velejamos desde a Inglaterra para ver se também havia sobreviventes nos Estados Unidos...

— Pare. — Rolladin começa a perder a paciência. — Vou lhes dar mais uma chance. Eu entendo como podemos ficar desorientados, presos nessa ilha pequenina. Deixados de lado enquanto essa guerra mundial prossegue por anos a fio.

Há uma longa e estranha pausa, e olho para Sky. Ela parece estar tão confusa quanto eu. Mamãe disse que os saqueadores não andam em grupo. E a essas alturas, está praticamente claro que esses caras não são soldados inimigos disfarçados. Se fosse assim, estariam dando ordens ou coisa parecida para Rolladin, e não o contrário.

— Mas vocês, colegas, são nova-iorquinos — diz Rolladin, antes que eu consiga organizar meus pensamentos. — Então, seja lá o que a cabecinha sórdida de vocês estiver dizendo, não é verdade. São vozes. Alucinações. Tenho certeza de que vieram da Inglaterra há muito, muito tempo, e estão confusos. Eu me compadeço, de verdade. Já vi gente demais sucumbir à loucura nesses tempos turbulentos. — Ela respira tão fundo que a ouço inspirar. — Mas não darei mais ouvidos às suas mentiras. Vocês entendem o que estou dizendo? Então vou pedir mais uma vez que digam o que quero ouvir antes que os julgue por insanidade e os sentencie à solitária. "Eu e esses cretinos traidores viemos saquear o parque. Peço que nos conceda a clemência dos cavaleiros..."

— Rolladin. — O líder dos ingleses a interrompe mais uma vez, e Sky e eu nos entreolhamos. Esses caras estão acabados. Ninguém interrompe Rolladin, muito menos duas vezes. — Nós não somos loucos. Atravessamos o Atlântico num veleiro, ancoramos no cais do Brooklyn há cerca de uma semana. Viemos para cá à sua procura, de outros como vocês. A guerra aca...

— O cais do Brooklyn — murmura alguém. — Doidos.

E sei, sem pestanejar, que a intrometida foi Cass. Aquela voz rouca. Aquela boca que não para quieta.

E apesar de odiá-la, meneio a cabeça por pura pena. *Cass, você é uma completa idiota.*

— Perdão, cavalheiros, uma das minhas jovens e imprestáveis vadias aparentemente acredita ter algo a acrescentar — rebate Rolladin.

— Desculpe, é só que... é só que é louco — balbucia Cass. — O cais do Brooklyn é a base naval dos Aliados Vermelhos. Está cheio de pelotões... esses caras já estariam mortos antes de chegarem à costa. — Ela dá um riso alto, de puro pavor. — Doidos.

Mas antes que Rolladin continue a escarnecer Cass pela interrupção, o inglês volta à carga.

— Pelotões? Aliados Vermelhos? Vocês estão loucas? A guerra destruiu tudo... todos. Não há mais *Aliados Vermelhos*. Não há mais *Inglaterra*. Por Deus, não há mais *Estados Unidos*! Por favor. Vocês não compreendem o que *eu estou* dizendo?

12
SKY

As palavras dele me atingem como uma chuva de flechas.

Não há mais Aliados Vermelhos.

Não há mais Estados Unidos.

A guerra destruiu tudo.

Rolladin teria razão? Aqueles homens da floresta são ladrões doentes, delirantes, loucos desesperados?

Ou seriam eles os portadores de uma verdade quase impossível?

Nós estamos sozinhos?

Não há soldados acampados fora da ilha, mantendo sob jugo toda Manhattan?

Se não há ninguém lá fora, o que nos mantém presos aqui?

Quero duvidar dos ingleses. Quero que todos os meus instintos corram até lá como jurados furiosos e gritem: *Não! Isso é loucura. Isso são mentiras vazias, desesperadas.*

Mas no meu coração, bem lá no fundo, nos meus instintos, de alguma forma eu sei. Soube quando vi meu garoto da floresta na mata depois das lutas. Esses homens estão aqui por um motivo.

E a grossa e escorregadia cobra de sua verdade sobe pela minha garganta e fica parada ali. Não há mais Aliados Vermelhos lá fora.

Apenas Rolladin e seu Conselho, nos confinando como animais. Nos apequenando, mantendo nossas vidas congeladas no tempo.

Acho que vou vomitar.

Olho para Phee. Seu rosto está contorcido de confusão, seus olhos, marejados, e eu quero abraçá-la. Quero pegar sua mão e correr, atravessar os campos e voltar até Mamãe. Nunca quis vê-la tanto como agora.

Mas Rolladin responde ao inglês antes que eu consiga ao menos pensar em como fazer isso.

— Sim — diz ela num tom gelado. — Acho que compreendo. Meus cavaleiros rasos, Darren, Cass. Levem esses homens de volta ao zoológico. Meu veredito? Inocentes por motivo de insanidade. Uma sentença de prisão perpétua em solitária na torre dos primatas. Transfiram-nos amanhã.

— Insanidade? *Insanidade?!* — Os gritos dos ingleses passam a ecoar no salão de mármore. — Você não pode fazer isso! Não pode continuar a vomitar essas mentiras.

— Que tragédia. — Rolladin estala a língua em reprovação. — Essa guerra tirou tanto de tanta gente, pessoas amadas, futuro... e sanidade. — Então, mais uma vez, ouço a porta de aço do salão abrir e bater ruidosamente nas paredes. — Conselheiros, esperem um momento.

— Rolladin, não! — gritam os homens. — Por favor!

Mas Rolladin não responde.

Há o arrastar de botas no piso e a pesada porta é fechada abaixo de nós, deixando Rolladin a sós com seu Conselho.

— Rolladin, eu não fazia ideia de quem esses homens eram — começa Lory com cautela. — Nunca teria trazido os cavaleiros rasos se soubesse...

O estalar de uma bofetada, uma pancada metálica, o som de pele sendo arrastada pelo chão. Então um grito alto, gutural.

— O que eu disse quando lhe dei essa capa de conselheira? — vocifera Rolladin. — Agora você compartilha da verdade. E você *protege* essa cidade, o parque, os trabalhadores e os cavaleiros rasos dessa verdade. Ou você já esqueceu seu juramento?

— Não me esqueci — choraminga Lory. — Por favor. Por favor, conceda-me a clemência dos cavaleiros. — Apesar de saber que é a voz dela, não consigo imaginar aquela fera de mulher acovardada.

— A clemência dos cavaleiros — repete Rolladin lentamente. Então passa a falar mais baixo. — Aqueles homens são *loucos*, vocês todos estão entendendo? Isso explica o falatório sobre a Inglaterra e a viagem pelo mar... sobre a guerra ter terminado. — Ela respira fundo. — Amanhã informaremos ao restante do parque sobre a sentença, que transferimos aqueles homens para a torre dos primatas. Que eles ficarão indefinidamente em confinamento solitário.

Silêncio.

— Mas o Conselho precisa dar a isso tudo uma solução definitiva — ruge Rolladin. — Não quero pendências. Então deem a ordem àquela bocuda, Cass. Sujem as mãos dela. Calem a boca dela.

Não entendo as ordens de Rolladin, mas o Conselho deve ter entendido. Porque não há perguntas.

Na verdade, não ouço um som sequer lá de baixo, quanto mais uma palavra, por um longo, longo tempo.

— O que vocês estão esperando? — acrescenta Rolladin. — Tic-tac.

As portas de aço abrem e fecham abaixo de nós, e os conselheiros se vão.

Mas não consigo olhar para Phee. Ainda não. Vou desmoronar se fizer isso agora, e Rolladin ainda está no Grande Salão, andando de um lado para o outro, murmurando consigo mesma em frustração. Fico de olhos fechados, levo uma mão ao pulso da minha irmã e a outra aos lábios. *Quieta. Fique quieta até ela sair.*

Por fim as portas de aço são abertas com estardalhaço, batendo na parede abaixo de nós, e os passos pesados de Rolladin seguem pelo corredor e descem as escadas de volta aos seus aposentos.

Phee lentamente espia sobre a balaustrada do mezanino para confirmar que estamos sozinhas, mas começa a choramingar antes que eu consiga dizer uma palavra.

— Que merda é essa?

Faz muito tempo que não a vejo chorar.

— Aqueles caras estão mesmo dizendo a verdade? — sussurra. — Não tem mesmo ninguém lá fora? Mas Rolladin não vai até as fronteiras todo ano? Nós não vimos os incêndios no Brooklyn?

— Mas... mas pode ter sido o Conselho, para manter as aparências — digo lentamente, encaixando as peças. — Esses britânicos podem estar mentindo, Phee. Ou serem loucos, como insiste Rolladin. Mas o sotaque deles, a certeza com que falam. Além do mais, que desgarrado, louco ou não, daria as caras no parque em pleno dia de festa?

— Mas se esses caras forem confiáveis, se... se estiverem dizendo a verdade... — A expressão de Phee está confusa e frustrada. Ela tem a testa franzida como se tentasse amarrar um animal selvagem. — Qual é o sentido disso tudo?

Nego com a cabeça e digo a única verdade que posso dizer:

— Não sei.

Não consigo começar a dar algum sentido àquilo tudo ou organizar meus pensamentos. Fico sem ar ante a possibilidade de um mundo além dessa cidade terrível, seja lá o estado em que estiver. Tenho tantas perguntas para aqueles homens sobre a guerra, sobre a Inglaterra. Meu Deus, o oceano.

Mas também estou furiosa. Isso tudo é um jogo perverso de Rolladin? Ninguém sabe a verdade sobre a guerra além de Rolladin e os conselheiros? Não pode ser.

— Sky — sussurra Phee, interrompendo meus pensamentos. — O que faremos com isso?

Olho para minha irmã. Pela primeira vez em um longo tempo ela parece estar aturdida. Aterrorizada, até. E percebo que, por mais que o que ouvimos tenha me animado a ponto de quase explodir, Phee claramente não sente o mesmo.

— Precisamos ir embora — digo baixinho, segurando a mão dela. — Você sabe que não podemos mais ficar aqui, Phee.

Ela enxuga as lágrimas que traem seus olhos.

— Simplesmente não consigo entender. Para onde nós iríamos?

E, pela primeira vez na vida, permito-me dar asas à pergunta.

— Podemos ir para o sul. — Deixo que o sorriso de esperança que se insinua nos meus lábios veja a luz do dia. — Para o inverno, como os pássaros. Ou podemos ir para o oeste, ou para a Inglaterra com esses homens, e começar uma vida nova do outro lado do mar. Eles disseram que vieram de barco. Podemos atravessar o Atlântico, como Colombo no sentido contrário.

Mas Phee não compartilha da minha empolgação.

— Não podemos simplesmente ir embora. Acabamos de implorar a Rolladin uma chance como aspirantes a cagalheiras. Se partirmos, ela saberá que foi enganada. E vai nos caçar pela cidade toda. Não chegaremos nem perto do mar.

Phee tem razão, é claro. A louca no comando do parque jamais nos deixaria partir. A perigosa e maníaca colecionadora de vidas que enrolamos por não duas, mas três vezes. E agora que os ingleses mostraram os talhos em sua teia de mentiras, ela ficará ainda mais paranoica, mais controladora. Será que o confinamento vai continuar? Haverá buscas aleatórias nos campos? Mais inocentes serão atirados na solitária para mostrar quem manda?

— Nós partimos hoje à noite — sussurro.

— O quê? Você quer dizer encontrar Mamãe e pegar nossas coisas no Carlyle? E simplesmente fugir? E se... e se aqueles homens não estiverem dizendo a verdade? Quer dizer, honestamente, como podemos saber com *certeza*?

— Nós perguntaremos a eles — respondo, bolando um plano que lentamente toma forma na minha cabeça, como vento que transforma uma centelha em fogo. — Descobriremos tudo que pudermos. Eles disseram a Rolladin que entraram na cidade sem serem vistos, então devem ser capazes de nos dizer como sair dela.

— Sky, eles estão presos. Você não ouviu? Serão mandados para a torre dos primatas. Nunca mais vamos vê-los.

— Rolladin disse aos cavaleiros para transferirem os homens amanhã — digo lentamente. — Então vamos até as celas hoje à noite e falamos com eles. Talvez possamos até mesmo descobrir como chegar ao barco deles.

Vejo Phee, Mamãe e eu velejando para o horizonte, atravessando a cerca de arranha-céus e adentrando no grande desconhecido. Por um segundo, me permito ver o rapaz da floresta ao nosso lado, e a imagem me aquece, mas não conto essa parte a Phee.

— Mas isso é loucura. E se houver cagalheiros na prisão? — pergunta Phee. — E então?

— Então esquecemos essa ideia e achamos uma saída nós mesmas. Entramos sorrateiramente no Carlyle, pegamos Mamãe e o diário. Partimos antes do amanhecer. — Olho para o teto, como se fosse capaz de abri-lo e revelar o céu, mostrar a Phee que as estrelas ainda estão no comando. Nesse instante, sinto que qualquer coisa é possível. — Ainda dá tempo. É nossa única chance.

Mas mesmo enquanto falo, lá no fundo eu sei. Esse plano é absurdo. Arriscado. Precipitado. Tudo que preciso é que alguém o diga. Tudo que preciso é de uma voz da razão. Que coloque de lado todos os segredos e mentiras e engodos e me diga que estou indo longe demais, arriscando demais. Geralmente, eu sou a voz da razão.

Mas depois de hoje à noite, não tenho mais certeza se conheço a mim mesma, ou esse mundo que tomei como fato. Tudo parece estar aberto à discussão.

Depois de refletir um pouco sobre tudo aquilo, Phee decreta com a voz trêmula:

— Está bem.

Estampo um sorriso para mascarar a tempestade de terror e ansiedade que ferve dentro de mim.

— Então vamos andando.

Quem precisa de uma voz da razão quando se tem uma parceira no crime?

Fico de joelhos, o coração esgoelando, as mãos úmidas, e engatinho com Phee pelo corredor de mármore do Belvedere. Lentamente, tateamos de volta à escadaria, nos esgueiramos pelo saguão de entrada e irrompemos noite afora, com o ar frio de outubro nos golpeando ao corremos até o abrigo das árvores.

As estrelas brilham no céu e a lua está cheia, bulbosa e acetinada como uma cebola. O luar pinta a floresta em tons escuros de verde e azul, envolvendo os galhos em capas cor de aço. Por duas vezes paro, jurando ter ouvido algo nas árvores. *Cavaleiros? Saqueadores? Devoradores?*

Mas balanço a cabeça, aperto a mão de Phee e seguimos em frente.

Não dizemos uma palavra até chegarmos ao antigo fosso do urso-
-polar na parte norte do zoológico. O reptiliário e o aviário usados como
prisões ficam a cerca de cinquenta metros adiante por um passeio de
pedra. Um pouco depois, a torre dos primatas — as solitárias.

O fosso é guardado por uma placa desbotada que diz URSO-POLAR
CUIDADO!, e na verdade não é um fosso, mas um salão subterrâneo com
paredes em três lados e uma janela voltada para um tanque vazio. Nunca
havia entrado ali antes, mas sei que os cavaleiros às vezes usam o espaço
para interrogatórios.

Depois de nos refugiarmos entre dois bancos do salão, Phee finalmente rompe o silêncio.

— Você viu? Alguns cavalos do parque estão amarrados em frente
ao reptiliário.

— Os cavaleiros rasos devem ter trazido os homens para cá a cavalo.
Eles ainda devem estar nas prisões — respondo. — Os cavaleiros já devem estar partindo. Rolladin disse que só vão transferir os homens para
a torre dos primatas amanhã.

Phee leva a mão ao bolso da calça de moletom e tira o pequeno
revólver.

— Acho que é melhor eu carregar a arma, certo? Se vamos invadir
a prisão.

Ela me olha em busca de incentivo. Nunca nem ao menos segurei
uma arma, quanto mais saber como usar uma coisa daquelas. Além do
mais, ainda estou bem chateada com Mamãe por tê-la dado a ela e não
a mim.

— Não vamos precisar disso.

— É, nunca se sabe. Acho que vou deixá-la pronta. — Ela tira as
balas do bolso, mas não faz nada. Apenas olha para o revólver por um
longo tempo. — E se ela disparar dentro da minha calça?

— Não acho que funcione assim.

Irritantemente, ela passa a colocar os cilindros prata no tambor vazio e o fecha.

— Mamãe falou que essa coisa de segurança deve impedir que dis-
pare — diz Phee. — Ao menos estaremos com ele se precisarmos.

— Confie em mim. — Eu poderia estrangulá-la. Apesar de esse plano ser claramente meu, ela deu um jeito de tomar as rédeas. — Não vamos precisar disso, os caras estão atrás das grades.

Phee dá de ombros.

— Sim, mas e se precisarmos arrancar informações deles?

— O quê, você vai *atirar* num para abrir a boca deles? Phee, essa arma só nos trouxe problemas. Deixe isso no bolso, está bem?

Phee balança a cabeça.

— Você sempre acha que eu não sei o que estou fazendo.

Mas antes que consiga discutir mais com ela, ouvimos vozes vindo do zoológico abandonado, então o som de cascos de cavalo no calçamento.

— Quieta, está bem? — sussurro. — Eles estão indo embora.

Escuto apenas fragmentos da conversa dos cavaleiros...

"Você acha que Cass e Darren dão conta disso?"

"Eles vão ter que dar. Uma ordem é uma ordem."

Então ouvimos um coro de relinchos quando os cavalos saem a galope e o grupo de cavaleiros segue martelando a trilha de pedra ao passar pelo nosso fosso e voltar na direção do castelo.

— Certo — sussurro. — Vamos.

Saímos do fosso, atravessamos correndo a trilha de pedra e nos escondemos nas sombras das casas de animais do outro lado.

Passamos por barracas fechadas com tábuas e sinalizadas como LANCHONETE e RESTAURANTE. Em seguida nos esgueiramos por trás do aviário e paramos quando chegamos à entrada dos fundos do reptiliário. A porta não está trancada com um cadeado, mas as jaulas certamente estarão.

Respiro fundo antes de abrir a porta. Estou ansiosa, tão ansiosa que não consigo respirar direito. O que vamos dizer a esses homens? E se eles se recusarem a falar, se passarem a gritar, os cavaleiros ouvirem e voltarem para cá? E se houver outros prisioneiros ali dentro e eles nos denunciarem?

Phee coloca a mão no meu ombro, segura firme e aperta de leve.

— Eu também estou com medo — sussurra ela. — Mas, como você disse, essa é nossa única chance de descobrir a verdade. Um passo de cada vez, certo? Apenas abra a porta.

Faço que sim, dou um tapinha na mão dela e abro a frágil porta dos fundos.

No instante em que chegamos às entranhas do reptiliário, ouvimos gemidos. Lamentos. Súplicas. Só leva um instante até que meus olhos se ajustem, mas o que vejo me faz congelar.

Cass está no centro do espaço com uma balestra vermelha nas mãos, atirando nos homens atrás das barras de aço nos fundos da sala. Um a um.

13
PHEE

— O que você está fazendo? — solto um grito.

Cass abaixa a balestra vermelha ao seu lado.

— Que diabo? Como é...

— Cass. — Dou um passo à frente, instintivamente olhando em volta. Somos apenas ela e nós. E os homens na jaula mais adiante. Ninguém mais. — Pare. Você não precisa fazer isso.

— Ah, sério? — Ela ri de mim, cospe as palavras pelo reptiliário. Mas esfrega os olhos. — Tenho certeza de que preciso. Isso é ser uma cavaleira. Seguir ordens. Fazer coisas que você não entende. Ou você não sabe a que está se candidatando?

Não respondo, e o sorriso forçado cai do rosto dela.

— Eu sabia. Eu disse aos outros, mas ninguém escutou. Vocês levaram ela no bico, não foi? — diz Cass.

Faço que não.

— Não, nós...

— Vocês só abanaram o rabinho para Rolladin para salvar a própria pele.

— Quem está aí? — grita um dos homens da cela. Ele passa os dedos pelas barras. — Socorro! Ela matou o nosso amigo! Por favor!

Cass tira um martelo do bolso da calça e fustiga as barras. O sujeito berra de dor, mas Cass o ignora e nos espreita como um gato.

— Talvez eu consiga enxergar o que Rolladin não consegue. E vou fazer o que ela não tem coragem de fazer. Não importa o que nenhum deles diga, cansei. Somos apenas eu e você agora. Nada de Rolladin ou Lory para salvar essa sua pele de merda.

— Espere — tento argumentar. — Cass, espere!

Mas ela não dá ouvidos. Posiciona a balestra, carrega a flecha e se prepara para apontar para a minha testa.

— Vamos, Phee! — grita Sky, e puxa meu braço para fugirmos por onde entramos.

Mas deixo meus instintos assumirem a situação.

Não há tempo para correr nem para se esconder.

A balestra está carregada, e quando Cass a ergue mirando o meu rosto, bem no meio dos olhos, saco meu revólver, puxo a trava de segurança, seguro o cabo com as duas mãos e rezo.

O tiro soa antes que Cass consiga disparar.

14
SKY

A barriga de Cass desabrocha como uma rosa e a arma dela cai no chão. Ela desaba gemendo, as mãos no abdômen.

Não consigo pensar, não consigo sentir. Fui esvaziada, desmontada, reprogramada.

A porta da frente é aberta de súbito. Outro cavaleiro, Darren, corre os olhos pela sala. Por um momento fica em choque, paralisado de surpresa, mas volta a se mover e vem em nossa direção, berrando para mim e para Phee. Só que não consigo escutá-lo, tudo que ouço é o lancinante zumbido do tiro de Phee.

Darren puxa uma arma das dobras da capa e aponta para nós, sua boca um buraco enfurecido, um grito silencioso. Mas Phee dispara primeiro, e a bala corta o ar do salão. O cavaleiro tomba, sem rosto, no chão.

Leva um momento, mas meu coração volta a funcionar, bater, sentir. Som, sentidos, tudo volta. Mas minha mente está fixa; repetindo uma palavra, incessantemente, atormentada por um mantra que não consigo calar.

Assassinas.
Assassinas.
Assassinas.

15
PHEE

Minhas mãos tremem tanto que quase deixo cair a arma.

Acabo de matar uma pessoa.

Eu. Dei fim à vida de alguém. Roubei a vida de alguém.

— Você. Você e-está m-morta — balbucia Cass do chão. Ela sangra, encolhida como um bebê no chão. — Quando Rolladin botar as mãos em você, ela vai... vai rasgar você no meio.

Como se tivesse mente própria, meu braço volta a erguer a arma, aponta para ela. Cass olha para mim, seus olhos líquidos de pavor. Mas ela não diz nada.

Atire, a voz da minha diabinha está alta como nunca. *Atire, atire.*

Enfio a arma trêmula no bolso.

Não sou um monstro.

Mas é uma assassina. Uma assassina.

Tiro as chaves do cinto de Cass e pego a balestra.

— Pegue a arma do outro cagalheiro — digo a Sky. Um instinto de sobrevivência em estado bruto me aperta a garganta. Depois disso, não importa o quanto somos especiais para Rolladin. Depois disso, não haverá perdão.

Finalmente olho bem para os homens na jaula. Três ainda estão vivos. O quarto, alvejado com uma flecha, está deitado de lado no chão forrado de capim seco.

— Tire-nos daqui — implora o mais velho. De perto, os homens parecem estar em frangalhos. Têm os olhos abatidos, rosto arranhado, roupas velhas e esfarrapadas.

— Nós vamos fugir do parque. Esta noite. Vocês vão nos levar.

Ainda estou trêmula, as chaves sacodem na minha mão, traindo a voz que me esforço para manter firme.

— Qualquer coisa que você quiser. Apenas abra a porta — suplica o velho.

Sky está ao meu lado, com a arma do cagalheiro morto na mão.

— Solte-os — diz ela. Minha irmã está com um olhar que não consigo definir. Não é medo. É... é mais vazio que isso.

Respiro fundo e volto a olhar para os homens.

— Se tentarem alguma coisa, qualquer coisa, nós atiramos. Precisamos pegar nossa mãe no Carlyle. Então vocês nos levam até tão longe quanto precisarmos. — Eu paro, penso. Do que mais precisamos? — E nos dizem o que está acontecendo. Estão me ouvindo?

— Nós vamos tirar vocês do parque, claro. Mas você precisa acabar com ela — diz outro cara, o de vinte e poucos anos, de um canto da jaula. — Ela virá atrás de nós.

Olho para Cass, em agonia no chão. Eu a odeio. Tanto que estou tentada a atirar outra vez.

Mas existe um limite em algum lugar, um limite indistinto, trêmulo, que dança à minha frente. Minha diabinha implora que o atravesse, sim, mas em algum lugar lá no fundo eu sei. Se fizer isso, jamais serei a mesma.

— Nós estamos com as armas. Nós decidimos.

O magrelo faz que não.

— Você está cometendo um erro.

Eu o ignoro, entrego as chaves para Sky e me afasto da jaula. Enfio o revólver com duas balas no bolso e empunho a balesta de Cass como se estivesse preparada para usá-la. Sei que Sky vê esses caras como nossos heróis, mas não estou convencida. Depois da noite que tivemos, não sei se jamais serei capaz de voltar a confiar em alguém, além de Sky e Mamãe.

Sky bota uma chave na fechadura, tenta outra, então outra.

A porta de aço da jaula finalmente cede, e os três homens saem para o reptiliário. O magrelo, o mesmo que disse para eu acabar com Cass, me observa com cautela, e tenho a impressão de que me mede de cima a baixo, decidindo se consegue me dominar. Aperto a balestra, desejando ter um jogo completo de flechas, armas sem fim.

— Vamos — diz o velho.

Aceno com a cabeça para minha irmã.

— Vocês seguem Sky, eu vou atrás. Sem gracinhas. — Agito a balestra para reforçar. — Vamos correr pelo lado leste do parque, até o Carlyle. Voltamos a nos agrupar quando chegarmos.

O magrelo faz que não outra vez.

— Devemos sair do parque o quanto antes.

— É sério isso? Você está mesmo tentando assumir as rédeas? — Não temos tempo para a conversa-fiada daquele fanfarrão. — Vocês iam morrer. Nós libertamos vocês. Estamos armadas. Vocês fazem o que a gente diz.

O magrelo dá alguns passos ameaçadores à frente, e olho bem para ele. Cabelo preto, olhos pretos, pele castigada pelo vento e o frio. Tem alguns poucos anos a mais que Sky, talvez mais.

— Sam, essas garotas acabam de salvar nossas vidas — afirma o velho em voz baixa. Então se volta para mim. — Como você se chama?

— Phee. Essa é minha irmã, Sky.

— Eu sou Lerner. — O velho aponta para o magrelo esquentado. — Meu chapa, Sam. — Faz um gesto de cabeça para o mais novo. — E o irmão dele, Ryder. Agora, Phee e Sky, vamos dar o fora daqui.

16
SKY

Trancamos Cass na jaula dos homens, deixamos um banho de sangue para trás no reptiliário e atravessamos o zoológico até o lado leste do parque. Eu, os três homens e Phee a reboque. Corremos ao largo da Quinta Avenida, acompanhando a estreita trilha de concreto ao longo da borda do parque abaixo do nível da rua e tentando nos mover o mais rápido possível.

Tento me concentrar na nossa fuga, mas imagens do reptiliário insistem em me atormentar: Cass banhada de sangue, o rosto de Darren se abrindo como cortinas. Não consigo afastar as imagens. Elas se repetem vezes a fio, em tempo real, e então devagar, como se dizendo: *Aqui vai, caso você tenha deixado alguma coisa passar. Assista com atenção.*

Nós matamos uma pessoa. Alguém poucos anos mais velho que eu.

Estamos em alerta máximo. Phee fica repetindo aos ingleses para irem mais devagar, para manterem distância de mim.

Mas não estou com medo desses homens. Eu soube, no instante em que vi o jovem inglês na mata, Ryder, que as coisas estavam prestes a mudar. Que ele estava ali por um motivo. Agora temos minutos para aproveitar esse motivo, para sair do parque antes que Rolladin descubra o que aconteceu na prisão e nos encontre. Não haverá uma segunda chance.

Se ela nos encontrar, é o fim.

— Parem aqui — diz Phee atrás de nós quando nos aproximamos da escadaria da Rua 76, que leva à Quinta Avenida e de lá ao Carlyle. — Você ainda está com a arma dele? — pergunta ela, ofegante.

Olho para a longa pistola de cano vermelho, a arma do cavaleiro morto. Não dizemos o nome de Darren. Tiramos sua vida, capturamos sua alma, e ainda assim não conseguimos dizer o nome dele.

— Sim, estou com ela.

— Todos os internos e os invernais são mantidos no Carlyle — diz Phee aos homens. — A cerca de um quarteirão à direita.

— *Invernais?* — repete o homem mais velho, Lerner.

— Os outros como nós. Os prisioneiros que vivem à própria sorte nos meses de verão — diz Phee, impaciente.

— Espere, então vocês *escolheram* estar aqui? — intromete-se Sam. — Lerner, essas garotas não são prisioneiras. Elas são hóspedes.

— Hóspedes? Você não sabe nada sobre nós — rebate Phee. — Não sabe nada sobre essa cidade. O que é preciso para sobreviver...

— Sam, certo? — corto Phee no tom mais paciente que consigo, tentando ignorar que minutos preciosos caem à nossa volta como chuva. — Sei que vocês não têm motivos para confiar em nós. Mas também somos prisioneiras. Passamos a vida inteira presas nesta ilha, à custa de mentiras, iludidas. Por favor, acreditem, estamos do mesmo lado.

Ninguém responde — minhas palavras apenas ficam suspensas como frutas maduras. Por fim, Phee as arranca e corta o silêncio.

— Nossa mãe está no terceiro andar, está bem? Precisamos pegá-la antes de irmos embora.

— Está bem, está bem. — Lerner corre os dedos pelos cabelos grisalhos. — Ajudamos a buscar a mãe de vocês e depois vamos embora. Entenderam?

Sam resmunga no escuro, mas não argumenta mais.

— Esse Carlyle. É vigiado? — diz Ryder. É a primeira vez que ouço a voz dele, e não sei o que esperava, mas não era isso. Ele tem aquele sotaque bonito, melódico, como os outros homens, mas sua voz me faz pensar em água correndo sobre as pedras.

— Há cagalheiros lá dentro, com certeza — afirma Phee.

— Cagalheiros? — pergunta Ryder.

— Guardas, como os que jogaram vocês na prisão — esclarece ela. — Mas deve ser apenas um esquadrão ou dois patrulhando cada andar.

Apesar de ainda não ter parado de tremer desde que invadimos o reptiliário, sei que preciso guiar os homens pelo Carlyle. Serão duas paradas, o terraço e nosso quarto. Talvez seja loucura, talvez seja patético, mas, ainda assim, deixar o diário de Mamãe para trás não é uma opção.

— Sam, você pode ficar aqui fora com minha irmã? — pergunto.

— Espera. É sério? — Phee me puxa de lado e sussurra. — Sky, esse cara é o pior. Além do mais, acho que faz mais sentido *eu* ir pegar a Mamãe.

— Não confio nele — sussurro de volta. — Por favor, você tem a arma que sabemos que funciona, certo? E sabe como usá-la.

Ela pensa naquilo, então finalmente faz que sim num gesto curto, satisfeita. E me entrega a balestra.

— Leve isto. Você pode precisar.

Abraço minha irmã e gesticulo a Ryder e Lerner que me sigam.

— Vá pelo lado esquerdo do prédio — diz Phee. — Vamos criar alguma distração para atrair os guardas na entrada. Nos encontramos em quinze minutos na esquina da Rua 77 com a Madison, certo? — Os olhos de Phee estão arregalados quando ela segura minha mão.

Quero abraçá-la de novo. Parte de mim deseja passar o braço pelos ombros dela e subir as escadas para dormir, então acordar amanhã como uma prisioneira qualquer, labutando nos campos, ignorante, com esperanças pequenas e sonhos ainda menores. Mas sei que isso nunca mais será possível.

Além disso, uma parte mais forte de mim agora quer muito mais.

— Esquina da 77 com a Madison — repito. — Quinze minutos.

Ryder, Lerner e eu subimos correndo a escadaria do parque e atravessamos a avenida deserta.

17
PHEE

— Já se passaram pelo menos nove minutos — sussurra Sam. — Talvez até dez.

Nós dois estamos escondidos atrás de uma velha caçamba de lixo, nos fundos de uma das lojas da Avenida Madison. Nunca concordaria em voz alta com esse psicopata, mas já deve fazer pelo menos dez minutos. Estou preocupada. Devia ter ido com Sky. E se Rolladin já ficou sabendo do tiroteio no reptiliário e houver montes de cagalheiros à espreita lá dentro? E se minha irmã estiver sendo arrastada de volta ao castelo?

Procuro uma posição melhor para as costas na parede de tijolinhos da loja e tento pensar em qualquer coisa além do que está acontecendo no Carlyle, mas é impossível. Fecho os olhos por um segundo para relaxar...

Mas só vejo sangue e cagalheiros mortos na minha mente.

18
SKY

— Pensei que você tivesse dito que sua mãe estava no terceiro andar — diz Lerner. Estamos na escadaria interna, no patamar do quinto andar, os três agachados juntos no escuro. Levou muito mais tempo do que eu imaginava sem uma tocha.

Mas precisávamos pegar o diário. Não posso dar adeus a ele sem lutar. E depois que chegarmos a Mamãe e ela souber o que aconteceu, jamais poderei voltar para pegá-lo; o passado estará perdido para sempre.

— E está — sussurro. — Deixei aqui em cima uma coisa que precisava pegar antes. Serei rápida. Consigo passar pela fresta da porta.

— Isso já está demorando demais — diz Lerner, mas ele não continua a argumentar.

Subo até a porta do terraço. Penso bem e resolvo passar a Ryder a balestra, como prêmio de consolação por esperarem ou sinal de confiança, não tenho certeza. Nossos dedos se tocam na escuridão. Suas mãos também são mãos de trabalhador, ásperas como lixa.

— Já volto.

Subo o curto lance final e empurro a porta para me espremer pela fresta, como Phee e eu fizemos, mas os cavaleiros devem tê-la trancado bem. Ah, meu Deus. Eu não esperava por isso.

Pego o volumoso molho de chaves de Cass e passo a tateá-las. São ao menos dez, talvez até mesmo vinte.

Uma onda de pânico percorre o meu corpo.

19
PHEE

— O tempo está correndo, bandoleira — diz Sam do outro lado do beco.
— Na marca de quinze minutos, vou pegar esse revólver, encontrar meu irmão e Lerner e dar o fora dessa ilha.

Ergo a arma para lembrar a Sam quem está com a munição.

— Vocês não vão embora sem nós.

Apesar de fingir muito bem que estou calma, começo a surtar. Preciso sair daqui, respirar, pensar. Minha irmã e Mamãe estão no Carlyle, talvez em perigo, talvez presas, e eu devo simplesmente ficar aqui, nesse beco, com esse cretino, e ter *paciência*?

Penso em jogar tudo para o alto e simplesmente correr até o Carlyle sozinha, mas sei que é impossível. Mesmo que quisesse, escutamos os sentinelas do Carlyle vasculhando a Avenida Madison, tentando encontrar o desgarrado que uivou como um louco em frente ao hotel e sumiu noite adentro. Devo admitir que a astúcia de Sam me permitiu subir a Quinta Avenida e atravessar a Rua 77. Não sei como ele conseguiu, mas despistou os guardas e de alguma forma me encontrou escondida nos fundos dessa loja.

— Por que vocês vieram para cá, afinal de contas?

Sam volta a me estudar.

— Manhattan era o único campo de prisioneiros que nós sabíamos que ainda estava em operação.

— *Nós* quem?

— Nosso Exército. A Inglaterra.

Engulo seco.

— Você lutou na guerra? — Olho para ele com atenção, alto e esguio nas sombras do beco.

— Os dois lados já haviam praticamente se destruído antes que eu visse qualquer ação fora da base. — Vejo Sam olhando para minha arma. — Mas fui fuzileiro real.

Não faço ideia do que aquilo quer dizer, apenas que não soa bem para mim. Juro que vou atirar nesse cara se ele tentar qualquer coisa, *fuzileiro real* ou não. Já atirei em duas pessoas.

Matei uma.

Faço que não. Não quero pensar em Darren agora.

— Quantas balas restaram nessa coisa? — Sam indica a arma com a cabeça e se aproxima um pouco mais. Então o canalha dá um sorriso de canto de boca. — Posso dar uma olhada?

Coloco a arma entre os joelhos, para que esteja pronta para disparar.

— Isso já é perto o bastante.

Agora já deve ter pelo menos doze minutos. Treze, até.

Sky, Sky, Sky. Me concentro, tentando com todas as minhas forças entrar na mente dela e fazê-la me ouvir. *Estou preocupada. Por favor, se apresse.*

20
SKY

Volto às escadas ofegante, com o livro de Mamãe enfiado na cintura da calça, nossa velha tocha em uma mão e a arma do cavaleiro morto na outra, apenas para encontrar uma frenética e desesperada dupla de britânicos.

— Uma tocha — diz Lerner. — Você subiu até aqui para pegar uma *tocha*?

— Lerner — intercede Ryder. — Qual é, isso não está ajudando, cara.

— Vamos precisar dela — anuncio com cautela. Ninguém precisa saber o que está em minha posse, o que descobrimos neste diário, além de Phee e eu.

— Bem, essa tocha pode ter custado as *nossas vidas*.

Eu escuto, lentamente entendendo o pânico daquele homem. Ouço o som de passos, e uma porta para as escadas é aberta em algum lugar abaixo de nós.

— Ainda temos tempo. Precisamos chegar ao terceiro andar — falo com toda calma que consigo.

— É exatamente o que estou dizendo esse tempo todo!

Não respondo, apesar de Lerner apenas dar voz aos dissidentes dentro de mim, o furioso coro grego que berrava nos agonizantes minutos que levei para encontrar as chaves certas e abrir os cadeados da porta. *Como você pôde desperdiçar tanto tempo? Por um livro de segredos? Você escolheria o passado em lugar de salvar a sua própria mãe?*

Faço força para afastar os pensamentos, para me concentrar apenas em sair dali, rápida e silenciosamente no escuro. Tudo que importa agora é pegar Mamãe e fugir.

Nós três nos esgueiramos pelas escadas enquanto os cavaleiros sobem sem pressa. Eles conversam sobre coisas insignificantes — quem acabará tendo de vigiar os trabalhadores amanhã, quem deve a quem uma garrafa de vodca por conta de uma aposta. É conversa-fiada, nada sobre os assassinatos no zoológico, então deduzo que a notícia ainda não chegou ao castelo. Se tivesse, uma tropa inteira de cavaleiros estaria à nossa procura. Minha aposta é que são apenas um ou dois esquadrões que se revezam patrulhando os andares.

Chegamos ao terceiro andar antes dos cavaleiros e nos esgueiramos pela porta. Acredito que estamos em segurança até ouvir um dos cavaleiros sussurrar.

— Espere, você viu aquela porta abrir?

Passos apressados.

Então um berro atrás de nós: "Parem!" Os passos arrastados dos cavaleiros dão lugar a um estouro de boiada. Não olhamos para trás, apenas disparamos pelo corredor.

— Eu disse PAREM! — grita um cavaleiro.

Eu hesito. Olho dos cavaleiros que se aproximam para o fim do longo corredor, para o nosso quarto. Está claro que não chegaremos a Mamãe. Lerner puxa a balestra das mãos de Ryder.

— Sky, dê sua arma a Ryder. Agora! — Ele recua lentamente, faz um gesto de cabeça para mim. — Corra e pegue a sua mãe. Não olhe para trás.

Meu coração martela no peito, minha vista está embaçada, mas meu corpo salta ao seu comando. Enfio o velho revólver na mão de Ryder e corro para o quarto no fim do corredor.

Ouço gritos, ordens.

— Ataquem! Estão me ouvindo? Acabem com eles!

Irrompo quarto adentro, sacudo Mamãe, e saio enfiando roupas e o que restou do nosso jantar na mochila. Ela está deitada, tão frágil, ainda mergulhada no sono, e eu quero abraçá-la, me aninhar em seus braços e esquecer o mundo.

— Pegue uma tocha, pegue as muletas — digo a ela, então coloco o diário e a faca escondida debaixo do colchão na mochila. — Precisamos ir. Precisamos ir agora!

Mamãe faz menção de argumentar, mas ainda está presa aos tentáculos do sono. Passo o braço dela pelo meu ombro e tento puxá-la.

— Sky, espere... pare! O que é isso? O que está acontecendo?

— Mamãe, agora não. Mais tarde, confie em mim. Onde está seu casaco? Onde estão seus sapatos?

Nós ouvimos um tiro, então outro, e os olhos de Mamãe se arregalam de medo. Ela veste o casaco por cima do pijama, enfia os pés nos sapatos e se lança para as muletas encostadas no canto.

— Onde está Phee?

— Ela está bem. Está lá fora.

Ouvimos batidas fortes, desesperadas, na porta.

— Lerner está ferido! — grita Ryder do outro lado. — Precisamos dar o fora daqui!

Levo Mamãe até a porta e abro-a.

— Cuidado com o tornozelo dela, está torcido.

Ryder faz que sim e nos ampara. Lerner vem atrás de nós. Foi alvejado por uma flecha, está com a perna ensanguentada, mas ainda consegue carregar nossa balestra e disparar uma ou duas vezes contra o grupo de cavaleiros que nos persegue com facas e armas improvisadas. Juntos, nos movemos como uma cobra pelo corredor, escada abaixo...

Contornamos a escadaria de mármore do saguão, ofegantes, perseguidos por demônios.

— Para a saída! — grita Lerner atrás para Ryder.

Ryder nos puxa do saguão para a noite. Somos surpreendidos por dois guardas na rua. Eles param, chocados por nos encontrar, erguem as facas...

Mas Ryder saca a arma e atira no peito de um deles.

— Largue a arma — vocifera o inglês para o outro. É um cavaleiro jovem, um homem, talvez uma década mais velho que eu. Com nada além de uma pequena espada nas mãos.

O homem lentamente bota a espada no chão quando passamos por ele e seguimos noite adentro. Corremos até a Avenida Madison, com um grupo de cavaleiros em nosso encalço.

21
PHEE

— PHEE! — ouço Sky berrar, um trêmulo grito de guerra vindo do outro lado de uma avenida morta, e Sam e eu ficamos de pé e corremos até a calçada.

Sky, Mamãe de pijamas, Ryder e Lerner são perseguidos Madison acima por um bando de cagalheiros. Parece um desfile saído do pesadelo de alguém.

Aceno e corro na direção deles sem pensar, por instinto. Minha arma dançando no ar, pronta para trovejar...

Mas Sam agarra o capuz do meu casaco antes que eu vá longe.

— Esqueça, são muitos — diz ele. — Precisamos correr.

— Correr? Para onde?

Sam olha para o outro lado.

— O metropolitano. Podemos despistá-los no escuro.

Ele não diz nada com nada.

— Do que você está falando? Que *metropolitano*?

— Enfim, o metrô. No subterrâneo.

Os túneis.

Não.

Não. Não. Não.

Mas ele não espera uma resposta, apenas se coloca à frente dessa caçada de gato e rato, e não temos um segundo a perder, nem tempo para pensar. Logo, eu, Sky, Mamãe, Ryder e Lerner o seguimos pela Madison.

— Lerner, Ryder, o metropolitano, à esquerda! — grita Sam, e juro que as solas dos sapatos de Mamãe quase cantam quando ela empaca.

— Meninas, não podemos. — Ela começa a tremer.

Boto a mão no ombro dela e olho para trás, para o exército de guardas. Estão literalmente nos calcanhares de Ryder e Lerner.

— Mamãe, é nossa única opção.

Nos aproximamos das escadas, do portão verde enferrujado que traz estampados ENTRADA DA RUA 77 e um grande círculo verde ao redor do número 6. A escada vai e vem abaixo de nós até desaparecer na escuridão. Sam já começa a descer. Mas ele não sabe o que há lá embaixo.

— Venha! — grita para mim.

Seguro o corrimão por um instante. Os cagalheiros ainda disparam flechas contra Ryder e Lerner, que nos empurram túnel adentro.

— É a única saída — diz Ryder. — VÃO!

Mamãe solta um gemido longo e grave, como um animal que sabe que viu seu último dia, mas não posso dar ouvidos a ela. Dou as costas ao exército de cagalheiros e enfio as muletas debaixo do braço. Então pego sua mão, e Sky pega a outra. Coxeamos para baixo, para a escuridão.

PARTE DOIS

Salve-se. Custe o que custar. Salve-se.

— Entrada de setembro,
Propriedade de Sarah Walker Miller

22
SKY

Os cavaleiros chegam aos portões de aço acima de nós gritando, praguejando, disparando flechas desesperadas no nosso abismo, literalmente atirando no escuro. Mas não descerão até aqui, a não ser sob a mira do fuzil de Rolladin.

Ninguém desce até aqui.

Aperto um pouco mais a mão de Mamãe ao descemos às profundezas. A tocha que Phee agora segura é nossa única luz-guia neste labirinto tortuoso. Passamos por uma casinha abandonada com uma placa de INFORMAÇÕES, então pulamos uma série de portinholas de aço.

— Sky, onde está aquela outra tocha? — pergunta Lerner. Ele segura a mão de Mamãe para ajudá-la a passar pela barra de aço. — Precisamos de toda luz que pudermos ter aqui embaixo. Aqueles guardas chegarão a qualquer minuto.

— Os guardas não descerão aqui — diz Mamãe, trêmula, ao passar sobre a portinhola, então faz uma careta quando pisa do outro lado. Mancamos com ela atrás de Lerner, Ryder e Sam ao descermos mais um lance de escadas. — Ouçam, já atraímos atenção demais. Precisamos ficar em silêncio e voltar à rua na próxima estação.

Descemos para os trilhos. Sam faz uma pausa para cuidar da perna de Lerner. Ele rasga a própria camisa e a embrulha como a um membro mumificado.

— Como assim, ninguém vai nos seguir até aqui? — pergunta Lerner a Mamãe enquanto Sam faz o curativo. — Você quer dizer que despistamos os guardas?

— Sim, mas agora temos um problema ainda maior. — Mamãe se apoia nas muletas. Suas mãos tremem tanto que agitam as varas de madeira. — Não devíamos estar nesses túneis, eles não são seguros. Precisamos voltar à superfície...

— Deixe-me ver se entendi. — Sam olha para ela. — Temos um bando de guardas implacáveis nos caçando Nova York afora. Conseguimos um atalho incontestável para o centro por debaixo da terra. Você tem certeza de que ninguém vai nos seguir até aqui. E quer que voltemos para as *ruas*?

Mamãe aperta as muletas com mais força e se empertiga.

— Desculpe, não sei seu nome.

— Sam.

Ainda não tinha reparado bem em Sam, só tive olhos para meu homem da floresta, Ryder, mas ele é mais novo do que eu pensava, deve ter vinte e poucos anos. Uma magreza de tempos de guerra, olhos grandes, fundos, e sua própria versão de uma vasta cabeleira preta.

— Meu irmão, Ryder. — Sam aponta para o meu homem da floresta, então faz um gesto de cabeça para o amigo mais velho. — E você conhece Lerner, já que ele acaba de salvar a sua pele.

— Bem, com todo respeito, Sam — Mamãe mantém o tom gélido —, você não sabe nada sobre Manhattan. Esta cidade é assombrada. Há monstros aqui embaixo. Não são seres humanos, mas monstros...

— *Monstros* — repete Sam. Ele solta um riso frustrado. — Engraçado, não lembro de ter visto nenhum desses monstros quando caminhamos pelo metrô do Brooklyn até aqui.

— É, vocês deram sorte.

Sam faz que não.

— Rapazes, algum de vocês tem a sensação que esta cidade toda enlouqueceu?

Ele se levanta e passa a tentar abrir minha mochila para pegar a tocha. Tento me desvencilhar, mas ele me puxa contra o peito. Solto um gritinho.

— O que você pensa que está fazendo? — Mamãe avança ao coro de berros de Phee. — Ei, idiota, largue ela!

— Sam, por favor — pede Ryder. — Vá com calma.

— Vocês todos... *parem*. — Sam aperta meus ombros com mais força. Então sussurra calmamente no meu ouvido. — Me dê a sua tocha, e então você e sua família podem rastejar de volta à superfície sozinhas. — Ele olha para Ryder. — Essas mulheres não valem o esforço, confie em mim. Não passam de excesso de bagagem.

— Excesso de bagagem — repete Ryder. Ele dá um lento passo na direção do irmão. — Você age como se tivéssemos outros lugares para onde correr. Mas foi você mesmo quem disse, Sam. Manhattan é o fim da linha. Então para onde diabos nós vamos? — Escuto Ryder engolir em seco na escuridão silenciosa do metrô. — Cansei de fazer as coisas do seu jeito o tempo todo. Essas mulheres salvaram a nossa vida, então nós salvamos a delas. Bagagem ou não, vamos encontrar uma solução juntos.

Meu rosto começa a esquentar naquele túnel gelado.

— Você sempre foi apressado demais em confiar. — Sam faz que não. — Apressado demais em bancar o salvador, Rye. E ainda assim...

Aquele "ainda assim" carrega o peso de mundos, e eu quero saber mais. Ao observar meu homem da floresta, percebo que quero saber tudo sobre ele, quem é, de onde vem, para onde deseja ir.

— Estamos em dívida com elas, Sam — diz Lerner em voz baixa. — Ryder tem razão.

Por fim, lentamente, Sam tira as mãos de mim.

Sob a luz tênue da tocha, Mamãe estuda Sam, depois Ryder e Lerner. Posso jurar que tem um milhão de perguntas para aqueles homens, em especial por que se sentem em dívida conosco. Mas algo mais poderoso tem precedência, algo que se apodera de seu rosto.

Um medo primitivo, em carne viva.

— Não precisamos da ajuda de vocês — diz Mamãe. — Podem ficar com a tocha. Podem correr noite afora, boa sorte. Não sei o que você e Phee fizeram no parque, Skyler — diz ela a mim. — Mas é contornável, sempre é. Não vamos provocar a morte andando por aqui. Acordando os canibais dos túneis. — Seus olhos ficam vidrados, diáfanos, à luz da tocha. — Podemos implorar pelo perdão de Rolladin. Já fizemos isso antes.

— Ela disse canibais? — sussurra Ryder.

Mas meus olhos estão fixos em Mamãe. Por fim me dou conta, depois que a urgência e a adrenalina cobram a conta e me deixam exausta, de que Mamãe não faz ideia do que descobrimos. Do que a chegada daqueles homens significa.

E alguém precisa lhe contar.

Abro o zíper da minha mochila, com o cuidado de manter o que carrego no lugar, e tiro a tocha que Phee e eu usamos no terraço. Phee me passa a outra para que a acenda. Olho para minha irmã. Quem vai contar a Mamãe? Quem vai dizer que os demônios que assombram esses túneis não são nada comparados àquele que governa esta cidade?

— Mamãe. — Phee finalmente morde a isca. — Descobrimos algumas coisas que você não sabe, está bem? Antes de voltarmos a Rolladin, você precisa ouvir isto.

Mamãe fica um pouco surpresa, mas não cede. Não que eu achasse que seria fácil.

— Muito bem — diz. — Vocês podem me contar no caminho de volta.

— Mamãe. — Boto a mão no ombro dela, como se pudesse literalmente transferir minha sinceridade, junto com tudo que aprendi nas últimas horas. — Nós não podemos voltar. Simplesmente não podemos. Nunca mais poderemos voltar para o parque.

Depois que ela finalmente concorda, Phee e eu contamos tudo a Mamãe — bem, quase tudo — durante nossa cautelosa caminhada para o centro. Explicamos como fomos surpreendidas no terraço... admirando as estrelas. Falamos sobre o castelo e o julgamento. Como Rolladin e o Conselho mentiram para nós, roubaram nossa liberdade. Então sobre Cass, e que libertamos os homens.

Deixamos de fora as partes sobre o diário e a jura de lealdade a Rolladin. E sobre a morte do outro cavaleiro. Não que Phee e eu tenhamos ensaiado, mas de alguma forma nós duas soubemos que fronteiras não atravessar, onde estavam os pontos críticos da história. Há coisas que Mamãe simplesmente não deve saber.

Ela nos abraça, agradece a Deus por nós duas, engole as lágrimas. Leva um longo tempo até que se recomponha. Sei que suas emoções devem estar um turbilhão, assim como as minhas quando descobrimos as mentiras de Rolladin. E sei que em algum nível está furiosa por termos saído do quarto às escondidas e sido pegas. Mas quando ela fala, não há repreensões ou súplicas para voltarmos à superfície.

Em vez disso, ela dispara perguntas para os homens, sussurros abafados, desesperados. Conheço bem aquela sensação — aquela ânsia incontrolável por saber —, ela me acompanha desde que bati os olhos no diário de Mamãe. Ainda assim, é meio que surreal ver a minha *mãe* tão faminta por informações.

— Não entendo — diz ela a Lerner na nossa frente. — A China nos atacou em 2016. Manhattan foi oficialmente ocupada... — Ela fica imersa em si mesma, pensando. — No fim de 2017? Não, em 2018.

— Isso mesmo — responde Lerner. — A essas alturas a China já havia se alinhado com a Rússia e a Coreia, entre outros. A Grã-Bretanha se envolveu logo depois que bombardearam as pontes norte-americanas e a ilha Ellis. Se me lembro bem, a União Europeia se esfacelou pouco depois disso.

Mamãe faz uma pausa, como se recarregasse sua pistola de perguntas, e dispara mais um tiro.

— Vocês sabiam? — sussurra. — O Reino Unido sabia que eles estavam nos mantendo presos nesta ilha? Que havia sobreviventes?

— Sam sabe mais sobre isso. — Lerner tenta incluir o amigo na conversa.

— Eu deixei elas virem junto — diz Sam sem olhar para trás. — Isso não quer dizer que vá contar tudo que aconteceu na última década. — Ele está a uns bons dois metros à frente de Mamãe e Lerner, explorando os túneis com a tocha que conseguiu roubar de mim.

Lerner e Mamãe apenas trocam um olhar.

— Ele vai se acalmar. Sempre se acalma — sussurra Lerner enquanto caminham lado a lado. Phee e eu nos juntamos a Ryder, logo atrás. — Coloquemos dessa forma, o mundo todo soube o que aconteceu aqui. Isso desencadeou outra guerra mundial, levou quase todo o globo a se alinhar com um lado ou o outro, escalou de invasões por terra e ataques aéreos a armas de destruição em massa. — Lerner faz uma pausa. — E isso acabou com todos nós. — Ele olha em volta. — Quanto *você* sabe?

Mamãe faz uma pausa.

— Quase nada.

— Lembro que começou em março de 2016 — diz Lerner —, depois de um ano de secas mundo afora, e questões comerciais levaram a China ao limite. Eles atacaram Nova York, Washington, Los Angeles e São Francisco na mesma manhã. O objetivo era fazer reféns, assumir o controle de quatro grandes cidades americanas...

— Então, onde você aprendeu a lutar daquele jeito? — A voz musical de Ryder corta minha intromissão na conversa alheia, e percebo que está falando com Phee.

— Como assim? Você quer dizer como aprendi a usar uma arma? — diz Phee. — Acho que sozinha.

Ryder ri, um riso grave, melódico, caloroso. Uma boa risada.

— Não, apesar de aquilo ter sido impressionante. Eu quis dizer onde você aprendeu a lutar boxe.

— *Boxe?*

— Ou luta de rua, seja lá como vocês nova-iorquinos chamam agora — diz ele. — Você se movimenta muito bem.

Tento ignorar a conversa deles e voltar a me concentrar em Mamãe e Lerner, mas não consigo. Um bolo familiar se entranha na minha garganta. Então Ryder viu Phee em ação. É claro que viu, devia ser ele o estranho nas sombras, que saiu de fininho das lutas de rua e sumiu na mata. E subitamente ele não parece mais ser o meu homem da floresta, e sim apenas mais um admirador de Phee, outra pessoa de joelhos pela bravura da minha irmã. Sinto-o escorregar para longe.

— Espere... você estava lá? — pergunta Phee. — No parque, ontem à noite, nas lutas de rua? — O sorriso satisfeito no rosto dela é quase uma terceira tocha.

— É, estávamos na mata e escutamos a comoção. Nos esgueiramos até aquela ponte e vimos parte da sua luta. — Ryder engole seco, então me olha de esguelha. — Um espetáculo e tanto.

— É, as lutas de rua acontecem todo ano, na festa do censo — explica Phee. — São incríveis de assistir, com certeza. Mas estar naquele ringue foi uma história completamente diferente. — Ela prontamente esclarece: — Não que eu estivesse com medo, eu encarei, é claro. Mas espere, vocês estavam no parque aquela noite toda? Como ninguém viu vocês?

— Ah, uma pessoa me viu. — Ryder ri. — A sua irmã aqui é bem observadora.

Meu rosto fica quente e corado, mas tenho praticamente certeza de que a tocha não revela nada.

Então ele me viu *mesmo*, assim como eu o vi.

Quero dizer alguma coisa, aproveitar aquele elogio como abertura para uma nova conversa, mas tudo que me ocorre é:

— Achei que fosse você.

— Espere. Sky, você viu esses caras? E não me contou?

— Vi Ryder por um *segundo*, Phee. Quando fui procurar, não encontrei nada. Achei que... achei que fosse só minha imaginação — respondo. — E você já tinha passado por tanta coisa na luta que não quis incomodar.

— É, acho que você tem um monte de alarmes falsos. — Phee dá de ombros e sorri para Ryder. — Uma vez Sky jurou que havia um dragão no centro. No prédio da bolsa de valores.

— Phee, eu tinha uns oito anos — começo, sentindo o rosto ficar quente outra vez. — E além do mais, eu tinha acabado de ler *O hobbit*. Meio que fazia sentido.

— Você leu *O hobbit*? Aos oito anos? — Ryder soa impressionado, e meu rosto se aquece com algo novo.

— E reli algumas vezes desde então, mas sim, acho que li.

— Tudo que ela faz é ler — resmunga Phee.

Nota mental: dizer a Phee mais tarde que ela está sendo uma pentelha.

— Onde você consegue seus livros? — insiste Ryder. — Imagino que aquela louca, Rolladin, guarde tudo a sete chaves.

— Há uma pequena biblioteca no Carlyle, mas a maioria dos livros bons foi levada — digo. — Encontramos outros no verão, quando vivemos fora do parque. Em bibliotecas, quando mamãe nos leva em suas incursões pela cidade, ou garimpando em apartamentos. Você... *você* lê muito?

— Sempre que posso.

Mamãe, Sam e Lerner param à nossa frente e nós os alcançamos em silêncio. Duas formas gigantescas emergem da escuridão. São como os táxis abandonados nas ruas, mas verdadeiros monstros, como os de *Frankenstein*, de Mary Shelley, carro após carro costurados juntos por cabos e fios. Os carros monstruosos ocupam toda a largura da pista.

— O que são essas coisas? — indago.

— Vagões do metrô. — Mamãe vem até mim manquejando nas muletas. — As pessoas andavam neles. Era para isso que serviam os túneis antes da guerra.

A resposta me leva de volta às suas palavras de muito tempo atrás, à história no diário. Mas agora a história salta daquelas velhas páginas amassadas. Olho em volta, boquiaberta. Era *aqui* que Mamãe estava quando os Aliados Vermelhos atacaram. Foi aqui que viveu com Mary e eu por meses. As sombras avultam, os vagões se agigantam, e sinto a garganta apertar como uma tampa num frasco de vidro.

— Elas nunca viram o metrô? — pergunto Lerner.

— Viram, mas já faz muito tempo — responde ela. — E garanti que jamais voltassem a ver.

Ela se vira nas muletas para falar com nosso bando esfarrapado.

— Ouçam, se vamos seguir em frente, precisamos confiar uns nos outros. Juro que há pessoas perturbadas aqui embaixo — diz Mamãe. — Precisamos sair na próxima estação.

— Esse não seria o primeiro lugar onde aquela líder louca de vocês nos procuraria, as estações ao longo da Linha 6? — fala Sam com um suspiro. — Você diz que existem... "monstros" aqui embaixo. Mas quando foi a última vez que alguém desceu até esses túneis e os viu com os próprios olhos?

— Sam tem razão, Sarah — intercede Lerner. — As mentiras daquela tal de Rolladin... é como se a cidade inteira estivesse enfeitiçada.

Talvez o metrô seja proibido porque esses túneis são a única forma real de deixar a ilha, já que todas as pontes foram destruídas.

As palavras dos homens pairam no ar por um instante, então eu observo Mamãe se fechar em si mesma como costuma fazer, debater com seus próprios demônios.

— Eu já vi os monstros daqui com meus próprios olhos — responde por fim.

Essa informação é nova.

— Foi há muito tempo, sim. Mas os devoradores dos túneis são reais. — Mamãe faz uma pausa. — Precisamos encontrar outra rota de fuga para o centro.

Lerner faz que não, os cabelos grisalhos reluzindo à luz da tocha.

— Acho que dessa vez Sam tem razão, Sarah. Antes os demônios que nunca vimos do que aquele que já conhecemos.

Phee e eu nos entreolhamos. Sei que, assim como eu, minha irmã também pensa no demônio do parque: as mentiras de Rolladin, as ordens de assassinato que deu aos cavaleiros no Castelo do Belvedere. Para não mencionar a nossa traição, o tiroteio no zoológico e a fuga do Carlyle, combatendo grupos de guardas no nosso encalço.

— Mamãe, precisamos concordar com eles dessa vez. — Phee diz exatamente o que estou pensando. — É a única saída.

Mamãe se volta para mim em busca de apoio, mas faço que não.

— Bem, acho que sou voto vencido — conclui ela, contrariada. Mas respira fundo e aperta nossas mãos. — Muito bem. Vocês duas, não saiam de perto uma da outra.

Escalamos a plataforma dos trilhos, um a um, passando as tochas à frente até que o grupo todo tenha subido. À luz das chamas, consigo apenas discernir uma placa preta mais adiante, na parede de tijolinhos brancos: RUA 68 — HUNTER COLLEGE.

Ao passarmos pela estação da faculdade, juro que ouço um gemido baixo. Um som arrastado distante, como de pés.

— Quietos — sussurra Mamãe. Ela agarra minha mão e chama Phee com um gesto. — Vocês escutaram isso?

— Eu não ouvi nada... — começa Lerner, mas Sam intervém.

— Shh. Escute.

O som fica mais alto, mais próximo, os gemidos distantes dão lugar a queixumes palpáveis.

— Ryder, você está com aquele arco? — pergunta Sam.

— Sim.

— Empunhe como ensinei — diz Sam, e passa a amparar Lerner. — Prepare-se para mirar.

Ryder avança pela plataforma, rumo aos sons que se aproximam. Só pode ser um devorador. Será apenas um? *Muitos*?

Phee tira o revólver do bolso e faz menção de se juntar a Ryder.

— Nem pensar. — Mamãe a segura. — Você fica aqui.

— Quem está aí? — pergunta Sam para a escuridão. — Apareça, ou vamos atirar.

Mas a única resposta é um gemido, então respiração ofegante.

— Última chance — diz Sam. — Está me ouvindo? Vou contar até três. Um... dois...

Então, finalmente, uma resposta débil, hesitante, brota da escuridão.

— As Miller estão com vocês?

23
PHEE

É Trevor.

Não sei como, mas é Trevor.

Nunca pensei que ficaria tão feliz em vê-lo.

Nós o puxamos dos trilhos para a plataforma. Ele está trêmulo, com os olhos arregalados, assombrado como se tivesse sido perseguido por fantasmas.

— O que diabos você está fazendo aqui embaixo? — Mamãe o saco-de. — Que ideia foi *essa* de vir aqui para baixo sozinho?

Então lhe dá um abraço apertado, sufocante.

— D... desculpe — balbucia Trevor. À luz das tochas, vejo que está todo sujo e arranhado, provavelmente das quedas ao tatear a escuridão dos túneis. O que ele fez, nos seguiu até aqui? Rezando para topar com a gente? Eu já sabia que Trevor tem alguns parafusos a menos, mas não achei que fosse suicida.

Odeio admitir, mas tenho que dar algum crédito a ele.

— Acordei com a maior confusão no Carlyle, tiros e tudo mais, e abri a porta. Vocês estavam correndo para a rua com uns caras que eu nunca vi. Fiquei assustado... achei que podiam estar em perigo.

— E o quê, veio nos salvar?

— Phee — corta Mamãe. — Deixe ele terminar.

— Não, eu... eu... eu não achei que fosse conseguir fazer nada. Só pensei...

Ele parece ficar atordoado, então passa a mão nos cabelos sedosos.

— Calma, Trev. Está bem? Não estou brava. Mas nunca ia querer que você se ferisse. Você é importante demais para mim. Respire, conte o que aconteceu.

Ele respira fundo.

— Eu pensei... lá se vai minha família. Minha... meio que família. Não sei no que estava pensando. Lauren vai surtar quando for até o meu quarto amanhã. — Trevor faz que não. — Fiquei em pânico e fui atrás dos cavaleiros. Tentei acompanhar vocês, mas não consegui. Me perdi, fiquei com medo e...

— Mande o menino de volta para casa — diz Sam.

— Como é? — rebate Mamãe.

— Eu disse mande o pivete de volta para aquele maldito hotel caindo aos pedaços onde vocês se entocam. Não podemos carregar mais crianças nas costas.

— Esse menino é praticamente da família — argumenta Mamãe com Lerner. — Minha melhor amiga é a guardiã dele, ele não tem mais ninguém. — Ela dá mais um passo na direção do velho e fala mais baixo. — Por favor, eu já o deixei uma vez e isso quase me comeu viva. Jurei que jamais faria isso outra vez. Se ele voltar agora...

— Lerner, nem pense nisso — corta Sam. — Ajudar ela e as filhas dela é uma coisa...

— Você fala como se nós fôssemos *crianças* — falo. — Mas não somos muito mais novas que você.

— ... mas transformar isso numa creche itinerante é outra bem diferente. Esse aí vai para casa. Ou fim de papo. Deixamos os quatro para trás.

Meu olhar cruza com o de Trevor, e ele balbucia em silêncio: *Desculpe*. Balanço a cabeça. Ainda não sei como conseguiu nos encontrar. E chegou tão longe que é injusto mandá-lo embora. Isso para não falar que provavelmente o pegarão tentando entrar no Carlyle e ele será punido, sem dúvida. Chicotadas e, com certeza, cadeia.

Além do mais, por mais que não suporte o moleque quando ele está por perto, a possibilidade de jamais voltar a vê-lo me incomoda de verdade. Nada mais de encenações de luta de rua tarde da noite em nosso quarto no Carlyle, sob resmungos de Mamãe e Lauren. Nada mais de fofocas no almoço.

O que me faz pensar na última vez que Sky e eu estivemos nos campos com Trev. Em como ele se fazia passar por um cara durão do abatedouro. Talvez a fanfarronice de Trevor não tenha sido sem vão. Porque por mais que Sam seja cabeçudo, ele obviamente não é burro, sabe que ele pode sobreviver. Só preciso convencê-lo que Trev vai nos ajudar, e não atrapalhar.

É um tiro no escuro, na verdade.

— Ele poderia ser útil — digo com cautela para Sam. — Vocês perderam um companheiro no zoológico, certo? E se formos viajar de barco, precisaremos de uma boa equipe. Até onde consigo ver, precisamos de tantas mãos hábeis quanto possível.

— Ele não passa de mais uma boca para alimentar.

— É, mas também pode ajudar com a comida. Ele sabe se virar — minto descaradamente. Se tem uma coisa que Trev não sabe, é se virar. — Ele sabe esfolar animais e é um dos melhores jovens caçadores de parque. Apesar de parecer pequeno, é forte. E precisaremos de um grupo forte.

Sam estuda Trevor, ainda impassível. Mas é a primeira vez que não vejo uma carranca ou um sorriso irônico no seu rosto, então sei que faço progresso.

— Qual é, Sam — diz Ryder. — Ele é só um menino. E está sozinho.

O semblante de Sam muda por uma fração de segundo, ficando mais parecido com o de Ryder, mais brando ou coisa parecida. Mas quando pega o arco, isso desaparece.

— Uma coisa é ser o bom samaritano — resmunga ele para Ryder —, e outra é ser simplesmente burro.

Mas ele não discute mais. Apenas dá um longo e afetado suspiro e volta a caminhar túnel adentro.

Ryder sorri para mim e acompanha o irmão. Mas o sorriso acende algo dentro de mim, um zumbido morno que vai dos ombros à ponta dos dedos.

— Uma coisa eu posso garantir, minha Phoenix — diz Mamãe, passando o braço pela minha cintura. — Ao menos um de nós sabe se virar.

Voltamos à nossa caminhada para o centro. O plano é seguir pelo que Mamãe chama de Linha 6 até a prefeitura, seja lá o que isso for, esperar o momento certo para voltarmos à superfície e ir até nossa casa de verão em Wall Street. Sam insistiu que seguíssemos pelos túneis até o Brooklyn para pegarmos o barco. Mas já que Mamãe acredita que ficar tanto tempo no subterrâneo é perigoso demais, e já que Lerner vai precisar de cuidados de qualquer forma, decidimos fazer uma parada na superfície.

Não digo isso em voz alta, mas estou aliviada. A ideia de simplesmente subir num barco e deixar tudo e todos que conhecemos me deixa em pânico. Sei que pode parecer tolice, mas não estou pronta para deixar esta cidade... ou não quero. Sei que Sky está determinada a encontrar esse paraíso perfeito, mas, até onde sei, nós já temos um.

Mas não discuto agora. Não vale a pena. Neste momento, precisamos dar um passo de cada vez — e deixar a confusão para quando chegarmos ao centro. *Se* chegarmos ao centro.

A estação da faculdade dá lugar à da Rua 58, então às das ruas 51 e 42. Nossas duas tochas não passam de tocos e a essas alturas eu mais pareço uma sonâmbula. Sky e eu passamos a noite em claro — já deve estar quase amanhecendo —, e estou louca para sentar. Descansar só um pouquinho... até mesmo uma hora faria diferença. Mas não serei eu a admitir isso primeiro. Pode esquecer.

Trevor está tagarelando nos nossos ouvidos desde que o encontramos. Perguntou como escapamos, e por quê, e quem são esses caras que falam tão estranho, e para onde vamos se Rolladin estiver atrás de nós, e, e, e. Estou tão cansada que quero dar um cascudo nele, mas Sky e Ryder continuam dando corda.

— Então. Você disse Inglaterra, certo?

— Certo — responde Ryder. — Atravessamos o mar até o Novo Mundo e tudo mais. É uma pena que dessa vez os nativos também tenham sido tão pouco amistosos.

Minha irmã dá uma risadinha cúmplice, mas não entendo a graça. E, por algum motivo, me incomoda que Sky entenda.

— Como é a Inglaterra? — insiste Trevor. — E por que vocês quiseram ir embora?

Ryder ri.

— É meio complicado.

— Temos tempo para descomplicar — diz Trevor.

Ryder olha para Sky, então para mim, como se pudéssemos conhecer uma forma de salvá-lo. Dou de ombros, desejando ter uma resposta para ele. Trev é incansável, e sei por experiência própria que cada pergunta evitada apenas leva a mais duas.

— Nossa... situação familiar mudou, depois dos ataques à Inglaterra — diz Ryder, hesitante. — Então Sam deu um jeito de voltar para casa...

— De onde?

— De onde estava acampado nos arredores de Dover, com o que restava das Forças Armadas britânicas. Foi Sam que achou melhor seguirmos em frente, recomeçarmos em outro lugar. Fantasmas demais naquele cemitério chamado Londres. — Ryder limpa a garganta. — Enfim, Sam conheceu Lerner e o amigo dele na longa estrada para casa. Depois de consertarmos o barco do meu pai e juntarmos mantimentos, nós quatro zarpamos para a Cidade dos Sonhos no verão passado. — Ryder sorri para nós à luz da tocha.

Observo o rosto de Ryder nas sombras do túnel. Ele não é "fofo", como pensei na primeira vez que o vi da janela do castelo. Ele é — pode me esganar por usar uma frase saída de um dos romances açucarados de Sky — *avassaladoramente lindo*. Tem o queixo forte o bastante para cortar lenha, traços belos e harmoniosos. E mais: é quase dez centímetros mais alto que eu. Gosto dele. Quer dizer, gosto da aparência dele. De uma hora para outra, tenho muita consciência da minha própria presença, e me empertigo um pouco.

— Mas por que vocês escolheram logo Nova York? — Trevor continua a carga com suas vinte perguntas. — Quer dizer, você deviam saber do campo de prisioneiros e tudo mais. Seu irmão, pelo menos, devia saber. Por que navegar direto para território dos Aliados Vermelhos?

Ah, meu Deus, lá vamos nós outra vez. Ninguém lhe avisa que descobrir um segredo traz junto a enorme responsabilidade de espalhá-lo. Então tiramos a venda dos olhos de Trev, contamos a mentirosa que Rolladin é, que não há mais ninguém guardando Manhattan. A reação dele não é boa, e eu meio que me sinto mal por isso. Mas, vendo pelo lado bom, o choque finalmente o cala.

Passamos pela Rua 33, depois pela 28, então pela 23, todas as estações sinalizadas em branco contra fundo preto em placas finas, com um pequeno e debochado 6 dentro de um círculo verde. Por que elas nunca terminam? Não conheço a Linha 6 inteira, mas tenho certeza de que depois da Rua 1 ainda vem o que restou do Soho e Chinatown, e então o Financial District. Estou a ponto de deixar escapar um *Ninguém mais está exausto?!* quando Lerner tromba com Sam à nossa frente.

— Ei, ei, calma aí, amigo. — Sam segura Lerner pelos ombros. — Como está a perna? — Ele se abaixa para olhar a ferida na panturrilha do companheiro com uma das tochas.

— Não tão bem — admite Lerner. Quando me aproximo, vejo que a atadura improvisada com trapos está ensopada de sangue, e sua testa, molhada de suor.

Mamãe encosta em mim antes de se agachar apoiada nas muletas para ver o estrago.

— Preciso de um minuto, é só — diz Lerner.

— Mamãe, você também precisa descansar — digo. Apesar de se esforçar para mostrar que está tudo bem, sei que sente dor. Ela não consegue esconder as caretas desde a Rua 33.

Mas Mamãe não responde, apenas olha para Ryder.

— Você e Sam conseguem carregá-lo?

— *Qual é*, dona! — rebate Sam. — Você precisa parar com essas histórias de terror, está bem? Ryder e eu não vamos carregar o cara pelos túneis do metrô. Isso é ridículo.

— É longe de ridículo. Lerner, sinto muito que esteja sentindo dor. — Mamãe olha para ele. — Sinto por nós dois, na verdade. Mas precisamos seguir em frente...

— Viu o que acontece quando você dá uma mão a alguém? — diz Sam a Ryder. Ele agita o toco de tocha na escuridão à nossa frente. — Tem outro vagão mais adiante. Vamos acampar ali por uma hora, erguer a perna de Lerner e descansar. Então, e apenas então, nós seguimos em frente. Sem discussão. Vamos, amigo.

Ele passa o braço de Lerner nos ombros, ampara o amigo e os dois seguem caminhando.

— Você também não acredita no que falei sobre os devoradores dos túneis, não é verdade? — pergunta Mamãe a Ryder.

Ryder olha para Sky, então para mim, então para Trevor.

— Não sei — diz por fim.

— Certo. Como poderia? — diz Mamãe. Mais uma vez, seus olhos são atormentados pelo passado.

— Eu sei que meu irmão é difícil — diz Ryder medindo as palavras. — Acreditem, sei melhor do que ninguém. Mas Sam sabe do que está falando. Lerner não está mais conseguindo andar, vocês viram. E você também devia se cuidar. — Ele dá um sorriso cauteloso para Mamãe. — Prometo, vamos seguir adiante em breve.

Formamos uma escada humana. Um a um, escalamos a lateral do vagão abandonado e entramos pelas janelas quebradas. Está vazio, e o espaço pesa com o fedor de ar velho. Usamos as tochas para nos situarmos. Lerner deita bem no centro, com a perna apoiada num inútil poste de metal, enquanto Sam tira a atadura ensanguentada e rasga a camisa para fazer outra. Sky e eu acomodamos Mamãe em uma fileira de bancos laranja na lateral do vagão e apoiamos a perna dela sobre a mochila de Sky. Então nos refestelamos nas nossas próprias camas de bancos de plástico. E finalmente apagamos as tochas, para usarmos o pouco que resta para a caminhada. Um cheiro pesado, um misto de ferrugem, sangue e suor, se apodera do vagão, mas, a essa altura, nada seria capaz de me impedir de dormir.

É estranho. Eu raramente sonho. E quando acontece, não passa de um replay desconexo das coisas que aconteceram durante o dia. Mas essa noite é diferente. Não é uma história, não é a narração de um conto de fadas complicado, como Sky diz que às vezes acontece com ela. São imagens estranhas, desencontradas. Medo, misturado a ruídos de fome. Guinchos que parecem saltar dos cantos e se alojar no meu ouvido.

Então percebo que não estou sonhando.

Um rugido feroz se levanta do centro do vagão.

— Minha perna! — berra Lerner.

— Mas que...

Antes que consiga pensar, sou empurrada contra a parede do vagão. Ouço passos ao redor, sons guturais, risos abafados, então sou erguida do chão, puxada em duas direções.

— Sky! Mamãe!

— Phoenix, Skyler, onde vocês estão? — brada Mamãe do escuro. — Onde vocês estão?

Bafo fétido no meu rosto. Mãos ásperas no meu cabelo.

— Mamãe! — grito. — Mamãe, por favor!

— Tirem essa maldita coisa de cima de mim! — grita Lerner, mas não consigo vê-lo. Não consigo ver ninguém.

Só sinto mãos pelo meu corpo como um exército de cobras.

— Mamãe! — Balanço braços e pernas, tentando me desvencilhar de quem, ou do que, tenta me dominar, mas não consigo. — Me sol... ahhh! — grito, sentindo uma dor lancinante na cintura.

O riscar de um fósforo rasga a escuridão do trem.

Estou cercada.

Por três devoradores.

Três devoradores reais, vivos.

Devoradores que estão prestes a me devorar.

Olho ao redor aterrorizada, tentando encontrar Mamãe, Sky, Trevor...

Mas vejo apenas outros quatro devoradores entrando pelas janelas. Um exército de rostos pálidos, cabelos sujos e desgrenhados. Roupas em farrapos ensopadas de suor.

O fósforo se apaga.

Sky e Mamãe gritam meu nome. *Elas estão me vendo? Conseguem me ajudar?*

— Alguém! Socorro! — grito desesperada, tão desesperada que não reconheço o som da minha própria voz. Mas não sou eu. Não pode ser eu. Eu estou em outro lugar, sonhando.

Um dos devoradores sussurra no meu ouvido, um ronronar suave:

— Shhhhh. Não vai doer.

— Alguém, POR FAVOR!

— Ryder, pegue aqueles em cima de Phoenix!

Outra centelha. A luz cega meus captores por um segundo. Nesse segundo, Ryder enterra um par de flechas nos dois monstros à minha esquerda.

Sem pensar, tiro minha arma do bolso, abaixo a trava e atiro bem na têmpora do terceiro devorador, que me agarra do outro lado. Sangue quente ensopa a manga da minha roupa e respinga no vagão.

— COORRAAAM! — grita Sam.

— Meninas, Trevor, as janelas. Pulem!

Enquanto tentamos reagir, um, dois, cinco devoradores entram no vagão pelo lado da plataforma. Nos atiramos pelas janelas do lado oposto e caímos nos trilhos.

— Mamãe. — Eu não consigo ver nada. — Sky! — Tateio à minha frente agitando os braços, como que possuída.

— Tudo bem. — A voz musical de Ryder está no meu ouvido, seus braços me envolvem e, por um segundo, sinto que estou em segurança. — Tudo bem, eu estou aqui.

— Onde está minha mãe?

— Phoenix, aqui. Sky... Trevor?

— Trevor está comigo, estamos aqui — responde Sky.

— Onde está Lerner? — A escuridão assume a voz de Sam. — Lerner! Nenhuma resposta.

— Ryder, rápido, os fósforos — sussurra Sam.

Outra centelha.

Ali estamos todos nós — todos, exceto Lerner.

Olhamos para o vagão, agora cheio de canibais famintos. E eles se esgueiram pelas janelas arrombadas do nosso lado, rastejam pelos trilhos. Vêm em nossa direção.

— Não podemos ir sem ele! — diz Sam.

— Eles o pegaram, Sam. — Ryder meneia a cabeça no instante em que o fósforo do irmão se apaga. — Sinto muito.

Sam leva um segundo para se recuperar.

— Sarah, passe essas muletas. Fique no meio. Todos vocês, ajudem. Precisamos ir mais rápido. — Ele acende a tocha e a passa para Mamãe com mãos trêmulas. — Deem as mãos — pede. — Vamos.

Nos afastamos do vagão, uma corrente desordenada de braços, tropeçando, nos separando, unindo e reunindo na escuridão.

Corremos e corremos até eu sentir o lado do corpo queimar.

Até meus pés ficarem dormentes de tanto bater nos trilhos.

E justamente quando acredito que é o nosso fim, quando penso que vamos morrer ali, naquele poço de insanidade, naquele inferno de escuridão...

Um borrão de amanhecer surge como uma miragem na plataforma.

24
SKY

Corremos na direção da luz empurrando Mamãe à frente. Escalamos a plataforma e saltamos as catracas, para então seguir tropeçando pelas escadas banhadas de chuvisco. O ar livre nos dá as boas-vindas e uma brisa feroz nos fustiga com chuva, mas não acho que já tenha ficado mais feliz em ver a luz do dia. Ouvimos gemidos e ruídos vindos de baixo — o branco ofuscante da manhã deve deter os devoradores, cegá-los por um momento — ao atravessarmos a larga e abandonada Avenida das Américas, manobrando em meio a táxis congelados a tempo de chegarmos logo ao outro lado.

— Onde estamos? — pergunta Sam olhando para trás, protegendo a cabeça da chuva cortante.

Mamãe estica o pescoço e olha em volta.

— Na esquina da Rua 14 com a Sexta Avenida. Devemos ter atravessado os trilhos e entrado na Linha L. Phee, você está bem?

Mamãe para e examina minha irmã. Levanta o suéter dela e olha para seu novo ferimento. Um corte superficial de uns dez centímetros corre pelo lado esquerdo do corpo. Apesar de não parecer muito fundo, ela precisará de um curativo.

— Vamos ter que cuidar disso — diz Mamãe, lendo meus pensamentos. — Você está bem?

Phee apenas sussurra:

— Acho que sim.

Mamãe lhe dá um beijo na testa.

— Vamos, precisamos sair de vista.

Manquejamos com Mamãe por meio quarteirão, então ela sobe um lance de escadas de cimento rachado. Sacode as portas de vidro, implorando que abram, mas é em vão.

— Uma academia? Você quer se entocar numa academia? — ralha Sam. — Temos milhares de apartamentos para escolher. Escolha um, qualquer um...

— Encontraremos kits de primeiros socorros aí dentro, talas, ataduras. E somos muitos. — Mamãe corre os olhos pelo prédio, então pela viela que corre nos fundos. — Aqui teremos mais espaço, melhor campo de visão. Além do mais, apartamentos são um tiro no escuro. Pode confiar, eu sei.

Mamãe apoia uma mão ao corrimão enferrujado e a outra no meu ombro. Ela desce as escadas, tira as muletas das mãos de Sam e vai até uma pilha de escombros nos fundos do prédio. Com cuidado, se abaixa e pega um cano enferrujado, que mostra para Sam.

— Você precisará quebrar uma janela.

— Você está louca? — rebate Sam. — Se aqueles monstros tiverem saído dos túneis, eles poderão nos ouvir. Não, nós seguimos em frente.

Phee balança a cabeça e arremete contra Sam. Conheço bem aquele olhar.

— Phee, espere...

— Não, Sky, já cansei — diz ela. — Na última vez que fizemos do seu jeito, *Sam*, isso custou a vida do seu amigo e eu quase perdi um pedaço da barriga. Então vamos escutar a minha mãe dessa vez.

Phee saca o revólver e aponta para Sam, indo longe demais, é claro. Deve restar apenas uma bala na arma, mas o forte da minha irmã nunca foram os detalhes.

Mal consigo acompanhar o que acontece em seguida, de tão rápido. Em uma fração de segundo, Sam dá uma chave de braço em Phee com uma mão e segura a arma com a outra.

Mamãe e eu saltamos à frente.

— Phee!

— Sam — replica Ryder. — Qual é, cara. Vai com calma!

Sam aperta minha irmã contra o peito, com força, e meu coração dispara mais uma vez. Não consigo acreditar que ainda tenha energia para isso.

— Lerner não foi culpa minha — diz Sam a Phee. — Eu fiz o que deveria ter feito. Cuidei do ferimento. Fiz com que descansasse... eu... eu segui o protocolo. — Ele inspira longa e profundamente. — Quando um homem está ferido, é isso que você faz.

Phee faz que não, e seus cabelos longos e embaraçados se espalham pelo rosto de Sam.

— Seja qual for o protocolo — rebate ela —, você precisa começar a ouvir a minha mãe, ou todos nós vamos morrer.

Sam a solta e empurra, e Phee leva uma mão à cintura. Ele hesita, claramente pensando bem, então, com cuidado, estende a arma para ela.

— Por que não seguimos em frente? — repete.

— Porque Phee e eu precisamos de um kit de primeiros socorros. — Mamãe volta pela viela molhada de chuva, onde uma fileira de janelas fechadas implora para ser quebrada. — E, pelo jeito, esse lugar está intocado há quinze anos. É perfeito para esperarmos o tempo melhorar.

Sam quebra uma janela com três golpes rápidos do cano de aço. Ajudamos uns aos outros a subir e, um a um, nos esgueiramos pela abertura e descemos num saguão escuro e bolorento. Então Sam e Ryder pegam um balcão grande e o colocam em frente à janela quebrada, uma porta improvisada para uma casa improvisada. Ensopados, atravessamos o piso quadriculado do saguão, passando por uma larga mesa com cadeiras vazias e então sob uma placa com letras vermelhas onde se lê YMCA. Subimos dois lances de escada e saímos no segundo andar.

— Os estúdios de ioga devem ter velas. — Mamãe avalia lentamente o amplo espaço, conferindo o que está escrito em cada uma das portas de vidro que margeiam a área central aberta, com Phee e eu de cada lado.

Aquilo mais parece um cemitério de estranhos esqueletos de dinossauro, todos sem cabeça e dispostos fila após fila. Alguns altos e curvados, como os Tiranossauros que vi nos livros; outros pequenos e esguios, como se outrora corressem rápido e perto do chão.

— O que são essas coisas?

— Aparelhos de musculação. Esteiras, elípticos, bicicletas. — Minha mãe aponta para uma porta de vidro. — Bingo.

Entramos com ela numa sala pequena, com piso de madeira e belas cortinas de veludo vermelho pintadas de pó. Sam acende a longa fileira de velas brancas no centro da sala, enquanto Trevor passa a vasculhar os armários abertos na parede oposta. Ele encontra colchonetes pretos de espuma e cobertores esfarrapados.

— Acho que eu poderia dormir um ano inteiro — diz ele antes de se jogar no chão.

— Não fique confortável demais — murmura Sam ao se encolher ao lado de Trevor. — Esses cretinos do parque estão atrás de nós. Seguiremos em frente ao cair da noite.

— Diz o cara em posição fetal. — Phee também faz menção de se deitar, mas Mamãe e eu a seguramos pelos braços.

— Ainda não — afirma Mamãe. — Precisamos ver esse corte.

— As damas precisam de ajuda com alguma coisa? — A voz de Ryder ecoa na madeira, e sinto uma inesperada onda de ciúmes: ele quer ajudar por causa de Phee?

— Na verdade, Ryder — diz Mamãe —, é bom aproveitarmos essa chuva. Tenho certeza de que vocês encontrarão baldes e garrafas de água naqueles armários que vimos. Vocês podem cuidar disso? Sky, venha comigo.

Ryder faz que sim.

— Deixe com a gente. Vamos, Sam.

Sam resmunga obscenidades no canto, mas levanta.

— Vocês não estão esquecendo ninguém? — Trevor passa de estado cadavérico a vivo e de pé em dois segundos. — Também preciso fazer a minha parte.

Vejo Ryder reprimir um sorriso.

— É claro, cara. Estávamos contando com isso.

* * *

Minha irmã praticamente dorme enquanto limpamos o corte com a gaze esterilizada que Mamãe encontrou em um velho kit de primeiros socorros. Mas depois do nosso pesadelo coletivo, não sei como Phee consegue ao menos pensar em dormir. Toda vez que fecho os olhos, vejo rostos abertos no meio, um exército de cavaleiros nos nossos calcanhares ou, pior, devoradores famintos.

Vejo Mamãe revirar o kit preso à parede. Ela tira uma caixa de papelão com a foto de um homem infeliz com as mãos na cabeça.

— Mamãe — digo.

— Hmm? — Ela abre a caixa e tira uma longa atadura cor da pele.

— No metrô — digo baixinho —, você disse que já tinha visto devoradores nos túneis pessoalmente. Não estou entendendo.

Ela não me olha enquanto abre a atadura, mas vejo isso como um bom sinal para continuar.

— Sempre achei que os devoradores fossem pessoas perdidas, traidores que ficaram nos subterrâneos depois da rendição da cidade... desgarrados que nunca mais voltaram à superfície.

— Isso mesmo. — Mas ela não fala mais nada.

— Então... — Tento formular a próxima pergunta. — Então o que você fazia nos túneis depois da rendição de Manhattan?

A boca dela é uma linha fina e rígida enquanto passa a atadura pela cintura de Phee e me estende a ponta para enrolar do outro lado.

— Um pouco menos apertado — resmunga Phee de olhos fechados.

Continuo a enrolar e enrolar, ajudando Mamãe, bancando a enfermeira, mas não tiro os olhos dela. Ela deve sentir meu desespero para que ela se abra e bote para fora o que mantém escondido. Segredos transbordam nesta cidade, emergem das sombras, brotam do chão, e tento atrair os da minha mãe, suplico que se juntem a eles.

— Eu menti para os ingleses. — Ela não olha para mim.

— Mamãe...

— Não exatamente menti. Apenas blefei. Eu conheço as histórias. Conheci pessoas que tentaram escapar do parque anos atrás, que entraram nos túneis e voltaram possuídas pelo medo. Sabia que os devoradores são reais. E não quis arriscar nossa segurança por um atalho. — Ela dá um tapinha delicado na cintura de Phee e puxa o casaco sobre o curativo. — Pronto.

Mamãe sorri, mas é vazio. E não sei como, mas sei. Ela está mentindo, ou *blefando*. Esconde alguma coisa, algo obscuro e terrível.

— Mamãe, por favor...

— Fique com sua irmã um minuto, está bem? — diz ao ir até as janelas.

E acabou. Minha abertura para o passado é fechada antes que encontre uma forma de mantê-la aberta.

— Às vezes é preciso mentir para sobreviver, Sky — acrescenta Mamãe sem olhar para trás. — Espero que você entenda por que eu fiz o que fiz. Um dia.

Então ela se junta a Sam, Ryder e Trevor e passa a arrumar baldes para coletar chuva na escada de incêndio.

Viro de um lado para o outro por horas, apesar de saber que preciso descansar. Apesar de meus músculos doloridos implorarem à minha mente que pare de funcionar por um momento para relaxarem de verdade. Mas não consigo. Minha conversa com Mamãe me deixou tão ansiosa por encontrar as peças que faltam da história que fico tentada a pegar o diário e lê-lo ali mesmo na sala de ioga.

Um ressonar coletivo paira na sala. As velas foram apagadas, e a única luz que resta passa por uma pequena fresta nas cortinas de veludo. Phee ronca baixinho ao meu lado, e me pergunto se devo acordá-la outra vez ou se é crueldade, especialmente levando em conta o que passamos. Qualquer pessoa normal estaria dormindo. Então pego a mochila, atravesso o campo de corpos na ponta dos pés e saio de fininho pela porta de vidro.

Baldes cheios de água agora margeiam a entrada da sala de ioga. Tiro um pequeno cantil da mochila e o mergulho em um dos baldes. Dou goles longos, luxuriantes, ao atravessar o cemitério de dinossauros, ou sala de "musculação", então me acomodo perto de uma janela do outro lado e pego o diário.

Olho longamente para a capa de *A menina e o porquinho*. Sinto um pouco de culpa por prosseguir sem Phee, apesar de não ver a hora de voltar à história.

Concordo em ir em frente até topar com algo que sei que devemos ler juntas. Abro o livro e a luz da manhã banha as palavras de Mamãe.

Escuto rangidos, ruídos no subterrâneo, e acho que ele e Robert estão logo ali, vindo em nosso resgate. Algumas vezes chego a me convencer de que sinto o perfume de Tom nos túneis.

Outros dias sei que Tom deve estar morto.

Mas não me permito senti-lo. Porque sei que seria a gota d'água, que sucumbiria. E Sky precisa de mim.

25 de abril — As dores estão de volta, mas dessa vez sem piedade. Enjoos, cólicas, dores e uma dor de cabeça que me derrubou. E eu soube, soube tão profunda e tragicamente que caí no choro.

"Estou grávida", contei a Mary.

Grávida. *Phee.*

Phee e eu sempre soubemos que ela nasceu durante a guerra, mas não... nos túneis. Não quando bombas choviam do céu e as pessoas viviam nas escuras e frias sombras da cidade, à base de ratos e dias incertos. Fecho os olhos e vejo Mamãe, sem Papai, com Mary, um bebê e outro a caminho. E apesar de saber o fim dessa história — que Mamãe sobreviveu, que está dormindo e ressonando numa sala logo ali —, ainda tenho pavor de saber o que aconteceu.

Sei que devia parar de ler, que devia enfiar o diário na mochila e esperar por minha irmã. Phee precisa ler isso. Também é a história dela.

Mas o passado me enfeitiça, mantém meus olhos petrificados e minhas mãos envolvendo zelosamente o diário. E não resisto.

Não *consigo* resistir.

Eu não queria contar, mas Mary e eu passamos a não ter mais segredos, e é assustador o quanto preciso dela.

Não conseguia respirar depois que contei tudo. Eu, com duas. Ela, com nenhum. Mary. A forte, maravilhosa, bela Mary. Por um momento me pergunto se o marido a conhecia como passei a conhecê-la. Se Jim algum dia viu o que vejo.

"O que vamos fazer?", sussurrei. "Eu preciso dele, Mary. Preciso encontrar Tom."

Ela não falou nada por um longo tempo, apenas acariciou meu cabelo, puxou Sky e a mim para si e, com todo carinho, afagou minha barriga.

Por fim respondeu, sua voz tão distante quanto chuva na superfície: "Nós daremos um jeito."

5 de maio — Estou deitada depois de uma noite de celebração, se é que podemos chamar assim. Pela primeira vez, há um clima festivo nos túneis, de esperança, apesar de o dia ter começado imerso em pânico.

Logo cedo, em algum lugar entre a Primeira Avenida e o ramal para o Brooklyn na Linha L, acordamos com o tamborilar de passos nos trilhos. Três pessoas, talvez quatro. Seriam outros sobreviventes? Nós escutamos.

Então ouvimos os sons duros e estridentes de línguas estrangeiras. O barulho de botas.

Soldados.

A sra. Warbler, uma das malfadadas turistas do Kansas, passou a embalar o corpo para a frente e para trás e murmurar: "É o nosso fim."

"Não vamos sair disso vivos", choramingou Bronwyn com as mãos no rosto.

Passei o braço pelos ombros dela e a abracei, e Sky brincou com seus cabelos loiros desgrenhados do meu colo. Bronwyn de alguma forma passou a ser minha responsabilidade nesse submundo escuro, onde as fronteiras entre estranho e família, certo e errado foram apagadas. Ela não tem mais ninguém.

Mas Mary não tem tempo para a garota. Ralhou que Bronwyn ficasse calada. Nós ainda somos muitos, ela disse. E conhecemos esses túneis. "Pode ser que nem todos saiam disso vivos", acrescentou Mary, "mas nos sacrificamos pelo bem maior."

Rapidamente, debandamos e nos encarapitamos como gárgulas na plataforma acima dos trilhos. A linha de frente, armada com facas, lanternas, o carrinho de Sky e mais alguns, de outras mães que se juntaram ao nosso bando maldito. Mary não me deixou chegar nem ao menos perto da linha de frente.

Quando os soldados se aproximaram, nosso grupo os cegou com o que restava de bateria nas lanternas, então convergiu sobre eles como um enxame de baratas famintas. Derrubamos os homens e os espancamos como se não houvesse amanhã. Um, dois tiros foram disparados. Perdemos outro sobrevivente e então mais um.

Mas os soldados estavam mortos, e tínhamos o que celebrar.

Agora temos uniformes — e armas.

Uma jovem órfã, Lory, e sua pequena sombra, Cass, imediatamente passaram a brincar com as armas — os brinquedos de segunda mão dessa nova geração perdida. Mas Mary as arrancou das mãos delas. Então tirou as balas, guardou-as no bolso e se dirigiu à multidão.

"Como com tudo", disse Mary, "nós racionamos."

Não entendo como ela faz isso, como consegue nos liderar e se manter tão calma, tão forte. Mas sinto orgulho dela.

5 de junho — A primavera deu lugar ao verão, e o calor entrou sem ser convidado nos túneis, abriu caminho até aqui embaixo para nos deixar ainda mais desconfortáveis. O suor é uma constante, acima do lábio, na testa e nas costas, pinta o corpo com a roupa, até que à noite estou mumificada.

Mas mal preciso mexer um dedo. Mary sempre cuida para que Sky e eu sejamos alimentadas primeiro, segura minha mão quando sinto dor, dorme ao meu lado para o caso de Sky e eu chorarmos à noite. Nos tornamos uma família de farrapos, uma colcha feita com os retalhos do que fomos. E apesar de estar grata por Mary, mais do que consigo compreender, não é o bastante. A necessidade de ver Tom, de saber que está bem, começa a me atormentar como uma febre.

"Onde ele está? Onde ele e Robert podem estar?".

"Já falamos sobre isso centenas de vezes, Sarah." Mary faz que não à luz difusa de velas, lançando sombras disformes nas paredes úmidas do túnel. "Você disse que eles estavam trabalhando no ateliê. Mas Chelsea está em ruínas, os píeres foram pelos ares."

Não me permito processar aquilo.

"Tom e Robert podiam estar no metrô, como nós, presos nas linhas 1 ou 2."

"Você sabe que fomos até lá, e nada. Se eles estiverem vivos, já seguiram em frente a essas alturas. Não podemos perseguir fantasmas, Sarah. Olhe esse grupo, o número de pessoas. Todos perderam alguém. São fantasmas demais para perseguir." Ela passou a sussurrar, para que aqueles que dormem por perto não nos ouçam. "Neste momento, eu e você, nós estamos numa boa situação. Estamos no comando. Mas é tão frágil, você não consegue ver? Precisamos pensar no grupo. Não quero dar a ninguém motivo para questionar minhas prioridades."

Ela se alternou entre "eu" e "nós" e, por algum motivo, isso me tocou.

"Apenas prometa que, quando pudermos, vamos procurar por eles de novo", sussurrei.

"É claro."

4 de julho — Dia da Independência. Mas os sons vindos de cima não eram de fogos. Eram ataques aéreos. Ataques por terra. Bombas.

Estamos presos aqui embaixo há quatro meses. Não acredito que ainda restem tantos de nós, mais de cem pessoas vagando pelos túneis como um grupo. Garimpando na superfície, caçando ratos, dividindo água e trocando comida e suprimentos. Mary nos manteve vivos.

Houve divergências, é claro. Pequenas brigas e discussões. Duas ou três pessoas, geralmente os mais jovens, que acreditam ter respostas melhores, que praguejam com Mary e somem nos túneis para se virar sozinhas. Ou aqueles que a testam de dentro para fora, gente frágil como Bronwyn, que teme tudo, que questiona a todos, que ainda espera que alguém nos salve.

Mas, no geral, nos tornamos uma máquina que avança com firmeza na escuridão. Tento ser uma engrenagem, fazer a minha parte, não fazer perguntas. Mas às vezes minha antiga versão borbulha até a superfície; choro e grito, fico tão furiosa que não consigo enxergar.

"Deite um pouco", Mary geralmente diz. "Você precisa pensar nesse bebê."

Não acredito que trarei outra pessoa a esse mundo.

4 (ou 5) de agosto — Começo a perder a conta dos dias. O calor nos embota e ficamos deitados nos trilhos tentando respirar, um pântano de sobreviventes.

Mary e eu estávamos deitadas com Sky entre nós, dividindo uma garrafa de água.

Mary estava com a mão na minha barriga e a acariciava, com cuidado, com delicadeza. E eu sabia que não devia, mas perguntei.

"Você algum dia vai tentar outra vez?", sussurrei. "Quero dizer, se... quando sairmos daqui."

"Não."

Mary ficou calada por um longo tempo. Então me contou que, depois do terceiro aborto, Jim disse que ela devia estar fazendo algo errado. "Que em algum nível", ela disse baixinho, "eu não devo querer tanto assim."

A respiração dela estava pesada, embargada.

"Mary."

"Jim estava bêbado. Mas percebi que era aquilo mesmo que sentia", disse. "Ele nunca me amou. Não como eu precisava, de qualquer forma. Sei disso agora."

É cada vez mais raro ver o lado frágil dela, e aquilo me assustou. Mary se tornou a nossa líder destemida, nossa astuta comandante na escuridão.

Ela segurou minha mão.

"Estar aqui embaixo com você, isso despertou algo dentro de mim. Como se a vida inteira eu devesse ter sido outra pessoa."

Pensei no que ela disse. Não era segredo. Eu sabia, havia muito tempo, o quanto Mary era infeliz.

"Você já pensou que as coisas acontecem por um motivo?", ela sussurrou outra vez. "Que recebemos uma segunda chance?"

As palavras dela eram carregadas de sentido e esperança, quase visíveis no escuro. Flutuaram para mim como aqueles delicados dentes-de-leão na fazenda dos meus pais em Iowa. Que soprávamos para fazer pedidos.

Não conseguia ver o rosto de Mary, mas de alguma forma senti suas lágrimas, e que estava a centímetros de mim, com Sky e a minha barriga entre nós.

Então senti o mais macio dos toques nos lábios, e suspirei. Parecia errado, e ainda assim tão maravilhosamente certo. Os túneis evaporaram, assim como a massa de corpos deitados à minha volta. E a única coisa que passava pela minha cabeça era: eu sabia que isso ia acontecer. E quis que acontecesse. Eu jamais seria capaz de enfrentar isso sem ela.

Tom, por favor, se você estiver aí... se for possível — me perdoe.

Não acredito no que acabo de ler. Meu rosto, minhas mãos, meu *corpo todo* está em chamas, mas me força a atravessar as labaredas outra vez e reler a última passagem:

... o mais macio dos toques nos lábios... suspirei... quis que acontecesse.

Mamãe traiu Papai. Com a *irmã* dele, ainda por cima. Mamãe *traiu* Papai.

Eu sabia que esse livro escondia segredos, coisas que poderiam mudar a forma como vejo minha mãe, seu mundo, seu lugar nele — mas não isso. Um nó apertado de raiva se entranha na minha garganta, e não importa o quanto tente adoçar o que descobri, não consigo engolir. Como Mamãe pôde fazer isso?

Será que ainda conseguirei vê-la da mesma forma?

Quero falar com ela. Quero que me explique isso, que mostre como foi possível. Não, como foi *certo*. Essas páginas não seriam capazes de registrar tudo. Deve haver uma explicação.

Mas sei que não posso. Não agora, não quando estou nas trincheiras do seu passado. Não quando observo suas provações de cima, com olhar reprovador.

Além do mais, a essas alturas eu também estou coberta de mentiras e falsidades.

Respiro fundo e faço a única coisa que sou capaz de fazer.

Continuo lendo.

Setembro — É inútil fingir que sei em que dia estamos. Sinto que é setembro, na barriga, nos ossos. É o que todos andamos sussurrando. Que sobrevivemos à onda de calor de agosto e perdemos apenas alguns poucos. Que temos alguns meses frescos de outono pela frente. Que temos sorte.

E de uma forma pequena, bizarra, imprecisa, sinto que tenho sorte. Mary e eu nos tornamos algo. Algo indefinível. Algo que não deveríamos ser, é claro que sei disso. Estou me apaixonando por ela? Isso é amor? Isso é necessidade? Não tenho certeza. Quando se rasteja pela vida como nós, há um desespero por algo profundo e grandioso. Você se agarra a sentimentos como esse, você os acalenta e alimenta, permite que o puxem para cima e para fora de si mesmo.

Às vezes nos deitamos abraçadas à noite. Às vezes... é mais, e parece que o escuro rouba nossas fronteiras e nos fundimos uma à outra.

Quando o brilho da urgência perde o fulgor, quando penso em Tom, no que estamos fazendo, a culpa quase me enlouquece. Mas uma vozinha tênue dentro de mim, protetora, insiste em sussurrar que preciso disso. Salve-se. Custe o que custar. Salve-se.

— Não conseguiu dormir?

— Ai, meu Deus! — Dou um pulo, bato o cotovelo no parapeito da janela e me deparo com Ryder me olhando de cima.

— Desculpe, não quis assustar.

— Não, a culpa é minha. Estou tensa. Imersa demais nisso, acho. — Rapidamente fecho o diário, agito *A menina e o porquinho* na frente dele e de imediato me arrependo. Praguejo comigo mesma por ter escolhido essa capa e não a de *Grandes esperanças* no velho apartamento de Mamãe. — O que você está fazendo de pé? — pergunto, tentando desviar a atenção dele. Enfio o diário na mochila, tentando enterrar as palavras de Mamãe, *suspirei... quis que acontecesse*, tirá-las da cabeça.

— Eu também não consegui dormir. — Ryder puxa uma cadeira à minha frente, voltada para a janela. — Enjoei muito na viagem de barco até aqui. Acho que me acostumei a passar o dia inteiro em claro.

Ele sorri para mim, mas é um riso triste, que esconde coisas das quais aposto que gostaria de saber mais a respeito. Mas talvez não deva me intrometer.

— Sei como é — é tudo que digo.

— O quê, enjoar num barco? — provoca ele.

Eu rio.

— Não, lutar com a insônia. — Olho pela janela por um momento, para a rua abaixo de nós, congelada no tempo. — Mas espero um dia ter a chance de enjoar no mar — digo, permitindo que a possibilidade de um mundo além dessa cidade volte a me aquecer. — Espero que a gente consiga sair daqui.

Ele dá aquele sorriso vazio outra vez.

— Sinto muito — acrescento. — Por Lerner.

— Obrigado. Mas eu não o conhecia muito bem — diz Ryder. — Ele era amigo do meu irmão. Sam conheceu ele e Frank, o que não sobreviveu à prisão no zoológico, na caminhada de Dover para casa.

— Bem... sinto muito de qualquer forma.

Ryder não diz nada por um longo tempo.

— Sua mãe tinha razão. — Ele finalmente rompe o nosso silêncio.
— Sam e eu não acreditamos. Existem... *monstros* nessa ilha. O mundo
transformou homens em monstros.

— Mamãe fala dos devoradores dos túneis desde que éramos pequenas — digo lentamente —, mas eu nunca tinha visto um até hoje. Que
eu lembre, pelo menos. — Fecho os olhos e eles aparecem outra vez. Os
canibais ensandecidos, famintos, matilhas de lobos vagando pela escuridão, nos caçando, ferindo Phee. Tento afastar as imagens da cabeça.

— Como vocês chamam o monstro do parque? — indaga ele baixinho.

— Quem? Você quer dizer Rolladin?

Ryder faz que sim e se recosta na cadeira. A luz do céu imaculada-
mente branco banha seus olhos castanhos e os transforma em ouro.

— Que tipo de monstro é capaz de fazer uma lavagem cerebral numa
ilha inteira, para que todos acreditem que a guerra continua?

— Não é uma lavagem cerebral — explico, mais irritada do que
gostaria. Respiro fundo. Por que fiquei tão na defensiva em relação a
Manhattan? Estou parecendo Phee ou coisa parecida. — Quer dizer,
você não entende como as coisas funcionam por aqui. Rolladin foi nossa única janela para o mundo exterior por muito tempo. Ela comanda o
parque desde que a ilha se tornou uma zona de ocupação e os Aliados
Vermelhos começaram a se retirar. As pessoas não... *questionam* Rolladin. E apesar de ela ser a comandante do campo de prisioneiros, todos
ainda a veem como uma igual. Eles jamais imaginariam que Rolladin
os trairia.

— Mas o que aconteceu com os ideais norte-americanos? — rebate
ele. — Democracia? Freios e contrapesos?

Solto um riso abafado, surpresa que Ryder saiba qualquer coisa de
história americana. Ele não pode ser muito mais velho que eu.

— Bem, regredimos para uma monarquia — respondo, sondando o
terreno. — Um verdadeiro reino no parque.

Ele volta a sorrir, dessa vez um riso largo e descompromissado, e
vejo que é um pouquinho torto, de canto de boca. Contagiante.

— Acho que todo país passa por seu período "rainha".

— Alguns por mais tempo que outros.

— *Touché*. Mas eu não me identifico com a Grã-Bretanha antes do Parlamento — diz Ryder. — Nem com a Grã-Bretanha após, na verdade. O país realmente foi pelo ralo quando o Parlamento se dissolveu. Basicamente, prefiro governos fictícios.

— Ah, jura?

— Juro. *A revolta de Atlas, 1984...*

— *A revolução dos bichos* — acrescento, ficando um pouco mais animada.

— Ah, *A revolução dos bichos* é um clássico.

Não contenho meu entusiasmo quando pergunto:

— Então você lê muito mesmo?

— Todo livro que cai nas minhas mãos.

— Até mesmo livros técnicos?

— Sou *viciado* em livros técnicos.

E eu acho que acabo de encontrar minha alma gêmea.

— Não só de história — digo, ainda sem acreditar que aquele belo rapaz na minha frente prefira passar o tempo lendo velhos manuais de um mundo esquecido. — Estou falando de biologia, química, física...

Ele me olha, impassível.

— A Prentice Hall é uma deusa.

Não consigo conter uma gargalhada.

— O que você faz, garimpa em bibliotecas?

— Principalmente universidades. Mas frequentei a escola por alguns anos antes da Grã-Bretanha ir pelo espaço. Quase me formei na oitava série e tudo o mais.

— Oitava série. — Reproduzo o sorriso que vejo no rosto dele e concentro a mente para que continue a fazer hora extra, a puxar todos os fragmentos do passado de livros e jornais que consegui costurar juntos. Sinto uma necessidade desesperada de mostrar a ele o que sei, mesmo que o mundo esqueça. — Não é exatamente ensino médio, mas você estava claramente determinado. Seus pais devem se orgulhar muito.

Quase perco o chão quando os olhos dele começam a ficar marejados. Sam e Ryder obviamente vieram para cá sozinhos. Para que fui mencionar os pais?

— Ryder, sinto muito... meu Deus, eu não quis dizer nada inconveniente.

— Não tem problema. — Ele me evita e se volta para a janela empoeirada.

Minha pele parece que está em chamas, como se fosse minha recompensa por voar perto demais do sol.

— É só... — As palavras dele pairam entre nós por um instante. — Minha mãe era uma grande defensora da leitura. Ela ainda me levava a pé para a escola toda manhã, apesar das instruções para que ninguém saísse de casa. Exigia o fornecimento de livros didáticos, mesmo depois que a cidade declarou estado de emergência. Entrou com petições até que não restasse nada, nem a quem pedir. — Ele dá mais um daqueles sorrisos de canto de boca, mas isso não afasta a tristeza. — Tenho saudade dela, é só.

— Sinto muito, Ryder.

Quero fazer tantas perguntas. Quero que divida comigo seja lá o que tiver acontecido com a mãe, com a família dele, com *ele*... Quero que confie em mim.

Quero que goste de mim.

Antes que me contenha, sussurro:

— Também perdemos alguém. Meu pai. Quer dizer, foi há muito tempo, é claro. E não lembro dele, então sei que não é a mesma coisa.

Olho para Ryder por um segundo, tentando avaliar sua reação, mas ele mantém o rosto neutro.

— Então não é que eu sinta saudade dele, mas... mas sinto falta dele *por* minha mãe, se é que isso faz sentido. Queria que ela tivesse alguém, para que não precisasse nos criar sem ele. É... é um buraco nela que eu gostaria de poder preencher.

Sei que é forçar a barra, matraquear sobre a dor alheia quando a de Ryder é real, imediata. Ele deve achar que sou sem noção. Insensível... uma menininha egocêntrica numa ilha protegida.

— A sensação é exatamente essa — sussurra. — Um buraco.

— Não precisa falar nisso se não quiser...

— Tudo bem — murmura para a janela. — Mamãe era linda. Inteligente como poucos, forte, rebelde. Ela via o estado de emergência apenas como uma diretriz. E quando os bombardeios finalmente terminaram, quando tudo estava em pédaços e os sobreviventes começaram a partir para ver o que restou do continente, nós saíamos nessas *excursões*... caminhadas pelas ruínas de Londres para garantir que eu não esquecesse o passado.

A história de Ryder desperta algo em mim: saudade... talvez até mesmo inveja. Vejo ele e a mãe caminhando pelo esqueleto de uma cidade estrangeira, ela sussurrando segredos bem guardados, dando de presente ao filho um mundo moribundo. Segredos que Phee e eu precisamos descobrir por nós mesmas. Segredos que precisamos desvendar em um diário roubado. E essa é a deixa para que o mantra de Mamãe brote de um rio bastante navegado na minha mente: *Às vezes o passado deve permanecer no passado.*

— E eram apenas vocês dois?

Ryder faz que sim.

— Meu pai foi recrutado pouco depois que a Grã-Bretanha se juntou ao esforço de guerra — explica ele. — Quando morreu, Sam... mudou. Ele se fechou. A única coisa que importava era se juntar aos fuzileiros navais, ir para a guerra, seguir em frente. Ele já tinha saído de casa bem antes de partir para o campo de treinamento em Dover.

— Então você só tinha a sua mãe.

— E ela a mim. — Ryder esfrega os olhos. — Você às vezes olha para trás e se pergunta como deixou de perceber certas coisas? — Ele dá um riso diferente, esse mais curto e amargo. — Não acredito que não vi o que estava acontecendo, tendo uma mãe que gritava com a polícia, que berrava e saía correndo por campos minados. Uma mãe que me levava em excursões por uma cidade bombardeada. Eu apenas achava que éramos nós dois... sendo exploradores. Um jogo. Nosso mundo particular.

Sinto uma súbita onda de formigamento, bem no alto da espinha. Acho que sei para onde isso está indo.

— Sam juntou as peças para mim depois, quando finalmente voltou para casa. As coisas devem ter se deteriorado sem os remédios, ele me disse. Só ficou sabendo do diagnóstico quando vasculhou os armários do banheiro. Ele disse que não era culpa nossa. Que não era nem mesmo ela no fim, apenas tristeza e obsessão. — Ryder se volta para mim. — Mas ainda me *enlouquece* que eu não tenha percebido. Nossa última conversa se repete na minha cabeça, várias e várias vezes. Mamãe dizendo que não conseguia suportar. Que não conseguia ver seu bebê definhando.

Quero dizer, *fazer*, tantas coisas. Sinto uma urgência incontrolável por abraçar Ryder, mas forço as mãos a ficarem onde estão. Tudo que posso fazer é perguntar:

— Quando?

— Ela passou uns dois anos deprimida depois dos últimos ataques aéreos a Londres. E... tirou a própria vida no último verão. Abriu um buraco em mim. — Ryder corre os dedos pelo parapeito da janela. — Sam faz de conta que o dele não está lá. Sam apenas continua... lutando, como se pudesse vingar os dois, ela e Papai. Como se de alguma forma... pudesse escapar de tudo se continuarmos seguindo em frente.

— Sinto muito, Ryder — repito. — Não consigo imaginar como deve ter sido.

— Nem eu — revela ele. — Não de verdade. É quase como... como se eu tivesse encaixotado aquele Ryder. Eu não entendi. — A voz dele está controlada, contida, como se recitasse um texto, falasse por outra pessoa. — Não podia aceitar, então não aceitei. Simplesmente tranquei tudo.

O que ele diz me faz voltar a pensar na minha própria mãe, em como ela tranca a dor em um vidro sem ar, reservada mas inacessível.

— Mas você e Sam devem falar sobre ela.

— Nós não conversamos assim. — Ryder dá de ombros. — Há certas coisas que simplesmente não conseguimos dizer um ao outro.

Aquiesço, mas acho que não conseguiria viver se não falasse sobre algo como aquilo com Phee.

— Na verdade é muito bom falar dessas coisas em voz alta. Ouvir. Lembrar a mim mesmo que é real. — Ryder olha para mim, como se apenas agora percebesse que não sou um reflexo, um personagem num sonho terapêutico. — Quanto mais vejo, mais penso que simplesmente não consigo dar sentido a nada disso. O mundo é uma droga, certo? Morte, destruição, mentiras. — Ele solta outro riso amargo. — E agora canibais.

Balanço a cabeça outra vez, sabendo que devia dizer que é melhor descansarmos um pouco e encerrar a conversa. Mas ele tocou em algo com que simplesmente não consigo concordar, fazer que sim com a cabeça; principalmente agora, que descubro cada vez mais sobre o que de fato aconteceu aqui, com Mamãe e todos nesta cidade. E apesar de saber que posso afastar Ryder de forma irremediável, eu digo:

— Você não acredita nisso de verdade, acredita?

— No quê?

— Que o mundo é um lugar sem sentido, uma porcaria. — Evito os olhos dele, com um rubor começando a se insinuar nas faces. — As pessoas fazem escolhas, e essas escolhas resultam no mundo que vemos. Nada acontece por acaso... nada é *sem sentido*. — Sinto meus olhos começarem a formigar, como acontece quando fico emotiva, então evito o rosto dele, envergonhada. — E certo ou errado, o que nós fazemos, nossas escolhas, importam.

É claro, sei que meu mundo é pequeno. Cinco, seis quilômetros quadrados, no máximo. Menos de quinhentas pessoas. Alguns lampejos momentâneos de outros mundos, uns reais e outros fabricados, mundos de bem e mal, heróis e monstros. Mas sei, no fundo do coração *sei*, que as coisas não podem ser tachadas como produtos do acaso, sem qualquer propósito ou sentido.

— E acho que você também acredita nisso — acrescento, por fim, com nada além de um murmúrio.

Ryder não diz nada por um bom tempo.

Acho que estraguei tudo, o que quer que isso seja — o começo de uma amizade ou, talvez, algo mais — com essa minha boca enorme. Como vou saber no que ele realmente acredita? Por ter um palpite? Por sentir que o conheço depois dessa conversa franca e calorosa?

Ele não quer ouvir minhas teorias, ainda mais quando está tão frágil.

Mas então, lentamente, um sorriso se espalha do canto da boca dele para o resto do rosto.

— Eu sabia que ia gostar de você, Skyler Miller.

Skyla Mila.

Minhas orelhas parecem estar em chamas, e meu rosto já deve estar vermelho como um tomate, ouvindo Ryder pronunciar o meu nome com aquele sotaque britânico.

Ele muda de assunto. Voltamos aos livros, suspenses dessa vez.

Histórias de terror.

Até mesmo alguns romances açucarados que, relutante, ele admite ter lido.

Conversamos até a chuva ficar tão forte que as ruas viram rios. Não lembro de adormecer encostada à janela. A última coisa que lembro é de debater *O grande Gatsby* versus *E o vento levou.*

25
PHEE

A chuva nos prende aqui dentro o dia todo — mas não me incomodo, estou tão cansada e dolorida que tudo que quero é dormir uma semana. Além disso, os tapetes pretos e os cobertores da sala de ioga conseguem ser um pouco mais confortáveis que nossa cama esburacada no Carlyle. Não que eu tenha pensado muito sobre o parque depois que saímos dos túneis.

Tento não pensar, pelo menos.

O que acontece é que sei que Rolladin é uma mentirosa. E sei que não posso voltar ao parque, não tão cedo, pelo menos. Mas isso não quer dizer que quero pular num barco e sair velejando imensidão azul afora. Ryder e Sam vieram para cá em busca de respostas, eles mesmos disseram. Então será que o resto do mundo não está pior que Manhattan? Será que não teríamos mais chances aqui? Será que não podemos acabar fazendo as pazes com Rolladin, depois que essa coisa de matar o guarda esfriar?

Olho em volta, para o nosso grupo adormecido. Sei que sou a única a pensar assim. Bem, além de Trev, é claro. Mas ter o apoio dele nesse quesito é tão inútil quanto um dólar em Wall Street.

Levantamos no meio da tarde. Mamãe acende a longa fila de velas na sala de ioga e nos reunimos ao redor da luz, tentando decidir nosso próximo passo. Sam diz que devemos ir para o sul, para as Bermudas, já que o resto dos Estados Unidos está em ruínas. Mas Mamãe insiste que devemos tentar o "Meio-Oeste", e Sky e Ryder riem como dois patetas, sugerindo lugares como Nárnia e Terra Média, seja lá o que isso for. Depois de algum tempo, não suporto vê-los rindo juntos, então largo meu tapete de ioga bem no meio deles. Sky me dá uma olhada tipo *É sério?*, mas eu ignoro. Ryder está quente, cheira a folhas e luz do dia, e o rosto dele está tão próximo que eu meio que desligo por um tempo.

Quando menos esperamos, o estômago de todo mundo se junta à discussão, e de repente a sala de ioga é um enorme ronco coletivo. Ao menos concordamos que precisamos comer antes de seguir viagem, já que as sobras que Sky trouxe do Carlyle já acabaram há muito tempo e precisaremos de energia para seguir em frente. Decidimos mandar batedores para procurar comida nas ruas amanhã de manhã, faça chuva ou faça sol. Trevor e eu vamos levar os ingleses, já que atiro bem e inventei aquela história de ele ser um gênio da caça quando ainda estávamos nos túneis. Sky e Mamãe ficarão para trás guardando o forte, uma vez que minha irmã não saberia o que fazer com um animal selvagem e o tornozelo de Mamãe ainda está meio baqueado.

Levantamos antes do sol na manhã seguinte. Trevor e eu somos sacudidos por Ryder em silêncio enquanto Sam sai de fininho da sala de ioga. Esvazio minha mochila, ajeito-a nas costas e vou atrás dos dois. Pé ante pé, para não acordar Mamãe e Sky — simplesmente não aguentaria outra rodada de *Tenha cuidado*.

Nós quatro pegamos jaquetas no armário da YMCA e escalamos a porta improvisada. Caímos na viela no instante em que o céu cinzento tira o amanhecer do bolso.

— Para qualquer lado, menos o leste — diz Sam ao correr os olhos pela Sexta Avenida. — Nem pensar em cruzar de novo com aqueles canibais do metrô. E tenho certeza de que aquela vaca da Rolladin está à espreita na Linha 6. Ela sabe que o nosso barco está no cais do Brooklyn. — Ele coloca o arco no chão e o carrega com flechas antes que eu tenha tempo de pestanejar.

— Vamos pedir dicas aos nativos. — Ryder me cutuca nas costelas. — Phee, Trev, quais são as melhores opções para comer bem no West Side?

Meu rosto esquenta todo quando Ryder olha para mim. Porque sonhei com ele essa noite e, como já disse, raramente sonho. E foi a noite toda. Aquele queixo forte, aqueles cabelos pretos. Aqueles olhos castanhos que ficam quase amarelos à luz do sol. Agora parece que visto uma placa, EI, EU GOSTO DE VOCÊ!, e não sei como tirá-la.

— O que foi? — pergunta Trev.

Balanço a cabeça.

— Nada.

Fecho os olhos para me concentrar, tentando visualizar os mapas feitos a mão que Mamãe, Sky e eu usamos quando saímos para caçar em Wall Street no verão. Um deles sem dúvida está na mochila de Sky, e praguejo comigo mesma por não ter pensado em trazê-lo.

— A melhor aposta provavelmente são os parques ao longo do rio. Encontraremos esquilos, pombos. E, se dermos sorte, talvez um veado, pavões, macacos vindos do Central Park.

Abro os olhos. Sam e Ryder me olham como se eu fosse louca.

— Como é? — pergunta Ryder com todo cuidado ao mesmo tempo que Sam repete:

— *Macacos?*

— A Comandante Rolladin caprichou na alimentação dos bichos do zoológico. Para comermos — diz Trevor. — E depois os soltou, para se virarem sozinhos.

Faço que sim.

— Chegamos a encontrar pavões em áreas tão ao sul quanto Wall Street.

Ryder me oferece um grande sorriso enviesado.

— Uma verdadeira selva de pedra.

— E além da caça — acrescento, tentando conseguir em outro sorriso dele —, devemos encontrar algumas plantas e ervas.

Sam mexe no arco.

— E onde ficam esses tais parques?

— Sei que existem algumas áreas verdes ao longo do Hudson, por ali — digo. — Temos mais chances de conseguir comida lá do que nas ruas.

— Muito bem. — Sam atravessa a alça da balestra no peito e gesticula para descermos na direção do pequeno estacionamento. — Vamos tentar o Hudson.

Avançamos pela cidade, colados às fachadas das lojas, agora resumidas a vitrines quebradas e furiosas tintas pretas de spray. No início, Ryder e Sam ficam obcecados em conferir cada loja, como se alguém estivesse magicamente abastecendo as prateleiras na última década. Um vai vasculhar uma antiga mercearia, o outro some para dentro de uma livraria. Trev também se empolga com a garimpagem, animadíssimo, já que nunca havia pisado ao sul da Rua 58. E insiste em voltar com tranqueiras, implorando por espaço na minha mochila.

— Pessoal, qual é, isso é perda de tempo.

Eles finalmente abandonam a causa perdida e começamos a fazer progresso, com as avenidas numeradas minguando junto com as lojas. Por fim, é apenas um trecho de rua que nos leva a uma larga avenida de seis pistas chamada West Side Highway. Contornamos uma sucessão de carros abandonados até chegarmos ao estreito calçadão próximo ao Hudson e então à fatia de verde espremida entre o calçadão e o rio.

— Você chama isso de parque? — diz Sam entre os dentes.

— Eu não prometi campos verdejantes — rebato, sentindo-me defensiva e um pouco idiota aos olhos de Ryder. — Não podemos voltar para o norte e você disse que não podemos ir para o leste, e todos os parques até Wall Street, aqueles que não foram bombardeados, pelo menos, têm calçamento. Então, sim, é o que temos.

— Calma, pessoal. — Ryder aponta à minha frente, para onde a calçada faz uma curva ao redor de uma concentração de prédios. — Talvez os trechos de mato se alarguem à medida que o calçadão se aproxima do centro.

— É bom mesmo. — Sam passa a correr na direção dos prédios. — Fiquem aqui — grita ele para nós. — Vou dar uma olhada.

Ryder se encosta numa árvore magricela, ao passo que Trev desaba no mato à moda indígena.

— Esse Sam é muito mandão — afirma Trev.

Sento ao lado dele.

— Trev, ele é irmão de Ryder. Não seja assim — digo, apesar de pensar a mesmíssima coisa.

Ryder apenas ri.

— Tudo bem. Trevor tem razão. Irmãos mais velhos podem ser assim.

— Acho que sim. — Trev olha para o capim, por isso não consigo ver o rosto dele, mas ele não soa como Trev. Sua voz está miúda e dura como cascalho. — Quer dizer, como vou saber?

Ryder olha para mim antes de se acomodar do outro lado de Trevor.

— Você não tem irmãos, então.

— Nem irmãos, nem pais. — Ele solta um suspiro. — Nem amigos, na verdade, além de Lauren e as Miller, quando elas vêm para o inverno.

Sinto um leve aperto no estômago ao observá-lo arrancar punhados de capim. Tento não pensar em Trev no verão. Só consigo me sentir culpada ao imaginá-lo sem ninguém por perto para dar uma força, sem eu, Mamãe ou Sky para ouvir seu falatório. Apesar de Lauren estar sempre por perto, ele deve se sentir muito só. Mas o que podíamos fazer? Órfãos ficam no parque. E além do mais não tínhamos como alimentar mais uma boca. Ainda mais daquele tamanho.

— Pare de sentir pena de si mesmo — digo. — Você tem amigos. Você está bem.

Aquilo soa bem mais duro do que eu gostaria.

— Seja como for — intercede Ryder —, nós, órfãos, precisamos ficar unidos.

Trev não responde, mas, apesar de continuar a abrir novos buracos no mato, um pequeno sorriso escapa de seus lábios. E tenho um impulso louco de abraçar Ryder, ou beijá-lo ou coisa parecida, por dizer aquilo.

Mas então Sam corre até nós, e o momento se perde.

— Certo, o mato vai mesmo se alargando. — Ele faz uma pausa para recuperar o fôlego. — Vi até mesmo algumas árvores, arbustos e tudo mais um pouco adiante.

O cretino age como se fosse uma grande descoberta.

— Então, basicamente, você chamaria isso de *parque*?

Mas ele não se desculpa, nem diz *Pois é, Phee, você tinha razão* ou qualquer coisa que me faça esquecer a vontade de enfiar um soco na cara nele. Só dá um irritante sorrisinho irônico enquanto Ryder, Trev e eu nos levantamos.

Nós quatro saímos caminhando para o sul. Seguimos pelo calçadão de olhos atentos e mãos a postos nas armas, com o sol abrindo os braços para a cidade.

— Estamos perto da casa de verão de vocês em Wall Street? — pergunta Ryder quando passamos por um prédio atarracado de cor indefinível com os dizeres EMPRESA DE SANEAMENTO DE NOVA YORK.

— Não estamos muito longe, mas nunca subimos até aqui. — Dou de ombros. — Mamãe acha melhor ficarmos perto da base.

— Então enquanto Trevor passa o verão todo no parque vocês desbravam essa cidade sozinhas? — Ryder olha para o triste caminho desolado à nossa frente. — Parece ser quase impossível viver fora do parque.

Penso em todos os verões em Wall Street; Mamãe e eu caçando no Financial District, Sky e eu aprendendo sobre as ervas da horta.

— Não foi tão ruim — digo. — Só precisamos encontrar nossas próprias fontes de alimento, como agora. Depois de algum tempo, não havia nada de útil em apartamentos, lojas e tudo mais. Garimpávamos quando crianças, mas acabou se tornando algo sem propósito.

Ryder parece estar chocado.

— Então nos últimos anos vocês viveram à base de esquilos e pavões?

— Rye, elas ainda estão aqui, não estão? — observa Sam enquanto ajeita o arco nas costas. E posso estar imaginando coisas, mas juro que ele soa impressionado. — Nem todo mundo precisa de refeições de três pratos e uma biblioteca para viver.

Ryder faz que não.

— Só estou dizendo que cozinha de zoológico não é uma dieta balanceada para duas meninas em fase de crescimento.

Solto uma risada.

— Nós comíamos mais que esquilos e pavões. Nosso apartamento de verão tem uma horta na cobertura. Temos algumas plantas que dão todo ano, e sempre arranjamos um jeito de conseguir mais sementes no parque.

— Mas não deve ter sido uma vida fácil. Só vocês três — diz Ryder.

— Não.

— Então por quê?

Trev ri detrás de nós.

— Já me fiz essa mesma pergunta um milhão de vezes.

Eu também. Apesar de adorar nossa casa às margens do rio, às vezes queria tanto estar no parque que doía. Como quando nevou em abril, ou quando choveu tanto em junho que quase alagou nossa fazendinha.

— Os Aliados Vermelhos só forçavam os sobreviventes a ficarem no parque no inverno, para cuidar da terra, dos animais, da madeira e tal — explico. — Mamãe dizia que queria o verão apenas para nós. Que merecíamos um gostinho de liberdade. Então, apesar de às vezes ser mais difícil sozinhas, Mamãe acha que vale a pena.

Ryder me estuda com os olhos bem abertos, então pergunta baixinho:

— E *você*?

A pergunta me pega desprevenida, porque nunca pensei naquilo, as coisas simplesmente eram assim. Mas agora tento pesar os dois lados, penso no que estaríamos fazendo no parque naquele exato momento se não estivéssemos caçando às margens do Hudson. Talvez acordando, aquecidas em nosso quartinho no Carlyle, nos arrumando para a colheita debaixo de frio. Então penso em Wall Street, nosso reino de verão para três. Em todos aqueles dias preguiçosos deitada ao sol com Sky na horta do terraço... em todas aquelas noites com ruídos arrepiantes do lado de fora das paredes. Um reino tão incrível quanto aterrorizante.

Quero explicar isso tudo a Ryder, dizer que a resposta é complicada, que não me permiti entender tudo, porque a compreensão não traria nada de bom. E, além do mais, não quero que me veja como uma selvagem de Manhattan, principalmente se comparada à minha irmã cabeçuda.

Mas, como sempre, não consigo encontrar as palavras. E tenho que me contentar com "não sei".

Fico esperando que Sam resmungue alguma coisa ou faça graça de uma resposta tola como aquela, mas não.

Na verdade, ninguém fala por um longo, longo tempo.

— Eu entendo — diz Ryder finalmente ao olhar para mim com um sorriso enorme, maravilhoso. E a voz dele é cheia de cumplicidade, como se eu tivesse dito uma coisa importante. O que me toca mais que seu sorriso ou seu rosto lindo. — Não existem mais tantas respostas diretas, não é verdade?

Sam agarra o braço de Ryder e o segura.

— Quieto — murmura, apontando para uma concentração de árvores de galhos retorcidos a poucos metros da calçada, então segue pelo mato e se agacha atrás de alguns arbustos.

Ryder, Trev e eu nos agachamos atrás de Sam e acompanhamos o seu olhar. Uma família de esquilos sobe, desce e corre de um lado para o outro nos galhos quase sem folhas das árvores, figurinhas frenéticas umas atrás das outras. Olho bem e conto. Seis esquilos. Sorte grande. Com eles e mais alguns cogumelos e, se tivermos sorte, algumas ervas, temos um ensopado para alimentar a todos.

— Uma arma pode ser melhor — sussurra Sam. — Você tem munição extra para a sua, certo? — pergunta ele.

Aperto a pequena arma no meu bolso. O pequeno revólver com uma mísera bala. E apesar de saber que provavelmente devo confiar naquele cara e abrir o jogo sobre a falta de munição, já que a essa altura estamos todos no mesmo barco, ainda parece mais seguro mentir.

— Deixei as outras balas com Sky — digo a Sam. — Desculpe. Acho que vai precisar ser o arco.

Sam resmunga alguma coisa e olha para Trevor.

— E você, grande prodígio da caça? Onde está sua arma?

Trev engole seco.

— Eu não tenho uma.

— É claro que não. — Sam esfrega a testa e suspira. — Então isso basicamente foi um passeio para as crianças.

Meu coração volta a rugir em modo de combate. Eu ajudo Mamãe a caçar e me viro sozinha no parque desde que consigo me lembrar, e esse cretino faz pouco caso de mim desde que salvei a pele dele no zoológico.

— Me chame de criança mais uma vez e teremos problemas. Fala sério, você tem o quê, vinte, vinte e poucos anos? E o que você *fez* de verdade, além de nos colocar numa enrascada nos túneis e ocupar um colchonete na YMCA?

Sam me mede de cima a baixo.

— Phoenix tem razão — responde Ryder. Quando Sam o encara, ele se limita a dar de ombros. — O quê? Dê a cara a tapa e mostre esse fantástico treinamento de fuzileiro do qual você vive se gabando ou engula calado.

Trev me dá uma cutucada nas costelas e continuamos em silêncio atrás dos dois. Mas a boca do moleque está inquieta e ele tem os olhos arregalados, como se tivéssemos topado com uma luta de rua secreta de que ninguém tinha ouvido falar. E eu sinto o mesmo. Mas algo mais acontece dentro de mim, aquela mesma urgência que tive antes de agarrar Ryder e abraçá-lo ou coisa parecida. De alguma forma consigo manter as mãos no chão.

— Está bem — murmura Sam. — Observem e aprendam. — Ele deita no chão, com a balestra apoiada no antebraço e o olho colado à mira. Então rasteja à moda militar até conseguir enxergar em meio aos arbustos.

Ele espera um bom tempo, espreitando os esquilos, pelo e penugem desfilando pelas árvores. Já estou a ponto de perder o interesse quando ele sussurra.

— Agora.

A flecha rasga o ar e prega dois esquilos no tronco com um único tiro, um pelo rabo e outro pela cabeça.

O resto da família se espalha num frenesi, salta para galhos próximos enquanto Sam se prepara para disparar outra flecha. Ele é rápido e acerta um dos bichos no ar. Dois tiros, três esquilos.

Não posso fingir que não estou impressionada.

Nós quatro nos adiantamos até as presas. Sam pega a faca de Sky, dá cabo dos esquilos e os guarda na minha mochila.

— Manhã boa — digo, ofegante, antes de lembrar que o odeio.

E pela primeira vez desde que nos conhecemos, Sam olha para mim com um sorriso franco.

— Eu diria que foi uma manhã boa de verdade.

26
SKY

Phee, Ryder, Trevor e Sam irrompem YMCA adentro como se fossem soldados voltando para casa de uma batalha gloriosa, com bom humor, uma mochila cheia de esquilos e os bolsos de Phee transbordando cogumelos. Mamãe e eu deixamos o carteado na sala de musculação e seguimos até a porta improvisada assim que os ouvimos.

Mamãe leva os cogumelos até a claridade da janela para conferir o trabalho de Phee, apesar de nós duas sermos praticamente especialistas em diferenciar cogumelos comestíveis e venenosos. Phee apenas revira os olhos.

— Metade do tempo eu acho que ela não acredita que algo de bom possa acontecer — sussurra ela para mim. Não é uma afirmação injusta.

Por falar em Mamãe e sua falta de fé num futuro melhor, sinto vontade de puxar Phee de lado e contar o que descobri no diário. Mas Ryder fala antes que eu consiga.

— Phee, precisamos botar esses esquilos na panela antes que os nativos fiquem inquietos demais.

Então pega a mochila da minha irmã e a joga sobre o ombro, ao passo que ela ri e vai atrás. Ryder pisca para mim antes de subir as escadas, mas isso não impede que o chão se abra sob meus pés.

Para ser sincera, quase enlouqueci hoje de manhã pensando nos dois juntos. Imaginando Ryder tão impressionado com minha irmã casca-grossa que, quando voltassem, nossa conversa de ontem não passaria de um sonho. Mas vê-los tão íntimos dói ainda mais do que eu estava preparada para suportar.

— Vocês precisam de ajuda para limpar os esquilos? — pergunto atrás dos dois, engolindo o orgulho.

— Não, pode deixar que Ryder e eu cuidamos disso — diz Phee da escada, sem olhar para trás.

— Mas precisaremos de velas e tigelas — avisa Ryder. — Trev, ajude a dama!

— Rye, espere, vou esfolá-los antes — emenda Sam subindo atrás do irmão, mas Mamãe o segura pelo pulso com delicadeza.

— Sam, muito obrigada. De verdade. — É bonito, mas quase desconfortável ver minha mãe genuinamente agradecendo a alguém: ela não faz isso com frequência. Por outro lado, ela não precisa. — Você merece um bom descanso. Deixe isso comigo, temos uma cozinha no terceiro andar. Vou preparar um belo ensopado.

Então Mamãe me olha atravessado, lembrando que devo me sentir grata, e não consumida pelo ciúme.

— Obrigada, Sam. — É tudo que consigo dizer.

— Não foi nada — responde ele. Mas consigo ver a sugestão de um raro sorriso nos seus lábios. Sam leva as mãos à cabeça, revelando cinco centímetros de abdome definido, e boceja, já a caminho da sala de ioga. — Então me acordem quando estiver pronto, eu acho.

Mamãe segue devagar acompanhando Phee e Ryder pelas escadas. Trev puxa minha mão para irmos pegar algumas velas.

— Você se divertiu? Com Phee, Sam e Ryder?

— Sim, foi uma boa caçada — diz Trev. — Sam até que não é dos piores, é meio babaca, mas acho que não sabe como *não* ser um babaca, se é que isso faz algum sentido. E Ryder é muito legal. Mesmo. Ele também é órfão e tudo mais. E muito... *compreensivo*. Enfim... ele é gente boa. — Trev balança a cabeça ao empilhar velas nos braços. — Eu meio que esperava que ele não fosse tão legal.

Solto uma risada.

— Por quê? — Tiro um cesto de vime de uma das prateleiras para colocar as velas de Trevor.

— Porque seria mais fácil odiá-lo.

As palavras dele me beliscam enquanto voltamos para a sala de exercícios. E eu faço a pergunta, apesar de ter praticamente certeza da resposta:

— E por que você quer odiá-lo?

O rosto de Trev se contorce numa careta.

— Porque Phee está louca por ele. — Às vezes Trevor é mais maduro do que eu gostaria de admitir.

Ele faz que não com a cabeça.

— Pelo menos Ryder é legal. Pelo menos vai ser bom para ela. — Ele olha para mim. — É melhor subirmos, certo? Estão esperando por nós.

Mas não consigo tirar os pés do lugar. Apesar da minha mente saber que a análise de Trevor não mudou nada, meu coração sente que algo monumental saiu do lugar.

— Já vou — digo, estendendo o cesto. Ele dá de ombros e sobe as escadas.

Então Phee também gosta de Ryder. É claro que gosta.

Honestamente, já tinha percebido isso há dias. Soube nos túneis, vi no olhar dela ontem à noite na sala de ioga, quando literalmente se enfiou entre Ryder e eu. E essa tarde nas escadas, quando subia os degraus de dois em dois. A possessividade, o pulso sobre ele. *Ryder pertence à Phee*, como tudo mais nessa cidade.

E apesar de parte de mim estar louca para irromper na cozinha e me atirar entre os dois... dou as costas para a escada. Então, na ponta dos pés, volto para o escuro da sala de ioga e tiro o diário da Mamãe da mochila.

Volto a me sentir como uma criança. Enciumada, deixada de lado, me arrastando pelos cantos para fugir para outros mundos, onde a irmã caçula nem sempre é a heroína ou a beldade do baile.

O mais frustrante é que pensei que fosse diferente com Ryder. Pensei que, por algum motivo, tivéssemos tido uma conexão ontem e que, uma vez na vida, eu poderia oferecer a alguém algo que minha irmã não pode.

Atravesso a sala de aparelhos de musculação e me acomodo debaixo da minha janela favorita com *A menina e o porquinho* no colo, sorrindo para mim. Sei que não devia ler o diário, fazer sozinha essa viagem ao passado da Mamãe. Não é justo. Uma vez é uma coisa. Insistir em escapulir sozinha, sem Phee, é outra bem diferente.

Mas também sinto que ela merece.

Quando estou para abrir o livro, ouço um sussurro musical...

— Aí está você — diz Ryder, me olhando do alto. — Estava te procurando.

— Oi — digo, incapaz de conter a surpresa. — O que você está fazendo aqui?

— Você gosta mesmo desse livro, não é? — Ele sorri e senta ao meu lado, nós dois reflexos do que fomos ontem.

— O que posso dizer? Ele dá sábios conselhos. — Sorrio para Ryder antes de lembrar que estou um pouco confusa com ele. — Mas é sério, o que você está fazendo aqui? E Phee?

Ele me olha de um jeito estranho.

— *Phee?* O que é que tem Phee?

— Achei que vocês estivessem ocupados limpando a caça juntos ou coisa parecida — balbucio, incapaz de conter a amargura que se infiltra na minha voz.

— A sua irmã sabe se virar sozinha. — Ryder sorri. — Além do mais, Trevor apareceu quando eu estava saindo. E estava animado para dar uma força.

Agora não consigo deixar de retribuir o sorriso.

— Phee nunca vai te perdoar por isso.

— Bem, achei que ao menos Trevor iria gostar. — Ryder ri. — Ele é um bom garoto, não é? Acho que as coisas não foram nada fáceis para ele.

As palavras de Ryder me aquecem, me fazem gravitar para ele como um sol. Sempre odiei que Trevor passasse metade do ano sozinho no parque, com ninguém além de Lauren como referência. Ter por perto alguém como Ryder, que se importa com ele, que o entende, é tão bom para Trevor quanto para nós.

— Você tem razão — digo. — Não foram.

Ryder faz uma pausa antes de dar outro sorriso, então enfia a mão no bolso da jaqueta.

— Trouxe um presente para você, lá de fora.

— O quê? Tipo um esquilo ou coisa parecida?

— Não, eu não sou nenhum homem das cavernas. — Ele ri. — Encontrei no meio dos escombros. Sua irmã quase nos matou por todas as nossas paradas, mas, quando encontrei uma Barnes and Noble ainda com alguns livros nas prateleiras, não resisti. Achei que a essa altura estaria tudo queimado.

— Nós somos bem mais civilizados desse lado do Atlântico — provoco.

— É, vocês e o bando daquela tal de Rolladin são os pilares da etiqueta.

— Ah, qual é, não nos coloque no mesmo saco.

Ele retira o que esconde na jaqueta com um floreio e me oferece com uma reverência.

— Um clássico para a sua coleção.

Olho para a capa. Um soldado de aparência cansada olha para mim, o título *Waverley* escrito em caligrafia rebuscada.

— É sobre a Inglaterra — diz Ryder. — Um jovem soldado inglês. Há quem diga que esse é o primeiro romance histórico.

— Obrigada — sussurro.

— Acho que a fusão das duas coisas é o mais empolgante. História e poesia, fato e ficção. Às vezes acho a ficção mais real que a verdade, se é que isso faz algum sentido.

Ryder tem a testa franzida, como se estivesse ansioso pela minha reação. Não sei como dizer o quanto aquele livro significa para mim. Que ele tenha pensado em *mim* enquanto estava fora. Como as palavras que disse há pouco ecoam uma parte de mim que não divido com ninguém. Como acho que quero beijá-lo.

— Sinto a mesma coisa. — É tudo que digo.

— Enfim, as primeiras cinquenta páginas são meio chatas, mas não desista. Juro que vale a pena.

Minhas mãos apertam o livro com tanta força que os nós dos dedos ficam brancos.

— Eu amei.

— Bem — ele abre um sorriso irônico —, talvez agora você finalmente consiga dar um descanso a essa aranha.

Eu o observo com atenção, sentindo um súbito impulso de contar o que realmente tenho nas mãos. Ryder foi honesto e franco comigo. Mas posso confiar nele? Ou pior, será que vai achar que sou péssima por ter roubado algo tão pessoal de uma pessoa que amo e ainda ter mentido a respeito?

— Ryder — digo lentamente, assumindo o risco. — Isso não é *A menina e o porquinho*.

Abro as páginas manuscritas e viro o livro para mostrar os frenéticos garranchos de tinta.

— O que é isso? — sussurra.

— É... é um diário. Pertenceu à minha mãe, antes da guerra. — Eu o fito por um instante, mas rapidamente cedo à pressão do seu olhar. — Fomos ao antigo apartamento dela alguns dias atrás. Eu vi o livro e o peguei. Mamãe guarda uma infinidade de memórias aqui dentro. Nossa, o *diário* estava até mesmo escondido dentro de um cofre. Ela morreria se soubesse que está com a gente.

— Então por que você o pegou?

Fico com os lábios trêmulos, e sei que estou prestes a chorar.

— Eu só queria conhecê-la, de uma forma que ela jamais permitiu, já que trancafiou tanta coisa de si mesma. Quando li esse diário, senti que conversávamos com ela. E ela diz todas as coisas que quer dizer mas não consegue.

Uma lágrima solitária escorre pelo meu rosto, e eu logo a enxugo. Definitivamente não quero que Ryder pense que sou uma garota molenga, frágil, ainda mais agora, que passou a manhã caçando com minha irmã, a espartana.

— Mas provavelmente digo isso para me sentir um pouco melhor.

— Isso não faz com que seja menos verdade — sussurra Ryder.

Rio um pouco e, num brutal ato de traição, meus olhos vertem mais lágrimas. Ryder se aproxima e segura minha mão.

Antes que consiga dizer qualquer coisa, a voz de Mamãe nos chama de cima, ecoando pelos corredores com piso de linóleo e abafada pelo chão acarpetado.

— Sky, Ryder, preciso que alguém arrume a mesa!

Ryder e eu nos olhamos por um longo tempo até que ele se levanta e me estende a mão. Não dizemos uma palavra ao passarmos pelo cemitério de aparelhos de musculação. Apenas quando subimos as escadas e o cheiro denso de ensopado nos envolve, ele sussurra:

— Você busca verdade e sentido, Skyler. Nunca pense que isso é ruim.

Então aperta minha mão e a solta antes de entrar na cozinha. Imediatamente, quero mais dele.

Mas respiro fundo, afastando uma fome em favor de outra, e o sigo para arrumarmos a mesa.

Finalmente consigo algum tempo sozinha com Phee no dia seguinte, já que Sam e Ryder saíram para arrumar suprimentos e comida para nossa jornada e Trevor convenceu Mamãe a assisti-lo jogar tênis contra uma parede no Piso B — Tênis & Piscina. Mamãe não queria nos deixar sozinhas, mas eu disse que Phee e eu precisávamos de um pouco de tempo só para nós. Que já fazia algum tempo que não conversávamos.

Tecnicamente, não foi uma mentira.

— Eu nem sabia que você estava com essa coisa — diz Phee, incrédula, quando conto que li o diário de Mamãe ontem. — O que você fez, voltou ao terraço do Carlyle?

— Eu precisava — respondo. — Não podíamos perder isso.

Ela faz que sim, como se concordasse comigo, mas arregala os olhos.

— Isso foi bem perigoso.

— Mas não havia alternativa. — Agito o livro. — Esses segredos? O passado? Estariam perdidos para sempre. Nós nunca saberíamos.

— Eu entendo — sussurra ela e, com cuidado, pega o livro do meu colo. — Então você andou lendo sozinha?

— Só uma vez. — Não é mentira, mas sei que facilmente poderia ser. — Assim que chegamos aqui. Não consegui dormir. — Vejo-a manusear o livro, folhear as páginas cuidadosamente, como se pudesse haver um símbolo secreto, ou uma pista que eu pudesse ter deixado passar. — Desculpe.

— Tudo bem. — Mas Phee me fita com olhos que querem dizer mais. Também estou desesperada por dizer mais. A maior parte da vida, Phee e eu fomos o mundo uma da outra, mal ficamos afastadas por mais tempo do que leva uma caçada desde que consigo lembrar. Ainda assim é estranho sentar aqui, apenas nós duas, como se houvesse entre nós uma biblioteca de coisas caladas. Como se, agora que nosso mundo foi escancarado e estranhos entraram, de alguma forma não reconhecemos uma à outra, ou não sabemos o que dizer.

Quero falar desse mal-estar. Por mais que esteja furiosa – ou enciumada – com as tentativas de Phee de tomar Ryder, fico atônita com a ideia de não saber como atravessar esse fosso. Mas, antes que consiga descobrir como, ela vem como uma escavadeira:

— Então me conte o que perdi.

Relaxo um pouco. E me esforço para voltar a ficar empolgada com o diário.

— Você não vai acreditar. — Espio às minhas costas e corro os olhos pela sala de musculação à procura de Mamãe ou Trevor, mas estamos sozinhas. — Mamãe estava grávida de você nos túneis. E essa tal de Mary? Ela não era apenas a irmã do Papai, ela cuidou de Mamãe. Elas eram... — Paro por aí. Meu entusiasmo arrefece, e subitamente tenho muita consciência de que falamos de nossa própria mãe, não da personagem de um livro.

— Elas eram o quê? — insiste Phee.

— Amantes.

— O QUÊ?

— Shhh. Ela pode subir a qualquer minuto.

— Espere... você quer dizer que, tipo, elas eram um casal? Que Mamãe traiu Papai?

— É. Isso é doido, certo? — Espero pelo ultraje de Phee, choque, raiva, a mesma montanha-russa de emoções que senti antes que Ryder me arrancasse da leitura.

— Ela estava sozinha — sussurra Phee, por fim. — Completamente sozinha nos túneis, com um bebê e outro a caminho. Deve ter pensado que Papai tinha morrido. Que era a única forma de sobreviver. Cara, você consegue imaginar?

Agora eu é que estou chocada.

— Espere, você acha que está tudo *bem*?

— Não que está tudo bem, mas que é compreensível.

— Compreensível trair Papai?

— Sky, honestamente, nós nem conhecemos o cara.

Típico de Phee, apagar todas as fronteiras entre certo e errado, racionalizar conforme o que é atirado contra ela. Mas, neste instante, esse pragmatismo irritante, essa *recusa* em julgar, me irritam tanto que dá vontade de gritar.

— Mas era a *irmã* de Papai. Você escutou isso, certo?

— Eu sei, mas...

— E se fosse eu? E se eu fosse casada... — imediatamente volto a pensar em Ryder, o que faz meu rosto corar de vergonha — e você não conseguisse me encontrar? Você acha que tudo bem se atracar com o meu marido? — Minha voz vai ficando mais alta, apesar de eu tentar sussurrar. — Porque para mim não está. Quer dizer, não estaria. Espero que você saiba disso.

— Mas Sky, não estamos falando da gente — observa ela, tão forçosamente que surpreende a nós duas.

Nos encaramos, desafiando uma à outra a falar primeiro.

— Estamos? — acrescenta Phee finalmente.

E essa é a minha chance de dizer alguma coisa, dizer: *Sim, algo não está bem entre nós duas. Parece que estamos morrendo.*

— É claro que não. — Tento me recompor e voltar ao livro. — Enfim, a gravidez de Mamãe não estava indo às mil maravilhas nos túneis — murmuro para o diário, com a voz ainda trêmula de tensão. — Foi aqui que eu parei.

Nos encostamos à janela sem outra palavra.

Setembro — Uma das nossas batedoras na superfície, Lauren, voltou com notícias. Notícias importantes. Notícias com potencial para mudar a vida de todos nós.

"Encontramos missionários no Whole Foods", a outrora bem-vestida mulher do metrô começou a desembuchar. Lauren vestia o uniforme folgado de um soldado morto, que lhe caía como um saco de batata. "Eles vieram do West Side e estão cuidando das pessoas no metrô. Os missionários nos contaram que vai haver um tipo de... de convenção aqui embaixo, para sobreviventes. Das linhas 1 e 2, do trem F, da Linha R...

As linhas 1 e 2. As linhas que Tom e Robert teriam usado para fugir.

"Ainda há outros grupos escondidos no metrô, e no centro..."

"Lauren, vamos ao que interessa", esbravejou Mary.

"Amanhã, ao meio-dia", ela disse ofegante. "Todos os grupos vão mandar um representante para os trilhos da estação West Fourth, na Linha E do trem urbano. Com uma lista dos nomes dos sobreviventes e por quem estão procurando. Vocês estão entendendo? O meu filho, suas filhas e maridos, seus irmãos e irmãs, todos podem estar lá!"

A multidão ficou exaltada, estouraram gritos e risadas, lágrimas. Lauren sussurrou histórias do filho para as mulheres do Kansas, Bronwyn pediu a Deus pelo namorado da NYU.

Mas eu tinha olhos apenas para Mary, tentava ver o que ela estava pensando.

Esperança. Tom. Nossa vida. Tom e Robert podiam estar lá fora. Meu Deus, eles podiam estar lá fora.

Apertei a mão de Mary e tentei fazer com que me olhasse, que dividisse comigo o que estava pensando, mas ela me repeliu e foi até a multidão.

"Nós não sabemos quem são essas pessoas. Elas podem estar mentindo."

Lauren fez que não.

"Isso é real. Precisamos ir até eles. Eu prometi..."

A multidão voltou a se agitar, sussurrando, discutindo, até que Mary os calou.

"Já basta. Está bem, eu vou. Como líder, deve ser eu."

E apesar de a esperança de encontrar Tom ter eletrificado meus nervos, senti um frio na espinha.

"Espere, Mary, não. Mande outra pessoa. É perigoso demais."

"Você não pode ir sozinha, Mary", concordou a sra. Warbler.

"Está bem. Levarei alguém comigo. Sarah, arranque uma página do seu livro. Passe de mão em mão. Hoje à noite escreveremos nossos nomes e ao lado os nomes dos nossos desaparecidos."

Setembro — Estou péssima. Vomitando, com enjoos, calafrios. Não consigo mais ficar de pé sem sentir tontura. Lauren toma conta de Sky enquanto fico aqui deitada, enjoada e chorando, em nossa cama improvisada num canto. Mary e Dave já devem estar na Rua 4 Oeste a essa altura, decidindo nosso destino. Descobrindo quem restou. Meu Deus, espero que ela esteja bem. Espero que Tom esteja bem.

Estou aterrorizada.

Meus sentimentos se digladiam dentro de mim, culpa, raiva e saudade. Se Tom estiver vivo, será que estraguei tudo?

Setembro — No dia seguinte, Mary cambaleou de volta coberta de sangue. Sozinha.

Quis correr até ela, mas fiquei grudada no chão.

"O que aconteceu?"

"Quem atacou você?"

"Onde está Dave?"

Mary apenas fez que não e desabou com a multidão se aglomerando à sua volta.

"Eles o mataram. E quase me mataram", ela sussurrou.

Lauren soltou um suspiro e apertou Sky.

"Não pode ser. Eles prometeram, pareciam ser como nós. Confiáveis... Ah, meu Deus, Mary, eu sinto muito."

Mary gesticulou pedindo água, e uma das jovens órfãs, Lory, abriu uma garrafa e a entregou para ela.

"A assembleia na Linha E começou bem. Lemos e comparamos nomes, perguntamos uns aos outros como estávamos sobrevivendo. Mas as listas não revelaram nada. Nenhum nome bateu."

Ela virou para o lado para descansar e gemeu de dor.

"Mas descobri algumas coisas. O inimigo está aquartelado no Central Park. As forças de terra são comandadas de lá. O Lower East Side, os píeres, a maior parte de Chelsea e os Villages estão destruídos." Ela respirou fundo. "Quando Dave e eu voltávamos para cá, eles nos surpreenderam. Roubaram nossas armas, mataram Dave. E vocês estão vendo o que restou de mim."

A multidão ajudou a cuidar das feridas de Mary. Ninguém falou enquanto voltávamos aos nossos cantos escuros e abandonávamos a esperança que pegamos emprestada sem crédito.

Tarde da noite, Mary finalmente me procurou. Eu quis confortá-la. Quis dizer que cuidaria dela agora, que ao menos estava em segurança.

Mas não consegui. Primeiro precisava saber.

"Você disse que as listas foram comparadas na reunião da Linha E antes de atacarem vocês", insisti, com a voz fraquejando por falta de uso. "Você perguntou por Tom e Robert? Alguém os conhecia?"

Demorou um bom tempo antes que ela dissesse qualquer coisa.

"Eles não estavam em lista alguma, Sarah."

Ignorei a resposta.

"Então eles chegaram ao ateliê", concluí de supetão. "Podíamos mandar alguém até lá, até a superfície...."

"Sarah", ela interrompeu enquanto limpava suas feridas com álcool. "Sinto muito, querida, mas preciso que você desista de perseguir o fantasma de Tom. O ateliê de Robert fica em Chelsea. Foi tudo arrasado. Destruído. Sarah, eles não sobreviveram."

"Mas..." A palavra ficou enganchada, como isca no anzol, e rezei para pegar alguma coisa, qualquer coisa. Um lampejo de esperança. Uma concessão.

"Sarah. Já está na hora de aceitar", Mary disse em voz baixa. Mas com firmeza. "Está na hora de encarar a realidade. Está na hora de aceitar."

Um bom tempo se passou até que uma de nós se mexesse. Por fim, afastei-me dela.

Caí de joelhos e me arrastei pelo chão. Nada, ninguém, poderia me consolar enquanto eu chorava. Sky deve ter se desvencilhado de Lauren. Ela engatinhou ao meu lado, me imitando, gemendo, até que a puxei para mim e a abracei com ardor, nossas lágrimas escorrendo juntas.

Mamãe. A forte, valente... *frágil*... Mamãe. Choro ao imaginá-la, jovem e despedaçada nas entranhas de uma cidade moribunda. Toda minha reprovação, minha raiva por ela e Mary se desfazem. E como em todos esses anos, quero correr para Mamãe e aninhar a cabeça em seu ombro.

— Está tudo bem — diz Phee. Ela estende a mão para mim por reflexo, mas então recua. — Isso foi há muito tempo, Sky. Mamãe está bem.

Limpo o nariz na manga da camisa.

— Certo.

Outubro — Não sou mais humana.

Sou apenas funções e impulsos vitais. Comer, vomitar, sangrar, chorar. Mary está à beira do desespero. E os sussurros — tudo que escuto são sussurros.

"Hemorragia."

"Vômitos e mais vômitos."

"Ela não vai sobreviver, não sem um médico."

Tento não ouvir ao perder e retomar a consciência.

Outubro — "Nós a levaremos para a superfície", disse Mary, e eu percebi que era carregada em algo parecido com um bote salva-vidas, uma maca improvisada.

"Onde está Sky?", murmurei. Não sabia quanto tempo havia passado desacordada.

"Ela está com Lauren e Bronwyn. Ela está bem, querida Nós vamos deixar os túneis."

"Mary, não..." Lutei para colocar as palavras para fora. "Não por minha causa. Eles vão nos matar lá em cima."

Ela apertou minha mão.

"Coloquei em votação. As pessoas estão cansadas de se esconder. Não podemos fazer isso para sempre." Ela se curvou e passou a mão pelos meus cabelos enquanto a multidão me carregava. "Não posso viver sem você, e você e o bebê vão morrer lá embaixo. Vamos nos render."

"Todo mundo?"

"Não. Todo mundo não. Apenas os espertos. Aqueles capazes de cuidar de si próprios. Sobrevivência dos mais fortes."

Não consegui evitar um sorriso. Pode ter sido o primeiro em semanas.

"Eu dificilmente sou uma dos mais fortes".

"Bem", ela disse, me beijando enquanto eu era carregada. "Os mais fortes e os que eles amam."

Eles me carregaram na maca, como uma oferenda, e emergimos dos túneis para a luz, cegos, cambaleando como animais drogados rumo aos campos. Desci da maca, me apoiei em Mary e, lentamente, seguimos em frente. Bronwyn trouxe Sky e eu a agarrei como a uma boneca.

Luz. Ah, como senti sua falta.

Verde.

Ar.

Comida.

Cheiros pungentes saturavam o ar — carne, verduras cozidas. Sangue e suor.

Os cheiros pairavam sobre o parque, em meio às fileiras de tendas e barracas construídas por nossos invasores.

"Levantem as mãos", Mary ordenou à multidão.

Levantamos as mãos, caminhamos lentamente, mostramos a nossos agressores que vínhamos em paz. Mas isso não impediu que *línguas estrangeiras cortassem o ar, que rifles fossem apontados. Um grupo de soldados nos cercou, gritando, vociferando, enfiando armas na nossa cara.*

"Por favor", disse Mary. "Nós viemos nos render. Mulher. Com criança. Por favor".

Ela tirou do bolso as chaves de voluntária do zoológico do Central Park e as agitou.

"Rendição. Vocês nos trancam, cuidam de nós."

Fomos conduzidos ao coração do parque para receber a clemência daqueles capazes de tomar aquele tipo de decisão. Um homem pequeno, sombreado por um enorme quepe de general, se aproximou de nós com um jovem e franzino intérprete nos calcanhares.

O general disparou uma litania de sílabas estrangeiras, duras e estranhas palavras que fustigaram e morderam nossos ouvidos.

Então o intérprete falou:

"O general ouviu seu pedido. E o aceita nos termos dele."

Mary soltou um riso embargado, nervoso.

"Nos termos dele?"

O general arrancou as chaves da mão de Mary, rosnou e sorriu para elas. Então fez um gesto de cabeça para os soldados às suas costas.

"Os termos dele são mulheres e crianças", disse o intérprete.

"Espere, eu disse que temos uma mulher com uma filha..."

O intérprete interrompeu Mary, esbravejou para o pelotão em sua língua nativa e fomos separados, mulheres e crianças para um lado, homens para o outro.

O general se aproximou de Mary, colocou-se a centímetros de seu rosto.

"Qual é o seu nome, mulher?"

É claro que ele falava inglês.

"Mary", ela retorquiu. "Mary Rolladin."

— Ah, meu Deus. — Fico sem ar ao ler aquelas palavras e as repito, exatamente como Mary fez. *Mary. Mary Rolladin.*

Mary é Rolladin.

— O que foi? — diz Phee, agarrando freneticamente o diário para me alcançar. Vejo seus olhos se moverem rapidamente de um lado para o outro, devorarem cada palavra. — Espere, não pode ser. Mary *Rolladin*?

— Ah, meu Deus — repito. Minha mente embaralha, dobra e distribui as memórias da líder do parque como cartas de um baralho. Rolladin berrando ordens.

Rolladin achincalhando guardas e trabalhadores...

Rolladin protegendo Phee na luta.

Rolladin nos oferecendo uma bebida em seus aposentos.

Penso no que ela falou na noite em que dissemos que nos juntaríamos a ela. *Você sempre me lembrou a sua mãe.*

Rolladin conhece minha mãe porque ela é nossa tia.

Porque as duas foram um casal.

— Eu sabia. Eu sabia que tinha que haver mais — diz Phee. — Eu sabia que ela se importava com a gente...

— Nós apenas não sabíamos o motivo — termino para ela.

E ela tem razão, é claro. Isso não me surpreende, e sim completa a imagem e põe tudo no devido lugar.

Coloco o livro entre nós duas de modo que fique sobre nossos joelhos.

— Isto aqui não é apenas a história de Mamãe. — Minha cabeça está a mil, sobrecarregada, soltando fumaça ao tentar processar tanta informação.

— Essa é a história de Rolladin. — A voz de Phee fica embargada. Ela olha para mim. — Como você disse no Carlyle... essa é a história da nossa cidade.

Os homens foram reunidos no centro do Grande Gramado enquanto nós éramos empurrados para as laterais. Os soldados se moviam rápido, arrumando-nos em filas, organizando os homens em filas, contando, dispondo números numa equação da qual nenhum de nós conhecia as variáveis.

"WOA-WA-DIN", o general repetiu para Mary, sorrindo. "Mulheres e crianças, Rolladin. Nada de graça."

E então, com um apito, ordenou que o pelotão erguesse os fuzis. Eles atiraram nos homens no descampado.

Um de cada vez.

Outubro — Nossos captores, os Aliados Vermelhos, estão tirando nova-iorquinos das ruas um a um e lentamente os varrendo dos túneis do metrô. Eles nos confinam nas jaulas do zoológico do Central Park como se isso fosse um campo de internamento improvisado.

Nosso grupo original do trem 6 é um dos sortudos. Somos mantidos no aviário, uma enorme estrutura com ares de estufa que cheira a zoológico e estrume. Toda noite vemos as estrelas pelo teto de vidro e toda manhã acordamos com o desabrochar do céu, rosa e laranja. Somos lembrados que ainda restam coisas com que se maravilhar no mundo, que ainda somos humanos o bastante para nos maravilhar.

Mas nem tudo são flores.

De cela em cela, correm boatos que algumas mulheres estão se vendendo por camas. Rapidamente esse se torna o único assunto sobre o qual Bronwyn consegue sussurrar durante as rações da manhã e da noite: como qualquer coisa é melhor que o cárcere. Como a solidão a mata lentamente. Como poderia fazer alguém amá-la.

Faço o que posso da minha cela, o que é quase nada. Digo que vai se destruir, que vai odiar a si mesma, imploro que pense nas irmãs pequenas. Mas ela está volátil, desesperada; uma criança a quem não resta nada num mundo cruel e indiferente.

Então acordo certa manhã e ela não está mais lá.

E a sensação de derrota corta tão fundo que não consigo curá-la.

Também há outros boatos. Que os soldados mandam grupos de novos prisioneiros correrem pelo Prado das Ovelhas e apenas os

mais rápidos sobrevivem. Que à noite soldados vão até o reptilia-
rio e pegam os homens de aparência mais forte, apenas para que o
pelotão inteiro os espanque até a morte no outro lado da Rua 65.

Toda noite, escutamos suas súplicas e humilhações pelas pare-
des do aviário. Tenham piedade. Poupem-nos. Tenham a clemên-
cia do Senhor.

Não falamos neles pela manhã. Assim como nunca falamos
dos homens nos campos, aqueles que foram fuzilados para que pu-
déssemos viver. Mary e eu dormimos em prantos todas as noites,
ouvindo as súplicas, agradecendo a Deus por termos uma à outra.
Abraçamos Sky entre nós, como se ela fosse das duas.

Outubro — A irmã de Sky nasceu sob a lua cheia, em um canto do
aviário. De alguma forma, pareceu apropriado. Ainda não consi-
go acreditar que esse bebê tenha mesmo nascido. Ela veio à luz se
debatendo e berrando, esperneando com o mundo.

"Acho que temos uma lutadora", Mary sussurrou no meu
ouvido.

"Como devemos chamá-la?", perguntei a Mary e Sky. Sky
apenas riu. Ela já fala duas palavras, Mamãe e May-May. Mas,
agora, basicamente ri a maior parte do tempo. Como se soubesse
que de alguma forma passamos por um limiar e recebemos uma
segunda chance.

"Phoenix", Mary por fim me respondeu na noite seguinte. Ela
nos abraçou quando relaxávamos num canto.

"Phoenix?", perguntei.

"Essa menininha nos tirou da escuridão", disse Mary. "Nos fez
levantar das cinzas."

Imediatamente, soube que ela estava certa.

Ouvimos Trevor e Mamãe subindo as escadas. Rapidamente, tiro o
diário de Phee e volto a fechá-lo, confiando que mais uma vez *A menina*
e o porquinho guardará nossos segredos. Minha irmã salta de pé, mas
consigo segurá-la pelo pulso.

— O que você está fazendo?

— Preciso perguntar a ela. — O rosto de Phee está sério. — Preciso que Mamãe nos conte tudo ela mesma. Isso é importante demais. Nós devíamos ter sabido.

— Phee, você não pode.

— Por que não? — diz minha irmã entre os dentes. — Por que empilhar segredos sobre segredos? Já estou farta disso. Preciso colocar tudo às claras. Preciso que *ela* coloque tudo às claras. Está tudo ficando confuso demais. Tudo está mudando.

Puxo com força, até que ela finalmente desiste de tentar se desvencilhar.

— Vamos dar um jeito nisso — digo. — Olho para os olhos marejados de Phee, a testa franzida, o assombro, e passo a segurar com menos força. — Eu e você. Mas até lá, bico fechado. Está bem? Prometa.

Ela finalmente faz que sim, e solto seu braço.

— Uma de vocês pode ajudar Trev com os baldes de água? Vou arrumar tudo para as refeições de hoje — avisa Mamãe, animada, quando nos aproximamos, mas Phee passa apressada por ela e desce as escadas.

Mamãe olha para mim.

— Está tudo bem?

Fecho os olhos. *Foco. Não transpareça nada.*

— Sim, tudo bem. Eu posso ajudar — digo. — Subimos com os baldes em um segundo.

27
PHEE

Deixo que a luz filtrada pelas janelas sujas me cubra como um lençol. Estou deitada de costas, vendo o subir e descer ritmado da minha barriga. Brinquedos esquecidos estão espalhados à minha volta e cadeiras encolhidas salpicam a sala. A porta diz que este lugar era um BERÇÁRIO. É exatamente o que eu precisava hoje, um berço — um esconderijo seguro e secreto —, e não quero subir até me acalmar.

Não é só guardar segredos que está me matando, apesar de isso também me consumir. São todas as mudanças que vêm na minha direção uma atrás da outra, como um exército que tento repelir com apenas uma espada.

Eu costumava ver essa cidade como uma certeza. Manhattan é o lugar a que pertenço. Claro que pensei que a guerra terminaria um dia, que teríamos a chance de partir, mas nunca pensei em partir *de verdade*. Agora planejamos como escapar do único lar que conheci na vida, o único que quis, pela ideia furada de encontrar coisa melhor.

Mas não é apenas Manhattan. Minha família está ficando irreconhecível. Descobri coisas sobre Mamãe que nunca nem imaginei serem possíveis. Que Rolladin é minha *tia*, caramba, que ela pode ter sido o motivo de eu ter nascido. Meu Deus, ela até mesmo escolheu o meu nome.

E, é claro, a cereja do bolo: Sky. A pessoa em quem mais confio está do outro lado de um muro que nunca existiu antes. E o pior é que não sei como escalá-lo. Nem ao menos sei quem construiu isso.

Estou tentando encarar, ir com calma, respirar fundo e deixar fluir, como sempre faço. Mas começo a sufocar.

Ouço passos rápidos nas escadas fora do berçário, então sei que Ryder e Sam devem estar de volta, e com comida, provavelmente. Mas nem isso me anima.

Viro de lado e olho para o liso retângulo verde pendurado na parede. Concentro os olhos até começar a ficar com a vista pesada e a respiração calma e ritmada. E então, o que eu sabia que estava por vir — o que odeio que qualquer um veja — começa a acontecer. Lágrimas caem, uma a uma, no carpete. Minhas costelas começam a tremer, mas não emito um único som. Apenas fico ali, deitada.

Então, quando sinto que as lágrimas secaram, que não consigo mais ter pena de mim mesma, levanto do chão.

Talvez isso tudo acabe se resolvendo. Talvez tudo volte ao normal se dermos tempo ao tempo. E talvez haja uma chance de Ryder e Sam ficarem com a gente, bem aqui nesta cidade.

Percebo que preciso acreditar nisso.

— Por onde você andou? — Trevor praticamente tromba comigo assim que chego ao segundo andar. — Estava procurando por você.

— Fui dar uma volta. — Esfrego os olhos para não revelar nenhum sinal de fraqueza. Olho em volta e somos apenas nós no andar da musculação. — Onde está todo mundo?

O rosto de Trev fica sério.

— Tem alguém aqui. De fora... de um hotel ou coisa parecida.

— Como assim, de um hotel? — pergunto ao seguir Trev escada acima até a cozinha.

— Um cara que conhece sua mãe — sussurra ele.

Um cara que conhece minha mãe? De um hotel? Quem ela conhece que não está no parque neste exato momento, ou nesta academia? Mamãe disse que todos os saqueadores da cidade deviam estar mortos.

Mas entramos na cozinha antes que eu consiga chegar a uma conclusão. Sentados ao redor da pequena mesa estão Sky, Mamãe, Ryder, Sam... e, como disse Trev, um cara que nunca vi.

— O que está acontecendo? — pergunto, mas a cozinha continua em completo silêncio. Como que por reflexo, olho para Sky, esperando ler alguma coisa em minha irmã. Ela arregala os olhos, sugerindo que eu perdi algo importante.

— Phee, querida. — Mamãe gesticula para mim. Segura minha mão quando me aproximo e vejo que andou chorando. Então ela dá um suspiro curto, tenso, como se tudo que traz amarrado e torcido dentro de si estivesse se soltando.

— Esse é um amigo — diz ela. E solta outro suspiro-soluço. — Robert Mulaney. Ele e seu pai são amigos desde crianças. Ele encontrou Ryder e Sam quando os dois estavam caçando nas margens do Hudson.

Robert Mulaney. O nome soa estranhamente familiar, mas não sei por quê.

Finalmente olho bem para o tal Robert. Mesmo sentado, dá para ver que é alto e magro. Assim como Mamãe, tem aquele olhar duro como aço, como se já tivesse visto tanto que se refundiu em ferro. E ele é bonito para um cara velho. Tem olhos azuis, pele pálida. É mais pálido que qualquer pessoa que eu tenha visto no parque.

— Um amigo do Papai? — deixo escapar, com o instinto de nova-iorquina entrando em cena. — Como você sabe que ele está dizendo a verdade? — Não fui criada para acreditar na palavra de ninguém. Sempre desconfiamos.

— Phee — diz Sky, mas ela para por aí. Quando olho para ela, percebo que tenta dizer alguma coisa mentalmente. Mas não entendo, e acho que seria estranho demais se começasse a gesticular.

— Você as criou bem. — O tal Robert sorri. — Esse não é mais o tipo de mundo em que se acredita em nada sem provas. Phoenix, certo?

Faço que sim, ainda sem entender o que está acontecendo.

— Phee, Robert também é *meu* amigo — acrescenta Mamãe. — De antes da guerra. Ele trabalhava com seu pai como artista. Éramos todos próximos, todos amigos, na cidade. Antes.

Robert. Vasculho meu cérebro. *Robert.*

Então me ocorre. As palavras de Mamãe — não as palavras do presente, mas do passado. *Robert e Tom*, ela diz, vezes a fio, no diário. Robert e Tom. Robert e Papai.

Será possível? Robert, o cara que estava com Papai, que Mamãe e Rolladin procuraram nos túneis todos aqueles meses? Que Mamãe esperava e rezava que estivessem logo ali, dobrando a esquina? O tal Robert sobreviveu, de alguma forma. Mas se ele sobreviveu...

— Depois que o revistamos e o fizemos abrir o bico, descobrimos que esses dois são velhos amigos — diz Sam, indicando Mamãe e Robert com a cabeça e interrompendo minha linha de pensamento. Ele limpa nossa balestra em um canto, e percebo que ainda há restos de carne de esquilo nas flechas deixadas sobre a mesa.

Então noto um grande pedaço de carne embrulhado em plástico ao lado dele. Um pedação de algum bicho grande; definitivamente não são esquilos, a não ser que Sam tenha dado um jeito de matar uns cem essa manhã. Preciso me sentar, então puxo uma cadeira ao lado de Ryder.

Acanhado, ele aponta para a carne.

— O amigo de sua mãe é bem generoso.

Robert ri e aperta a mão de Mamãe.

— É o mínimo que posso fazer, já que temos o bastante para compartilhar. Passei mais de um ano com Tom, procurando por sua mãe e Skyler nos túneis. E, infelizmente, perdemos as esperanças. Nunca em um milhão de anos eu imaginaria que vocês tinham sobrevivido. Muito menos que você trouxe mais uma menina para esse mundo. — Ele olha para mim com olhos grandes e francos e, gentilmente, passa a mão no meu braço. — Você é um milagre, Phoenix. Um testamento de que a vida persiste, apesar de todas as coisas.

Mas não estou nem aí para testamentos. Quero saber como esse cara nos encontrou, por que está aqui e o que isso quer dizer.

— Como você conseguiu toda essa comida? — pergunto. — Você saqueou o parque?

Robert não tira o sorriso do rosto, mas olha para Mamãe. Ela faz que sim, concordando que prossiga.

— Phoenix, eu jamais me registrei no parque.

Não entendo. Então esse cara é um desgarrado?

— Mas os sobreviventes foram todos levados para o parque durante a ocupação, certo, mãe? Eles varreram as ruas.

— Muitas pessoas não foram encontradas, Phoenix. Especialmente aquelas que não queriam.

Robert se curva para a frente, seus olhos azuis vivos e intensos. Meio que lembra como Sky fica quando está para me contar uma história sobre algo tão fantástico que não pode ser real.

— E como eu estava dizendo aos seus companheiros aqui — diz Robert —, o Ancião Tom... ou melhor, seu pai e eu, passamos meses vasculhando os túneis do metrô e as ruas, desesperados por ouvir alguma coisa, qualquer coisa, que nos desse esperança de encontrar vocês vivas. Foram tempos sombrios, muito sombrios para o seu pai.

Robert leva a mão ao ombro de Mamãe, buscando apoio.

— A maioria das pessoas com quem garimpávamos foi capturada, perdeu o juízo ou morreu. Nós dois estávamos à beira da morte. Simplesmente... perdidos. Foi quando anjos nos encontraram, Phoenix — diz Robert.

Pisco os olhos.

— Anjos.

— Sim. Missionários que percorriam os túneis do metrô, determinados a trazer os caídos de volta à vida. Eles nos encontraram e nos levaram ao Hotel Standard, no West Side, próximo ao rio, onde um homem chamado Wren estava criando um lar para os que haviam perdido os entes queridos. Estou lá há quinze anos. — Robert olha para todos à mesa. — Temos comida e provisões mais que suficientes para todos. Fomos abençoados: nossa comunidade é lar de botânicos, cientistas, farmacêuticos... é quase como se o Standard estivesse destinado, tivesse sido feito para ser a segunda chance do mundo. — O sorriso de Robert se alarga tanto que temo que seu rosto não consiga contê-lo. — Ficamos escondidos esses anos todos, Phoenix. Dos Aliados Vermelhos, da guerra, dos cavaleiros do parque. Somos um oásis nesta ilha devastada.

— Robert — diz Mamãe esfregando os olhos, escondendo o rosto, e solta outro daqueles suspiros-soluços. Quero abraçá-la, puxá-la para mim, mas Robert já a envolve com o braço. — Não acredito que seja você.

— É como eu disse, Sarah. Milagres ainda podem acontecer aqui.

Olho para minhas mãos.

Um amigo do passado de Mamãe está vivo.

Vivo e bem, num oásis em Manhattan.

E ele nos encontrou, bem quando estávamos prestes a partir. Prestes a dar as costas a esta cidade.

Apesar de me esforçar para permanecer cética, sinto uma minúscula centelha de esperança dentro de mim.

Avalio mentalmente as palavras de Robert. *Um lar para os que haviam perdido os entes queridos. Fomos abençoados... destinados... segunda chance do mundo.*

Sinto a esperança se tornar ainda mais forte, até que minhas entranhas se aquecem, até sentir os músculos relaxarem, mas só um pouco.

Milagres ainda podem acontecer, disse Robert.

Talvez ele tenha razão. Porque alguns minutos atrás eu quase sufocava com a ideia de navegar para o desconhecido, de deixar meu lar e todos nele para trás. Então o passado de Mamãe salta para fora do diário e bate em nossa porta com uma resposta.

Quem sabe Robert possa nos levar para esse tal de Standard, todos nós, e ainda possamos recomeçar em Manhattan. Talvez não seja preciso partir. Talvez tudo isso, os canibais que nos perseguiram até a YMCA, Ryder e Sam caçando, encontrando Robert, talvez isso tudo também fosse parte do *destino*, ou seja lá o que for.

Quero tanto acreditar em tudo isso que fico constrangida. Mas depois de todas as mentiras, as artimanhas, as mudanças, preciso saber a história toda. Há segredos demais enterrados nos escombros desta cidade. Mesmo com o diário de Mamãe, ainda há muita coisa que não sabemos.

— Robert, você disse que foi para o Standard com nosso pai — digo, evitando olhar para Sky e Mamãe. — Então ele está lá? O nosso... pai também está no Standard?

Mamãe prende a respiração e Robert se volta para confortá-la.

— Sinto muito, mas o seu pai não está mais entre nós. Ele adoeceu e se foi alguns anos atrás — diz Robert lentamente, medindo as palavras. — Mas teve uma boa vida.

Um suspiro curto escapa de Mamãe, que leva as mãos ao rosto. Sky e eu pulamos para ampará-la, mas, quando ela ergue a cabeça, meio que sorri entre as lágrimas.

— Estou bem — afirma. E acho que é verdade. Não há tristeza, dor ou raiva em seu rosto. Apenas alívio.

— Tom foi feliz, Sarah — garante Robert. — Ele foi feliz no Standard. E sei que iria querer isso, mais que qualquer coisa no mundo. — Robert olha para mim com aqueles olhos azuis, muito azuis. — Ele iria querer que sua família compartilhasse do Standard.

28
SKY

Mamãe começa a preparar um farto almoço com o generoso presente de Robert, que fica ao seu lado, curvado sobre o caldeirão. Ficou claro que Mamãe quer algum tempo sozinha com ele, então o resto do grupo acaba saindo de fininho da cozinha.

Talvez seja paranoia, mas sinto que algo não está certo. Estou desconfiada desde que Phee perguntou sobre o parque, se Robert já esteve por lá. É claro que vi a esperança, o alívio, a alegria nos olhos de Mamãe ali sentada, ouvindo Robert nos convencer de que é um milagre ambulante. E a paz se assentar nela, como se uma porta finalmente fosse fechada quando ele nos contou que Papai morreu, que passou bons anos no Standard. Quero que Mamãe desfrute desses sentimentos, claro que quero. Mas preciso que alguns buracos sejam tapados antes de acreditar que todos os nossos problemas serão resolvidos nesse oásis de hotel no West Side.

— Sua mãe parece diferente com esse cara por perto — diz Sam a Phee quando descemos as escadas para o Piso B — Tênis & Piscina. Sam pega a tocha da minha irmã e acende as velas que sobreviveram à partida de tênis de Trev. — Mais leve ou coisa parecida.

— Não parece? — Phee balança a cabeça. — Ainda não entendo como foi que vocês acabaram encontrando esse tal de Robert.

Sam sorri. Já é o segundo ou terceiro do dia, e me pergunto se declararam uma trégua com o cara durão quando eu não estava olhando ou se Robert é mesmo algum tipo de milagreiro.

— Eu não canso de te impressionar, não é?

Phee revira os olhos, mas posso apostar que está gostando da provocação.

— Você fala demais, cara. — Ryder ri. — *Robert* nos encontrou.

Sam apenas sorri.

— Semântica.

Numa rara demonstração de amor fraternal, Ryder ri e empurra Sam contra a tela que fecha a pequena quadra de tênis. Sam o vira e dá uma chave de braço de mentirinha, então Trevor imita Ryder:

— Calma, pessoal! *Calma!*

Todos estão bem-humorados. Claramente felizes com os novos acontecimentos, as melhores notícias que tivemos desde que Ryder e Sam desembarcaram nessa miserável ilhota.

Todos, exceto eu.

— Você entende o que isso quer dizer, certo? — sussurra Phee para mim enquanto os rapazes continuam com a bagunça na quadra de tênis. — Podemos ficar em Manhattan, juntos. Podemos ter um lar aqui. Com quanta comida quisermos, remédios e todas aquelas outras coisas que Robert estava falando. Você acredita, Sky? — Ela me olha com expectativa à luz das velas, como se precisasse de algo de mim. E sei o que é. Ela precisa que eu reconheça que é verdade, que acredite antes que ela aceite que é real. — Não é incrível?

— Venha aqui um instante. — Puxo Phee até um banco próximo à escada. Já faz tanto tempo desde que éramos apenas nós duas entendendo as coisas, decidindo, que se pudermos dar algum sentido juntas a essa história de Robert, tudo isso realmente é possível. — Apenas acompanhe o meu raciocínio. Papai era irmão de Rolladin, certo?

Phee faz que sim.

— Sim, claro.

— E Rolladin está no comando do parque. Então o que eu não entendo é... — Abaixo um pouco a voz. — Robert disse que não se rendeu no parque, que eles não *queriam* ser encontrados. Mas por que Papai e o amigo não iriam querer ser encontrados pela própria irmã do Papai?

Phee pensa por um instante e dá de ombros.

— Você adora complicar, Sky. O problema pode ser cronológico. Tipo, talvez os missionários do Standard salvaram Robert e Papai bem antes de Rolladin assumir o parque. Eles provavelmente nem desconfiavam que Rolladin estava no comando. Como poderiam? Afinal, estavam vivendo num hotel.

Faço que sim, desejando aceitar o que Phee está dizendo. Mas, ainda assim, sinto que algo está errado. Todas essas peças de quebra-cabeças, passado e presente, ainda me parecem ter contornos estranhos.

— Claro, mas em algum momento eles devem ter descoberto que Rolladin estava trabalhando para os Aliados Vermelhos. No fim, a ilha toda deve ter ficado sabendo quem ela era. E Papai *sabia* que Mamãe e eu estávamos com Rolladin no metrô quando a cidade foi atacada. O próprio Robert basicamente disse isso.

— E daí?

— E daí que se Papai sabia que nós estávamos no parque, e se ele só morreu alguns anos atrás, como Robert disse, por que ele não foi até o parque? Por que não iria, se havia uma chance de ainda estarmos vivas?

— E... como nós podemos saber que ele não foi? Nós sabemos a grandessíssima mentirosa que Rolladin é. — Phee suspira, num tom afiado como vidro. — Como podemos saber se Rolladin não o mandou embora, ou mentiu para ele? Assim como fez com todo mundo?

— É, acho que não podemos — digo.

— Você *acha*? Sky, Mamãe sabe de tudo isso. Ela só não sabe que *nós* ficamos sabendo no diário. Você não acha que ela pensou nisso tudo? Você não acha que devemos confiar em Robert se ela confia nele?

— É, mas... — Phee tem razão, é claro. Mas estou desesperada para que entenda que isso tudo é *estranho*, que todos os meus instintos dizem que não bate. A sensação é que montamos o quebra-cabeça na marra. Que queremos tanto acreditar que existe uma imagem que rasgamos as bordas das peças para que se encaixassem.

— Sky, é sério. *Já deu* — diz Phee, com nada mais que um sussurro rouco. — Eu sei que você odeia isto aqui, está bem? E sei que você acha que tem todas as respostas. Mas não estrague isso para Mamãe, ou para mim.

Essa doeu.

— Eu não estou estragando nada. Só estou tentando entender...

— Você é tão obcecada por aquele diário, pelos seus livros, pelo seu... *ódio* por esta cidade que simplesmente questiona as coisas até que tudo fique errado.

— Phee, por favor...

— É sério, Sky, quando é que você vai deixar as coisas simplesmente acontecerem? Nós devoramos aquele diário como se ele guardasse as chaves de tudo. Mas é apenas um livro velho, está bem? Talvez Mamãe tenha razão, você já pensou nisso? Talvez o passado *deva* ficar no passado. Ela não está naquele diário, ela está logo ali, aqui, agora. Conversando com o tal de Robert, que é *real*. Que pode nos dar uma segunda chance em Manhattan.

— Phee — insisto outra vez, o mais pacientemente possível. — Nem sempre é possível ignorar certas coisas. Você não pode simplesmente fingir que o passado não existiu. É burrice...

— Eu não sou burra — corta ela.

— Eu não disse isso — tento corrigi-la, mas ela não deixa.

— Simplesmente não estou obcecada por me sentir péssima, como você — diz Phee. — Você tem um problema com *tudo*. Você odeia o apartamento. Você odeia o parque. Os cagalheiros, a cidade. Você passa o tempo todo nesses livros, imaginando um mundo melhor. Mas e o mundo em que estamos de verdade, hein? Que tal acreditar que coisas boas podem acontecer aqui?

— Eu acredito. Isso não é verdade...

— Isso *é* verdade, e você sabe. Você vive num mundo de sonhos porque acredita que é melhor que aquele bem debaixo do seu nariz. Você simplesmente não dá uma chance a este lugar, porque ele nunca lhe deu uma.

— Phee, você está sendo injusta!

Mal consigo respirar. Nunca falamos nisso, nunca... meus medos mais profundos, mais sombrios. Minhas inseguranças. Sinceramente, nunca imaginei que Phee as sentisse, ou, se sentisse, que fosse proclamá--las em voz alta.

Outra vez, tenho aquela sensação de que nos afastamos uma da outra. Que, ao tentarmos erguer uma ponte sobre o fosso entre nós, apenas flutuamos para mais e mais longe.

Mas antes que consiga responder, ela me dá as costas e se afasta.

— Para onde você vai? — esbravejo.

— Me divertir com os rapazes — rebate ela sem olhar para trás. — Cansei de analisar as coisas até as últimas consequências, está bem? Preciso sair da sua cabeça.

Ela sai pisando forte até a gaiola de tênis, escancara o portão e entra resfolegando na quadra, onde Ryder e Trev se divertem às custas de Sam. A brincadeira para de imediato. Phee vai até a rede agitando as mãos, com a testa franzida de frustração. Sem dúvida contando o que aconteceu, o lado dela da história, deixando tudo ainda mais fora de controle. Que eu insisto em sofrer. Que sou apenas uma triste nuvenzinha de tempestade que ameaça chover na festa dela.

Sinto lágrimas começarem a pinicar os olhos e praguejo comigo mesma por chorar outra vez.

Vejo Ryder me olhando enquanto Phee fala agitadamente com ele, Sam e Trevor. Não enxergo bem o seu rosto, mas ele não sai do lugar. Fica exatamente onde está. Ele sabe que brigamos e vai continuar ali. Bem ao lado de Phee. A forte, corajosa e inconsequente Phee. Versus a ovelha negra da sua irmã.

Levanto do banco, me lanço pelas escadas escuras até o segundo andar e entro com estardalhaço na sala de ioga. Sinto as paredes desta maldita academia, as avenidas destruídas lá fora, os altos e agourentos arranha-céus se agigantarem à minha volta. Lembrarem que estou acorrentada a esta ilha amaldiçoada, a esta cidade morta enfiada num canto qualquer do mundo.

Abraço os joelhos e me encolho, tentando me acalmar. Mas não consigo recuperar o fôlego; as palavras de Phee insistem em me rodear aos safanões, em me virar pelo avesso. *Você simplesmente não dá uma chance a este lugar, porque ele nunca lhe deu uma.*

O pior é que ela tem razão.

A vida inteira sonhei em deixar esta cidade, em explorar um mundo além das frias torres que nos cercam. Torres que me apequenam, cavaleiros que me intimidam, trabalho braçal que me lembra a cada dia que não sou forte o bastante.

Será que estou tão desesperada para escapar desta prisão que torço tudo até espremer a bondade que existe nela? Se um milagre se levantasse dos escombros desta cidade, uma chance de recomeçarmos aqui, será que eu ao menos daria ouvidos?

Penso no diário de Mamãe, na nossa vida inteira ouvindo os dolorosos fragmentos recortados da vida dela Antes. Uma vida cheia de cor e sentido, tão bonita que é doloroso para ela pensar a respeito; tão frágil que insiste em mantê-la fechada a sete chaves. Agora ficamos sabendo que Mamãe pode ter um final feliz com um velho e querido amigo, que uma segunda chance é possível para todos nós, bem aqui. E eu não consigo aceitar.

Talvez Phee tenha razão. Talvez não haja nada de errado. Exceto eu.

— Ei — diz Ryder, com o rosto na fresta da porta da sala de ioga. Enxugo o que resta das lágrimas e me levanto.

— Procurei por você na cozinha. E no nosso lugar perto da janela. — O rosto dele está franzido de preocupação. — Phee nos disse que vocês brigaram.

Respiro fundo outra vez.

— Foi só isso que ela disse?

Ryder olha de lado, acanhado.

— Isso e que você não quer ser feliz aqui. — Ele faz menção de segurar minha mão, mas desiste. Como se achasse melhor não. Me pergunto se está começando a ver o que o resto da cidade vê. — Talvez valha a pena dar uma chance a esse cara, Sky. Dar uma chance a essa coisa toda.

Uma pequena e escura parte de mim se pergunta se ele diz isso por mim ou por Phee. Mas eu apenas faço que sim e observo seus olhos castanhos perscrutarem o carpete.

— Pense bem, nós não precisaríamos enfrentar o mar no inverno, ou nos preocupar com suprimentos. Não precisaríamos buscar uma resposta — continua ele. — Nós poderíamos recomeçar *aqui*, ter o bastante para comer, um lugar para chamar de casa. Você não imagina o que vimos atravessando o oceano, Sky. Não sobrou nada.

Ryder me fita com aqueles olhos suplicantes e aquilo me aquece. Passo a desejar que venha até mim e me puxe para si, apesar de saber por quem está aqui.

— Isso pode mesmo ser uma segunda chance — acrescenta. — Robert disse que ficaríamos bem no Standard. Eles têm segurança e tudo mais... jamais precisaríamos voltar a nos preocupar com Rolladin e o bando dela. Não falta espaço, e, se algum dia quisermos tentar outro lugar, nosso barco está logo ali no Brooklyn.

— Eu quero acreditar em Robert — digo algum tempo depois. — Eu quero.

Ryder sorri, claramente aliviado. Então não elaboro. Não quero tirar aquele sorriso de canto de boca do rosto dele. Não quero mais ser a nuvenzinha triste.

— Que bom, Sky — diz ele. — Você precisa subir e ouvir o que Robert está contando sobre o Standard. É justamente o que eu e meu irmão esperávamos encontrar, o que eu acredito que todos nós buscamos. Ao que parece, eles têm até mesmo uma escola, Sky. Tipo, uma escola *de verdade*. E os adultos trabalham, mas não as crianças. Não é nada parecido com o parque. Seria mesmo uma vida nova, para todos nós.

Não consigo mais me conter. Seguro sua mão.

— Espero que sim, Ryder.

Subimos as escadas e entramos juntos na cozinha, onde uma mesa posta para sete pessoas nos aguarda. Mamãe e Robert ainda conversam perto do caldeirão fumegante. Phee e Trevor falam com Sam, que está sentado, debatendo todas as formas possíveis e imagináveis de se preparar carne de cervo para jamais enjoar dela.

— Aí está ela. — Mamãe me puxa até a mesa. — Não quisemos começar sem você.

Ela me acomoda e coloca um pedaço enorme de carne à minha frente. O filé é tão macio que desmancha, e acho que é a maior porção de qualquer coisa que já comi na vida. Ryder puxa uma cadeira ao meu lado e Phee, sem uma palavra, senta do outro lado dele. Mas não olha para mim. Uma única vez.

— Está fantástico, Sarah — diz Sam entre garfadas.

— Incrível — concorda Ryder.

— Sinceramente, Robert — fala Mamãe sentando ao lado dele. — Como poderemos agradecê-lo?

Robert sorri, satisfeito.

— Não precisa me agradecer. E há muito mais de onde isso veio. Vocês serão bem-vindos no Standard pelo tempo que quiserem. Não há necessidade de se esconderem aterrorizados do bando do parque. Eu prometo, Sarah, o pesadelo acabou.

Mas Mamãe não olha para Robert. Ela me estuda com seus olhos grandes e claros, claros como poucas vezes os vi. E naquele momento tenho certeza: Phee tem razão. Mamãe quer isso. Phee quer isso. Todos querem isso.

Então faço que sim, sorrindo. Peço com todas as fibras do meu ser que seja verdade: *O pesadelo acabou.*

PARTE TRÊS

Às vezes o passado deve permanecer no passado.

— Entrada de outubro,
Propriedade de Sarah Walker Miller

29
PHEE

Caminhamos até o Standard no dia seguinte. Como fizemos em nossa caçada dois dias antes, pegamos a Rua 13 e atravessamos o centro até o West Side. Então subimos até o alto do que Mamãe e Robert chamam de High Line — um elevado que corre de norte a sul sobre a avenida abandonada. O Hotel Standard fica acima do viaduto, dois arranha-céus reluzentes que abraçam a estrutura. Quando o vejo, tento imaginá-lo como lar.

Mamãe e Robert conversam mais durante a caminhada. Apesar de o tornozelo de Mamãe estar praticamente curado, eles seguem de braços dados, comparando notas e impressões, tentando montar os dois lados da história desde o início. Sussurram, é claro, mas li o bastante do diário para acompanhar. Mamãe fala da assembleia da Linha E, dos túneis, do começo de tudo, e Robert explica como ele e Papai encontraram os tais "anjos", missionários que lhes salvaram a vida.

Ainda preciso me beliscar para acreditar que tudo isso está acontecendo, que realmente vamos ficar em Manhattan. Faço força para pensar que vai mesmo acontecer. O Standard é real, e minha família terá uma segunda chance nesta cidade.

Pode me chamar de louca, mas acho que merecemos.

Por falar em família, Sky e eu ainda não estamos nos falando. Na caminhada, consegui me enfiar entre Ryder e Sam, para minha irmã e eu não precisarmos ficar perto uma da outra. Não há espaço para quatro na calçada, então só restou a Sky ficar atrás, com Trevor. Não que eu ainda esteja furiosa com ela, ou que brigamos. É claro que isso já aconteceu vezes demais para contar. Mas agora é... diferente, como se tivéssemos atravessado uma linha e eu não soubesse como cruzá-la de volta.

Quis me desculpar depois que explodimos no Piso B da YMCA, apesar de achar que a culpa foi de Sky, para começo de conversa. Mas quando subi, eu a vi segurando a mão de Ryder. Ela não tem como não saber que eu gosto dele, é óbvio. E essa jogada só pode ser ela tentando se vingar.

Às vezes me pergunto se Ryder não estaria melhor com minha irmã, o que me irrita. Tipo, agora Ryder não para de matraquear comigo e Sam sobre a "oportunidade de aprender" no Standard, que não entra numa sala de aula "de verdade" desde a oitava série.

Sam se volta para mim e revira os olhos.

— Rye, esse papo já está cansando.

Preciso engolir o riso. Estava pensando exatamente a mesma coisa, mas não que fosse dizer a Ryder.

— Caramba. Sério?

— Não, tudo bem — sou rápida em dizer. — Gosto de ouvir sobre a Bretanha Unida.

Sam solta um risinho debochado e me cutuca nas costelas.

— É Reino Unido. Ou Grã-Bretanha. Escolha um, mas não misture os dois.

Eu coro. Lá se vai minha tentativa de parecer inteligente.

— É difícil lembrar tantos nomes que não usamos — acode Ryder. — Por isso estou tão empolgado com a escola, com aulas de história, inglês... tudo. É importante lembrar, sabe? — Ele me oferece um daqueles enormes sorrisos enviesados.

E passo a fazer que sim. Porque concordaria com praticamente qualquer coisa que o rosto perfeito de Ryder dissesse... ainda que as coisas que o empolgam me façam dormir.

Seguimos Robert pelas calçadas rachadas invadidas pelo mato e entramos no saguão do Standard.

— Apresento a vocês — diz Robert de forma teatral ao abrir as portas de vidro e passar por dois guardas — o Standard.

O lugar é simplesmente de cair o queixo. O saguão é um espaço enorme com teto alto como o céu, piso de granito e umas divisórias brancas vazadas feitas de plástico ou vidro. E em vez de velhas tochas penduradas nas paredes como no Carlyle, eles de alguma forma conseguiram fixar pequenos fogareiros aos lustres, e cada um deles emana tanta luz que empoça no chão. No extremo oposto, uma mulher sorridente senta a uma enorme mesa de pedra, uma recepcionista atrás de um pedaço de montanha.

— Não é exatamente o Carlyle — sussurra Mamãe enquanto admiramos os quatro cantos do saguão.

— Lindo, não é verdade? — diz Robert a ela. — Tivemos sorte. Esse hotel sobreviveu praticamente intacto aos bombardeios no West Side. Mes... Wren manteve todos os detalhes de antes da guerra. — Ele olha para o alto, para os lados, como se voltasse a ficar maravilhado com o próprio lar. — E você deve lembrar o quanto eu amo arquitetura, Sarah.

Mamãe sorri para ele.

— Arte prática.

— Isso mesmo. Arte prática. — Robert leva a mão ao ombro dela. — Vou apresentar o lugar a vocês, depois talvez possamos nos instalar nos nossos quartos para a noite... ou por quanto tempo vocês quiserem ficar. O jantar comunitário é servido ao cair do sol, e garanto que vocês não vão querer perder isso.

— Jantar comunitário — sussurra Ryder. — Já fiquei com fome. Parece bom.

— Com sorte eles servirão mais carne de cervo — digo. — Mas qualquer coisa é melhor que esquilo — acrescento para provocar Sam.

Ele apenas meneia a cabeça e sorri.

— Você sabe muito bem que aqueles esquilos eram filhotes.

— Vamos pela escadaria interna. — Robert interrompe o bate-boca e nos conduz por um corredor de granito.

Ao subirmos, ele fala um bocado sobre "as raízes da comunidade". Como o mandachuva desse lugar, Wren – ou coisa parecida – era um grande "pregador", e seus missionários salvaram "incontáveis almas nos túneis". Acompanho metade, se muito, mas parece que Ryder está devorando esse papo de história, então sorrio e faço que sim, tipo: *Oh, isso não é fascinante?*

Cruzamos com algumas pessoas nos corredores durante nossa visita, mas fora isso o lugar está praticamente vazio.

— Tem mesmo uma... *comunidade* inteira aqui? — pergunto por fim, testando a palavra quando entramos em outro corredor ladeado de portas brancas. É estranho: ao contrário do resto do hotel (que parece ser novo em folha), as portas dos quartos estão bem surradas. Como se antes houvesse símbolos ou números nelas, que foram retirados e cobertos de tinta. Mas talvez estejam em manutenção.

Robert ri.

— Acredito que somos pelo menos cem. Talvez mais. Eu sei, é difícil dizer, não é? A maioria dos nossos membros passa bastante tempo nos quartos. Solidão e reflexão são extremamente importantes para o Standard. Mas estou me adiantando — explica ele. — Quero mostrar a vocês a grande surpresa.

Subimos mais um lance de escadas e então, com ansiedade, ele para em frente à porta.

— Já contei a vocês sobre o nosso passado — sussurra Robert com ardor. — Agora, eis o nosso futuro.

Ele puxa a porta e revela uma enorme fazenda atrás de um vidro, que ocupa o piso inteiro do hotel.

A luz do sol filtrada pelo teto banha todo o espaço com uma claridade ofuscante, e há verde por todo lado. De alguma forma, plantaram grama no chão, há árvores com dois andares de altura, arbustos. Vemos até mesmo um poço raso em um lado, fervilhando de peixes. Macacos e esquilos saltam de galho em galho. E uma família de *veados* pasta nos trechos gramados.

É um parque em miniatura — um parque em miniatura dentro de um hotel.

— Como vocês conseguiram fazer isso? — Mamãe pergunta o que todos estamos pensando. — Deve ser a maior estufa que já vi.

238

— Inovação, basicamente. — Robert puxa a porta de correr e ajuda Mamãe a entrar. — O que foi um restaurante é hoje um ecossistema controlado, apesar de servir ao mesmo propósito, é claro. Alimentar o Standard.

— É lindo — diz Sky.

— De tirar o fôlego — acrescenta Ryder.

— Obrigado — diz Robert. — Foram necessários anos. Missionários saqueando casas abandonadas, afanando sementes no Central Park e arredores. Capturando animais, em vez de caçá-los, como eu estava fazendo quando tive o prazer de encontrar os seus companheiros. — Ele aponta com a cabeça para Ryder e Sam. — Em duas palavras, paciência e sacrifício.

— Espere um segundo — pede Sam. — Como foi que vocês arrumaram veados?

— Meu amigo, nossas inovações o surpreenderão. — Robert sorri. — Fomos abençoados pelo gênio e pela plenitude de experiências dos membros de nossa comunidade. Criamos tranquilizantes, armas e aquedutos, entre uma infinidade de outros artefatos. Honestamente, a única coisa que não conseguimos fazer foi acender as luzes, mas não somos a primeira comunidade a sobreviver sem eletricidade. — O sorriso dele parece não caber no rosto. — Como eu disse, é como se o Standard fosse destinado.

Admiro a vastidão de verde e aspiro o cheiro das árvores. Fecho os olhos e escuto o eco da água na área cercada de vidro. Não é o parque, mas é um pedaço dele.

Mamãe se aproxima e segura minha mão.

— Sempre quis algo assim para vocês — sussurra ela. — Desisti muito tempo atrás. Mas agora, vendo este lugar, acho que talvez tenhamos encontrado algo especial.

Seguro seus ombros e a abraço. Faz muito tempo desde que a vi feliz de verdade.

— Senhoras, odeio interromper — diz Robert gentilmente às nossas costas. — Mas está quase na hora do jantar. Adoraria instalá-los nos seus quartos para que possam realmente desfrutar desta noite.

— É claro. — Mamãe retribui o abraço antes de se virar para ir.

Com um aceno, Robert nos conduz do paraíso de vidro de volta para a escadaria.

— Permitam-me apresentar o seu lar.

30
SKY

Não tenho a menor pressa ao me lavar no meu próprio banheiro, o primeiro espaço só "meu" em toda minha vida. Robert garantiu que há muitos quartos vagos no hotel, então cada um de nós tem a própria suíte, uma caixa de vidro com vista para a cidade inteira, do chão ao teto.

Ter tanto espaço é para lá de luxuriante: uma cama só minha, banheiro, espelho. Mas também é estranho. Parte de mim sente que me falta um braço, não ouço Mamãe do lado de fora ou Phee batendo na porta para me apressar. Hoje, no entanto, estou feliz pelo espaço. Hoje realmente preciso de uma folga da minha irmã.

Depois de praticamente arrancar minha cabeça na YMCA, ela passou toda a caminhada para cá cochichando com Ryder, agindo como se desse a mínima ao que ele tem a dizer. Sobre livros e aulas, e aprender sobre lugares além desta ilhota. O que é um disparate, já que quase sempre que tento conversar com Phee sobre um livro ela acaba caindo no sono. Tentei desviar o foco da conversa dela com Ryder e Sam, mas não consegui, o que levou o pobre Trev a me perguntar se eu estava bem umas quatro vezes durante a caminhada.

Mas preciso confessar uma coisa, apesar de jamais admitir isso para Phee. Ela tinha razão quanto a dar uma chance a este lugar. O Standard parece mágico, é um verdadeiro oásis. Principalmente aquele átrio de vidro transbordando vida, *comida*, em um dos terraços. Ainda mais mágica é a ideia de que nosso pai viveu aqui, neste mesmo hotel, e que a estrada que ele trilhou, os sacrifícios que fez, fecharam um ciclo para dar também a nós um lar. Posso dizer que isso acendeu coisas há muito tempo dormentes em minha mãe: felicidade, *esperança*. Mamãe jamais se permite ver o lado bom das coisas. Mas hoje foi como se a parte externa tivesse se rompido, talvez sua casca dura esteja mesmo rachando.

Robert planejou uma noite especial: um membro da comunidade acompanhará cada um de nós para o jantar, assim começamos a conhecer as pessoas e nos ambientar. Parece coisa da realeza, algo saído de *Cinderela* ou da corte do Rei Artur, e fico surpresa com o quanto estou ansiosa. Comparado a comer ao relento no frio congelante com Rolladin berrando ordens para nós, esse jantar mais parece uma página de um romance das irmãs Brontë.

Termino de me arrumar, mas nem sinal do meu acompanhante, então começo a bisbilhotar pelo quarto. A roupa de cama é branca e limpa, e há uma pequena cadeira e uma cômoda num canto. Procuro em todas as gavetas, mas, fora uma fina camada de poeira, elas estão vazias. Os únicos itens pessoais que vejo além dos meus estão na mesa de cabeceira: dois livros, um em cima do outro. Coloco de lado uma pequena e surrada cópia da Bíblia Sagrada e pego o segundo livro. A capa traz a fotografia de um homem de braços cruzados vestindo uma túnica preta com um pequeno quadrado branco no colarinho.

Corro os olhos pela capa e pela página de rosto... *As obras-padrão: o novo teste de Deus para os Estados Unidos*. Nunca ouvi falar.

Faz tanto tempo que não leio nada além do diário da Mamãe que reluto em mergulhar no livro. Então vou até a introdução, testando o terreno:

A geração de hoje foi seduzida pelas tentações da absorvente Era da Informação. Irmãos e irmãs, estamos falhando no teste de Deus...

Tenho um sobressalto com a batida na porta e, cuidadosamente, fecho o livro de capa dura e o guardo no criado-mudo.

— Boa noite, Irmã Skyler. — Um rapaz por volta da minha idade fica parado do outro lado da porta. Ele evita o meu olhar e permanece de cabeça baixa, com as mãos postas à sua frente, levando essa coisa de realeza um pouco longe demais. — Estou aqui para acompanhá-la ao jantar.

— Obrigada. — Olho para os dois lados do corredor. Está vazio. Não vejo sinal de Mamãe, Ryder ou Phee, que estão em quartos vizinhos. — Não vamos esperar o restante do grupo?

— Não, irmã. Mestre Wren e o Ancião Robert pediram que a levasse agora mesmo. — Ele me oferece o braço. Hesito por um segundo.

— Mas eles também vão, certo?

— Tenho certeza de que sim, irmã.

Essa coisa de "irmã" e "ancião" é muito estranha, talvez até mesmo antiquada, mas, afinal de contas, acompanhantes também são. Então penso nas regras estranhas que nos foram impostas no parque, o horário arbitrário de registro, os toques de recolher, as lutas de rua. E nas nuances dos mundos sobre os quais li, reais e imaginários. Acho que toda comunidade tem suas peculiaridades.

Sorrio, tentando ignorar o desconforto que estou determinada a afastar e dou o braço ao meu acompanhante. Observo o rapaz enquanto caminhamos: ele tem aparência bondosa, ainda que um pouco insossa, uma pele pálida que não parece ver o sol há uma década.

— Qual é o seu nome? — pergunto, constrangida com o silêncio.

— Irmão Quentin — diz ele, anuindo. Seus olhos disparam de um lado para o outro, desconfiados, apesar de estarmos sozinhos. — Não sei se nós dois seremos selados. Mas espero que sim. — Ele dá um sorriso acanhado, que retribuo, sem entender o que está falando.

— Eu também — falo por educação.

Ele me conduz pelo corredor forrado de carpete azul, então descemos uma elegante escadaria de metal e chegamos a uma pequena sala de jantar, que não parece ser maior que a minha suíte. Pensando bem, é uma suíte convertida, mas a cama e a cômoda foram substituídas por uma pequena mesa redonda. Seis pessoas já estão sentadas, e há dois lugares vagos, um para mim e outro para Quentin. Olho em volta. São todos estranhos.

— Quentin — sussurro. — Onde está minha família?

Ele dá um sorriso tenso de canto de boca.

— Mestre Wren e o Ancião Robert virão em breve para nos cumprimentar. Não se preocupe.

Faço que sim e tento me contentar com suas palavras. Penso no que Robert disse sobre conhecermos a comunidade do Standard. Talvez ele acredite que nos separar pode maximizar a oportunidade.

Volto a olhar para o estranho grupo de pessoas à mesa. Quentin à minha esquerda, um senhor e uma mulher à minha direita, um jovem casal e duas crianças à minha frente. Mas estão todos de cabeça baixa. Ninguém nem ao menos reconheceu a minha presença. E olha que estou aqui para conhecer outros moradores do Standard.

Por fim, quando o silêncio fica tão intenso que preciso me conter para não rir, de tão constrangida que estou, ouço uma leve batida na porta e Robert entra acompanhado de outro homem.

— Robert — digo, aliviada, feliz por ver um rosto conhecido.

Ele sorri para mim, mas é contido, hesitante, e dá um passo atrás ao responder.

— Skyler, este é o homem de quem falei, o homem responsável por tudo que você vê aqui. Este é o verdadeiro mestre do Standard, Wren.

Uma onda de energia difícil de explicar toma conta de mim. Porque também conheço esse tal de Wren. Não pessoalmente, mas acabei de ver uma fotografia dele. É uma versão envelhecida do autor do "best-seller do *New York Times*" que encontrei na mesa de cabeceira da suíte, o homem por trás de *As obras-padrão*. Os mesmos olhos intensos, o mesmo rosto comprido. Tudo que mudou é que está com o queixo mais arredondado e tem mechas grisalhas no cabelo castanho.

Wren se ajoelha ao meu lado, beija minha mão e dá um largo sorriso.

— A filha do Ancião Tom, em carne e osso. Nunca pensei que a veria. Nunca pensei que teria essa chance. Não posso dizer o quanto fiquei contente quando o Ancião Robert me disse que encontrou a sua família.

— É... é um prazer conhecê-lo — digo, tentando ser paciente, como Mamãe sempre diz. — O senhor mencionou a minha família. Posso vê-los? Eles se juntarão a nós?

Wren e Robert trocam um olhar.

— A sua família está conhecendo a nossa pequena comunidade, assim como você.

— Mas... — Tomo todo cuidado para não ser grosseira, mas nunca na vida fiquei tanto tempo longe de Mamãe e Phee, e começo a ficar em pânico. — Elas estão aqui, não estão? Nós nos encontraremos em breve?

— É claro, minha cara. Confie em mim, existe uma metodologia na minha loucura. — Wren pisca um olho. — Sempre me senti em dívida com seu pai. Quero muito que vocês amem esta comunidade como ele amou. E, desesperadamente, desejo que este lugar se torne o seu lar.

As palavras dele fazem brotar um rio de perguntas na minha cabeça, mas as deixo represadas. No fim das contas apenas faço que sim. Não sei mais o que fazer.

— Por favor, desfrute da nossa comida, nossa bebida. Nossa companhia. — Wren se levanta e leva a mão ao ombro do meu acompanhante. — Irmão Quentin, encontrei para você uma companhia adorável para o jantar desta noite, não?

Apesar de estar um pouco contrariada, não consigo evitar um rubor com o elogio de Wren.

Quentin me espia de canto de olho, seu rosto da mesma cor do meu.

— Sim, Mestre Wren.

Wren se curva e murmura no ouvido de Quentin algo que, sem dúvida, eu não deveria ter escutado.

— E, devo dizer, uma união para os céus em noites futuras.

Agora sinto o rosto ficar quente, um aperto na garganta. *Uma união para os céus?* Do que ele está falando?

Será que ouvi bem?

Fico tão aturdida que deixo escapar o próximo sussurro de Wren, algo que soa como um código, uma sequência numérica, então ele se afasta de Quentin.

— Esta noite, minhas ovelhas, comeremos carne de cervo, acelga e cogumelos — informa ele ao nosso pequeno grupo de oito.

Como numa deixa, todos à mesa entoam:

— Obrigado pelo Standard, o único Standard, o sublime Standard.

Quase pulo da cadeira.

Wren sorri.

— Por favor, apreciem.

— Robert... — chamo, mas ele já está a caminho da porta com Wren. Um homem vestido de preto dá passagem aos dois e entra trazendo uma enorme bandeja com pratos. Sinto o cheiro da comida e, por um instante, esqueço o cântico desconcertante, o estranho calafrio que Wren impôs à sala. Tento deixar de lado a forma bizarra como nosso grupo foi separado neste hotel e pensar apenas no prato à minha frente.

Terminada a deliciosa e dolorosamente lenta refeição de três pratos, durante a qual sorri e fiz que sim para Quentin em um cenário completamente silencioso, enfim digo alguma coisa.

— Quentin — sussurro, ciente de que nossos companheiros podem me ouvir. — Preciso ver minha mãe e minha irmã agora, está bem? Você pode me levar até elas?

Dou a ele um longo minuto para responder, e, quando não o faz, lentamente arrasto a cadeira para me levantar.

Mas Quentin me segura pelo pulso.

— Por favor, Irmã Skyler. — Sua voz é branda e trêmula. — Ficou claro que Mestre Wren quer compartilhar o Standard com você. E se ele quer que fique aqui, você deve ficar. — Quentin se volta para mim, hesitantemente buscando meus olhos, como se o simples fato de explicar aquilo fosse um sacrilégio. — Há muitas formas de aceitar a vontade de Mestre Wren. Juro que essa é... a mais fácil.

Suas palavras me rasgam o peito e fustigam meu coração. Não faço ideia do que ele quer dizer, mas o alerta por trás daquele tom foi claro como água.

Permaneço sentada, em silêncio, enquanto o garçom limpa a mesa. Até que Quentin pega meu braço, me conduz até a suíte e finalmente me dá boa-noite.

Assim que fico sozinha, conto até cem, e então até quinhentos para garantir, antes de abrir a porta e espiar o corredor acarpetado de azul.

Meu corpo não quer nada além de deitar, mas minha mente está um turbilhão. Preciso falar com os outros. Preciso saber se o encontro de alguém com o Standard foi tão perturbador quanto o meu. E isso vale uma trégua temporária como minha irmã.

Então tento vencer a exaustão e bato de leve na porta de cada um deles. Começo pelo quarto de Mamãe, depois subo o corredor até o de Phee. Em seguida bato na porta de Ryder, volto à de Phee e outra vez à de Ryder. Encosto o ouvido na porta do quarto dele, mas não escuto nada.

Frustrada, deixo que a força das batidas vá crescendo até que estou esmurrando as portas. Acabo perdendo a paciência e giro a maçaneta da porta de Phee. Está emperrada, mas acaba cedendo e irrompo no escuro.

— Phee — bufo de raiva, alto demais para contar como um suspiro. — Phee!

— O que você está fazendo, irmã? — pergunta uma voz que não conheço.

Uma silhueta alta se levanta da cama. Meus olhos se ajustam à escuridão. É uma mulher. Cabelos escuros, magra, um pouco mais velha que eu.

Mas ela definitivamente não é Phee. E eu a vi se instalando aqui mais cedo. Tenho certeza.

— Onde está minha irmã? — indago.

— Eu sou sua irmã — implora a mulher sonolenta. — Assim como você é minha.

Tenho um calafrio de gelar os ossos. Será que Phee está bem? Será que a levaram para algum lugar? Ela ainda está neste hotel?

Disparo de volta para o corredor, abro a porta de Ryder. Um rapaz que não conheço olha para mim, confuso. Pergunta com olhos acanhados se Mestre Wren me mandou.

E o quarto de Mamãe está vazio agora.

Recuo com todo cuidado, um animal que subitamente tem consciência da jaula.

Para onde levaram todo mundo? Eles estão em outro andar? *Por quê?*

Penso em sair correndo pelo corredor, batendo em todas as portas. Em ir de andar em andar até encontrar minha família, Ryder e Sam. Mas o alerta cifrado e desconcertante de Quentin ecoa na minha cabeça. *Se Mestre Wren quer que você fique aqui, você deve ficar... assim é... mais fácil.*

Penso no jantar solitário, nas pessoas de cabeça baixa, no receio de Quentin em ao menos falar.

Minha cabeça começa a dar voltas.

Assim é mais fácil?

Que lugar é este?

Por que o amigo de Mamãe nos traria para cá?

Isso está acontecendo apenas comigo ou os outros também estão sendo ludibriados e ameaçados?

Lentamente, volto ao meu quarto. Fecho e empurro a porta, mas não há fechadura, nenhuma forma de garantir que estou a salvo de sejam lá quais forem as mentiras do outro lado.

Aperto minha mochila contra o peito e não levanto para ir dormir. O pouco de sono que tenho vem no chão azulejado do banheiro.

31
PHEE

Acordo com batidas na porta do quarto. Então jogo de lado o edredom com que não lembro de ter me coberto e vou até o pequeno vestíbulo. Mas quando tento atender, percebo que ainda estou trancada.

A trava do outro lado é lentamente aberta com um clique, e Robert passa a mão pela fresta.

— Phoenix? Posso entrar?

— Pode. — Volto até a cama e sento, confusa, enquanto Robert entra no meu quarto.

Vasculho a mente para lembrar o que aconteceu ontem à noite. O jantar sinistro num quarto qualquer do hotel. Aquele cara que estava com Robert, Wren, me dizendo que passou anos rezando para encontrar uma forma de retribuir ao meu pai, que Deus ouviu e nos trouxe para cá. Aqueles malucos calados sentados à mesa, que passaram a cantar e agradecer por um hotel bizarro. E meu acompanhante, um bruta-montes chamado Francis, quase da idade da minha mãe, que chamava todo mundo de "ancião", "irmã" e "mestre" e ficou mudo assim que sentamos para jantar. E quando eu disse a Francis que precisava encontrar minha família, ele se levantou e saiu, passou a me ameaçar, e acabamos discutindo no meio do corredor. Ele conseguiu me arrastar de volta para o quarto e me trancou aqui dentro.

— Você está bem? — pergunta Robert, parado em frente à cama.

Olho para meus braços. Vejo pequenas marcas roxas, mas nada que não tivesse aguentado dos cagalheiros.

— Acho que sim. Robert, onde está todo mundo? — Tento ficar calma. Esse cara é amigo da minha mãe e do meu pai desde antes de eu nascer. Volto a dizer isso a mim mesma, como precisei fazer na noite passada, quando percebi o quanto estava me sentindo estranha aqui. — Por que nós fomos separados?

Robert senta na cama ao meu lado.

— As coisas nem sempre foram assim. O Standard... evoluiu. — Ele acompanha meu olhar, voltado para o mar de arranha-céus do outro lado da janela. — Com o passar do tempo, Wren vai tendo cada vez mais certeza da nossa missão. E coisas que nunca lhe ocorreram antes passam a ser reveladas. Agora é imperativo que cada membro do Standard encontre seu caminho, sem a distração de amigos e familiares para enevoar a jornada.

Não entendo nada do que ele está dizendo, e minha frustração apenas faz crescer o pânico.

— Robert, do que diabos você está falando? Que... *missão?*

— Wren vem lentamente salvando esta cidade, Phoenix, um prisioneiro de cada vez, desde que as bombas caíram sobre Manhattan. Ele fazia uma palestra neste mesmo hotel quando a cidade foi atacada, e transformou este lugar num refúgio. — Robert estende os braços e segura minhas mãos. — Demos uma segunda chance a inúmeras pessoas por meio de propósito, devoção. O Standard de Wren não salva apenas vidas, Phoenix, ele salva *almas*. E, sinceramente, acredito que você entenderá se der a esse lugar uma chance. Você passará a amá-lo tanto quanto eu amo. Ou seu pai amou.

Quero acreditar no que ele diz, talvez ainda mais agora do que na YMCA. Antes de me sentir tão sozinha. Antes de ter aquele arranca-rabo com Sky e basicamente dizer que ela não era boa o bastante para esta cidade. Na verdade, passei a manhã inteira pensando na nossa briga.

— Mas onde estão Sky e Mamãe? — pergunto. — Quer dizer, acho que até entendo essa história de "meu próprio caminho" na teoria, mas não quero ir a lugar algum sem elas...

— Você as verá em breve — interrompe Robert. — Mas Phoenix, eu preciso que você entenda. É muito importante que exercite o controle aqui. Que seja... *condescendente* em seu caminho de união à nossa péquena comunidade. Que deixe de lado os socos e pontapés, os bate-bocas.

Eu me empertigo.

— Mas foi aquele tal de Francis que começou. Ele praticamente me ameaçou de morte...

Robert volta a me interromper.

— Você não está mais no parque. E Francis é um Ancião, um missionário do Standard. O que significa que você deve respeitá-lo, obedecê-lo, que não deve contrariá-lo.

A ideia de um valentão do Standard me ridicularizando pelo meu próprio bem não me agrada nem um pouco. No parque, pelo menos, eles botam a culpa nos Aliados Vermelhos.

— Robert, eu não acho que possa fazer isso.

Ele suspira, junta as mãos.

— Phoenix, Wren está determinado a lhe salvar. Nós dois estamos. Pelo seu pai, por tudo... — Ele se exalta, mas faz uma pausa para se recompor. — O que Wren quer que aconteça *vai* acontecer, Phoenix. Existem muitas formas de aceitar o Standard, e eu gostaria que a sua transição acontecesse da forma mais tranquila possível. — Então me fita nos olhos. — Eu odiaria que você se colocasse numa situação insustentável.

Outra vez essas ameaças veladas, como Francis fez ontem à noite. Mas, por algum motivo, elas me assustam mais vindo de Robert.

— Por isso, preciso que você comece a cooperar para que tudo ocorra como deve — acrescenta. — Cheguei a pedir a Wren a bênção para trabalhar diretamente com você, para ver o que posso fazer. Você me lembra muito o seu pai, Phoenix. Tão impetuosa, tão franca. — Ele faz uma pausa. — Franca até demais.

E apesar de não escavar as palavras das pessoas, como Sky, para descobrir a história por trás delas, é impossível ignorar a profundidade das raízes daqueles dizeres.

Mas não pergunto a Robert o que ele quer com isso, procuro me concentrar no que importa.

— Se eu cooperar e tudo mais, posso ver minha mãe e Sky?

— É claro. — Ele sorri. — Na verdade, Wren dará um jantar para jovens missionários esta noite, para você e sua irmã. Já faz algum tempo desde que acolhemos renascidos, especialmente tão jovens e tão importantes.

— Mas e minha mãe? — insisto. — E os garotos que vieram com a gente, Ryder, Sam e Trevor?

— Ryder e Trevor estão ocupados com suas próprias lições, encontrando seu próprio caminho. E sua mãe e Sam estão no azul celestial, como a maioria dos membros adultos. Você os verá... depois.

— Logo?

Robert faz que sim, mas o sorriso desaparece de seu rosto.

— Logo. Agora, por favor, Phoenix, temos muito trabalho pela frente. Sugiro começarmos.

Robert e eu conversamos o resto do dia, durante o almoço e até o céu ficar cinza e a cidade se resumir a sombras. Ele começa me fazendo perguntas, tipo o que sei sobre o mundo de Antes, e sobre a guerra, e se acredito que exista alguém olhando por todos nós. Respondo com muitos monossílabos: primeiro, porque quase tudo que sei sobre a guerra e Antes veio do diário de Mamãe, e falar nisso seria como revelar os segredos dela. Segundo, existem certas coisas nas quais não me dou ao trabalho de pensar, coisas que não parecem relevantes — como Deus, o céu e seja lá o que houver acima dessa cidade. Mas apesar de eu não falar muito, Robert ainda assim consegue torcer minhas palavras, a ponto de elas parecerem uma toalha molhada.

Tipo quando eu disse que a guerra foi obviamente uma tragédia, Robert respondeu: "Bem, depende de como a vemos."

Quando argumentei que muitas pessoas morreram, ele veio com: "Mas às vezes as coisas precisam queimar para acender o fogo."

Então me disse que Wren sabia que ia acontecer, que os Aliados Vermelhos faziam parte de sua grande profecia. Uma profecia que "varreu o velho mundo", o mundo em que vivíamos em pecado e imundície, em que falhamos no "teste de Deus", de modo a dar espaço para o novo mundo.

Um mundo condizente com um novo padrão.

O *Standard*.

E pode me chamar de lerda por ter levado tanto tempo, mas finalmente percebi que essa coisa de "Standard" não é um hotel.

É muito, muito mais. É o tal padrão.

Ao fim do falatório de Robert meu estômago está praticamente congelado e tudo que quero é ver minha família e descansar a cabeça no ombro de Mamãe.

— Acredito que por hoje é só — diz Robert, por fim. Então se levanta e vai até a porta.

Por *hoje*?

Mas não penso em amanhã, apenas nesta noite, e no quanto preciso ver minha irmã.

— Então você me levará a Sky? — pergunto, indo atrás dele.

— O seu acompanhante a levará. Ele chegará em breve. — Antes de fechar a porta, Robert segura a corrente da tranca e a agita. — Queremos que você receba o Standard de braços abertos, Irmã Phoenix. Queremos que *deseje* estar aqui. Hoje você fez um grande progresso. Vejamos como se sai sem amarras. — Robert faz menção de ir embora, mas desiste e se volta para mim. — E por favor, Phoenix. Condescendência — lembra-me ele.

E então fecha a porta.

Minha mente começa a disparar assim que ele vai embora.

Para onde Robert nos trouxe? Que droga de lugar é este onde as pessoas são separadas e intimidadas, onde falam com elas em círculos? Mamãe sabe o quanto isso tudo está ficando bizarro?

E onde diabos ela está? Onde fica esse azul celestial?

Mas um minuto depois ouço uma batida, que interrompe meus pensamentos, e a porta lentamente é aberta com um rangido. Olho pela fresta e vejo Francis, meu acompanhante da noite passada, parado do lado de fora.

— Você de novo.

Ele sorri.

— Espere me ver por algum tempo, Irmã Phoenix.

Francis pega minha mão e passa o grosso antebraço no meu, apertando velhas feridas, revisitando a obra da noite anterior. Ele me segura com força ao passarmos por porta fechada após porta fechada e até chegarmos a outra escada interna. Fico atenta, mas não vejo ninguém do nosso grupo na descida.

Entramos numa sala de jantar sem janelas no térreo, não tão pequena quanto a de ontem, mas ainda assim apertada. Uma longa mesa ocupa toda a extensão do espaço. Nela, há uma infinidade de velas pequeninas, louças e taças estão arrumadas em frente a cada uma das cadeiras. Sorrindo como um gato gordo, Wren se senta no centro de um grupo de adolescentes e crianças, todos de olhos baixos e sorriso congelado. Olho para muitos deles, a necessidade que sinto de ver Sky me atormenta como uma coceira...

— Sky!

Empurro Francis até conseguir me libertar e corro para minha irmã. Os olhos dela ficam bem abertos e brilhantes, como sempre acontece quando está prestes a chorar, e ela me estende o braço...

Mas, antes que consiga chegar até ela, Francis puxa meu pescoço e me segura contra o peito.

— Sei que o Ancião Robert acredita que possa *dialogar* para enfiar juízo na sua cabeça, mas Mestre Wren tem suas dúvidas. Portanto, se você não se comportar como uma boa menina, usaremos outros métodos. — Francis me mede de cima a baixo uma, duas vezes. — Na verdade, não vejo a hora de isso acontecer.

Não sou de engolir ameaças: na maioria das vezes elas soam desesperadas, vazias. Mas a mensagem de Francis é muito clara; entra rasgando pelos meus ouvidos, desce pela garganta e se aninha na boca do meu estômago.

Olho para Sky, que lentamente faz que não em advertência. Me pergunto o que Robert e Wren andaram falando para ela. Se ela entende até onde deve ir a insanidade desse tal de Standard.

Deixo que Francis me sente à força numa cadeira na cabeceira da mesa, ao lado de Sky. Ele envolve minha coxa com os dedos brutos e aperta com toda força até eu soltar um gemido.

— Esse foi o último ruído que você fez esta noite — sussurra Francis. — Ou seu caminho para o Standard terá um desvio.

Não dou um pio ao comer a entrada, apesar de estar doida para falar com Sky, especialmente agora, que ela está tão perto. Subo pelas paredes querendo sinalizar, para falar que não queria dizer o que disse na YMCA. Que senti muita falta dela hoje, que parece que me cortaram no meio.

Mas sempre que ergo os olhos, ela está de cabeça baixa, olhando para o prato.

— Sei que geralmente fazemos as refeições em silêncio, mas tenho algumas palavras para compartilhar, e Deus quer que eu as compartilhe — diz Wren depois que um grupo de homens de preto passa a tirar os pratos da entrada. Ele sorri para Sky, então para mim. — Esta é uma ocasião muito especial, já que há anos não temos a chance de acolher jovens renascidos em nossa comunidade, mas a Irmã Skyler e a Irmã Phoenix são mais do que isso. Elas são as filhas de um homem que deu tudo que tinha pela nossa missão, que deu a vida pelo Standard. Então conclamo a todos que deem boas-vindas especialmente a essas meninas.

Os olhos de Sky cravam nos meus. Sei o que ela está pensando. Papai... *deu a vida?*

Penso em nossa conversa com Robert na YMCA. Quando perguntei se Papai estava no Standard, Robert *claramente* disse que ele morreu porque ficou doente.

É isso que Wren quer dizer ou algo diferente... algo pior?

O que aconteceu com ele?

— Estas jovens são um presente de Deus — prossegue Wren. — Elas fazem parte do Seu plano divino para todos nós. — Ele sorri. — Portanto, que agradeçamos ao Standard.

A mesa inteira pega a deixa e entoa:

— Obrigado pelo Standard, o único Standard, o sublime Standard.

E tudo que vi e ouvi desde que chegamos aqui, as ameaças de Francis, Robert virando as coisas de ponta-cabeça por horas a fio e agora essa conversa de Wren sobre sermos parte do seu plano divino ou coisa parecida, isso tudo é bizarro demais. Seja lá o que for este lugar, seja ele um oásis milagroso ou não, tenho certeza absoluta de que não quero fazer parte disso. Preciso arranjar um jeito de nos tirar daqui antes que isso fuja ainda mais do controle.

— Wren, houve algum engano — pego a mim mesma falando antes de planejar o que vou dizer. — É... bom que você pense que somos especiais e tudo mais, mas não acho que este lugar seja para nós. Minha irmã, minha mãe, os rapazes que vieram com a gente... nós ficamos juntos. E acho que está na hora de irmos andando.

A mesa inteira fica em silêncio e olha para mim. Vinte pares de olhos.

Então algo se propaga pelo rosto de Wren. Estranhamente, me lembra de quando eu e Sky éramos crianças e íamos escondidas até o lago do parque. Nós nos deitávamos no mato e olhávamos para a água turva. Víamos marolas na superfície, então um borrão cinza vindo lá de baixo, provavelmente apenas o rabo de um peixe. Mas sempre sentíamos que era mais, o lampejo de um monstro das profundezas escuras. E saíamos correndo, mortas de medo.

— Quer dizer, obrigada pelo jantar e tudo mais — prossigo gaguejando, e arrasto a cadeira para me levantar. — Mas acho que é melhor irmos andando. Então, se você puder trazer o resto do nosso grupo...

— Ancião Francis — diz Wren por fim. — Leve a Irmã Phoenix ao banheiro para ela se refrescar.

Francis segura minha cabeça debaixo d'água na pia por tanto tempo que juro que vou desmaiar. Balanço os braços, as pernas. Tento puxar o pescoço quando a água começa a entrar pela garganta.

— PARE!

Ele finalmente me puxa para trás e, tossindo, caio no piso de ardósia. Meus cabelos se espalham como uma cortina pesada.

— Você não fala, a não ser que falem com você — vocifera Francis. — E nunca, *nunca* fale com Mestre Wren. Não sei por que estão facilitando as coisas para você. Deviam lhe apresentar de uma vez ao azul celestial. Criança ou não.

Busco o ar e viro de lado, tossindo água.

— Onde fica esse tal de azul celestial? — digo com esforço. — Acho que é onde minha mãe está. Preciso vê-la.

Mas Francis me ignora.

— Seque-se e prenda esse cabelo horroroso. — Ele aponta para uma pilha de toalhas nas prateleiras do banheiro. — Estarei aguardando lá fora.

Continuo no chão por um minuto, arfando, lutando para recuperar o fôlego.

Com frio.

Tremendo.

Aterrorizada.

Puxo os joelhos contra o peito e tento não entrar em pânico, mas não consigo me acalmar.

Então estamos presos aqui?

Mas Robert disse que podíamos ir embora quando quiséssemos. Ele também mentiu quando disse que eu poderia ver mamãe e os rapazes? Como mentiu quando nos atraiu para cá? Como mentiu sobre Papai?

Por quê?

Lágrimas ameaçam rolar pelo meu rosto, e um grito coça o fundo da minha garganta. Mas antes que eu me entregue de vez ao desespero, escuto uma voz musical vindo de algum lugar nas sombras do banheiro.

— Sim, você é adorável — diz a voz. É firme e um pouco rouca, mas terna.

Ryder. Ryder de alguma forma está nas entranhas desse banheiro.

— Mas meu coração pertence a outra pessoa — explica ele. — Estou implorando, apenas um minuto sozinho, está bem?

— Mas Mestre Wren disse que você não deve ficar sozinho — responde uma doce voz feminina.

— Nem mesmo para usar as instalações? — Então há uma pausa. Imagino Ryder brindando a menina com um de seus sorrisos enviesados, do tipo que eu não conseguiria resistir mesmo que quisesse. — Obrigado, Irmã Ava. Saio em um minuto.

Ouço os mais suaves dos passos e então o ecoar de alguém urinando. Ryder, sozinho. Ryder, a passos de distância. E apesar de o meu próprio carcereiro do Standard esperar do lado de fora, preciso vê-lo.

Passo uma toalha pelos ombros, sigo na ponta dos pés pelas cabines do banheiro feminino e pela parede espelhada até uma porta, que se abre para uma sala à meia-luz com uma bancada cheia de pias. Na parede oposta há outra porta, essa com uma placa que diz HOMENS. Passo correndo pelo limiar e entro num espaço com mais cabines.

Ryder me vê antes que eu consiga dizer qualquer coisa. Ele corre para mim, me puxa com delicadeza e me abraça, como para garantir que sou real.

— Onde vocês estão? — sussurra ele. — Procurei por Sky ontem à noite e outra pessoa estava no quarto dela.

Sinto uma pontada de ciúme mas tento ignorá-la, feliz por ele estar ali, e bem.

— Ela está no meu jantar, mas esses malucos nos deixaram separadas o dia inteiro — começo gaguejando. — E ainda não vi minha mãe. Robert falou comigo por horas a fio sobre a missão de Wren, da qual aparentemente fazemos parte. Ryder, este lugar é louco.

— Eu sei. Eles também nos separaram — diz Ryder. — Minha acompanhante me contou algumas coisas. Trevor foi mandado para a "ala infantil". Parece que ele surtou com essa coisa de ficar sozinho num lugar estranho. Mas não vi Sam. Minha acompanhante não disse muito, apenas que ele é adulto e por isso foi mandado para o azul celestial.

— Espere, é lá que Mamãe está. Onde diabos fica isso? Fora do hotel?

Ryder faz que não.

— Não sei. — Ele olha para mim e arregala os olhos, como se estivesse chocado por eu estar chorando.

— Phee — sussurra. — Ah, Phee, não chore. Você é forte. Sua família toda é muito valente. Sua mãe vai ficar bem. Nós vamos sair daqui.

Mas não consigo parar de chorar. Meu Deus, não consigo nem falar.

— Phee, você é a garota mais forte que eu já conheci — sussurra Ryder. — Escute. Comece a prestar atenção. O primeiro passo é encontrarmos uns aos outros. Tome nota do seu andar, do corredor, do número do quarto quando entrar e sair.

Ele me puxa para mais perto, e sinto o macio e sedoso toque dos pelos de seu braço no pescoço. Então seus dedos no meu cabelo, me consolando. E o medo e a ansiedade começam a derreter, substituídos por uma sensação morna e provocante bem no meio da espinha.

— Eles estão nos isolando por um motivo — murmura Ryder no meu ouvido. — Cabe a nós encontrar e salvar nossas famílias. Vá até Sky e me encontrem, está bem? Esta noite. Estou no 825. Vou dar um jeito de descobrir onde está Trevor. Então nós achamos esse azul celestial e salvamos Sam e sua mãe. Eu prometo.

— Quarto 825 — repito, finalmente encontrando a voz.

E apesar de o mundo começar a rachar e se abrir, aquela sensação provocante sobe pela minha espinha. Arrepia meu pescoço, crepita como um relâmpago pelos meus ombros. E o ruído sobre tudo que há de errado com esse lugar se cala; tudo em que consigo pensar é no rapaz à minha frente. Seu calor, seus braços, seu cheiro de folhas e luz do dia.

Aninhada em seus braços, fecho os olhos e paro de pensar. Paro de respirar.

Levo as mãos aos ombros largos de Ryder. Então inclino meus lábios aos lábios dele.

Ele me afasta.

— Phee... — sussurra, mas deixa que meu nome paire entre nós. Busco uma resposta no seu rosto. Ele está... confuso, mas se é um confuso bom ou ruim, isso eu já não sei.

Mas quero, preciso saber... ele sente o que eu sinto? Meu Deus, ele sente a mesma coisa?

— Irmão Ryder, o que você está fazendo? — Uma voz feminina se espalha pelo banheiro. Nós dois olhamos para a porta.

A acompanhante de Ryder abriu a porta e agora bate o pé no chão, fazendo que não com a cabeça loira como se fosse a dona do garoto.

— Você será selado comigo. Não encoste nela.

Preciso reunir todas as minhas forças para não ir até lá e enfiar a mão na cara dela.

— Irmã Phee — chama Francis de algum lugar no banheiro feminino.

— Nos vemos mais tarde — sussurra Ryder. — Quarto 825.

Então ele se afasta, dá o braço para a cadela de guarda e já se derrama em desculpas antes mesmo de saírem pela porta.

Volto ao banheiro feminino, o rosto ainda em chamas. Francis está parado à porta.

— Onde estava?

Fico nas sombras. Não quero que veja o meu rosto corado.

— Tirei as roupas para secá-las um pouco. Você me ensopou.

Ele deve ter ficado satisfeito com aquilo, porque se vira sem mais um olhar na minha direção.

— Vamos. Mestre Wren já deve estar dando pela nossa falta.

Acompanho o brutamontes designado a mim de volta à mesa, o cabelo e as roupas ainda molhados, colados à pele. Um prato de alguma coisa de maçã de aparência deliciosa está no meu lugar, cintilando à luz das velas numa tigela de porcelana. Mas eu não quero aquilo. Wren e o seu Standard pirado não me comprarão com sobremesa.

Boto a tigela de lado e mentalizo que Sky olhe para mim.

Ela finalmente olha, assim que Wren começa a matraquear sobre os deveres do jovem missionário. Minha irmã me fita acima da mesa à luz de velas, seus cabelos escorridos, as roupas amarrotadas. Ela abre bem os olhos e começa a sinalizar. *Você está bem?*

É a primeira vez que nos falamos desde a briga na YMCA, e quero dizer tantas coisas. Coisas às quais os sinais não fariam justiça.

O que aconteceu?, ela pergunta.

Lentamente, coloco a mão atrás do pescoço e empurro de leve. *Ele tentou me afogar. Me assustar, só isso. Estou bem.*

Ela faz que sim, mas percebo que está apavorada.

Rapidamente, aponto para o olho, depois giro as mãos, como se segurasse as rédeas de um cavalo invisível. *Eu vi Ryder.*

Ela arregala os olhos. *O quê?*

Gesticulo com a cabeça na direção do banheiro, tentando lembrar do gesto para dizer "pia". *Perto das pias, no banheiro.*

Ela se curva sobre a mesa um instante. O alívio em seu rosto é evidente; mas não é apenas alívio. É saudade, talvez até mesmo ciúme por eu ter visto Ryder e ela não. Isso me incomoda, que ele esteja entre nós duas. Que deixe ainda mais alto o muro que de alguma forma construímos, que dificulte ainda mais ver Sky do outro lado.

Quero ser uma pessoa mais madura agora, mas o rosto dela, aquele *desejo*, acende algo feio dentro de mim.

Sky ergue as mãos espalmadas. *Onde ele está agora?*

Penso nas mãos de Ryder no meu cabelo, seus lábios nos meus... então vejo Sky segurando a mão dele na YMCA, penso em como me senti como se alguém tivesse pegado uma faca e me cortado. Minha mente me provoca com uma imagem das mãos de Ryder nos cabelos de Sky, os lábios nos dela...

Antes que mude de ideia, faço que não: *Não consegui descobrir.*

Sky larga o corpo na cadeira, derrotada.

Sei que mentiras nos trouxeram apenas problemas — a traição de Rolladin, depois a de Robert.

E agora a minha.

Mas devo a mim mesma essa chance. Apenas um minuto sozinha com Ryder, sem Sky por perto para deixar tudo ainda mais complicado. Assim que terminarmos nossa conversa, que descobrirmos se existe algo a mais entre nós, Ryder e eu vamos pegar Sky e encontrar Mamãe e o resto de nossa família. Isso não muda nada, uma mentirinha não faz mal a ninguém.

Com cuidado, aponto para ela usando o copo d'água como camuflagem. *Onde fica o seu quarto?*

Sky se ajeita na cadeira e segura os copos de vinho e água, usando os dedos para sinalizar os números. Nove, então dois, então quatro: 924. Então aponta para mim.

Estou para começar a sinalizar o número do meu quando Wren arrasta a cadeira e se levanta.

— Hora de nos retirarmos. — Com a cabeça, gesticula para Francis e Quentin. — Levem nossas estimadas novas integrantes para seus quartos. — Ele olha para mim e para Sky. — Volto a falar com vocês pela manhã.

Francis me puxa da mesa, mas consigo apontar para Sky antes que o brutamonte agarre minhas mãos. *Eu vou buscar você.*

32
SKY

Encosto na parede de vidro do meu quarto, contando os minutos até Phee me encontrar. Passei horas folheando o best-seller de criado-mudo de Wren, *As obras-padrão: o novo teste de Deus para os Estados Unidos*, tentando descobrir que outros males este hotel pode nos reservar, vendo se consigo aprender a língua de divindade e destino de Wren e de alguma forma nos tirar dali na conversa. Mas o livro não passa de uma condenação a um mundo morto, um clamor por armas para os devotos — uma sombra pálida do monstro com que nos defrontamos.

Tento me deitar e relaxar, mas não consigo esfriar a cabeça, não consigo manobrar meus sentimentos e me conduzir para um lugar de controle.

Minha irmã e eu somos parte do plano divino de um psicopata. Minha mãe foi levada para um lugar secreto chamado azul celestial, enquanto Ryder, Trevor e Sam estão presos em cantos secretos e escuros desse hotel maldito. Penso em Phee falando em ir embora, em Wren castigando-a com algum tempo de cabeça para baixo dentro de uma pia cheia de água.

Existe a chance, rumino comigo mesma, de jamais deixarmos este hotel.

Já faz horas desde o fim do jantar, mas nem sinal de uma batida na porta. Nem sinal de Phee.

Eu me torturo, volto a imaginar Phee e Ryder no banheiro. Mesmo com tanta coisa acontecendo, apesar de tudo que temos a perder, ainda não consigo afastar o ciúme. Ainda desejo que fosse *eu* sendo torturada no banheiro, se isso significasse que seria eu quem teria a chance de ver Ryder.

Por um segundo, penso se Phee estava mentindo, se está no quarto de Ryder, forçando-o a gostar dela. Nunca duvidei de minha irmã antes, e é péssimo. É como se não confiasse nela, o que faz parecer ainda mais que o mundo está se desmanchando, se desfazendo pelas costuras. Acho que jamais tinha percebido o quanto preciso de Phee para que ele se mantenha costurado.

Volto a deitar no chão e determino que minha parte calma, mais racional, o lado de mim que encolhe a cada dia, assuma o controle. *Tenho certeza de que Phee está tentando me encontrar.*

Então um novo pânico me domina pela garganta. E se Wren a flagrou se esgueirando para fora do quarto e ela estiver em apuros?

Pego minha mochila. Preciso abstrair.

Primeiro tiro o presente de Ryder, *Waverley*, e corro os dedos pela capa, meu rosto se aquecendo ao lembrar de quando me deu o livro. Eu devia ler *isso* para passar o tempo. Mas volto a olhar para a mochila, para o livro daquela aranha zombeteira e viciante e o porquinho.

Tiro o diário disfarçado. Estou furiosa com ele, quero rasgá-lo ao meio. É como se este livro de segredos simbolizasse tudo de errado nesta terra: as mentiras, as trapaças, a verdade escondida em páginas e trancada em cofres.

Abro o diário, punindo-o com um estalo na lombada, e tento tirar a cabeça do presente por um minuto.

10 de novembro — A temperatura cai rapidamente lá fora. Nos aquecemos no corpo uns dos outros nas prisões do zoológico e, como prisioneiros de guerra, recebemos duas refeições diárias.

Mas a vida promete melhorar. Mary, ou "Rolladin", como chamam os Aliados Vermelhos, de alguma forma caiu nas graças do inimigo. Às vezes o general a liberta da cela e a leva para o quartel-general, para consultá-la. Ela deu informações sobre onde viu outros nova-iorquinos e o ajudou a entender melhor a cidade. Os dois têm debatido a melhor forma de usar os animais do zoológico para ter comida e roupas, como plantar no parque para mais porções de ração.

Eu me senti uma cúmplice, uma traidora por entregarmos Nova York em troca de uma pele de urso-polar, mas Mary não concordou comigo.

"Tudo o que importa está aqui", disse ela, fazendo com o dedo um círculo ao redor de si, das meninas e de mim. "E agora, bem aqui." Ela apontou para os sobreviventes no zoológico. "Não sobrou uma Nova York para ser protegida."

Apenas fiz que sim.

Agora dificilmente discuto com ela. Não quero.

25 de dezembro — Natal. Depois do ano que tivemos, o presente de Mary levou quase todos às lágrimas. Ela nos deu as boas-novas do outro lado das grades.

"Vamos nos mudar para o Hotel Carlyle."

Sussurros da multidão: O quê? Como isso é possível? Como você conseguiu?

Mary balançou a cabeça, tentou nos acalmar, mas era toda sorrisos. Ela sabia que havia feito um milagre.

"Haverá guardas em todos os andares e no saguão. Mas teremos camas. E portas. E janelas."

Os sobreviventes do trem 6 estouraram de alegria e começaram a entoar: "ROL-LA-DIN. ROL-LA-DIN."

"Mary", eu disse, acenando para ela por cima da multidão que transbordava de felicidade. "Como você fez isso?"

"Nunca dei um motivo para não confiarem em mim."

Ela segurou minha cintura e me puxou para si, com as barras entre nós. Phoenix estava nas minhas costas, em um sling. Sky ao meu lado, segurando minha mão. Foi um beijo bruto, mas terno, que prometia coisas por vir. E eu pensei: esta é a minha família. Isto somos nós, em uma nova cidade, perigosa, selvagem.

"Um dia", sussurrou Mary com os olhos em chamas, "esta cidade será toda nossa."

Meneei a cabeça e ri. Perguntei o que ela queria dizer.

Mary apenas balançou as chaves do zoológico que trazia no bolso e disse que tinha planos para nós.

Ela nos libertou das jaulas às dezenas, centenas. Saímos cambaleando como loucos, bêbados felizes sob o ar congelante, e, conduzidos por guardas, atravessamos o parque e nos derramamos Carlyle adentro.

Tiro os olhos do diário e lembro dos discursos de Natal de Rolladin no Castelo do Belvedere. É a primeira vez que penso no parque em um bom tempo. Fecho os olhos e quase escuto o discurso arrogante de Rolladin ecoar pelo Grande Salão. Mas depois de ler isso, parece que talvez ela tenha mesmo sido essencial. Porque por mais ordinário que o Carlyle seja, ele foi melhor que o zoológico para Mamãe naqueles tempos. Não era liberdade, mas também não foi exatamente uma prisão.

Olho para a porta, ansiosa, rezando por um sinal de Phee.

Mas nada ainda.

14 de fevereiro — O inverno passou rápido, descomplicado. Dias breves e silenciosos nos quais vou até a pequena biblioteca do hotel e leio para as meninas, jogo damas ou xadrez com Lauren na sala de jogos. Às vezes passo algumas horas com Mary à tarde — agora ela raramente aparece por aqui.

Bronwyn voltou na semana passada depois de meses sumida no quartel dos Aliados Vermelhos. Fiquei de coração partido ao vê-la. Seu rosto, antes tão lindo, perfeito, estava... distorcido, como se tivesse quebrado e sido remendado. E ela tem uma pequena saliência debaixo do suéter. Três meses de gestação? Quatro? Acho que agora que está grávida o soldado Vermelho se cansou dela, jogou-a como lixo de volta aos cortiços do Carlyle. Eu quis urrar para o céu até derrubar as paredes por aquela pobre garota... mas me tornei especialista em engolir gritos.

Agora algumas delas vagam por aqui, garotas descuidadas o bastante para ficar grávidas, de olhares baixos, com pequenas barrigas que poderiam muito bem ser estigmas.

Mulheres sem orgulho, sem tribo.

Mulheres sem nada nesse mundo.

Sky não vai mais com Bronwyn, é como se soubesse que é outra pessoa. E depois de dias tentando me aproximar dela, tentando ajudá-la a perdoar a si própria, a essa cidade, a Deus — a todos e tudo que sei que culpa por sua desgraça —, eu a deixei em paz.

Rezo por aquele bebê.

1º de março — O Carlyle fervilha com notícias e boatos.

"Os Aliados Vermelhos voltaram a vasculhar as ruas à procura de prisioneiros", disse Mary. "Ainda há sobreviventes aí fora. Eles vão trazê-los para o Carlyle."

Os outros ficaram arrebatados, passaram a fazer especulações. Mas já não tenho qualquer esperança. Entreguei os pontos, deixei tudo para trás, na escuridão, como me disse Mary, antes que a saudade me devorasse. Não, Tom e Robert se foram.

Mary me puxou de lado enquanto os outros debatiam a novidade no saguão.

"Lembre-se do que lhe disse", ela sussurrou. "Não confie em mais ninguém que vier para cá. Não conhecemos os motivos deles. Para todos os efeitos, existe apenas o trem número 6."

Fiz que sim, mas só. Ela vem falando assim comigo recentemente, quase como se eu fosse sua prisioneira, como se agora existisse algo que nos separa. E lá no fundo eu sabia que era verdade — Mary praticamente se tornou a diretora do nosso presídio, alinhada tanto conosco quanto com o inimigo. Eu sabia o tamanho do peso que carregava nas costas, a singularidade do que devia sentir. Então decidi dar um desconto e a envolvi com os braços. Sky me imitou e abraçou a perna dela.

"Não se preocupe", eu disse. "Somos todas suas."

2 de abril — *Outro pequeno grupo de sobreviventes foi trazido para o Carlyle. Eles estão nos empilhando, e o hotel, até então espaçoso, agora parece mais um cortiço.*

Apesar disso, daremos um jeito. Vamos nos adaptar.

Sky se tornou uma pessoinha nessas últimas semanas. Não há muitos bebês no Carlyle, muito menos felizes como Sky, então as pessoas a amam, batem palmas para ela o tempo todo. As palavras dela se multiplicaram, e agora ela conversa com estranhos, se intromete na vida das pessoas, faz amigos.

"Ela é um doce", um homem de uns sessenta anos me disse a algumas cadeiras de nós na biblioteca. Ele foi trazido com o último grupo de sobreviventes, mas esqueci se foi capturado no metrô ou nas ruas.

"Obrigada."

"Como é o nome dela?"

"Sky. Bem, Skyler", respondi. "Ela nasceu quando o dia estava raiando, e eu e meu marido não conseguimos pensar em outro nome." Mas as palavras soaram estranhas assim que saíram da minha boca, e percebi que não falava em Tom em voz alta havia meses. "Falecido marido", acrescentei, novamente sem pensar.

Olhei nos olhos do homem. Estavam escuros e sérios, e imediatamente me senti incomodada.

"Sky, venha aqui", chamei.

"Qual é o seu nome, querida?", o homem me perguntou.

Não precisei responder, Sky fez isso por mim.

"Mamãe SA-RAH."

"Skyler", adverti, e a coloquei no colo, já que Phee dormia do meu outro lado.

"O seu marido é Tom Miller?", o homem me perguntou.

E então eu não consegui respirar. Fazia tanto tempo que não ouvia o nome dele.

"Desculpe. Nós o conhecemos? Eu não lembro do senhor."

O homem se ajeitou na cadeira, sentou na ponta do assento.

"Peço desculpa pelo tanto de perguntas. Desculpe. É que eu e Tom ficamos amigos. Nos túneis."

"Nos túneis? Onde? Por quanto tempo ele ficou vivo?"

"Ah, querida, eu... eu sinto muito. Eu não o vejo há meses. Ele e aquele amigo artista... Robert... eles nos deixaram, foram com os missionários que desciam daquele hotel no West Side. Ele ficou muito perturbado depois da assembleia. Ele... procurava respostas." O homem deu um sorriso forçado. "Tom sempre dizia, 'minha adorável esposa protegerá seu único pedaço de Céu, mesmo na escuridão'. Eu adorava aquilo. Seu marido era um poeta no sentido mais verdadeiro."

"Espere", eu disse, com o corpo todo tremendo. "Espere, onde vocês estavam? Onde ele estava?"

"Nós vagamos bastante antes de nos separarmos", respondeu o homem. "Mas ficamos presos na Linha 1 quando a cidade foi atacada."

"Mas isso é impossível. Naquele verão nós mandamos Mary, nossa representante, para a assembleia da Linha E com uma lista de nomes. Para comparar com os dos sobreviventes. E o nome dele não estava em lista alguma." Agora minha cabeça e meu coração começavam a fugir do controle. "Por que Tom não estava na sua lista?"

"Claro que lembro da assembleia da Linha E." O homem viu que me deixou perturbada, então levantou as mãos espalmadas em rendição e, constrangido, se ajeitou na cadeira. "Mas sra. Miller", ele disse, fazendo que não. "Tom foi o nosso representante."

Minhas mãos começam a tremer tanto que fica difícil segurar o diário. Jogo o livro de lado, furiosa por Mamãe, eu mesma possessa. A assembleia da Linha E, que Rolladin prometeu a Mamãe que participaria. Onde disse que foi atacada, que teve o companheiro espancado e assassinado. Mas se Rolladin tivesse mesmo ido à assembleia, teria encontrado Papai. Se tivesse ido, Mamãe teria nosso pai. *Nós* teríamos nosso pai. As coisas teriam sido radicalmente diferentes.

Então por que Rolladin mentiu? Apenas para calar minha mãe? Apenas para mantê-la por perto? E manter a nossa família para si mesma? Acho que Rolladin ergueu uma ilha inteira sobre mentiras. Então por que não mentir para roubar, para se *apoderar* de uma família?

Agora entendo a extensão do ódio de Mamãe.

Não consigo imaginar como devem ter sido os anos imaginando Papai ainda vivo em Manhattan, se perguntando o que poderia ter acontecido se Rolladin tivesse ido à assembleia.

Lembro o rosto de Mamãe quando Robert lhe disse que Papai encontrou a paz, que teve uma segunda chance no Standard. As palavras dele a libertaram, e Mamãe pareceu mesmo ficar mais solta, *mais leve*.

Um sentimento incômodo, repugnante, me sobe pela garganta quando penso no discurso de Wren no jantar. Em como disse que Papai dera a vida pelo Standard.

Será que Robert disse uma verdade sequer à minha mãe?

O que aconteceu com Papai dentro dessas paredes?

O que vai acontecer conosco?

Fico de pé. Preciso falar com alguém sobre isso tudo, *agora*, e a única pessoa capaz de me entender é Phee. Mesmo que as coisas estejam como estão entre nós, que ela tenha se enfurecido quando tentei entender melhor aquela história, para começo de conversa. Eu preciso dela. Não funciono direito sem ela. Então vou até a porta, com o diário na mão.

Saio de fininho para o corredor, olho com cautela para um lado, para o outro, *mentalizo* que ela saia das sombras.

Mas, ainda assim, nada.

Por um breve e paranoico momento, penso se dei a ela o número certo, e confiro a placa laminada manuscrita pendurada em um prego na porta: 924.

Exatamente onde eu disse que estaria.

Fecho os olhos e tento me acalmar antes de voltar ao quarto. Olho para a placa outra vez, tiro-a da porta para olhar mais de perto. Algo está errado... é dura, e bem mais pesada do que eu imaginava, quase como se fosse feita de pedra, e não de papel. Demora um pouco, mas finalmente consigo abrir o envelope laminado e libertar a placa manuscrita.

Mas não é apenas um pedaço de papel; são muitos ali dentro. Talvez dez ou mais: 924, 1025, 842, 934...

Uma verdade profunda, aterrorizante, começa a se assentar.

Eles não mudaram apenas alguns de nós de quarto ontem à noite.

Estão mudando e trocando todos de lugar, renumerando os quartos, os andares, o hotel inteiro. Uma pontada de pânico rasga minhas entranhas, reverbera por todo meu ser.

Como vamos encontrar uns aos outros neste hotel se a planta é móvel?

33
PHEE

Estou parada em frente ao quarto 825. Mas espero por um longo momento antes de entrar. Ando de um lado para o outro no corredor penumbroso, em frente à porta de Ryder. Estou mais nervosa agora que antes da luta, do que quando os cagalheiros nos pegaram no terraço. Do que quando Sky e eu fomos arrastadas até o castelo e mentimos bem na cara de Rolladin. Tudo isso parece ter acontecido há milhões de anos, é fichinha, nada comparado à ansiedade que sinto esta noite.

Ryder e eu sozinhos.

Ryder e eu num quarto de hotel.

Ryder com as mãos nos meus cabelos, os lábios nos meus...

Finalmente reúno coragem e bato de leve, uma, duas vezes, empurro a porta.

Ryder acendeu algumas velas, deixando o quarto suave, romântico, uma cena saída daqueles livros açucarados de Sky. Me pergunto como as conseguiu. Sinto uma pontada de ciúme quando penso que pode ter sido um presente da acompanhante que nos flagrou no banheiro.

Doida varrida. Tiete desesperada de Wren.

Fico tão mentalmente concentrada em tirar satisfação com aquela garota que não percebo Wren e Robert sentados na cama, como se não tivessem coisa melhor para fazer do que me esperar chegar.

— O que vocês estão fazendo aqui? — indago, depois de me recuperar do choque de vê-los.

— Minha cara Irmã Phoenix — começa Wren. — Devíamos fazer exatamente a mesma pergunta para você. Robert disse que deixou bem claro que você não devia sair do seu quarto esta noite. — Ele se levanta e se põe à minha frente.

Tecnicamente, é verdade. Depois que Francis me arrastou de volta ao quarto, Robert apareceu para dizer que ficou sabendo do meu chilique no jantar. Que Mestre Wren me observaria muito de perto. Que era importante que eu exercitasse a moderação e o controle, ou caso contrário eles seriam forçados a usar outros meios.

— Tenho certeza de que ele mencionou que a solidão é imperativa no Standard — investe Wren —, assim como obedecer ordens. O Standard é a sua casa, Phoenix. Você precisa passar a cumprir as regras.

Mas eu ignoro Wren.

— Robert, por favor — insisto. — Você foi amigo de Mamãe e Papai. Até certa altura, você foi uma pessoa normal...

Wren leva a mão para trás e me dá uma bofetada, forte, no queixo.

— Não ouse falar assim com o Ancião Robert...

Esfrego o rosto, mas as palavras continuam a jorrar.

— Robert, nós não queremos ficar aqui, está bem? Este lugar é arrepiante, estamos sozinhos, e eu não acho que o meu pai iria querer nada disso. Então, se teve boas intenções ou coisa parecida, você precisa nos deixar ir. — Dou um passo à frente, determinada a convencê-lo. — Você precisa nos deixar ir.

Robert apenas recua para o canto, enquanto Wren tenta me segurar pelos ombros.

— Robert, a minha mãe *confiou* em você — acentuo, ignorando Wren. — Ela não confia em ninguém, e mesmo assim confiou em você. E você vai deixá-la aqui? Deixar todos nós apodrecermos neste hotel psicótico?

Wren me dá outra bofetada, mas nem assim consegue desviar minha atenção.

— Robert!

— Irmã Phoenix, isso tudo faz parte do plano de Deus. — Mas Robert evita meus olhos, continua de cabeça baixa. O covarde nem ao menos tem a coragem de me encarar quando assina nossa sentença de morte. — A sua família estava destinada a encontrar o Standard.

Wren aperta com mais força, sacudindo meus ombros.

— É isso mesmo, Irmã Phoenix, você faz parte de um plano divino. — Ele coloca o rosto em frente ao meu, forçando-me a olhar para ele. — Um plano colocado em ação pelo seu pai. Eu sou seu salvador, garota, e você *irá* me obedecer.

— Você não é salvador coisa nenhuma. — Penso em todos aqueles jovens mudos, apáticos, sentados à mesa do jantar desta noite. — Você não passa de um sujeito que destrói as pessoas. Que as esgota até que elas simplesmente... jogam as mãos para cima e escutam sua conversa fiada.

Wren solta um riso ácido.

— Como se você soubesse. Você jamais se sentou numa sala de conferência escura e úmida por semanas enfrentando o caos, pastoreando centenas de pessoas para longe da loucura. Você jamais implorou a Deus por uma segunda chance no mundo enquanto os céus desabavam e essa cidade se desfazia em nada. Você não faz ideia do peso que carrego nas costas — diz ele. — Eu sou responsável por essa comunidade. Todas essas vidas, todas essas almas, estão nas minhas mãos.

Tento recuar, os ombros doendo pela pressão das mãos de Wren, mas ele não permite.

— Portanto, não ouse me questionar. Nem ao menos fale comigo. — Wren me agarra pelo pulso e, passando por Robert, saímos porta afora e pela escuridão do corredor. Subimos e subimos, até chegarmos ao fim das escadas no último andar. Ele me empurra pelo corredor, para em frente a uma porta no final, tira a corrente da tranca e me atira para dentro do quarto.

Tento me desvencilhar da escuridão, grito com todas as minhas forças, mas ele empurra minhas mãos, me dá um chute no estômago e fecha a porta com um *BUM*.

— ABRA ESSA PORTA!

— Você ficará aí, Irmã Phoenix, até aprender a andar na linha. Até aceitar a dádiva que lhe ofereço. Redenção — vocifera Wren do outro lado da porta. — Para todos nós — acrescenta um pouco mais baixo.

34
SKY

Não vejo Phee no refeitório durante o café da manhã comunitário, e não consigo vê-la em nenhuma das salas de aula enquanto caminho em direção às "lições" obrigatórias do dia. Não dormi nada na noite passada, fiquei preocupada de Wren descobrir Phee tentando me encontrar e também fiquei remoendo o fato de Ryder e ela terem se encontrado nesse labirinto de hotel. Ou pior, que Wren tenha decidido "selar" os dois. Tenho um calafrio, ainda incapaz de afastar o comentário de Wren, aquela história de *união pelos céus*.

Observo os jovens do Standard ao flutuar corredor acima: garotas e rapazes de olhos cravados no chão, crianças silenciosas como fantasmas. Tão respeitosos, tão calados. Tão ausentes. Ao observar melhor, noto a quantidade de garotas grávidas. Algumas têm a minha idade, mas a maioria é ainda mais nova. E todas acompanhadas de um rapaz. Aquilo me faz pensar no meu acompanhante, Quentin, que não me deixa em paz. Por sorte, ele teve Treinamento de Caça fora do hotel com o "Ancião Robert", então por hora estou com o braço livre.

Uma mulher de meia-idade que se apresenta como "diretora" me encontra na multidão, então gentilmente segura meu pulso e me leva, junto com alguns outros, até uma sala com algumas mesas redondas. Gesticula para sentarmos e volta ao salão para fisgar o restante da turma.

Puxo uma cadeira ao lado de uma garota mais ou menos da minha idade, com a barriga tão larga e grande que senta a quase um metro da mesa. Ela tem o rosto simpático e as feições delicadas; as mãos magras quase translúcidas revelam um emaranhado de veias. Estou tão sozinha que sinto uma vontade incontrolável de falar com ela.

Com os outros alunos se acomodando à nossa volta, me curvo sobre a mesa e sussurro:

— Eu sou Skyler.

O som da minha própria voz me espanta; é a primeira coisa que falo o dia todo.

— Eu sei quem você é — sussurra a vizinha, mas não acrescenta nada.

— Ah. — Penso se vi essa garota grávida no jantar de ontem à noite, ou na festa de boas-vindas de Wren para Phee e eu. Mas não, tenho certeza. — Como?

— Todo mundo sabe quem você é. Você é uma das filhas do Ancião Tom. Está aqui para cumprir o plano divino de Mestre Wren.

As palavras dela me dão pontadas na nuca, se espalham pelo meu corpo como uma febre fria.

— Ele já espera há muito tempo que Deus lhe dê a resposta. — A garota me fita com olhos cautelosos. — Você é a resposta.

— Espere, o que... o que você está dizendo? Por quê? Como assim?

Mas a professora se senta à mesa na frente da sala antes que eu consiga descobrir mais com a vizinha. Então fica tudo tão quieto que daria para escutar macacos berrarem em Wall Street.

A professora começa a falar, uma regurgitação de *As obras-padrão* de Wren, um conto do vigário maníaco sobre Deus ter dado fim ao mundo para nos oferecer um novo Standard, um novo padrão, a promessa de que um dia todos veremos o azul celestial.

Mas meu coração bate tão alto que mal consigo ouvi-la. A minha colega de mesa acaba de confirmar meu maior medo, o pensamento que não me deixou dormir, virando de um lado para o outro até de manhã:

Nós nunca sairemos daqui.

As paredes da sala passam a vir em minha direção, cegas em sua lenta marcha, decididas a me aprisionar.

Sem pensar, empurro a cadeira para trás e me levanto.

— Irmã Skyler — adverte a diretora. Todos os olhos na sala caem sobre mim, cercando-me como um enxame. — Por favor, sente-se.

— Eu preciso... — Mal consigo escutar minha própria voz acima das batidas do meu coração. — Preciso usar o banheiro.

— O seu acompanhante não está aqui hoje, e não posso mandar ninguém acompanhá-la. Você terá de esperar até que eu mesma o faça.

— Não tem problema, eu consigo encontrar o banheiro sozinha — digo a ela. — Volto rápido.

Quando passo a caminhar para a porta, quatro rapazes se levantam e bloqueiam a saída.

— Irmã Skyler, *por favor*. — A diretora gentilmente me segura pelo cotovelo. — Acreditamos que você estava aberta o suficiente para ter aulas em grupo. Se não for esse o caso, usaremos outros métodos. Posso falar com Mestre Wren.

Olho para trás por algum motivo, para minha colega de mesa, que agarra a madeira com tamanha intensidade que imagino seus dedos furando o material. Ela move a cabeça quase imperceptivelmente, os olhos dizendo o que os lábios não podem: *Não seja tola. Sente e faça o que eles dizem.*

— Sinto muito — murmuro. — Não conhecia as regras.

— Problema algum, irmã. — A diretora solta o ar quando os quatro sentinelas voltam aos seus lugares. — Turma, onde paramos?

Nossa professora volta à lição, mas pego apenas pequenos fragmentos: uniões divinas santificadas por Mestre Wren, a importância da obediência, a necessidade de nos arrependermos e mostrarmos a Deus o nosso valor em meio a tanto desastre. Minha atenção liga e desliga, e o mesmo vale para o próximo dia e o seguinte.

Eu me torno uma sombra, um fantasma tentando me fundir à paisagem e sumir nas paredes, escuto lições o dia todo com olhos embotados. Fico muda durante as refeições, presa a Quentin como uma mosca atraída à teia de uma aranha, me movendo com todo cuidado, tentando fisgar alguma pista de onde colocaram Mamãe e Phee e onde Ryder, Trev e Sam estão presos neste hospício.

Mas ninguém deixa escapar nada, é como se nunca tivessem existido.

Quando anoitece, sou deixada sozinha no quarto, com nada além da vista da cidade e minha mochila. Uma bela noite eu a abro, desesperada pelas palavras de Mamãe, mesmo que o diário tenha apenas despertado fantasmas e nos cortado em seus segredos afiados.

Mas o livro não está lá.

— Não — digo a mim mesma. — Não, não, não, não, não.

Corro pelo quarto e arranco a roupa de cama, remexo as gavetas, vasculho a cômoda, o banheiro.

— Onde ele está? — exijo do quarto. — ONDE ELE ESTÁ?

Corro até a porta, que abro sem me preocupar por um único segundo sequer com algum fanático do Standard por perto. Arranco a placa laminada, tiro a pilha de números falsos e folheio os papéis freneticamente. Venho tentando memorizar o número do meu quarto sempre que entro e saio, juntar as peças da planta mutante e me manter a par de tudo. Mas as mudanças são desencontradas: às vezes me mudam uma vez por dia, outras, sempre que deixo o quarto. O diário de Mamãe pode estar em qualquer quarto de qualquer corredor, esquecido debaixo da cama ou acidentalmente deixado no banheiro por um dos ardilosos asseclas de Wren.

Olho para o corredor vazio.

Fico tentada a correr.

Eu conseguiria chegar à escada, talvez até mesmo atravessar o saguão e sair pela porta antes que alguém fosse capaz de qualquer coisa. Poderia me entocar nesta cidade, ou encontrar uma forma de chegar ao Brooklyn e navegar para longe, muito longe desta malfadada ilha e dos monstros que vivem em suas sombras.

Mas é uma miragem, uma opção vazia; não uma possibilidade real. Eu nunca, *jamais* partiria sem Mamãe e Phee. E a verdade me mantém acorrentada a esta cidade maldita, a este hotel escuro e movediço.

Bato a porta.

E desmorono. Choro em espasmos fraturados até minha cabeça parecer ter sido partida e a garganta ficar arranhada e dolorida. Por minha família, pelo diário. Por tudo.

Afundo num rio fundo e escuro, e a cada dia me sinto mais desorientada. Sempre que tento nadar para a superfície, pareço não saber para que lado ir em busca de ar.

Dias se passam até que surja alguma esperança.

A esperança vem e vai tão rápido que quase não consigo enxergá-la em meio à minha névoa. Acontece durante uma manhã, quando a diretora acompanha alunos para duas salas diferentes. Ryder passa pela porta e me vê na minha sala.

Ele surge como uma miragem, seus contornos borrados, indistintos, como se literalmente o tivesse pintado com a memória, desejado que fosse real. Meu estômago sobe pelas costelas e, instintivamente, fico de pé.

Ryder não hesita.

Antes que a diretora possa detê-lo, ele atravessa a sala correndo, seus olhos castanhos inflamados, seu cabelo preto apontando em todas as direções, seus braços o puxando para a frente.

— Irmão Ryder! — berra a diretora ao vê-lo passar. — Irmão Ryder, volte aqui! Irmãos, por favor, ajudem! — Ryder dá a volta na mesa e vem direto para os meus braços. — Isso é inaceitável no Standard!

Os braços de Ryder me apertam, e, mesmo do meu poço escuro de desespero, sei que ele não é uma miragem. Sinto seu cheiro e enterro o rosto em seu pescoço.

— Ryder. — É tudo que consigo dizer antes que Quentin e outros dois rapazes o agarrem pelos braços e o afastem. Ele tenta se desvencilhar, se debate como um peixe no anzol, então aproxima o rosto do meu e sussurra com sua voz rouca:

— A escadaria do saguão. Meia-noite. Cinco batidas.

E é tudo.

Ryder é levado até a porta, desculpando-se o tempo todo, rindo da própria estupidez, caminhando, suponho, sobre a mesma linha entre sobrevivência e submissão.

— Desculpem, pessoal. — Ele faz que não enquanto o puxam e empurram porta afora. — Foi só um engano. Achei que fosse minha acompanhante.

— Nunca mais, Irmão Ryder — ralha nossa professora. — Vá para sua sala no fim do corredor. O Irmão William o levará. Agora.

— Sim. — Mal consigo escutar o sussurro de Ryder. — Desculpe, diretora.

Ela fecha a porta atrás de Ryder e seu acompanhante temporário, selando-nos em nossa prisão. Então a diretora se recompõe antes de voltar a repetir o que disse no dia anterior.

Mas naquele momento, algo além de Ryder escapou. Dos recessos da minha mente emerge uma forma ágil e brilhante; uma borboleta, voando sobre um abismo cinza. Já basta de ilusões, mudanças de quarto, trapaças e mentiras. Eu o encontrarei. Eu o terei. Terei Ryder nos meus braços esta noite.

A escadaria do saguão.

Meia-noite.

Cinco batidas.

Jamais fiquei tão empolgada com alguma coisa na vida.

35
PHEE

Estou no mesmo quarto há dias.

Talvez semanas.

Já não sei mais. A única forma de dizer que o tempo está passando é o nascer e o pôr do sol além da minha prisão de vidro, além das duas refeições que jogam no meu quarto todos os dias. Então batem a tranca do outro lado e volto a ficar sozinha. Queria ter um pedaço de papel ou coisa parecida para marcar os dias. Queria ter um monte de coisas, na verdade.

O tempo está me enlouquecendo. Tenho espaço demais para pensar. Quando menos espero, minha mente está fixa em certas coisas, questionando outras, como se pegasse cada memória e a inspecionasse, tentando ver com o que se parece debaixo da luz, de outro ponto de vista. É isso que Sky faz: analisa. Reexamina. Tenta entender o que tudo *significa*, por que as coisas são como são. Odeio fazer isso.

Tenho pensado bastante em Sky. No que me disse na YMCA. Em como sua intuição disse que havia algo de errado com este lugar. Em como tentou me alertar.

Em como desejei que o Standard fosse uma resposta real, a ponto de não ouvi-la. Em como desejei que houvesse um lar nesta ilha para mim, Mamãe, Sky, Ryder, Trevor. Até mesmo Sam. Acreditei que um maldito milagre pudesse acontecer em Manhattan. Agora estamos aqui, presos com esses psicopatas. Com um sujeito obcecado por nos salvar, por nos fazer encontrar nosso próprio "caminho para o Standard". E que chance temos, se nenhum de nós consegue sair do caminho?

Estou me torturando, é claro. Mas não consigo fazer a cabeça parar.

Depois de sabe-se lá quantos dias, ouço uma batida na porta, então a tranca é puxada e Robert entra. Metade de mim fica animada por ver alguém, qualquer um além do meu reflexo tremeluzente nas janelas. A outra metade quer acabar com ele e sair correndo pelos corredores.

— Irmã Phoenix — diz Robert. — Imagino que os irmãos a estejam alimentando.

— Acho que sim.

Ele se senta na minha cama, sem pedir, e esfrega as mãos nos cabelos pretos.

— A solitária ajudou a mudar o seu ponto de vista? — Ele me olha esperançoso. — No seu tempo sozinha, com Deus, você conseguiu passar a enxergar as falhas no seu comportamento?

Esse cara é inacreditável.

— As falhas no *meu* comportamento? — indago. — Robert, você está, tipo, delirando. Vocês me separam da minha família, me obrigam a ficar aqui, me jogam nesse quarto por dias... semanas... e você quer que eu simplesmente diga que está tudo bem, e que eu tenho que compreender isso?

Algo muda no rosto de Robert quando ele segura minhas mãos outra vez.

— Mas você *não* está entendendo. Você não está entendendo nada.

E finalmente situo a emoção que rasteja pelo rosto de Robert. É medo.

— Estou aqui há muito tempo, Phoenix. Vi o Standard evoluir, mudar. Alguns pequenos passos, depois outros, e as coisas estão bem distantes de onde começaram. Eu vi o Mestre Wren crescer, mudar. Há muito mais coisas sobre isso do que você jamais seria capaz de entender. — Ele respira fundo, e eu aproveito para fazer o mesmo, porque, se ele está com medo, eu não consigo nem imaginar o quanto eu deveria estar surtada. — Agora, eu amei o seu pai. E me preocupo com a sua mãe, profundamente, me preocupo com você. Mas jurei a vida ao Standard, e acredito no Mestre Wren. — Ele olha para mim. —Vou trazê-lo agora. E preciso que lhe diga que está farta de resistir, que está aberta e pronta para ser preenchida. Isto aqui é o fim da linha, Phoenix. Você entendeu?

Sei que deveria dizer sim... sinto isso, pela gravidade nos olhos de Robert, pela forma como suas mãos mexem nas minhas. Mas não consigo falar.

Então me limito a fazer que sim.

— Bom.

Horas já se passaram e nada de Robert. Mas tudo bem. Preciso do tempo para esboçar um plano, como sempre. Preciso ser criativa. Preciso encontrar uma forma de chegar até Mamãe e minha irmã e nos libertar deste pesadelo.

Fico girando as advertências dele na cabeça, então jogo as ameaças do idiota do meu acompanhante nessa mistura. Então penso no que Ryder disse em nosso encontro no banheiro, que Sam estava no azul celestial... *Ryder, Mamãe, Sam... o Standard... outros meios, o azul celestial.*

Então percebo.

As pessoas insistem em dizer que Wren tem uns tais métodos para fazer as pessoas amarem o Standard. E falam o tempo todo nesse azul celestial, um lugar ultrassecreto onde só adultos são bem-vindos. Preciso descobrir onde fica para encontrar minha mãe e Sam e quebrarmos tudo neste hotel. Mas, para isso, tenho certeza de que Wren precisa chegar à conclusão que nada mais vai funcionar, que não tem escolha a não ser me mandar para lá.

Quando chega com Robert, o Mestre Demente tem um brilho de esperança nos olhos. Sei que os dois esperam que eu sorria e diga *Obrigada pelo Standard, o único Standard, o sublime Standard* ou outra piração qualquer, mas tenho os meus planos. Dos bons. E não tenho mais nada a perder.

Wren senta na cama e toma minhas mãos nas suas. São frias e espinhentas, como dois lagartos.

— Robert me contou que esse tempo de solidão operou maravilhas na sua alma. Que você está pronta para aceitar o Standard. — Ele sorri. Então se curva e aproxima o rosto de mim, até demais. — Ele tem razão, Irmã Phoenix? O que você tem a me dizer?

Respiro fundo e lembro a mim mesma de que devo ser forte, pela minha família. Não abaixar a cabeça para esse monstro até ouvir as palavras "azul celestial".

— Pegue o seu Standard e enfie no rabo — sussurro de volta.

Robert leva as mãos ao rosto, ao passo que Wren pula para fora da cama.

— Isso não passa de desperdício do tempo do salvador! — grita ele para Robert, que tenta balbuciar uma desculpa.

— Eu pensei que tivesse explicado, pensei...

— Faça.

— Mas Mestre Wren, ela é jovem demais.

— Depois desse circo você ainda ousa me questionar? —· Wren puxa Robert para fora do quarto.

— Esperem, não vão! — O pânico me coloca de pé. Será que entendi errado? O que deixei passar? Vou atrás deles, gritando. — Eu achei que iria para o azul celestial! Por favor... preciso ver a minha mãe! Me levem!

Mas eles fecham a porta na minha cara.

Estou sozinha outra vez.

E a solidão não perde tempo. Ela sobe pelas minhas costas e monta nos meus ombros. É tão pesada que quase me esmaga.

Minha refeição chega tarde aquela noite. Ao menos parece tarde, a julgar pelo sol. E apesar de não ter vontade de comer, pego o prato e o limpo em três garfadas. É uma coisa aguada com carne, raízes e milho, um naco de pão e um copão de água.

Então deito e tento apenas relaxar, apenas continuar visualizando Mamãe e Sky, Ryder, Trevor e Sam, imaginar todos nós saindo deste hotel enquanto ele arde em chamas às nossas costas.

Mas é estranho.

Toda vez que fecho os olhos, luzes vermelhas brilhantes passam a pulsar, como se, literalmente, houvesse fogo debaixo das minhas pálpebras. Sento e balanço a cabeça, mas isso apenas faz a cabeça latejar. O quarto começa a girar, as paredes a tremer e, centímetro a centímetro, vir na minha direção.

Jogo as cobertas de lado e corro para a porta.

Mas quando contorno o canto do vestíbulo, a porta parece estar a um quilômetro de mim. E o pequeno corredor insiste em continuar crescendo, a ficar mais e mais comprido. Meu coração passa a bater rápido demais para continuar dentro do peito por muito tempo, então cambaleio até a cama para deitar de novo e me acalmar. Talvez isso tudo seja um pesadelo.

Talvez eu apenas precise acordar.

Mas as luzes vermelhas se multiplicam toda vez que fecho os olhos, ficam azuis, então verdes e então assumem a forma de rostos, até que são milhares de rostos nas cores do arco-íris dançando debaixo das minhas pálpebras. Solto um gemido. Quando abro os olhos, os rostos não somem.

Algo está errado.

Merda, algo está *muito*, muito errado.

36
SKY

Desde que chegamos ao Standard, meu lugar à mesa do jantar sempre ficou próximo ao de Wren, mas hoje à noite estou espremida entre Quentin e o mestre de cerimônias em pessoa. Apesar de ter certeza de que qualquer garota do Standard se sentiria para lá de "abençoada" por um lugar prestigiado como aquele, às vezes chego a sentar em cima das mãos para não pegar a faca e enterrá-la no peito de Wren.

Não paro de pensar em ver Ryder hoje à noite. Lembro que preciso suportar esse jantar para poder me encontrar com ele. Mentalizo, *digo a mim mesma* para manter o controle. E consigo. Até que Mamãe chega.

Ela se junta a nós na mesma sala de jantar onde encontrei Phee tantas noites atrás, mas chega apenas ao final do primeiro prato. Está acompanhada de Robert e outro homem de meia-idade. Quase saio correndo quando a vejo. Mas conheço as regras, então fico grudada à cadeira, um pouco zonza por estar perto dela, vê-la depois de tanto tempo.

O trio se arrasta sob a luz do candelabro...

Algo está errado. O rosto da minha mãe... não tem hematomas ou feridas... mas está vazio. Irrequieto e comprido. Seus olhos assustados cedem ao peso de duas grandes bolsas cinza. Seus lindos cabelos castanhos estão molhados de suor, desgrenhados.

— Mamãe! — deixo escapar.

Meu corpo dói de vontade de correr até ela, minha boca se abre para gritar. Mas sinto os olhos de Wren em mim, então, com cada grama de autocontrole que tenho, fico arriada ao seu lado.

Wren relaxa.

— Irmã Skyler — diz ele, satisfeito. — Não precisa se preocupar. É apenas a sua mãe voltando do azul celestial. — Ele coloca a mão sobre a minha. — As primeiras viagens são sempre as mais duras. A Irmã Sarah se ajustará.

Um pensamento finalmente se encaixa no lugar, como a peça que faltava no quebra-cabeças desse hotel.

O azul celestial não é um lugar.

É sobre *drogar* as pessoas, reprogramar a mente delas em nome do "plano divino" de Wren. Drogar as pessoas para que não resistam. Para que não pensem.

Não consigo olhar para Mamãe. Essa mulher, que mal se mantém de pé, que ri e chora como um vampiro oco, essa não pode ser minha mãe.

Mas me refaço e brindo Wren com o melhor sorriso que consigo.

Devo à minha irmã a capacidade de sobreviver a este hotel, se é mesmo possível chamar o que faço de sobreviver. Phee, que é capaz de aceitar sem questionar. Que não se dá ao trabalho de distinguir certo e errado, mas apenas o que é e o que não é. Pensei muito no que ela me disse aquela noite no parque, antes das lutas na Rua 65. Quando eu estava tão determinada a escancarar as regras do parque e lhe mostrar quão pouco havia ali dentro. *Quem dá a mínima para como as coisas deveriam ser?*, foi o que ela disse. *O que importa é como elas são.*

Agora estudo cada movimento, imito cada gesto dos fanáticos do Standard. Faço acreditarem que estou sendo *domada*. E tenho certeza de que acreditam na minha fachada.

Então por mais que minhas pernas estejam loucas para ir até Mamãe, puxá-la num abraço feroz e arrancá-la de seu sofrimento cinzento, sei que não posso correr esse risco, por todos nós. Existe a chance de terem trancafiado Phee em algum lugar, de terem lhe apresentado ao azul celestial ou coisa pior.

Faço que não. Não posso, não *vou* me permitir pensar nisso. Se o fizer, os poucos pontos que me seguram inteira finalmente se romperão.

Os dois acompanhantes ajudam Mamãe a se sentar. Ela não olha para mim uma vez sequer durante o jantar, e um pânico que a tenham apagado e destruído ameaça me devorar viva.

— Você se ajustou tão bem ao Standard — sussurra Wren. Ele gentilmente afaga minha mão enquanto os garçons tiram a louça da sobremesa. Estremeço com o toque, mas não me esquivo. — Você e o Irmão Trevor são o epítome do que esperamos cultivar aqui.

Trev. Meu Deus, espero que ele esteja bem. Estou doida para perguntar, mas conheço as regras do Standard quanto ao silêncio dos devotos durante as refeições. Então me limito a fitar Wren com olhos suplicantes.

Ele faz que sim.

— Você pode se dirigir a mim.

— Mestre Wren... o Irmão Trevor também está no azul celestial?

— Não, ele está encontrando seu caminho sem ele. Os jovens da nossa comunidade o receberam de braços abertos. — O rosto de Wren fica solene. — Tento não levar crianças ao azul celestial, se puder evitar. Não é para aqueles de coração fraco, ou de mente fraca. — Ele desvia a atenção de mim e concorda com a cabeça quando os devotos passam a deixar a mesa e se encaminhar aos quartos. Robert também leva Mamãe e, apesar de estar louca para segui-los, me esforço para permanecer no meu lugar.

— Irmão Quentin, você também deve se retirar — diz Wren.

Quentin pausa por um momento no meu outro lado. O rosto do meu acompanhante fica consternado, mas ele não protesta; ninguém jamais protesta. Ele se arrasta de volta às sombras do Standard, e agora Wren e eu estamos sozinhos à mesa.

— Mestre Wren, se me permite perguntar, e... e quanto à Irmã Phoenix?

— Aquele touro de criança. Ela nunca *fecha* aquela matraca, não é verdade? Jamais obedece. — O riso dele soa como um estalo agudo. — Osculação proibida com o Irmão Ryder no banheiro. Violência. Recusa a aceitar as lições. Não resta opção para ela a não ser o azul celestial. — Wren suspira e me afaga outra vez. — Ela é tão diferente de você.

Gotas de suor escorrem pelo meu couro cabeludo, minha garganta começa a fechar. Phee está bem? Será que já a pegaram? Penso na minha mãe, que balbuciou sozinha o jantar inteiro, e quase grito. *É aquilo que espera por Phee?*

Mas enfim, o que Ryder fazia no banheiro com ela? Phee foi pega... beijando ele e por isso está sendo punida? O ciúme abre caminho para a fúria. É tudo culpa de Ryder?

Não posso pensar nele agora, sobre como pode estar levando nós duas na conversa. Como ela pode estar sendo drogada num canto escuro desse inferno só porque ele não conseguiu manter as mãos longe da minha irmã.

Penso apenas em nos tirar daqui.

Então me concentro na mão de Wren, que sugestivamente paira sobre a minha.

— A diretora nos falou do azul celestial, Mestre Wren, que Deus lhe mostrou Seu poder divino — começo com cautela, fazendo força para articular as palavras apesar de me encolher de medo. — Ser o mensageiro de Deus, cuidar de Sua comunidade... o senhor carrega tanto peso nas costas.

Aquilo abranda o rosto de Wren. Por um momento, ele parece ficar frágil... mais jovem, até. Perece ser aquele pregador zeloso, cheio de esperança, estampado na capa do livro que repousa nas mesas de cabeceira de cada um dos quartos do Standard.

— Você tem razão. Carrego mesmo.

— Eu adoraria ajudar... — Me aproximo alguns centímetros dele, com todo cuidado, muito ciente de que, a qualquer instante, o predador ao meu lado pode se lançar contra mim. — Eu adoraria carregar parte do fardo. Talvez se soubesse mais sobre o azul celestial...

Wren aperta minha mão.

— Ah, Irmã Skyler, você já me ajudou muito mais do que imagina. — Ele me estuda, os olhos perscrutando meu rosto. — Mas talvez *deva* saber. Esse é o seu destino, assim como o meu. — Ele dá um riso triste, conspiratório, como se estivéssemos para compartilhar um segredo.

Sim, eu praticamente grito, *mostre esse azul celestial de uma vez, diga o que é, como destruí-lo.*

Wren pega minha mão e subimos alguns lances de escadas, atravessamos um salão e chegamos a uma sala escura e abarrotada no final de um corredor sem sinalização. Ele tira uma caixa de fósforos do bolso, acende uma fileira de velas num nicho na parede e a sala toda ganha vida. No centro do espaço, garrafas e frascos de vidro atulham uma ampla bancada e lançam sombras sinistras no teto. Pilhas caóticas de pastas e anotações feitas à mão repousam nos cantos da bancada e, no centro, há uma bandeja com papéis cortados em quadrados pequeninos.

— A obra da minha vida — diz Wren, gesticulando com um floreio para a bandeja. — A obra de Deus. O azul celestial.

Quando me volto para ele, confusa, Wren sorri.

— Dissolvemos as doses na comida. É mais fácil assim. E só precisamos de alguns poucos anos... e falhas... para aperfeiçoar a dosagem.

Sei que preciso manter a máscara, que deveria ficar maravilhada com os experimentos daquele alquimista louco, mas não consigo forçar outra coisa senão uma pergunta pelos lábios.

— Por quê?

No mesmo instante penso se fui muito longe, se fui direta demais. Afinal de contas, não preciso saber o motivo. Preciso apenas saber *como*, se existe um antídoto.

Mas Wren me olha com aquela expressão — *culpado? penitente?* — outra vez, e sei que vai responder.

— Foi depois que a ilha se tornou uma zona de ocupação, e os Aliados Vermelhos já começavam a reduzir seu contingente. — Ele fica com um olhar distante. — Passei a perder as pessoas. Elas estavam com fome, cansadas, e nosso trabalho missionário começava a minguar. Havia um desassossego neste hotel... conversas sobre abandonar a obra de Deus e finalmente enfrentar a rendição no parque. Rezei por uma resposta. — Ele ajeita a bandeja de alucinógenos com ternura, como se acarinhasse um animal de estimação. — E ela apareceu. Um grupo de missionários encontrou um jovem saqueador garimpando no Financial District, traficante numa vida passada. — Wren sorri àquela memória. — Dei respostas ao Ancião Francis, e ele me deu ideias.

Indico a bandeja com a cabeça.

— Como o azul celestial.

Wren faz que sim.

— Como o azul celestial. Nós o introduzimos nos serviços comunitários e... *tudo* mudou. As pessoas ficaram humildes. As pessoas temiam. Eram novamente os filhos de Deus, meus filhos. — Wren olha para mim. — O Ancião Tom não aprovou.

A menção ao nome do meu pai me sacode como um trovão.

Mas Wren apenas faz que não.

— Ele tentou me dissuadir. Quando argumentei que era o que Deus queria, Tom passou a reclamar, a planejar um motim. A dizer que alguns renascidos falavam que agora uma nativa comandava o parque, que, na prática, era a diretora do campo de prisioneiros. Ele disse que precisávamos nos render. Que o Standard servira ao seu propósito de manter-nos vivos, mas que estava acabado. — Agora Wren evita meu olhar. — Eu precisava que ele visse.

E apesar de perseguir o passado nos escombros desta cidade desde que me entendo por gente, tenho certeza de que não quero ouvir mais.

— Como... como assim *visse*?

— Eu não quis causar tanto mal — começa gaguejando Wren. — Queria apenas que o Ancião Tom voltasse a sentir o temor e o terror de Deus. Devo ter dado demais, eu... — O mestre do Standard se recompõe. — Ele quebrou, Irmã Skyler.

Quebrou.

— Tentei mantê-lo vivo, mas ele ficou completamente ensandecido, indomável... perigoso demais num mundo já tão perigoso. Precisei acabar com o sofrimento dele. — Wren agarra minhas mãos, tromba com a bandeja e um eco metálico grita sala afora. — Mas agora vocês estão aqui. Você não vê? Há anos oro a Deus e peço uma resposta, que confirme que ainda sou o escolhido, que a morte do seu pai foi um sacrifício, não uma tragédia. E Ele a deu para mim. — Wren se aproxima, com as feições distorcidas pela luz das velas. — E darei a vocês tudo que não pude dar ao Ancião Tom. A sua família é a minha redenção, Irmã Skyler. Vocês são a minha segunda chance.

Volto a pensar no homem da fotografia, no pregador otimista estampado na capa do livro no criado-mudo. Então olho para o monstro à minha frente. Essa cidade o virou pelo avesso, como fez com os monstros do metrô, com os cavaleiros do parque.

Quanto mais conheço a história desta ilha, mais sinto que estou me afogando. Como se não passasse de uma corrente escura que sobe em ritmo lento e implacável, me puxando para baixo.

Mas não posso demonstrar nada a Wren. Ele me observa, espera por mim numa encruzilhada. Eu o seguirei nesse caminho escuro e tortuoso, direi o que quer ouvir? Ou o questionarei, assim como meu pai?

— Obrigada... — engasgo com as palavras, mas consigo dizê-las. — Pelo Standard, o sublime Standard. O único Standard.

Wren abre um sorriso e segura meu rosto com uma mão.

— Um dia, você será uma esposa maravilhosa para um Ancião. — Ele acaricia meu braço e, juro, quase vomito. — Mas não seria melhor mantê-la no meu harém com a sua mãe? Veremos. No seu devido tempo. — Wren pega minha mão e deixamos o laboratório. — Assim como tudo, Irmã Skyler. No seu devido tempo.

37
PHEE

Sou uma imensa bola flamejante de loucura. Na verdade, estou queimando viva. É tudo culpa dos rostos vermelhos, azuis e verdes. Eles me atacam, centímetro por centímetro. Não me dão paz.

Clique, clique, clique e a porta está se abrindo. Três visitantes me olham de cima.

— Esses rostos — apelo aos visitantes. — Esses rostos estão me dilacerando.

Um dos visitantes vem na minha direção segurando uma faca... Espera, eu conheço esse cara. É Francis. Mas quando Francis se aproxima, vejo que não segura uma *faca*. É algum tipo de papel, bem pequeno e fino. Uma tira.

Deito para bloquear os rostos, mas eles estão por toda parte. De alguma forma, saíram das minhas pálpebras e agora marcham pela cama, me empurram, arranham.

— Você precisa ser dilacerada — sentencia Francis. — Destruída e reerguida. — Ele enfia o papel na minha boca.

— Dê apenas uma dose — sugere um sujeito que está com ele. Não posso abrir os olhos para ver quem é pois sinto que vomitarei se o fizer, mas conheço a voz. Robert. — A primeira já deve ter surtido efeito.

— Fique de olho nela enquanto trago Mestre Wren.

Mas logo estou sozinha. Robert e Francis me deixam com os rostos. Eles estão criando pernas e avançando. Estão se tornando um exército. Estão ficando mais fortes. Eles não vão me deixar em paz. Talvez nunca mais.

293

38
SKY

Estou enojada, quase paralisada de fúria. Com tudo. Não apenas com o fato de minha mãe estar sendo escavada por dentro, ou que Phee pode ser a próxima. Que a vida do meu pai foi roubada dele bem aqui, dentro dessas paredes sufocantes.

Estou furiosa com Ryder. Vejo-o correndo pela sala e me abraçando como se o mundo dele fosse eu. E, enquanto isso, dá uns amassos na minha irmã, faz com que ela seja flagrada e sai impune? Será que aceitou mesmo o Standard? Planeja nos manter na corrente, duas meninas perdidas, indefesas, até que se decida?

Não há relógio no meu quarto, então passo boa parte das próximas horas olhando furiosa pela janela, dizendo mentalmente à lua que se apresse e suba de uma vez. Conto os minutos até que pareça ser meia-noite. Tenho alguns cochilos breves, pensando apenas na cara de Ryder quando eu lhe der um fora.

Espero até que a noite fique tão escura que os prédios do centro começam a desaparecer na escuridão da meia-noite. Com cuidado, abro a porta e olho para os lados do estreito corredor abandonado. Vou para a direita na ponta dos pés, até as escadas no fim do corredor, e desço. Então me abrigo debaixo de um patamar e espero.

Ryder chega depois do que pareceu ser uma eternidade, tão longa que voltei a cochilar, acordando apenas ao som de passos apressados na escada. Aquela sensação morna de inquietude que geralmente tenho quando penso nele quebra sobre mim como uma onda. E está ainda mais forte agora que sinto o quão perto ele está. Mas tento lembrar ao meu corpo que estou furiosa.

Por segurança, não falo nada, apenas bato na escadaria de aço.

Bum-bum-bum-bum-bum. Cinco batidas.

— Skyler.

Eu hesito.

— Ryder. — Finalmente.

Os passos dele seguem na direção da minha voz.

— Você por acaso trouxe alguma luz? — sussurra.

— Não. E você?

— Não.

O rosto dele começa a se materializar na escuridão, mas não totalmente, apenas feições sombreadas.

— Quem se importa? — indaga ele. — Quase ver você já me basta, e agora você está bem aqui. — Ryder respira fundo. Ele se aproxima, mas me esquivo do abraço. Vejo-o hesitar, então retomar o controle. — Podíamos fugir daqui agora mesmo — sugere. — Ninguém saberia.

— Só nós dois? — pergunto, mas ele não percebe o sarcasmo, ou, se percebe, ignora.

— É assim que eles nos mantêm aqui, não é? Nos dividindo e enfraquecendo. Mantendo todos atados a esse hotel com correntes isoladas. — Ele fica em silêncio por algum tempo e, quando volta a falar, está atormentado. — Não vejo Sam desde que chegamos aqui, Skyler. Eles apenas continuam repetindo que meu irmão foi para o azul celestial.

Uma imagem da minha mãe no jantar, vazia, drogada, derrotada, me vem à mente. E apesar de estar furiosa com Ryder, não tenho coragem de dizer o que o azul celestial realmente significa para Sam.

— Este lugar é um portão do inferno, tenho certeza — esbraveja Ryder. — Então eles simplesmente fazem uma lavagem cerebral e aterrorizam todo mundo? Por que ninguém reage? Como todas essas pessoas simplesmente... *aceitam*?

Estranhamente, a pergunta dele me leva de volta às palavras de Phee, aquelas que passei a usar para navegar por esse hotel de horrores. *Quem dá a mínima para como as coisas deveriam ser?*, questionou ela sobre as regras do parque. *O que importa é como elas são.* Talvez dissecar tudo, rotular as coisas como certo ou errado, seja um luxo. Talvez seja possível julgar apenas quando não se está nas trincheiras, dia a dia, lutando para sobreviver.

— Elas engolem a doutrina do Standard há tanto tempo que talvez nem ao menos pensem que existe escolha — sussurro, ainda perdida em pensamentos. — Quando ficou escuro e profundo demais, já era tarde para escalar as paredes.

— Ah, por favor. O Standard é maligno, dirigido por pessoas malignas, terríveis. Pura e simplesmente — diz Ryder. — Não consigo acreditar que você pense diferente. Não é você quem tem todas essas regras claramente definidas sobre certo e errado? E vai mesmo dar a este lugar, a Wren, Robert e todos esses outros pirados do Standard um salvo-conduto? — A voz dele fica mais alta e um pouco mais irritada, o que me lembra que temos algumas contas a acertar.

— Pare de torcer minhas palavras — rebato. — Odeio este lugar pelo que está fazendo com a minha família. E com a *sua*.

Respiro fundo algumas vezes para me acalmar e tento manter a voz controlada, tirar dela toda a irritação, de modo a ser capaz de dizer friamente a próxima frase.

— Fico surpresa que tenha uma opinião tão precisa sobre o Standard — digo. — Já que as suas próprias escolhas morais são para lá de questionáveis.

Sinto Ryder recuar na escuridão.

— Do que está falando?

— Ah, você sabe do que estou falando.

— Desculpe, mas acho que não. Esclareça, Santa Irmã Skyler.

Já tremo antes mesmo de conseguir botar as palavras para fora.

— Minha irmã — começo. — Se você vai ficar com a minha irmã, não sei por que estamos nos encontrando no escuro.

— O quê?

— Você a colocou em perigo, sabia disso? Ela foi presa e punida por Wren pessoalmente. Então nem pense que vai levar nós duas na conversa.

— Espere, não. Skyler, pare. Escute...

— Achei que você fosse diferente. Mas você aparece e vira tudo de pernas para o ar. — Sei que não é justo culpar Ryder por existir. Por entrar no nosso mundo e alterá-lo para sempre, simplesmente por ser quem ele é. Mas é bem mais fácil culpar alguém na minha frente do que refazer os pequenos passos e tropeços que nos trouxeram até aqui. — Apenas me deixe em paz, está bem? Boa sorte para você e seu um milhão de esposas.

Levanto rápido e começo a subir as escadas.

— Skyler! — chama ele e, num gesto arrebatado, agarra meu pulso e me empurra contra o corrimão. Ele parece um monstro assombrado, indistinto, apenas as pupilas brilham na escuridão.

— Eu quero *você*. Não a sua irmã. E ela sabe disso. Ao menos deveria... assim como você.

Estou furiosa. Ainda não consigo acreditar nele. Mas quero.

— Wren disse que você a beijou no banheiro. Por quê?

— *Ela* me beijou. — Ryder se afasta um pouco de mim. — Tudo aconteceu rápido demais, e aquela garota psicótica que arrumaram para mim viu o selinho de dois segundos e fez o maior escarcéu. Eu jamais me insinuaria para Phee, ao menos nunca teria essa intenção. Ela é minha amiga, e além disso é sua irmã. — Ele suspira. — Eu teria acabado com tudo isso antes se soubesse, Sky. Você precisa saber que eu jamais colocaria ninguém da sua família em perigo. Eles são muito importantes.

Não respondo, apesar de as palavras dele serem as certas.

— Sky, por favor. Você precisa acreditar em mim. Eu juro. Juro pela vida da minha mãe.

Então as mãos de Ryder atravessam o espaço entre nós, seus dedos cuidadosamente acham o caminho até a minha barriga na escuridão. Aquele toque provoca um tremor e me aquece ao mesmo tempo.

— Fiquei intrigado por você no instante em que a vi. No parque. Do meio da mata. — Os dedos dele se acostumam ao toque, dançam cuidadosamente no meu abdome e envolvem minha cintura. E sei que ele espera que eu me afaste, que diga para parar. Mas não consigo respirar, quanto mais falar qualquer coisa.

— Uma garota assustadoramente linda, fazendo pedidos para a lua — sussurra ele, então tira a mão da minha cintura e, com muito cuidado, corre os dedos pelo meu braço. — Você é uma estudante do velho mundo. Uma cruzada por um futuro moral — continua, com nada além de sussurros quentes no meu ombro. Então ousa colocar suavemente os lábios na minha orelha. Toca, provoca. O efeito são ondas que se espalham pelo corpo todo. — E não posso lhe dar adeus outra vez. Não vou. Nós vamos sair daqui, Skyler. Juntos.

E apesar de parte de mim querer ficar ali, aninhada nos braços dele, e simplesmente esquecer o mundo e todos os seus monstros por um minuto, a saudade da minha família, crua, quase primitiva, me afasta.

— Estou com medo de jamais as encontrarmos, Ryder.

— Pare, Skyler, não diga isso. Nós vamos dar um jeito.

39
PHEE

O pequeno e feroz exército de rostos vermelhos, verdes e azuis não me dá paz. Pelo contrário, eles continuam avançando. Ocuparam barracas permanentes nos meus ouvidos, na minha boca, na minha mente.

Chegou a hora de sair daqui, sussurram. *Nós mesmos precisamos buscar a redenção.*

O exército me bota de pé, me puxa até a entrada, maneja meus braços e empurra a porta. Não sei que magia negra usam, mas, pela primeira vez desde que fui jogada aqui, a porta preguiçosamente se abre para o corredor.

Não hesito. Não faço perguntas. Cambaleio pelo corredor, com a mente tão insegura e vacilante quanto os pés.

Para as escadas, brada o exército.

Nos arrastamos até a escada, cada passo trêmulo e titubeante como se atravessássemos um campo minado. Chegando lá, agarro o corrimão como se fosse a única coisa capaz de me manter de pé.

Duas formas flutuam da escuridão das escadas. Não vejo quem são aquelas pessoas, mas estão enlaçadas. É íntimo, sinto que topei com algo sagrado. Eu não devia estar aqui.

Bater em retirada, digo ao exército.

As formas se moldam da escuridão como argila, são...

Sky e Ryder, nas escadas.

Mas não pode ser.

Eles estão livres? Estão juntos?

Esqueceram completamente de mim?

Eles me trancaram naquele quarto?

A traição se alastra como fogo, marca meu corpo a ferro.

— Phee! — diz Sky, aturdida. Ela se desvencilha do nó de braços e pernas. — Graças a Deus. Onde você estava...

— Não finja que se importa! — *Tirem-me daqui, estou falando sério*, digo ao exército.

— Phee, pare... — diz Ryder.

— Não, pare você! Me deixe em paz!

— Phee, por favor! — Eles me cercam, tentam me segurar. Mas algo desatou dentro de mim, não consigo parar de me mexer.

— Phee, deram alguma coisa para você? — pergunta Sky, e olha bem para mim. — Ryder, Wren disse que ia drogá-la. Ela tomou alguma coisa, eu sei. Ajude, por favor.

Ryder olha no fundo dos meus olhos, tentando descobrir que segredos guardo. Mas estou vazia. Aqueles dois simplesmente me arrancaram as entranhas.

— Me deixem em paz.

— Phee. — Sky está chorando. — Ah, meu Deus, o que eles fizeram?

Ela me estende a mão outra vez, mas estou destroçada, não consigo mais me controlar. Dou um tapa na mão dela, então estapeio as paredes, o ar, as janelas. Está tudo se fechando à minha volta. Quero ir para casa. Não, quero *voltar* para como as coisas eram antes. Quando sabia quem eu era, quem ela era. Quando não havia nada entre nós.

Agora temos o mundo inteiro entre nós.

— Ryder! — grita Sky. — Ryder, precisamos fazer alguma coisa!

— Phee! — A voz de Ryder me agarra e me sacode no escuro. — Phee, por favor, por favor, você está aí?

Mas eu o odeio naquele momento. Não quero Ryder. Não se ele não me quiser.

Fecho os olhos e desejo voltar no tempo. E o exército escuta. Eles me carregam para lá. Não sei como, mas carregam, então estou deitada no meio de um descampado verde.

Cheiro o ensopado na panela, o aroma pesado de carne no ar.

E Sky está ao meu lado. Não essa Sky, mas a que me entende. A que jamais me abandonaria por um garoto.

E então sei onde estamos.

— O parque — sussurro. — Sky, o parque.

O exército fica mais barulhento e agitado, está furioso por eu ter falado. *Deixe que cuidamos disso*, dizem. Eles gritam lá de dentro, me mandam desistir.

Então desisto. São muitos. Não consigo mais detê-los.

Deixo que o exército acabe comigo, que me derrube pedaço a pedaço até que não sou nada além de vazio.

Um buraco negro outrora conhecido como Phee.

40
SKY

Os olhos de Phee ficam vazios, mortos. Ela ainda está trêmula nos braços de Ryder, mas a luz em seus olhos se extinguiu, soprada como a chama de uma vela.

Minha irmã. Minha jovem, forte e bela irmã estremece como um vampiro oco. Está como Mamãe. A nova Mamãe, a Mamãe vazia.

Caio no chão. Não consigo respirar. Não consigo... não consigo fechar os pontos no meu coração.

Ryder gentilmente sacode os ombros de Phee e tenta acordá-la, voltando a sussurrar em seu ouvido.

— Phee. Phee, por favor, Phee. Nós sabemos que você está aí.

Mas ela não responde, não faz nada.

— Ela está respirando?

Ryder escuta seu peito e faz que sim.

— Sim, sim, ela está respirando. Deve ter desmaiado. Sky, eu não... — Ele olha para mim, atônito. — Não sei o que deram a ela.

— Eu sei. — Hesito. — Um alucinógeno... chamado azul celestial.

Uma lenta onda de compreensão passa pelo rosto dele. Mas antes que consiga responder, ouvimos passos. Passos exasperados acima de nós na escadaria, talvez três, quatro pessoas.

— Precisamos ir — diz Ryder. Ele tenta me puxar para descermos, mas não posso deixar Phee.

— Sky, precisamos ir — sussurra ele. — Se nos encontrarem, também ficaremos assim. Não ajudaremos ninguém sendo pegos. Vamos.

Ele tem razão. Mas a culpa me deixa pregada onde estou, tentando me desvencilhar de sua mão.

Olho para o rosto vazio de minha irmã, congelado.

— Pegue-a. — Minha voz está alta e embargada. — Vamos levá-la. — Começo a puxar o braço de Phee, mas ela é um peso morto. — Ajude aqui.

Ryder segura meus braços com um pouco mais de força. Então me tira do chão, me ajeita no ombro e me carrega por dois lances de escada. Ele abafa meu grito de surpresa quando os passos param e ouvimos vozes acima de nós.

— Aí está ela! — brada uma voz familiar acima de nós.

— É bom agradecer ao Standard, Robert. Como você pôde deixar a porta destrancada? — responde outra, e tenho quase certeza de que é Wren.

— Corri de volta ao meu quarto — rebate Robert. — Foi um minuto, talvez dois, juro. Ela estava apagada quando saí.

— Você é mole demais com esta aqui, desde que chegaram. — Wren não diz mais nada por um minuto. — Bem, agora ela com certeza está apagada. Não causará mais problemas por algum tempo.

Voltamos a ouvir passos arrastados, então gemidos de esforço. Devem estar carregando Phee escada acima, de volta ao quarto. Mas não posso perder minha irmã para este hotel outra vez. Não posso permitir que seja sugada para o labirinto de corredores assombrados até se perder completamente.

— Precisamos segui-los — sussurro.

Ryder leva um dedo aos lábios.

— Dou mais uma dose para ela? — pergunta um terceiro homem.

— Mais uma dose pode matá-la. Daremos outra amanhã de manhã. Outra na manhã seguinte e daí por diante. Nós a incluiremos no rodízio oficial. Peça para uma das diretoras passar algum tempo com ela no pico da viagem. Ela vai aceitar. Todos aceitam. — Uma pausa. — É uma pena, odeio usar este método com crianças.

Os passos retrocedem por onde vieram.

— Ryder. — Estou a ponto de perder completamente a cabeça. — Meu pai. Você não entende. Nós precisamos segui-los, precisamos...

Ele faz que não.

— Se colocarem as mãos em você, não vou conseguir me perdoar.

— Você ouviu, eles vão continuar fazendo isso com ela. Até que ela aceite, ou até acabarem com ela. Eu não posso...

— Skyler, por favor, já perdi gente demais. Eu não suportaria ver isso acontecer com você. — Ele me aperta a mão. — Escute, Wren acredita que sua família é especial... alguns garotos do Standard e até mesmo as diretoras sussurram isso. — E apesar de não querer admitir, sei que Ryder tem razão. Wren deixou muito claro. — Então precisamos usar isso, Skyler. Precisamos que continue a ser a cidadã-modelo do Standard até encontrarmos um jeito de sair daqui.

— Ryder, não posso simplesmente voltar para o meu quarto e... e *torcer* para que tudo dê certo.

— Não, nos encontramos amanhã no mesmo horário, no mesmo lugar, e decidimos o que fazer — diz ele. — E se por algum motivo eu não aparecer, você foge daqui o mais rápido que puder. Você vai sozinha, entendeu?

— Eu jamais iria sem minha mãe ou Phee. — Engulo seco. — E jamais iria sem você.

Ele me dá um de seus sorrisos enviesados.

— Eu prometo, você não precisará fazer isso.

Os passos de Ryder são tão leves que mal consigo ouvi-lo nas escadas. Espero muito tempo na escuridão, paralisada, com os pensamentos circulando como abutres, espreitando minha sanidade.

Enxugo as lágrimas, enxergando praticamente nada. Vejo Mamãe, uma zumbi, gritando e balbuciando sozinha no jantar à luz de velas. E Phee se debatendo contra o mundo, e então nada além de uma casca oca.

Minha mãe, Phee, Sam... Se todos estão sofrendo uma lavagem cerebral, se estão sendo drogados até que escorra a vida, quem deterá Wren?

Como Ryder, Trevor e eu derrotaremos um mestre da manipulação e seu exército de fanáticos?

Prometi a Ryder que voltaria para o quarto, que me embrulharia naquelas cobertas quentes e sufocantes e acordaria pronta para continuar com esse jogo de azar.

Mas sei, assim como sei que o sol se levanta sobre o rio East, que nunca sairemos vivos deste lugar se voltar ao meu quarto.

Vasculho a cabeça tentando pensar numa saída, uma forma de deixar Wren de joelhos, mas é inútil. Vasculho minha própria mente, tropeço, tento me agarrar a apoios que simplesmente não estão lá.

Não há refúgios ou clemência, não há respostas neste hotel.

Então a voz atormentada de Phee me belisca.

O parque. Sky, o parque.

Sento num sobressalto, com os raios de uma ideia se insinuando.

O parque.

Rolladin.

Mas não é uma resposta real.

Na última vez que pisamos no parque, fugimos para salvar nossas vidas, com um prêmio por nossas cabeças e cavaleiros nos calcanhares. Somos procurados por assassinato, ir ao parque seria suicídio.

Mas então, louca e cheia de esperança, penso no diário. Rolladin amava Mamãe. Ficou óbvio naquelas páginas, mesmo que não fosse óbvio para Mamãe. Rolladin pode nos amar também.

Pode, zomba uma pequena e mais prudente parte de mim. Ela apresenta provas claras como fotografias: várias chances, as rações a mais. A liberdade quando outros recebiam prisão ou coisa pior.

Ela também amava você.

A líder do parque de alguma forma é a mesma mulher, a Mary do livro de Mamãe? Seria capaz de nos salvar? Será que faria isso?

Estou disposta a arriscar a vida para descobrir?

Penso na alternativa, que é ficar aqui, e sei, sem a menor sombra de dúvida, que essa não é uma escolha.

É nossa única chance.

Desço correndo as escadas, os pés mal tocando os degraus, abro cuidadosamente a porta no térreo e olho para o saguão. Não há guardas armados aqui à noite, como no Carlyle. Apenas dois jovens asseclas que fingem montar guarda, mas que na verdade estão se pegando num canto como se não houvesse amanhã.

Observo pacientemente das escadas. Finalmente, a garota, se fazendo de recatada, escapole e corre para trás da mesa da recepção. Quando o rapaz se lança atrás dela, saio de fininho pela porta de vidro do hotel.

Vestindo apenas minha fina camisola, corro noite adentro para o cadáver gelado de uma cidade, uma cidade que odeio desde que tive idade para saber o que significa odiar. Corro até o alto da High Line, mantendo o rio Hudson à minha esquerda. Corro até ficar com o corpo todo formigando, até os dentes começarem a tiritar tão forte que parecem que vão cair da boca. Corro até esquecer que saqueadores e devoradores podem estar à espreita nas sombras, até os ossos ficarem tão duros e frios que juro que vou espatifar.

Corra, Sky, quase consigo ouvir as súplicas de Phee no meu ouvido. *Corra.*

Quando a High Line chega ao fim, desço voando as escadas em frangalhos e continuo a correr. Deixo para trás a Rua 34, a Rua 42, subo a Broadway em meio a um labirinto de táxis imundos, um cemitério de placas desbotadas. Corro e corro, um tanto temerosa com o lugar para o qual estou indo, mas um tanto confiante de que todos os caminhos levam ao parque.

Paro apenas para respirar. Apenas quando os pulmões estão para explodir e o cimento castigou meus chinelos finos a ponto de as pernas estarem prestes a se despedaçar.

Por fim, as curvas e voltas da selva de pedra levam a uma floresta de verde e dourado outonal. E, por apenas um momento, sinto-me como Dorothy quando chegou a Oz, arrebatada pela beleza de tirar o fôlego do parque.

Então lembro da minha missão suicida. Não tenho um minuto, um segundo a perder.

Busco a parte de mim que nunca soube que existia... até essas últimas semanas, pelo menos. Minha camada de coragem malnutrida, minha suave corrente subcutânea de determinação. Fecho os olhos e imagino Phee ao meu lado.

Canalizo sua força.

Na última vez que estivemos nesta mata, fugíamos do zoológico, corríamos pela nossa vida. Agora corro contra o tempo para entrar de novo nesse mesmo lugar.

Respiro fundo e me lanço na direção da floresta. Começo a gritar antes de chegar às árvores, um bramido profundo, intenso, não a minha voz. A voz de uma pessoa melhor.

Uma pessoa destemida.

— Por favor, conceda-nos a clemência dos cavaleiros! — grito para a escuridão, com a camisola esvoaçando atrás de mim como uma bandeira branca. — Por favor, conceda-nos a clemência dos cavaleiros!

41
PHEE

Eu não sou eu mesma, mas consigo ver a mim mesma. Ao menos vejo quem eu era, quem acho que era — Phoenix. Cabelos loiros, olhos fechados, braços e pernas débeis. Flutuo em algum lugar qualquer agora, apenas uma *voyeur* sem um corpo.

Phoenix é levada escada acima por um grupo de homens. Eles a arrastam e empurram pelo corredor, e ela não oferece resistência. Fica inerte nos braços deles, consciente mas inconsciente, presente mas em outro lugar.

Como uma marionete. Não uma garota de verdade.

O grupo entra no quarto de Phoenix.

— Deitem ela na cama — ordena Wren aos homens que o seguem. — Ela não vai mais a lugar algum.

Os homens a deitam e Wren avulta sobre ela.

— Irmã Phoenix, isso tudo passará — diz ele com doçura, passando a mão nos seus cabelos. Ela tenta se esquivar, mas não consegue se mover. — Tragam o menino.

— Mas Mestre Wren — retruca um dos homens, Francis. — Achei que seria selado com ela.

Robert concorda.

— Mestre Wren, o menino é novo demais...

— Como você ousa me questionar, depois da confusão que aprontou esta noite — corta Wren. — *Eu* faço as perguntas! *Eu* sou a encarnação do Standard! — Ele suspira e se recompõe. — Se a dermos ao menino, nós o conquistamos. Se conquistarmos o menino, ganhamos aquele autoproclamado guardião dele. Stryder, Ryder, ou sei lá. Se o tivermos, temos o irmão — prossegue Wren. — Então também teremos a mãe e a irmã da garota. As pessoas não passam de dominós. Derrube a peça certa e todas cairão. Venham — ordena. — Vamos pegar o menino.

42
SKY

Eles me pegam no Grande Gramado. São pelo menos dez. Saem das árvores, atraídos como mariposas pela trabalhadora fugida que afunda nas chamas.

— Por favor, conceda-nos a clemência dos cavaleiros!

Cinco, dez e então quinze cavaleiros convergem sobre mim e me tiram do chão, então sou apenas um animal capturado, pronto para o espeto.

— Você deve ser suicida — sibila Lory no meu ouvido enquanto a tropa de guardas me carrega para o castelo. — Há semanas Rolladin colocou um preço pela sua cabeça. Você assinou sua própria sentença de morte voltando ao parque. — Ela solta um riso tenso, confuso. — Essa sua família é masoquista.

Irrompemos no salão penumbroso do Castelo Belvedere, o calor dos candeeiros queimando meu corpo congelado como gelo em chamas. Quase me arrancam os braços quando sou puxada castelo adentro. O teto estranhamente parece mais baixo, o corredor mais curto do que me lembrava, especialmente quando penso na desconcertante torre de vidro em que estamos presos agora.

Rolladin está nos seus aposentos quando chego. Ela me aguarda, a notícia da minha volta voou mais rápido do que eu jamais seria capaz.

— Nós a encontramos gritando no parque. — Lory me empurra para a frente de leve. — Ela pediu a clemência dos cavaleiros.

Rolladin não olha para mim uma vez sequer; tem olhos apenas para os guardas.

— A clemência dos cavaleiros — balbucia. — Hmm.

Lentamente, vai até o bar atrás da mesa, em um canto afastado. O mesmo de onde tirou a garrafa de uísque para Phee e eu, todas aquelas noites atrás. Quando meu maior medo era ser ofuscada por minha irmã caçula, vê-la se tornar uma cavaleira. Esse medo soa como um luxo se comparado a tudo que nos aguarda no Standard agora.

Rolladin serve a si mesma uma dose generosa de uísque e vira a bebida. Os cavaleiros e eu ficamos atentos a seus movimentos, aguardando que fale.

Ela empurra o copo sobre a mesa.

— Vocês mataram um dos meus guardas. Feriram outro — afirma ela por fim. — A clemência dos cavaleiros dificilmente seria o caso. — Ela olha para Lory enquanto profere minha sentença. — Confinamento em solitária. Levem-na para a torre dos primatas.

Não.

— Sim, Rolladin — dizem os guardas em uníssono, então apertam meus braços e me puxam até a porta.

— Foi um acidente! — balbucio. — Foi legítima defesa. Cass ia matar Phee! — Tento me desvencilhar dos captores, apelar para Rolladin com olhos suplicantes. — Preciso da sua ajuda! Elas estão sendo drogadas! Minha mãe, Phee, nós precisamos de você! Por favor!

— Calada. — Lory me vira para o outro lado, continua a me arrastar pelo corredor enquanto me debato com toda energia que me resta.

— Por favor, Rolladin! — berro por cima do ombro. — Elas vão morrer. — As lágrimas começam a rolar. — Você precisa me ajudar, por favor!

Rolladin caminha lentamente atrás de nós enquanto sigo aos safanões corredor acima. Estico o pescoço, tentando vê-la, tentando fazer com que me veja, mostrar o desespero nos meus olhos. Tento atravessar a Rolladin exterior até a Mary dentro dela, a mulher sobre quem li, aquela que passei a enxergar.

— Minha cara, a única coisa que aprendi na guerra — diz Rolladin entre os dentes enquanto sou levada pelo corredor e de volta para o frio; sua silhueta fica menor, a voz, mais baixa, como se eu flutuasse para longe da costa — é que essa história de segunda chance na verdade não existe.

Antes que o vento frio fora do castelo me fustigue, grito mais uma vez.

— Mary!

Então as portas se fecham.

Eles me deixam, sozinha e tremendo de frio, na torre dos primatas.

43
PHEE

Phoenix não se mexe. Ainda estou aqui, observando. À distância, uma espectadora num show de horrores encenado atrás de um vidro.

Dois asseclas de Wren voltam com uma bacia cheia de água e uma toalha para limpar Phoenix, prepará-la para algo que, tenho certeza, não quero ver. Eles rapidamente terminam o trabalho e deixam a bacia e a toalha no banheiro. Penduram uma de suas tochas em um suporte na parede.

Há silêncio por um minuto, uma vida. Então vozes diferentes entram no quarto.

— Mestre Wren. — É Trevor, que não vejo há semanas, acompanhando Wren até o interior do quarto.

Vejo Trevor pelo que ele é. Um adolescente, apesar de não passar de um menino quando eu era Phoenix. É alto e magro, tem rosto bondoso, sereno, olhos confusos. E parece estar nervoso. Mas também feliz, ansioso. Ao contrário de mim. Ao contrário da garota na cama.

— Irmão Trevor, vemos que está disposto a aceitar o Standard de bom grado —sussurra Wren no ouvido de Trevor. — E recompensamos aqueles cuja alma está vazia e pronta para ser preenchida. Como prometi, essa irmã é nosso presente para você.

— Presente — repete Trevor. O rosto dele está confuso, atormentado. Como se soubesse que algo está errado, mas preferisse não pensar a respeito.

— Você tem idade o suficiente para tomar parte no mais sagrado princípio do Standard. Ser selado com outra criatura, criar nova vida para servir a mim e ao meu Standard. Apenas então realmente fará parte de nós — sussurra Mestre Wren. — Você entende o que estou lhe pedindo?

Trevor fica em silêncio por um longo tempo.

— Acho que nunca fiz parte de nada.

— Mas fará amanhã de manhã — acentua Wren. — Não me decepcione.

Mestre Wren se afasta de Trevor e sai pela porta, deixando-o com Phoenix. Quero acordá-la. Quero sacudir Trevor. Mas não tenho mãos. Não tenho voz. Não me restou nada.

— Como... como você está? — pergunta Trevor a Phoenix.

Silêncio.

— Irmã Ava me contou que viu você beijando Ryder — acrescenta ele. — Eu não me importei.

Mais silêncio.

— Amo você — deixa escapar. — Sempre amei.

Vejo-o deitar ao lado do corpo de Phoenix. Ele é terno com a garota na cama. Ele... leva os dedos aos cabelos dela com todo carinho, como se ela pudesse sumir se fosse descuidado. Ousa tocar o ombro dela com os lábios, deitado de lado, colando o corpo ao dela.

— Eu sei que você se acha boa demais para mim — sussurra. Com cuidado, leva a mão à barriga dela. Ele sonda o terreno centímetro a centímetro. — Você *é* boa demais para mim — diz. — Mas talvez mude de ideia. Algum dia.

Depois de um longo tempo deitado, ele cuidadosamente se apoia nos braços e fica sobre ela. Vejo seu rosto ficar cinza. Ele sabe que algo está errado. Algo *está* errado, Trevor. Algo está muito, muito errado.

— A poção do amor fará efeito em breve, prometo — diz ele. — Então tudo será como deveria ser.

Ele se aproxima, estudando o rosto pálido, tenso, de Phoenix.

Chega bem perto dos lábios dela. E os toca de leve, com delicadeza...

Então para.

E aquela pausa rega uma pequenina semente de esperança em mim. Tento fazê-la crescer. Empurro-a para fora do meu corpo como um novo membro. Concentro a mente para que se estenda e acorde a garota na cama. Tento soprar vida nela, forçá-la a falar comigo. Implorar que diga a Trevor o que nos atormenta.

— Por favor — conseguimos sussurrar finalmente. — Não me veja assim.

44
SKY

Acordo num sobressalto quando jogam um pesado cobertor aos meus pés. Não me lembro de ter dormido. Tudo que lembro é de ser atirada atrás das grades, gritando até perder a voz, e me encolher num canto, derrotada. O ar estagnado da torre dos primatas, denso de umidade, deve ter me derrubado.

Dou um pulo ao ouvir o riscar de um fósforo. Um jorro de luz morna ilumina o buraco negro da prisão.

Cubro os olhos.

— Quem está aí?

— Quem você acha? — me responde um sussurro rouco.

Meus olhos se acostumam à luz, e ali, bem na minha frente, dando baforadas num longo cilindro branco, está a comandante do parque.

Fico atônita, mas Rolladin também não diz nada. Ela apenas leva o rolo de papel flamejante aos lábios; não me oferece nada além de vaporosos anéis de fumaça. Mas aquilo parece ser uma chance.

— O que... o que é isso?

Ela me olha atentamente.

— Um cigarro.

— Nunca tinha visto um antes — sussurro, bem consciente de que o destino da minha família repousa nas mãos dessa mulher. E nas minhas.

— Eu os proibi no parque. — Ela dá de ombros, espremendo com um floreio a ponta do cilindro no piso de cimento. Então, depois de pensar um pouco, prontamente acende outro. — Não queria a tentação depois que decidi parar.

Não pergunto por que ela está fumando um agora, já que parou. Não sei o que perguntar, o que dizer. Hesito por alguns segundos e sinto que me coloquei num beco sem saída, até ter uma vaga lembrança emprestada do diário de Mamãe.

— Você fumava, antes da guerra — falo com cuidado. — Você tinha um isqueiro nos túneis.

Rolladin não responde.

— Você o usou para levar todos até a estação Great Central.

— Grand Central.

— Isso, é claro. Grand Central.

Pode ser apenas uma ilusão provocada pelas sombras, mas juro que o mais sutil dos sorrisos se insinua no canto dos lábios dela.

— Nós somos... — Será que ouso dizer? Ouso mesmo dizer? *Pare com isso. Você não tem mais nada a perder.* — Parentes — concluo.

Ela dá uma tragada rápida no cigarro, e um *PFF!* escapa dos seus lábios.

Ela me observa por um longo momento, até que começo a sentir um frio no estômago. Até que meu rosto passa a esquentar com a antecipação de sua fúria iminente.

— Sua mãe finalmente contou para vocês? — Nenhum sentimento, nenhuma emoção. Apenas uma pergunta.

— Do jeito dela — me esquivo.

— Interessante.

— Por que... — começo, mas há formas demais de terminar aquela pergunta. Por que precisei ler um diário para saber isso? Por que Rolladin mentiu sobre a assembleia da Linha E e disse à Mamãe para abandonar as esperanças de voltar a encontrar o meu pai? Por que ela age como se não nos conhecesse, não de verdade?

E por que está comigo agora?

— Sua mãe e eu — diz ela, finalmente. Mas parece que as palavras também a traem. Ela remexe no maço de cigarro amassado, como se aquilo pudesse guardar respostas. Quando penso que aquele maço provavelmente é mais velho que eu, ela tira um dos cilindros e o estende para mim através das grades.

— Obrigada.

— É do outro lado. Vire.

Viro o cigarro e o levo à boca. Tem um gosto diferente, de canela queimada. Ela risca outro fósforo e acende. Uma tempestade de fumaça me ataca, queima por dentro das narinas aos ouvidos.

— Isso é brutal.

— Acredite se quiser — fala Rolladin, e a fumaça sai espiralando como seda de sua boca —, fica melhor a cada cigarro fumado.

Tento outra vez. Dou uma baforada, deixo a fumaça escapar logo e consigo não engasgar.

— O que acontece é que sua mãe é cabeça-dura. — Rolladin dá um longo gole numa garrafa de uísque que não tinha visto ao seu lado. — E ela me culpou por tudo. Não apenas por aquela história da assembleia da Linha E, mas por tudo. Ela lhe contou *isso*?

É claro, penso. *Ela odeia você, despreza você.*

Mas apenas faço que não.

— Se vocês duas estivessem doentes. Se não recebessem rações suficientes. Se um dos soldados olhasse para ela de um jeito estranho. Qualquer coisa. Eu era responsável por nós duas. Por todos nós. — Eu simultaneamente me encrespo e suavizo à palavra "nós". — O tempo todo. Mas eu não me importava.

Volto a pensar no diário, em Rolladin em todas as páginas. Em como sua necessidade sufocante de proteger, seu amor possessivo, traz vida às palavras de Mamãe.

— Não? — sussurro.

Ela fecha os olhos, como se invocasse versões mais jovens de todas nós, de muito tempo atrás.

— Não. — Ela dá outro gole caprichado. — Aquela maldita assembleia da Linha E, eu juro — e tenho a impressão de que ela não fala mais comigo — que se pudesse voltar e fazer tudo outra vez, eu seguiria em frente. Encontraria a maldita reunião, apesar de termos sido atacados por aqueles canibais, de Dave ter se desesperado e sido dilacerado como um frango de espeto. Morreria tentando, apenas para dizer que tentei. Para que não houvesse mal-entendidos. Só que, àquela altura, se tivesse encontrado o meu irmão — ela ri —, não sei o que nenhum de nós dois teria feito.

Mas eu não ouvi o final: estou concentrada nos canibais. Tento lembrar o que exatamente Mamãe escreveu sobre a assembleia da Linha E, tento mentalmente invocar as páginas. No diário, Mary disse à Mamãe que compareceu à assembleia da Linha E, mas foi atacada por outros participantes... Então, depois, Mamãe descobriu que ela estava mentindo.

Não há qualquer menção aos devoradores dos túneis.

— Mamãe ficou sabendo como vocês realmente foram atacados?

Rolladin me observa com olhos vazios, e me pergunto se realmente me vê ou se de alguma forma me tornei uma janela, um portal para o passado.

— Todos ficaram sabendo que fomos atacados — murmura. — Mas não pelo quê. Eu falei que fomos surpreendidos. Não ia comentar com um bando de presos desnutridos e aterrorizados que Dave tinha sido comido vivo. Que escapei da morte por centímetros. Que viver nos túneis estava virando as pessoas do avesso, que aquilo era um pesadelo, ainda pior que na superfície. Não — acentua ela. — Achei melhor que ninguém mais ficasse sabendo.

Depois do Standard, porém, não sei mais o que soa como verdade, e tenho uma súbita e febril sensação de que Rolladin pode estar mentindo. Que me colocou atrás das grades para me fazer engolir essa história e encontrar algum tipo bizarro de paz consigo mesma.

— Rolladin. — Tento me colocar no meu lugar. — Se você tivesse simplesmente contado à Mamãe sobre os devoradores dos túneis, não acha que ela entenderia que você teve um motivo para não ir? Para não ter encontrado meu pai?

— Não tive essa chance. Quando descobriu que não fui à assembleia, Sarah roubou uma de minhas armas e fugiu do parque. Levou vocês duas. Só voltei a vê-la meses depois.

Ela acende mais dois cigarros e me estende um. Apesar de sentir os pulmões encolherem no peito com a oferta, pego o meu entre as grades.

— Depois que foi trazida de volta — continua ela —, quando começaram com o censo, ela era outra pessoa. Por anos, me torturei com a ideia de que *eu* a destruí. — Rolladin faz que não. — Ela passou a fazer de conta que éramos estranhas, até chegar ao ponto em que nos *tornamos* estranhas. — Ela dá uma longa tragada, deixa que espirais de fumaça se enrolem em suas palavras. — Até que ela e as filhas dela me odiavam e temiam, assim como todo mundo. Foi devastador. Eu havia me permitido... nutrir esperanças por tão mais.

Eu a observo, aquela mulher abraçada a uma garrafa. A fumaça agarrada à chama contida de seus cabelos ruivos, sua capa de urso-polar pendendo do ombro. A sanguinária, opressora Rolladin. E apesar de parte de mim querer ver *Mary*, talvez mais do que eu seja capaz de compreender, não consigo enxergar aquela mulher como nada além de nossa comandante. Talvez venha daí a amargura de Rolladin, do desejo de que a víssemos de forma diferente, que alguém soubesse que existe – ou existiu — mais dentro dela. Mas minha mãe matou essa possibilidade. Ou a própria Rolladin, quando afastou Mamãe.

Isso me faz pensar em Phee, é claro, em como nos afastamos. Em como temos nos desencontrado e desentendido nos últimos tempos, ficado cada vez mais distantes uma da outra. E me pergunto como duas pessoas podem enfrentar algo juntas e sair exatamente como eram do outro lado.

— O que aconteceu com vocês depois que partiram? — pergunta Rolladin, como se intuísse meus pensamentos.

Respiro fundo.

Então conto tudo — sobre os canibais nos túneis, sobre Robert. Sobre o vazio esmagador do Standard e o que aconteceu com nosso pai naquele lugar. Mamãe, agora apática e em coma. Phee, apenas uma casca vazia. Conto a história com brutalidade, honestidade, com plena consciência de que nossa vida depende disso.

Quando termino, Rolladin lentamente agarra as barras da cela e aperta. Mas não diz nada por um longo tempo.

— Vou ajudar vocês — anuncia por fim. — Como você pediu. Amanhã pela manhã, falarei com meu Conselho. Você nos diz para onde ir Nós as traremos de volta.

— Rolladin, obrigada. Você não pode imaginar o que fazem naquele lugar. O Standard... eles são monstros.

— Esta cidade, este mundo é cheio de monstros — observa ela. — O mundo é um lugar terrível. E apesar do que sua mãe pensa, ainda é minha responsabilidade mantê-las em segurança.

Tenho aquela velha sensação, o arrepio na nuca. *Nos manter em segurança*. Nos manter trancadas em um parque no meio de uma ilhota. Nos cobrir de mentiras. E por um minuto não consigo mais conter as emoções. Simplesmente preciso de respostas.

— Rolladin, a guerra — digo antes de mudar de ideia. — Por que você mentiu? Por que não nos disse que havia terminado?

Por um segundo, tudo exceto pura raiva é drenado do rosto de Rolladin.

— Não fale comigo sobre coisas que você não entende. — Ela investe contra a grade, agarra e sacode as barras. Recuo surpresa.

Estraguei tudo. Por causa de uma pergunta destemida, estúpida, acabei com a chance que minha família tinha de ser salva.

Rolladin lentamente se afasta da cela.

— Você é jovem. Às vezes esqueço quão jovem — comenta ela. — Então não tem como entender. As pessoas que sobreviveram a isso... nossas vidas foram *roubadas*. A minha, a de sua mãe e a de centenas de outras pessoas que passaram meses rastejando nos túneis, comendo, rezando e cagando lado a lado.

Ela segue para as escadas, mas se vira.

— Cavalguei até Nova Jersey anos atrás, depois que as tropas Vermelhas foram retiradas dos bairros e transportadas para outras frentes de batalha. Depois de não ter notícias de nossos captores por semanas, meses. E então anos. Chegamos até a Pensilvânia a cavalo. E não havia nada. Nada além de devastação, cinzas e destroços de uma década de ataques. O mundo pelo qual esperávamos estava estripado, reduzido a nada. O que eu ia fazer? Deixar que meus sobreviventes cambaleassem para um buraco negro? Dizer a eles que foi tudo por nada? — sussurra Rolladin. — A vida aqui é boa. Trabalho duro e sacrifício dão uma razão para viver às pessoas. Dão *sentido*. Nossa cidade, este parque, é a semente que irá gerar o novo mundo. Você verá isso um dia.

Mas essa decisão não é sua, tenho vontade de dizer. *Não cabe a você tomá-la.*

— Há razões para mentiras, Skyler.

Rolladin me deixa na dúvida se a odeio, se sinto pena dela ou se de alguma forma... entendo o que quer dizer. E a ideia de entendê-la, essa coberta de retalhos de mulher, esse borrão de ideais e contradições tortuosos, me irrita mais que qualquer coisa.

45
PHEE

Acordo e dou de cara com Trev ao meu lado, babando no travesseiro. Por um segundo, sou iludida a pensar que estamos de volta ao parque. Que Trev acabou dormindo no nosso quarto, que Mamãe está na outra cama e Sky no chão. Essa memória falsa é tão reconfortante que quase volto a dormir.

Mas tem alguma coisa errada.

O sol brilha demais, para começar. Os lençóis são brancos demais. E minha cabeça está me matando. Então tudo volta num rugido. Não estamos no Carlyle.

Estamos no inferno.

Sento e quase vomito com a vertigem. Meus pensamentos tropeçam uns nos outros, confusos e fora de ordem. As coisas não fazem nenhum sentido. Os sentimentos têm cor, as palavras têm rosto, as memórias são cortadas e reordenadas e um exército surreal de vozes as vocifera para mim. Quando tento tapar os ouvidos para calar o falatório, elas apenas ficam mais altas e enfurecidas.

— Parem! — grito para as vozes, e Trev acorda num pulo.

Espere, Trevor está aqui. Trev está em meu quarto no Standard.

— O que você está fazendo aqui? — Olho para ele, vasculhando a mente à procura da resposta para o que aconteceu ontem à noite, mas tudo continua correndo embolado e fora de foco.

— Nada — diz Trev. Mas ele parece se sentir mais culpado que quando surrupiou um segundo prato na peça de Natal do ano passado.

Jogo as cobertas de lado e tento ficar de pé, mas quase desabo.

— Você está bem?

— Eu pareço estar bem?

— Você está péssima — responde ele baixinho. Algo no jeito como diz aquilo me afeta de um jeito muito estranho. É como se sentisse pena de mim, como se eu fosse digna de piedade. Jamais ouvi isso na voz dele, e quero dar um fim àquela história o quanto antes.

— Não vejo você, na verdade ninguém além de Wren e Robert, há semanas. Diga como chegou aqui. Eu não lembro — exijo saber. Não deixo transparecer o medo para que ele não seja real.

— Você não deve estar lembrando por causa da poção — sussurra Trev. — Phee, fale baixo, certo? Eles disseram que voltariam de manhã para lhe dar outra...

— Por causa da *poção*? Do que você está falando?

Trev olha para mim, aturdido.

— Eles dão poções a muitas pessoas, para elas se adaptarem... para criarem um lar aqui — explica. — A maioria dos adultos bebe o azul celestial, para ver o céu. A maioria dos jovens não precisa de poções, porque a cabeça da gente já está aberta. Mas acho que alguns precisam, como você. Mestre Wren disse...

— *Mestre* Wren? — Odeio que tenha dito aquilo.

— Wren disse que você está brava demais com o mundo, brava demais para se adaptar ao Standard sem... — Ele para de falar e seu rosto fica vermelho, vermelho *de verdade*.

— Sem o quê? — Começo a andar de um lado para o outro, mas as pernas cedem e me sento. Olho para ele irritada. — Trev, sem *o quê*?

— Sem uma poção do amor.

— Uma poção do *amor*? Você só pode estar de brincadeira — ironizo. — Trev, eles ferraram com a minha cabeça. Não lembro nada de ontem à noite. Aquilo não foi uma poção do amor, seu cretino, foi um veneno.

Ele faz que não.

— Não. Mestre... Wren jamais faria isso. Ele falou que nunca mentiria para mim... que eu sempre mereci a verdade... que sou como um filho para ele. — Agora o rosto de Trev está quase roxo. *Filho*. Bem, uma

324

coisa devo admitir, aquele maldito sabe como manobrar as pessoas. — Ele só quis acalmar você, foi só isso — acrescenta Trev. — Prometeu que não ia lhe fazer mal.

— Espere. — Ainda estou um passo atrás dele, lutando para encaixar as peças no lugar. — Então você *sabia* que eles iam me drogar antes que realmente o fizessem? Você participou disso?

— Não, eu...

— Caraca, eu podia ter morrido ontem à noite, Trev. Está entendendo? — questiono. — Então agora você engole qualquer porcaria que Wren diz? Quer dizer, fala sério, qual é o seu problema?

— Phee, espera aí, não foi nada disso. — Trevor levanta da cama num pulo, agitado, tentado se explicar. Mas faço um gesto para sair de perto e me encolho no canto para pensar. Fecho os olhos e tento me concentrar, tento juntar as peças de alguma coisa real de ontem à noite, *qualquer* coisa.

Então, lentamente, aos poucos, as memórias começam a sair dos cantos escuros da minha mente.

Lembro de comer o jantar, furiosa porque Robert não me levaria para ver Mamãe no azul celestial. Lembro de ficar louca, paranoica.

Meio que lembro de sair correndo do quarto, e depois de ver Sky e Ryder nas escadas. Uma onda de ansiedade toma conta de mim; eles estavam juntos *juntos*, mas não posso pensar nisso agora. Então fui trazida de volta para cá. Para Trev. Essa memória vejo com toda clareza do mundo: o rosto dele acima do meu.

Mas depois fica tudo preto.

— O que aconteceu depois que você chegou ontem à noite? — pergunto baixinho.

— O quê? — Ele começa a rir, um risinho agudo de pânico. — Nada. Tentei cuidar de você.

Observo o rosto dele. Não sei se o conheço. Neste momento, não sei se conheço a mim mesma.

— Aposto que tentou.

— Phee, é sério, você precisa falar mais baixo. O Ancião Francis disse que vai trazer outra poção assim que você acordar. Se ouvir sua voz, ele vai fazer sei lá o que fez com você...

— O que *você* fez comigo.

— Phee, é sério, pare. Eu nunca faria mal a você. Eu não fiz nada. Como poderia querer? Não daquele jeito. — A voz de Trev fica embargada e ele começa a chorar. — Qual é, você precisa acreditar em mim.

Fico no canto do meu quarto e olho para a cidade morta. Não me lembro de nada depois do rosto de Trevor sobre o meu. Não sei se está dizendo a verdade. Mas mesmo que esteja, por um minuto eu o odeio, só por estar aqui. Por ver como eu estava ontem à noite. Odeio ele por tudo.

— Phee — diz ele, choramingando. — Eu juro. Só pensei...

— O quê?

— Eu só pensei...

— Fala sério, Trev — retruco, irritada. — Você só pensou *o quê*?

— Eu só pensei que, se é possível amar com uma poção, então talvez você pudesse... me amar — sussurra ele.

Droga, Trevor.

— Eu quis muito acreditar nisso. — Ele prende o ar e funga algumas vezes. — Quis acreditar em tudo.

Abraço os joelhos e sinto minhas próprias lágrimas chegando. Não apenas por estar com a cabeça latejando ou pelo pânico do veneno, que ainda arde dentro de mim. E não apenas pelo solitário e carente Trevor e seu desespero por ser amado.

Mas por mim, pelo resto da ilha, por todos que simplesmente abaixam a cabeça, engolem mentiras e desejam que sejam verdades: os trabalhadores, que acreditam nas histórias de Rolladin sem questionar; Robert e as tristes pessoas deste hotel, que se agarram à conversa-fiada de Wren como um motivo para seguir em frente. E eu, que fisguei de bom grado a isca de Robert, apenas para jamais precisar deixar esta cidade.

— Eu juro, Phee. Eu nunca, jamais faria mal a você — murmura Trev da cama.

Vou até ele lentamente. Ele está choramingando. *Desculpe, eu nunca faria isso. Ah, meu Deus, desculpe.*

Fico parada até ele se acalmar.

Então lhe dou uma bofetada. Uma vez.

Outra vez, na outra bochecha e com as costas da mão.

Ele não se esquiva.

Lentamente o puxo para mais perto, deito na cama atrás dele e abraço Trev como fazia quando éramos crianças e o mundo, menos feroz e complicado. Aperto o rosto em suas costas, cubro a cabeça com o lençol e me permito desabar e chorar.

46
SKY

Estou na garupa do cavalo de Rolladin. Sou irrelevante, um fiapo de garota entre a rainha e o fundo de sua sela quando saímos a galope dos estábulos em meio às folhas do outono, atravessamos o labirinto de cimento da Times Square e chegamos ao Hudson. Lideramos um grupo de doze cavaleiros, um bando de guardas armados galopando para o amanhecer.

— Você vai esperar do lado de fora. — Rolladin quebra o silêncio tempestuoso na West Side Highway. — Eu e minha tropa pegamos apenas sua mãe, Phee e Trevor.

— Rolladin — hesito.

Não falei nisso ontem à noite, ou esta manhã, quando dei todos os detalhes que pude sobre o Standard e o esquema de segurança. Mas já nos aproximamos, e sei que essa pode ser a última chance de implorar por outro favor.

— Os ingleses, aqueles que você encontrou na mata. Eles são homens bons.

— Skyler.

— Eles salvaram nossa vida inúmeras vezes — apelo. — É como se fossem... da família.

Rolladin não responde, não até que eu veja a pista elevada da High Line, com as torres gêmeas de vidro do Standard brotando dos terraços vizinhos como faróis de cristal. E assim que as vejo, sinto um aperto no estômago. Medo, remorso e raiva, tudo se mistura e borbulha dentro de mim como um ensopado fumegante.

— Não posso permiti-los no meu parque. — Rolladin faz que não, e suas costas largas me fazem acompanhar o movimento. — Tarde demais para isso. Não, vamos pegar Sarah e as crianças e ir para casa.

A ideia de deixar Ryder e Sam naquele hotel, de jamais voltar a ver meu homem da floresta, revira minhas entranhas pelo avesso.

— Mas Rolladin...

— Já basta — encerra ela.

Faço força para pensar além dos meus desejos, no que realmente importa. Tirar Ryder e o irmão daquele hotel. Sem levar em conta se terei Ryder para sempre ou jamais voltarei a vê-lo.

— Eles não precisam voltar com a gente. Você pode deixá-los voltar para o barco, no Brooklyn. Pode permitir que partam. Eu disse o que o Standard faz. Você não pode deixá-los...

— Pare de choramingar — murmura Rolladin.

Ela estala as rédeas e saímos a galope. O cimento dá lugar a paralelepípedos, as ruas se dividem e se estreitam à medida que dançamos rumo à perdição. *Clip-clop, clip-clop.*

— Você é apenas uma criança. Haverá outros garotos. Outros amantes.

A forma como diz aquilo, tão fria e indiferente, me irrita mais que as próprias palavras.

— Certo — digo com amargura.

Penso na Rolladin, ou *Mary*, do diário de Mamãe. Aquela que faria qualquer coisa por minha mãe. Que levou o inimigo na conversa para nos dar um lar nesta cidade. Que ergueu um mundo de mentiras para nos manter aqui.

— Então houve outras para você?

Mas Rolladin não me responde, apenas resmunga e esporeia o cavalo.

— Parem aqui — ordena ela aos guardas quando chegamos à Rua 13. Ela encurta as rédeas e trotamos até as enferrujadas escadas pretas que sobem até a High Line, ocultas pelas sombras do elevado. — Amarrem os cavalos. Vamos entrar no hotel pela escada de incêndio, cada um por um andar. Não levamos ninguém a não ser quem viemos salvar.

Os guardas rosnam em concordância.

Rolladin abre o alforje e tira um fuzil vermelho dobrado, que carrega e deixa pronto para disparar. Alguns cavaleiros tiram armas vermelhas das botas e dos bolsos, enquanto outros limpam a poeira de velhos machados e facas, além de ferramentas de morte pintadas de vermelho que nunca vi nos livros.

Despojos de guerra.

As últimas armas de Manhattan.

— Espere nas escadas. — Rolladin me puxa para as sombras da High Line. — Não saia daqui, está me ouvindo?

— Eu posso ir — afirmo com cuidado. — Se me der uma arma, talvez eu possa ajudar.

Rolladin me encara como se avaliasse sua opinião a meu respeito.

— Está bem. O revólver reserva — pede, por fim, para ninguém em especial.

Lory se adianta e saca uma arma longa e fina das dobras da capa de cavaleira. Ela a passa para Rolladin, que, com as mãos espalmadas, a entrega para mim.

— Foi preciso coragem para voltar ao parque — confessa ela. É o primeiro e talvez o último elogio que ouvirei de Rolladin. — Fique de vigia fora do saguão. Se vir um dos doidos do Standard tentando escapar, atire no braço ou na perna. Ou na cabeça, se preferir. Para mim, isso é guerra.

Então Rolladin assente e gesticula para a acompanharmos. Subimos as escadas até o alto da High Line, rápida e silenciosamente.

Vendo os cavaleiros furtivos se encaminhando para a escada de incêndio, remexo com o pé o mato que insiste em tomar conta da calçada do elevado. Todo tipo de medo e preocupação passa a rastejar pelo cimento e subir por minhas pernas, e então até o estômago, a garganta.

Aperto a arma contra o peito e peço que Rolladin faça o que precisa ser feito. E, se for o caso, que eu faça o que precisa ser feito.

Deus, se você existe, se observa e protege este caos de cidade, permita que minha família saia em segurança daqui.

47
PHEE

Acordo com tiros. Estouros rápidos e famintos do outro lado da porta — *um! dois! três!* — e então gritos e batidas nas portas, subindo e descendo o corredor. O corpo de Trev reage aos sons com um pulo. Estamos aqui deitados há algum tempo. Todos os sinais da aurora fora das paredes de vidro se foram, e travesseiros e lençóis estão molhados de suor.

Os tiros me fazem pensar no meu pequeno revólver. Não o vejo desde que cheguei aqui e, depois dos tiros no corredor, sinto que estou nua sem a arma. *Quem está com ela? Sam? Ryder? Wren?*

Escutamos gemidos e resmungos quando alguma coisa pesada, como um móvel, é arrastada pelo corredor acarpetado. Um exército de punhos esmurra minha porta e a faz tremer nas dobradiças.

— Todo mundo para fora — ouço em meio às batidas. É uma voz que soa estranhamente familiar. — Todos de pé e para fora!

— O que está acontecendo? — Trevor se vira e olha para mim.

— Calce os sapatos — digo. — Vamos descobrir.

Nós dois vamos até o pequeno vestíbulo e abrimos a porta.

O corredor está cheio de gente. Nunca imaginei que houvesse tantos zumbis do Standard no meu corredor. Ninguém ouviu meus gritos ontem à noite?

Olho para os rostos cansados, uma sucessão de olhos vazios. Corpos que não sentem nada. Olhos que não testemunham nada.

Não sei se os odeio ou sinto pena deles.

— Todos vocês, sem gracinhas — berra a voz outra vez, do canto do corredor. — Vamos olhar em todos os quartos para ver se eles não estão escondidos.

E então, entrando no corredor, vejo Lory.

Lory, a guarda do parque.

Lory, a maldita cagalheira.

Tenho certeza de que estou alucinando outra vez, revendo memórias que andam e falam. Só que antes de fechar os olhos para fazê-las ir embora, Trev agarra minha mão.

— Phee, eles devem ter vindo atrás de nós — sussurra.

Mas não estou com medo. Qualquer coisa é melhor que esse inferno, até mesmo a torre dos primatas. Então vou até o meio do corredor com um braço acima da cabeça, puxando Trevor ao meu lado. Ficamos bem em frente a Lory, como se estivessem para começar as lutas na Rua 65. Só que desta vez não haverá competição. Já nos rendemos.

Lory abaixa a arma quando nos vê, e então corre em nossa direção.

Quero lhe fazer tantas perguntas. Como soube que estávamos aqui? Ela encontrou Sky? Minha mãe está bem? Como seremos punidas quando voltarmos ao parque?

Mas é ela quem começa a berrar perguntas assim que chega.

— Onde está sua mãe?

Ainda não consigo acreditar que esteja aqui. Apenas o aperto bruto no meu braço diz que é verdade, garante que ela é real.

— Não sei.

— Precisamos encontrá-la. — Lory agarra minha mão e a de Trevor e nos puxa pelo corredor.

Ela abre a porta e gesticula para descermos a escadaria escura. Toda vez que passamos por uma porta, Lory para e grita para o corredor.

— Estou com as crianças. Só falta Sarah. — E então de novo: — Estou com as crianças!

Outros cavaleiros devem estar seguindo Lory, já que ouvimos um tropel de passos cada vez mais alto à medida que descemos dando voltas e mais voltas. Olho para trás e vejo que alguns zumbis também nos seguem. Os cagalheiros vão levá-los para o parque? Até o saguão, para interrogá-los? Não consigo entender o que está acontecendo. A comoção é grande demais. Não consigo distinguir uma palavra sequer além dos gritos de Lory quando paramos em cada andar.

— Lory, espere — falo por fim, depois de descermos cinco ou seis andares. — Minha irmã. Precisamos encontrar minha irmã. — Não terei paz até vê-la.

— Estamos com Skyler — avisa Lory. — Ela está lá fora. Foi ela quem nos trouxe. Agora precisamos encontrar sua mãe e levá-las para casa.

Espere... Skyler trouxe os cavaleiros? Como?

— Sky está bem?

— Ela está ótima.

— Posso vê-la?

— Ainda não.

— Rolladin também está aqui? — pergunto enquanto Lory nos puxa até o térreo.

— Sim, estamos sob ordens dela — responde Lory quando saímos das escadas para o elegante saguão.

Eu não via o térreo desde que chegamos aqui, todas aquelas malditas manhãs atrás. A luz ofuscante lá fora me convida das portas da entrada, e tenho um súbito impulso de atravessar o vidro e correr para o ar fresco. Mas Lory me puxa. O restante do grupo de cagalheiros nos acompanha pelo saguão.

Então a vejo.

Ela está com aquela ridícula capa de tigre, a pele que usa em ocasiões especiais, enrolada no pescoço, trazendo uma monstruosa arma antiga pendurada no ombro. Está insanamente deslocada no elegante pano de fundo do Standard. Mas nunca fiquei tão feliz em vê-la, talvez em ver qualquer pessoa. A irmã ou amante da minha mãe, minha tia, minha carcereira. Não sei mais o que pensar sobre ela.

E não estou nem aí.

Corro para Rolladin e a envolvo com os braços. Faço isso antes de mudar de ideia, antes que ela me veja e consiga reagir. E escuto o coro de armas e facas e balestras sendo erguidas à minha volta, reflexos dos cagalheiros. Mas ninguém atira. Sinto Rolladin se empertigar ao meu toque, mas depois relaxar. Ela passa o braço em volta de mim rapidamente, um abraço-relâmpago no centro de um círculo de armas de fogo, então se afasta.

— Precisamos encontrar sua mãe — diz.

— Por favor, nos tire daqui.

— Eu vou. Vamos todos para casa. Juntos. — Ela gesticula para Trev sair. — Encontre Sky e fique com ela.

Trev faz que sim e corre para fora do saguão.

— Você também devia ir — diz Rolladin. — Você pode não querer ver isso.

Ao contrário de antes, quando teria abraçado sem pestanejar uma chance de estar na linha de frente, no centro da ação, não sinto nenhum entusiasmo.

— Vou ficar com você — digo de qualquer forma, sabendo que não terei paz até encontrar Mamãe. — Vamos encontrá-la e voltar para casa.

Rolladin faz que sim, então gesticula para que os cagalheiros tragam os prisioneiros do Standard até ela. Alguns resistem, mas a maioria é peso morto. Rolladin bota cinco ou seis de joelhos e anda de um lado para o outro em frente aos zumbis, lentamente, com aquela arma enorme descansando no ombro.

Por fim, ela para em frente a um rapaz. Não o vejo há semanas, mas me lembro do seu rosto em um jantar com Sky. Quentin, acho que esse é o nome dele. Rolladin aperta o cano da arma na testa de Quentin e o pescoço dele é jogado para trás.

— Quem comanda este lugar? — pergunta Rolladin.

Mas Quentin continua com os olhos fixos no chão.

— Última chance. Quem comanda este lugar?

Quentin não diz nada.

O estrondo da arma de Rolladin ecoa pelo hotel e sacode meus tímpanos enquanto o corpo do garoto desaba no chão. Os outros prisioneiros passam a choramingar e tentam dar as mãos, mas Rolladin já está em frente a uma mulher mais velha, frágil e trêmula, com longos cabelos grisalhos presos num coque.

— Quem comanda este lugar? — tenta ela outra vez, agora apoiando a arma no ombro da mulher.

— O mestre — sussurra a mulher. Seus olhos buscam freneticamente os outros prisioneiros. Está tão aterrorizada que parece ter convulsões, e quase não consigo olhar. — Mestre Wren — acrescenta. — Os anciões. As diretoras.

— Onde está Wren agora? — pergunta Rolladin, levando a arma ao outro ombro da mulher, como se aquilo fosse uma sagração.

— Não sei.

— Última vez. Onde está Wren agora?

— Eu... eu... — balbucia a mulher. — Eles trocam nossos quartos. Constantemente. Eu não sei...

Esse estrondo vem sem aviso, e a mulher desaba no chão, sangue empoçando à sua volta como um halo. Desvio o olhar e vejo alguns guardas trazendo um Robert afogueado para interrogatório.

— Rolladin — digo, apontando para Robert. — Aquele cara ali sabe onde está minha mãe. Tenho certeza.

Os guardas que o conduzem param, e ele lança um olhar culpado para Rolladin. Percebo que os dois devem se conhecer de outra vida.

Rolladin caminha até ele com empáfia, e eu a acompanho.

— Quanto tempo, Robert — comenta Rolladin. — Fico feliz que tenha usado seu tempo com sabedoria.

Espero ver Robert caindo de joelhos, mas em vez disso ele cospe no rosto dela.

— Não zombe do que não entende, Jezebel.

Rolladin desce com a arma no rosto de Robert, que solta um som de dor.

— Diga onde Sarah está e pouparei sua vida. — Agora ela enterra o cano do fuzil no rosto dele. — Depois de todos esses anos, você deve saber como sobreviver.

Robert hesita. Por um segundo.

— Sarah está na Suíte Imperial — sussurra Robert. — Com Mestre Wren.

Rolladin afasta a arma.

— Leve-nos.

Ela gesticula para alguns cagalheiros por cima da multidão.

— Fiquem de olho nos outros. Ninguém será libertado até voltarmos com Sarah.

Sigo Rolladin me esgueirando pelo saguão e de volta à escada interna. Estou tão concentrada nela que quase não noto Ryder. Ele ampara Sam em um canto do saguão de granito, os dois encolhidos nas sombras nos observando, observando tudo. Mantendo-se fora de vista.

Sinto um frio na barriga. Uma vida parece ter se passado desde que os vi pela última vez, mas, tecnicamente, acho que vi Ryder ontem à noite, se divertindo com minha irmã na escada. A lembrança me machuca e sinto vontade de ignorá-lo, simplesmente fingir que não está ali. Afinal de contas, depois que essa confusão chegar ao fim, voltaremos para o parque. Rolladin jamais aceitaria os dois. Será como se Ryder jamais tivesse existido.

Mas sei que, lá no fundo, não posso ser tão egoísta. Não posso odiar Ryder apenas porque ele quer minha irmã, e não a mim. Se me importo com ela, devo me importar ao menos um pouco com ele.

E não posso ferrar com Sam. A multidão por onde nado insiste em bloquear minha visão, mas posso ver que ele está completamente acabado: suspirando fundo, todo contorcido e cheio de olheiras. Penso no que passou, semanas de azul celestial, e sei que preciso tirá-lo daqui.

Mas meu tempo está se esgotando.

O mar de cagalheiros me carrega porta adentro e escada acima. Antes de desaparecer de vez da vista dos dois, agito a mão acima da cabeça e meu olhar cruza com o de Ryder. Apressada e ofegante, aponto para a porta.

— Lá fora — grito. — Vá encontrá-la lá fora!

48
SKY

— Sky! — escuto contra o silêncio da manhã e ergo a arma por reflexo.
— Sky, é Trevor! Onde você está?

Trev sai correndo do hotel, vem na minha direção e se atira nos meus braços, chorando.

— Não sei o que aconteceu lá dentro — diz ele com o rosto colado ao meu ombro.

— Está tudo bem, Trev. — Abraço com força, tanta força que acho que o deixo sem ar. — Acabou. — Eu o afasto um pouco, olho bem para ele. — Eles encontraram todo mundo?

— Phee está com Rolladin. Elas vão pegar a sua mãe.

Graças a Deus.

— Mas e... e Ryder?

— Não sei. Não vi ele nem Sam nos corredores.

Ouço alguém chamar meu nome, e tanto eu quanto Trev nos viramos a tempo de ver Ryder e Sam vindo pesadamente na nossa direção. Sam está acabado, fraco e abatido, mas está vivo. Ele e Ryder estão vivos.

Corro para Ryder, atiro os braços pelo seu pescoço e o puxo para mim, com arma e tudo. Sam se afasta e lentamente senta num banco de madeira rachada na borda da High Line.

— Você está bem? — Ryder se adianta para ajudar o irmão.

Sam gesticula para que ele saia, apoia o pescoço no encosto do banco e fecha os olhos. Tem o rosto cinzento, mesmo sob a luz ofuscante da manhã, e está com roupas e cabelos duros de suor seco.

— Estou bem — balbucia ele, apesar de tudo. — Estou bem. Tome conta da sua garota, Rye. Eu estou bem.

Sua garota.

Ryder sorri para mim.

E então não consigo me segurar. Pode ser minha última chance. Passo a mão no rosto de Ryder, os dedos nos seus cabelos, puxo ele para mim e o beijo com fúria. Bebo até o último gole, saboreio aquele adeus que temia não conseguir ter. Ele retribui. Trevor finalmente murmura que vai ver como está Rolladin e se afasta um pouco pela High Line.

— Acabou. — Ryder ri no meu ombro. — Estamos juntos agora.

Não respondo, apenas deixo que me beije. Não sou capaz de lhe dizer que aquela é provavelmente a última vez em que nos veremos. Que precisaremos implorar a Rolladin para que os deixe viver e partir para sempre. Que quero estender este momento pela eternidade, até que os detalhes se tornem toda uma vida.

— Ryder. — Como faço isso? Como é possível dizer adeus? — Rolladin vai mandar você e Sam embora.

— Esqueça — rebate ele. — Não vamos a lugar algum.

— Por favor. Escute. Eu preciso saber que você está bem, que você e Sam navegarão para o horizonte, para as Bermudas ou para qualquer lugar doido que imaginarem.

— Skyler, pare com isso. A sua família vem com a gente. Eu não vou sem você.

— Você não entende — digo. — É mais complicado do que conseguiria explicar agora, mas Rolladin jamais nos deixará ir. Ela construiu uma ilha de mentiras para nos manter aqui. E se eu não posso ir, a única forma de sobreviver nesta cidade é sabendo que você está bem. E livre.

Ryder me olha tão longamente que acho que conseguimos enganar o destino. Que meu desejo foi atendido, que recebemos um oceano de tempo onde flutuar para sempre.

Mas o encanto é quebrado quando Ryder se curva e me beija.

O gosto dele é tanto amargo quanto doce.

49
PHEE

A Suíte Imperial fica em um dos andares intermediários, sexto ou sétimo. Já perdi a conta quando chegamos ao patamar e entramos em um corredor curto. Este tem poucos metros de largura e termina numa porta, ao contrário dos corredores altos e varridos pelo vento dos outros andares. Aqueles com números manuscrito e corredores intermináveis.

— Eles estão aí — diz Robert a Rolladin. — Agora seja fiel à sua palavra. Você disse que me deixaria ir.

— Você não vai a lugar algum até que Sarah esteja a salvo. — Rolladin empurra Robert para a porta da suíte. — Bata.

Por favor, que Mamãe esteja aí dentro. Por favor, que esteja bem. Não drogada e louca como eu estava. Preciso ver a minha mãe de verdade, aquela que abate e esfola um pavão em trinta segundos. Aquela que sempre faz com que eu me sinta bonita e corajosa, mesmo quando sou uma fedelha.

Robert bate de leve na porta, fazendo um estranho sistema de sons curtos e longos, e fica claro que tenta usar um código ou coisa parecida para alertar Wren. Rolladin ergue o fuzil, dá uma coronhada certeira na têmpora dele e o empurra para o lado.

— Cobertura, duas linhas de cobertura — sussurra ela, e os cagalheiros me tiram do caminho e se preparam para agir como uma matilha numa caçada. Tento abrir espaço até a frente, mas não consigo me mexer. É uma massa de cagalheiros, e, quando Rolladin arromba a porta com um chute e entra no pequeno apartamento, quase sou pisoteada.

Vamos até a cozinha. Nada. Até a sala. Nada. Rolladin corre os olhos esfomeados pela pequena caixa de vidro que é o quarto, e nada. Mamãe não está aqui, Wren não está aqui...

— Aqui, bruxa — diz uma voz do outro lado da bancada da cozinha.

Wren está encostado na parede de vidro da sala de jantar, uma pequena caixa anexa à sala principal. Ele segura Mamãe pelo pescoço com um braço e com a outra mão aponta uma arma para a cabeça dela. A arma encaixa em sua palma. É velha e vermelha, tem o cabo gasto. E o chão da suíte quase abre debaixo dos meus pés, o que me faria despencar no saguão. Porque mesmo dessa distância sei que é a minha arma.

A coisa tem apenas uma bala.

Mas agora está engatilhada e pronta para disparar seu último tiro.

— Não! — corro para Mamãe, mas Lory me segura.

— Deixe Rolladin cuidar disso — sussurra ela.

Os olhos assustados de Mamãe disparam para Wren, de volta para Rolladin e param em mim. Ela está acabada, abatida. Seu corpo sempre rijo, agora macilento e cansado. Ela parece mais velha, muito mais velha, e preciso reunir todas as minhas forças para não correr até Wren e quebrar a cara dele. Eu o odeio, mais do que jamais odiei qualquer pessoa. Ele é pior do que um mentiroso.

É um parasita sugador de almas.

— Solte a minha mãe! — grito para ele.

— Phee — responde Mamãe. Graças a Deus, ela está mais ou menos lúcida. Sabe que sou eu. Mas apenas faz que não com a cabeça, muito de leve. *Não se mexa*, diz o olhar dela. *Não faça nada*.

— Você está com alguém que me pertence — diz Rolladin sem emoção.

Wren solta uma riso longo, profundo.

— Que *pertence* a você? Você é pior que os Aliados Vermelhos, Rolladin. Então agora você é dona dos prisioneiros?

— Não. — A voz de Rolladin permanece contida. — Mas protegê-los é minha responsabilidade.

— Você está delirando — comenta Wren. — Essa família *fugiu* de vocês. Quando vieram a mim, estavam despedaçados. Assim como seu irmão estava despedaçado. Dei a eles a salvação. A chance de uma nova vida. Estava tudo destinado.

— Acabou, está me ouvindo? — A voz de Rolladin começa a traí-la. — Agora solte essa mulher.

— Ah, está longe de acabar. — Wren puxa minha mãe até o canto da sala de jantar, como se houvesse ali alguma porta secreta que não podemos ver. *Por favor, Mamãe.* Concentro a mente naquilo, peço que me escute. *Dê uma cotovelada nele e corra.* Mas ela parece mal conseguir se mexer. — Quando se bandeou para o lado dos Aliados Vermelhos, sua cadela maligna, você perdeu o contato com a realidade. Esqueceu como é viver dia e noite em temor. Essa cidade precisa de mim, da mesma forma que essa família precisa de mim. Precisamos uns dos outros.

Rolladin dá um passo na direção de Wren. Ela não levanta a arma, mas vejo que seus dedos estão ansiosos. Wren apenas puxa minha mãe para mais perto, aperta seu pescoço com mais força. Tento correr instintivamente para ela, mas Lory me segura mais uma vez.

— Eu não negocio com psicopatas — diz Rolladin. — Última chance. Solte-a.

Wren faz que não com violência.

— Não. Esta é minha. Fiz a Deus uma promessa que pretendo manter. Leve a criança problemática e os rapazes. Mas esta aqui, não.

Lory me solta e leva a mão à arma. O movimento é tão sutil e contido que mal percebo, mas a arma dela continua a subir, centímetro a centímetro.

— Esta mulher é minha família, está entendendo? — vocifera Rolladin para Wren. — Eu *não* vou sair daqui sem ela.

Wren passa a agitar a arma.

— Não, ela faz parte da minha família. — Ele brada às cusparadas, então aponta a arma para a barriga de Mamãe. *O quê?* Espera... ele... ele ficou com a Mamãe? Ele está falando de um bebê? Eu mato esse sujeito.

Dou um salto à frente. Eu mato esse sujeito.

— Meu futuro. Saiam. Deixem todos nós em paz! — grita Wren.

Então não sei o que vem primeiro, depois ou por último.

Ouço um disparo, o disparo de Lory, sua bala dilacerando o rosto de Wren. Mas não antes de Mamãe se dobrar, não antes que ela desabe, que a arma de Wren, minha arma, agora vazia, caia no chão.

Mamãe. Ah, meu Deus. Mamãe.

Corro para ela.

Rolladin cai do nosso lado, gemendo.

— Sarah. Ah, Sarah, minha querida.

— Mamãe!

Mas os olhos dela estão fechados, a barriga não passa de um furioso rombo vermelho.

Não.

Não. Não. Não.

Não. Não. Não. Não. Não.

— Precisamos cuidar dessa ferida! — grita Rolladin para os guardas, empurrando-os, feroz. — Precisamos descer. Agora!

— Rolladin... — tenta Lory, mas Rolladin já a empurrou de lado, colocou minha mãe no ombro. — Ajude aqui — diz ela para mim, implorando.

Corro para o outro lado de Mamãe, finalmente com uma missão, uma forma de ajudar. Não consigo pensar no que aconteceu. Não pode ser real. Se fizer o que devo fazer, se descer com Mamãe até o térreo, um passo de cada vez, ficará tudo bem.

Isso tem que ficar bem.

Saímos com estardalhaço do hotel para a luz ofuscante. Não sinto as pernas. Não sinto o coração. Acho que vomitei duas vezes nas escadas.

— Sarah, querida Sarah. — Rolladin diz apenas isso, vezes a fio, até que se torna um mantra. Até que eu passo a repetir. Se nós duas repetirmos, talvez provoque um milagre. Um milagre que junte os pedaços de Mamãe. Um milagre que dê a todos nós uma segunda chance.

Sky, Ryder, Trevor. Eles estão ao meu lado agora, perguntando o que aconteceu, mas não tenho palavras. Não consigo me fazer falar. É como se o tiro tivesse me esvaziado, me tornado nada além de um furioso rombo vermelho.

Rolladin deita minha mãe no mato da High Line, a poucos passos do hotel. Mamãe tosse, engasga, mas está viva. Giro e giro o mantra na cabeça, acreditando que funciona. *Sarah, querida Sarah.*

Não lembro de Sam se colocar ao meu lado. Não lembro de desabar sobre ele, chorando e gemendo como uma criança. Simplesmente me vejo ali, aninhada em seus braços trêmulos e suas palavras ainda mais trêmulas. *Respire. Não é culpa sua, bandoleira. Respire...*

— Ah, meu Deus, Phee. — Sky chora ao meu lado.

Mamãe finalmente se mexe, apenas rola de lado e tosse, e corro para ela. Um mar de sangue escorre de seus lábios.

— Mary — diz ela.

— Não ouse morrer assim, nos meus braços. Você não pode. Eu não posso. — Rolladin se ajeita no chão ao lado de Mamãe, cola o rosto ao dela.

Mamãe olha para mim e Sky. Ela busca nossas mãos, puxando-as e apertando-as sobre o coração.

— Eu lhe peço, Mary. Deixe-as ir.

Rolladin apenas passa a mão no rosto ensanguentado de Mamãe.

— Não aceito isso. Você precisa lutar. Você sobreviveu a coisa pior. Muito pior. Você precisa lutar.

— Mary, chegou a hora — sussurra minha mãe. — Deixe-nos ir. Meninas. — Ela nos puxa para si. Procura algo debaixo das roupas, e Rolladin pede que não mexa no ferimento, que não o toque. Mas ela continua a procurar. Quero dizer para se concentrar apenas em lutar por cada respiração. Mas não consigo lembrar de como se fala.

Sarah, querida Sarah, Sarah, querida Sarah, Sarah...

— Eu vi apenas o que quis ver com Robert. Sinto muito — diz ela. Mamãe começa a chorar, só peço a Deus que pare. — Quis tanto dar mais a vocês.

— Mamãe. — Finalmente encontro minha voz. — Você nos deu tudo.

Ela olha para mim e Sky e acho — acho — que sorri.

Das dobras vermelhas de suas roupas, Mamãe tira uma pequena pasta.

— Encontrei isto na suíte de Wren. Pertence a vocês duas. — Então ela abre o fecho. Dentro da pasta há um livro azul. *O livro.* Aquele que sempre foi Propriedade de Sarah Walker Miller. — Devia ter pertencido a vocês há muito tempo.

Com aquele último olhar, vejo tudo que Mamãe foi para nós, uma amiga, uma guardiã, uma defensora. Uma chance. Mas não consigo vê-la partir.

Não estou pronta. Jamais estarei pronta.

— Vocês duas deram sentido à minha vida — diz Mamãe ao nos passar o diário. Suas últimas palavras: — Vocês me deram orgulho.

50
SARAH

5 de abril — Traição. Fermentou nas entranhas, inundou-me a garganta, me fez sentir gosto de bile.

Quando soube da assembleia da Linha E, foi como se o som fosse arrancado da sala. Não conseguia ouvir a voz daquele homem, mesmo vendo sua boca se mover. Você está bem?

Não conseguia ouvir os gritos de Sky, que me puxava pela manga, assustada quando fiquei imóvel.

Levantei transtornada e dei os bebês a Lauren. Desci correndo as escadas iluminadas por tochas da biblioteca do Carlyle, contornei os cantos agudos dos corredores. Tinha o corpo ainda magro e fraco depois de meses de cama, mas dei boas-vindas à dor. Tom, como pude confiar nela? O que foi que eu fiz?

O quarto de Mary estava trancado, ao contrário dos demais quartos do hotel. Gritei para que abrisse a porta e não perdi tempo. Passei a berrar perguntas, uma atrás da outra, sobre a assembleia da Linha E.

Ela disse algo como: "Assembleia da Linha E? Você quer dizer nesse verão? O que quer saber?"

Aproximei meu rosto do dela, vi as pequenas rugas que não estavam ali um ano atrás.

"Você não foi, não é verdade? Diga. Diga agora ou juro que desço até o saguão e conto a todos a mentirosa que você é."

Aquilo a motivou. Ela me empurrou contra a parede texturizada com o antebraço, me segurou ao lado da janela.

"Você não sabe do que está falando. Está me ouvindo? Acontecem mais coisas nesta cidade do que você jamais seria capaz de imaginar. E as pessoas contavam, contam comigo para mantê-las em segurança."

"Nós contávamos com você para encontrar as pessoas que amamos!"

Então ela admitiu que precisava me contar uma coisa. Uma coisa importante. Uma coisa, tenho certeza, que bem à moda de Mary apagaria todas as suas mentiras e sua conversa-fiada e faria o mundo voltar a andar nos trilhos.

Mas uma batida na porta nos interrompeu. Como sempre, havia outro alguém com necessidades mais imediatas, e meu ataque de pânico foi esquecido quando Mary abriu a porta para uma de suas novas tietes, Samantha. Mary agora tem seu próprio esquadrão de "cavaleiros" desde que vendeu a alma para bancar a lacaia dos Aliados Vermelhos e recebeu autorização do general Vermelho para cuidar dos assuntos menores relacionados a nós, prisioneiros do Carlyle.

A jovem guarda imediatamente passou a gaguejar, perguntando o que fazer em relação a Bronwyn Trevor, a vadia grávida dos Vermelhos que tentou se matar. Ela especulou se confinamento na solitária faria sentido até o parto ou se a deixavam com os outros prisioneiros.

Bronwyn.

A pobre, solitária e despedaçada Bronwyn.

Senti um aperto no coração por minha bela protegida, a garota perdida do trem 6... mas não podia arriscar dar voz às minhas preocupações. O futuro de minha própria família estava em jogo, o pai das minhas meninas, a liberdade delas. E Samantha, apenas uma menina se passando por guarda, me presenteou um fiapo de tempo.

Então peguei a arma marcada em vermelho de Mary — um brinquedinho dos Aliados Vermelhos, como a coleira com cravos de um cão — e a caixa de munição que vi na mesa de cabeceira. Enfiei tudo no bolso, pedi licença e saí. Passei por ela na porta sem me despedir.

Sabia que Mary me procuraria mais tarde, que daria um jeito de se explicar. De tecer a verdade com mentiras criativas. Mentiras pelas quais pedi, das quais passei a precisar para sobreviver. Mas elas me custaram demais, uma segunda chance para a minha vida com Tom. E Mary não pode reparar isso.

Quando bater na porta, não estarei mais aqui.

Levarei as meninas embora esta noite. Para os bairros, o centro, qualquer lugar — menos aqui. Vamos para os túneis do metrô. Encontraremos Tom sozinhas.

15 de abril — Sei que você quer saber o que aconteceu, mas ainda não consigo falar nisso. Acabaria comigo.

Já estou acabada.

20 de abril — Sinto muito. As palavras ainda não vêm. Achei que viriam, mas não. Estou vazia, simplesmente vazia.

Penso comigo mesma se daqui por diante estarei sempre vazia. Se roubaram tudo que tinha aqui dentro.

25 de abril — ~~Depois que saí do quarto de Rolladin, arrumei as coisas das meninas e corri para o quarto de Lauren. Falei de Bronwyn, daquele pobre bebê. Implorei que cuidasse dele, mas também que escondesse a mim e as meninas até podermos fugir pela escada de incêndio. Até o turno dos novos guardas, que acreditariam se dissesse que saía numa missão sob ordens de Rolladin ou outra desculpa qualquer. Eu não pensava com clareza. Se pudesse voltar atrás, se pudesse fazer tudo diferente~~

5 de maio — Há dias em que não consigo afastar as memórias. Elas me atormentam, dizem que jamais ficarei bem. Que seria melhor para nós dar um fim a tudo.

~~*Penso em pular. Penso em me atirar de um prédio, nós três, como pesos mortos.*~~

15 de junho — O verão chegou. Eu o sinto no cheiro morno que cobre a cidade ao sair para vasculhar lojas nas ruas, na horta que começa a ganhar vida em nosso terraço. Sinto muita gratidão nesses últimos tempos, por minhas duas pequenas guardiãs que vejo brincando no mato. Às vezes dói quando as admiro, como se meu coração crescesse junto com elas. Como se forçasse as costelas, ameaçando estourá-las um dia.

Minhas meninas devolveram a novidade ao mundo.

Talvez eu possa ser nova. Talvez haja uma forma de recomeçar.

Julho — Aquela noite, quando deixei o parque. Quis enterrá-la. Quis afogá-la, empurrá-la tão fundo até que sumisse. Mas ela sobe à força, borbulha até a superfície na calada da noite. Aflora em pesadelos. Nos gritos.

Mas preciso contar a alguém, e quem melhor que você? Afinal, você não faz perguntas. Aceita minhas palavras pela aparência. Sem julgamentos. Sem dar um pio.

Desci até a Linha 6 na Madison. Calada, joguei tudo na mochila, peguei uma tocha e corri com Sky e Phee, uma em cada braço, para o subterrâneo. É irônico pensar nisso agora, mas eu tinha esperança. Como se voltar à escuridão de onde escapamos de alguma forma limpasse tudo. Tive a sensação de que recomeçava, que renascia. Troquei de linha na Rua 42, ansiosa por chegar ao West Side. Vozes interiores diziam que Tom estava morto em algum lugar, que era tarde demais para encontrá-lo, mas não dei ouvido. Segui em frente na escuridão com minha tocha e minhas duas meninas sonolentas.

Vi o grupo vindo pelos trilhos na altura da Hudson. Deve ter sido por causa das meninas, do chorinho constante de Sky e Phee quando chegamos ao centro, um sonar que reverberou pelo metrô e atraiu todo lixo para fora das sombras.

Eram mais ou menos dez, um bando variado. Homens e mulheres, velhos e jovens. Lembravam um pouco nossa família esfarrapada, o grupo de Rolladin no começo, quando lutávamos para sobrevier à base de nada além de esperança e enlatados que conseguíamos na superfície.

Eu devia ter notado os sinais de alerta. O cheiro de lixo velho e carne podre. A tocha já débil pintando a mais fina demão de sangue seco em volta da boca deles. Devia ter visto, devia ter sabido, mas estava eletrificada de esperança.

Tomei a iniciativa:

"Olá. Graças a Deus que os encontrei. Estou procurando uma pessoa. Uma pessoa que estava na Linha 1 quando a cidade foi atacada."

Ninguém respondeu. Eles passaram a nos rodear, um bando de abutres, sem pressa.

Falei de Tom. Eu o descrevi, contei a história da assembleia da Linha E, como Tom e eu éramos navios passando ao largo na noite constante desta cidade maldita.

Por fim, um dos homens mais corpulentos, da minha idade, disse que não conheciam nenhum Tom.

"Ficamos sabendo da assembleia", disse. "Mas para nós já basta de política e papo furado. Isso é guerra, entendeu?"

Perguntei se teria alguma ideia de onde poderia encontrar meu marido. Que era importante. Que a vida de minhas meninas dependia disso. Implorei.

"Ele pode estar com os doidos, os que acham que isso aqui faz parte de um plano divino", ele disse. "Que mandam missionários para os túneis como se fossem testemunhas de Jeová da porra do fim do mundo. Acho que pensam que Deus vai botar uma bolha

em volta deles quando as bombas voltarem a cair." Então o homem sorriu. "Mas é claro que esse Tom pode estar morto."

Ele chegou ainda mais perto, tão perto que não conseguia ver nada além de seus lábios vermelhos, nem sentir nada além de seus braços me apertando. E então sussurrou para os outros palavras que não me deixam dormir desde então, palavras que penso ouvir do outro lado da porta, no terraço, atrás de cada esquina: "Peguem as crianças."

Eu implorei. Gemidos e lágrimas e gritos desesperados. Eu por elas.

Ainda sinto as mãos deles. Ainda vejo os olhos de Sky e Phee cravados em mim...

Eles me agarraram e passaram a rasgar minhas roupas. As mulheres vibravam:

~~Seus bebês vão nos alimentar por uma semana. Depois que fodermos você em todos os buracos, vamos comer essas coisas por uma semana~~

Phee e Sky presenciaram tudo.

As mulheres as seguravam, mediam, pesavam.

Achei a arma. De alguma forma, arrombei a jaula de braços e mãos e línguas e encontrei aquele pequeno revólver no bolso.

Veio o estrondo, e todos ficaram imóveis por um segundo. Acertei o líder. Quando ele caía, rolei para longe, mirei e atirei nas mulheres no canto. Depois peguei minhas filhas e corri.

Eles me seguiram; eu conseguia ouvi-los, ainda os ouço no meu encalço. Continuei a disparar. Uma, duas, três balas atrás de nós, com Sky pesando no braço. Eu carregando as duas meninas como se fossem duas toneladas de tijolos. A adrenalina me deu a força de um exército. A adrenalina nos salvou a vida.

Subi na próxima escadaria. Recarreguei a arma. Atirei. Corri até parecer que as costas iam partir, até os pés ficarem feridos e cansados, até Sky e Phee pararem de chorar. Nos entocamos num prédio abandonado e não saí de verdade desde então.

Agosto — A horta do terraço está funcionando. Acho que podemos conseguir ficar aqui até algum tipo de paz ser declarado. As bombas pararam, e não ouço mais tiros ecoando no céu noturno. Já faz algum tempo. Talvez meses.

Setembro — Continuo caçando apenas à noite, por segurança, mas as ruas estão limpas. Não há mais corpos. As tropas devem estar limpando seu serviço sujo. Penso se a guerra está terminando ou se isso é apenas o começo de uma longa, longa batalha. Em apartamentos vizinhos em Wall Street, consegui encontrar latas que devem durar um bom tempo. Pelo menos o inverno. Tento não sentir tanto medo. Acho que agora as meninas já têm idade o suficiente para perceber.

Rezo toda noite para que não se lembrem do metrô.

Outubro — No primeiro aniversário de Phee, um soldado dos Aliados Vermelhos nos encontrou garimpando em um apartamento na Rua Fulton. Deve ter notado que passei a tremer e ofegar assim que o vi, porque abaixou a arma e se aproximou devagar. Ele falou em inglês, disse que precisava nos levar de volta ao parque. Fiz que sim, mas o tempo todo segurava o revólver dentro do canguru de Phee. Verdadeira filha do novo mundo, ela não protestou. Minha pequena guerreira escondeu nosso segredo escuro, profundo, como se carregar uma arma não fosse nada demais.

Quando descíamos as escadas, o soldado explicou tudo. A ilha se rendeu, ou melhor, foi rendida pelo resto do país. É oficialmente uma zona de ocupação do inimigo, uma baixa de guerra. Os Aliados Vermelhos agora fazem um censo dos sobreviventes, e todos serão conduzidos ao campo de internamento do Central Park.

Ele me garantiu que as condições são adequadas, um luxo para tempos de guerra, e que os Aliados Vermelhos tratarão seus prisioneiros de acordo com a Convenção de Genebra. Que, inclusive, uma nova-iorquina — Mary, tenho certeza — ajuda como diretora do campo de prisioneiros, e que isso é o melhor para todos nós. Que, com o tempo, as restrições do censo serão suspensas e poderei voltar para cá, ou ir para onde quiser neste esqueleto de uma cidade morta.

Começava a acreditar que esse jovem e atencioso soldado era um anjo, que morri e a guerra estava atormentando até mesmo os céus, quando ele nos acompanhou até um helicóptero sem assentos cheio de outros sobreviventes recolhidos na ilha.

E sabia que não estava pronta para ir. Não seria capaz de encarar Mary sem matá-la. Não seria capaz deixar para trás minha liberdade. Não seria mais capaz de olhar para ninguém no Carlyle. Não depois dos túneis do metrô. Nunca mais.

O soldado, Xu era o nome dele, foi novamente atencioso. Ele tinha um ponto fraco – a família que deixou em casa, a quilômetros e quilômetros daqui. Disse ao piloto para ir e me trouxe ao Lower East Side de tanque, até meu apartamento, para me despedir. "A necessidade de um desfecho", ele disse em inglês impecável, "é imensa e fundamental".

Ao rolarmos às margens do rio, vi o horizonte calcinado do Brooklyn. Contemplei a enorme cratera no coração de Manhattan, um talho que corria do Bowery a Chinatown. Finalmente aceitei a verdade enquanto o soldado dos Aliados Vermelhos manobrava seu tanque em meio aos destroços do Lower East Side.

A cidade foi conquistada.

A ilha está morta.

É quase meia-noite em meu velho apartamento. Minhas meninas estão dormindo e nosso acompanhante, o soldado dos Aliados Vermelhos, espera sentado do outro lado da porta. Esse soldado inimigo confiou em me deixar sozinha para desfrutar de uma última hora no meu velho lar. Assumiu um grande risco vindo até aqui. Eu podia ter armas ou granadas escondidas, podia sair do apartamento atirando, acabar com ele e fugir para a noite com minhas meninas.

Mas ele sabe, assim como eu, que não resta para onde correr.

Isso é apenas um adeus.

O último vislumbre de uma vida roubada, incompleta. Uma última parada antes de ir para o Central Park como outro alguém. Esta noite retorno como uma mulher quebrada e reconstruída, reciclada para uma única missão.

Minhas meninas sobreviverão a isso. Elas viverão para ver um mundo melhor.

Meu diário, meu amigo, meu guardião de segredos. Ao enterrá-lo nas profundezas deste cofre, prometo a nós dois que enterro parte de mim com você. Tanto ódio. Tanta dor.

Sei que preciso deixar tudo para trás. Preciso deixar você para trás, junto com minhas armas. Meu revólver e meu orgulho.

Isso não se trata mais de mim, ou de Tom, ou mesmo de Mary — às vezes o passado deve permanecer no passado.

Mas trata-se do futuro — minhas filhas, as duas metades do meu coração. Darei a elas a chance de uma vida de verdade nesta cidade estuprada e dada como morta.

De agora em diante, nada mais tem importância.

51
SKY

Mamãe dá o último suspiro na High Line.

Ficamos com ela até muito depois, tarde adentro. Phee e eu dormimos ao seu lado, como se quando acordássemos alguém pudesse dizer que foi apenas um sonho.

Rolladin garantiu que tomará conta de tudo. Que podemos ir sem olhar para trás, mas que o lugar de descanso de Mamãe deve ser Manhattan. Que ela é uma nova-iorquina de corpo e alma. Acho que é verdade.

Ela jamais verá a Europa ou as Bermudas.

Ela jamais verá a idade chegar.

Nós jamais sentiremos seus braços fortes nos envolvendo.

Nós jamais voltaremos a vê-la.

Alguém abriu meu peito e roubou meu coração, arrancou minhas entranhas.

Isso não é real.

Às vezes a dor é tão intensa que juro que estou morrendo, que queimo centímetro a centímetro e não há água para apagar as chamas. Simplesmente continuarei a desmanchar até que restem apenas cinzas.

Rolladin dá uma arma para cada um de nós e tochas. Permanece em silêncio enquanto ela e seus cavaleiros nos escoltam na travessia do centro até a Primeira Avenida para enfrentar os túneis até o Brooklyn. Não diz uma palavra quando agradecemos por ter salvado nossa vida. Apenas quando já caminhamos na direção da estação da Linha L que ela desce do cavalo e gesticula para mim e para Phee.

— Meninas.

Deixamos os rapazes por um minuto e vamos até ela.

O crepúsculo cai sobre a cidade, e a dura luz cinza não favorece ao rosto de Rolladin. Vemos todas as cicatrizes e feridas de guerra que a cidade lhe infligiu, a carga do tempo e das escolhas pesando em suas costas.

— Foi brutal, isso tudo. Ainda é — diz ela para mim e para minha irmã. — Mas vocês não viram tudo desmoronar. Então não espero que entendam. Não espero que jamais entendam por que fiz o que fiz.

Ainda assim, ela parece ter... esperança.

E as palavras rolam para fora de mim antes que eu tenha certeza do que quero dizer, ou ao menos como dizer.

— Acho que você tem razão — tento. — Acho que jamais seremos capazes de entender plenamente.

Penso no parque, no Standard, na história do diário de Mamãe. Penso em todos os prisioneiros desta cidade, prisioneiros do passado vagando sobre destroços, tentando encontrar alguém ou algo pelo qual lutar enquanto abrem caminho por tudo, rastejam em frente dia a dia para sobreviver.

Então forço a mim mesma a olhar para Rolladin — não para sua capa de pele de tigre, não para o fuzil vermelho que traz pendurado no ombro — e encontrar *Mary*.

— Mas sabemos por quem você fez — falo ao segurar a mão de Phee. — Nós sabemos.

Rolladin faz que sim e contrai os lábios, e então passa a olhar apenas para o cimento rachado da Rua 13.

— Está bem, meninas.

Sinto alívio e vazio ao mesmo tempo, antes mesmo que ela e os cavaleiros saiam galopando pelo East Village, a caminho do seu oásis no centro de uma cidade morta, levando com eles o corpo de Mamãe.

* * *

Não há outro caminho para o Brooklyn além dos túneis, mas, ainda assim, ficamos paralisados ao pararmos na borda da escadaria que desce até a Linha L. Os monstros que perambulam nas cavernas profundas desta cidade podem estar a quilômetros do trecho de metrô que liga Manhattan ao Brooklyn.

Ou os devoradores podem estar esperando por nós.

Mas não permitiremos que o terror nos consuma. Depois de tudo por que passamos, sabemos que a única forma de enfrentar o medo é seguir em frente, atravessá-lo juntos.

Nosso grupo se move rápida e silenciosamente até a plataforma e então pelos túneis, apenas um coro de passos leves e respirações curtas ao passarmos sob o rio East.

Todos seguram suas armas e balestras e arcos, as mãos escorregadias de suor e medo.

A escuridão sem fim se estende como um pergaminho — a tristeza e a saudade que sinto são tão devastadoras que parece que estou atravessando um buraco negro, como se estivesse sendo dilacerada até não restar nada.

Quando estou a ponto de desistir, quando não ouço nada além de gemidos e sussurros guturais, provocações da escuridão esfomeada — *eles são reais ou estão apenas na minha cabeça? Estou enlouquecendo...*

Um pequeno farol luminoso cintila esperançoso na plataforma à nossa frente.

Emergimos num lugar chamado Williamsburg e, de lá, caminhamos até o Porto do Brooklyn. Acampamos nos destroços por alguns dias, enquanto Ryder prepara o barco para a viagem. Tudo não passa de um borrão — um período perdido, alguém se apossando do meu corpo e o empurrando pelo tempo e espaço, fazendo o que não consigo imaginar fazer: seguir em frente.

Não consigo mais olhar para nada ou falar com ninguém. Mas fico colada a Phee e Ryder, sempre perto de um dos dois, como se nossos corpos dissessem o que as palavras não podem. *Você me tem. Sempre terá. Pode contar comigo, porque eu conto com você.*

Só que a minha boca não se move. Eu não falo.

Algumas vezes vi Phee encolhida, apertando os joelhos contra o peito atrás de um enorme armazém, seu choro mais parecido com os uivos entrecortados de um animal selvagem, aprisionando-a no desespero.

Mas não posso consolá-la — estou despedaçada.

Até o dia em que sei que preciso.

Até o dia em que vejo sua necessidade como uma terceira pessoa, que me chama até lá para sentar com elas e ver o que posso fazer.

Sento ao lado de Phee e a puxo nos meus braços. Minha irmã caçula. Minha irmã heroína e criança, maravilhosa, valente e brutalizada. Ela perdeu a mãe, assim como eu. Mas perdeu também o lar. Apesar do meu desespero para deixar esta cidade, ela queria ficar. E precisa de mim, assim como preciso dela, para enfrentar isso. Precisamos uma da outra para enfrentar qualquer coisa.

Algo que descobrimos do jeito mais difícil.

— Sinto muito, Phee.

Ela se agarra a mim, as lágrimas jorrando, o choro abafado pelo meu ombro. Abraço-a mais forte.

— Amo você — falo.

— Também amo você. Sky, sinto falta dela. Eu não... eu não sei como fazer isso. Não sei... Não sei...

— Tudo bem — conforto. Sinto o gosto das minhas próprias lágrimas, e minha fúria. Minha dor, minha solidão. — Vai ficar tudo bem.

Alguns dias depois, o barco está finalmente pronto para deixar o cais. Nossa comida foi contada e estocada, a rota para as Bermudas — escolha de Sam, apesar de ninguém discutir —, traçada e definida. E caímos em um tipo de equilíbrio, um estranho elenco de personagens em busca de uma segunda chance.

Assim como Phee, Sam está na jornada de recuperação do azul celestial. Ele não fala muito sobre o que aconteceu, apenas fragmentos aqui e ali.

Que todos os dias chafurdava em pesadelos: pesadelos com coisas que aconteceram e não aconteceram.

Que, sem ter para onde correr, onde se esconder, o passado o puxou pela gola.

Que a única coisa que manteve esse mundo de pé foi pensar em Ryder, e em ter a chance de acertar os ponteiros com o irmão.

Acho que todos temos bússolas que nos guiam para fora da escuridão.

Depois de alguns dias de descanso, Sam disse se sentir forte o bastante para capitanear nossa jornada. Naturalmente, Phee decretou ser ela a imediata. Às vezes acho que foi uma péssima ideia, que vão se matar. Mas depois dos bate-bocas eles acabam se entendendo, como se falassem uma língua de rosnados e safanões que o resto do grupo não entende. E Trevor, contrariado, assumiu o papel de aprendiz. Por enquanto, pelo menos.

Agora Sam e Trevor estão debruçados sobre a roda do leme e estamos prontos para zarpar. Estou sentada no estreito banco do convés. Puxo sobre os ombros o cobertor em que Phee e eu nos embrulhamos e olho para a água.

— Acho que consigo fazer isso — afirma Phee, quebrando o silêncio. Soa como se fosse do nada, mas na verdade ela responde a uma pergunta que fiz alguns dias atrás.

— Não precisamos ir.

— Eu quero — garante ela. — Afinal, é como Mamãe disse. Foi por nós que ela resistiu. Era por nós que levantava todo dia e enfrentava a cidade. Nós somos a segunda metade da história dela.

Ryder emerge do pequeno quarto abaixo do convés com água e mais cobertores. Mas assim que nos vê conversando, pega um desvio e se junta aos rapazes. Está nos dando espaço, algo que aprendeu que Phee e eu precisamos. Algo que *eu* aprendi que precisamos. Acho que tanto Phee quanto eu víamos o que temos como inabalável até recentemente.

— Então, quem vai escrever? — pergunto a Phee, aliviada por ela concordar. Sinto desesperadamente a falta de Mamãe, e colocar o resto da história dela no papel, deixar que respire e veja a luz do dia, parece ser uma forma de tê-la para sempre junto de nós. — Eu ou você?

Ela dá um de seus resmungos característicos.

— E por que precisa ser uma ou outra?

Descanso a cabeça no encosto.

— É assim que as histórias funcionam, Phee. Alguém precisa contá-las.

Phee bota a cabeça ao lado da minha e solta uma gargalhada. Já faz um bom tempo desde que a ouvi rir pela última vez. Tinha me esquecido de que, para mim, esse é o som de casa.

— Apesar dessa inteligência toda, Sky, você às vezes é bem cabeça-dura — retruca ela. — Qual é, você sabe muito bem que toda história tem dois lados.

Penso naquilo até as palavras se assentarem à minha volta. Até sentir que flutuo em sua verdade calma e simples.

Ela tem razão, é claro.

Toda história tem dois lados. E talvez nem sempre fique claro onde está o certo e o errado, quem é herói ou vilão.

Talvez sejam apenas pessoas.

Observo minha irmã, penso no quanto somos diferentes, e sei que somos dois lados da mesma história. Em como seria fácil nos perdermos uma à outra, como Mamãe e Papai, Papai e Wren. Ou Mamãe e Rolladin. E na sorte que temos de estar aqui, juntas, lado a lado.

Pelo pouco que vi deste mundo, ele parece ser bem seletivo com segundas chances.

Quando o barco passa a balançar para fora do cais e avançar para a água inquieta, Ryder finalmente se junta a nós. Ele me beija sem pensar e instintivamente olho para Phee, avaliando como reage. Se é muito, se é cedo demais. Se ela está bem.

Mas em vez de se esquivar, ela me fita com olhos grandes, genuínos. Deixo escapar o ar que vinha segurando.

— Então como começamos nossa história? — pergunto.

Phee dá de ombros, tromba de leve em mim.

— Bem, a história começa comigo, é claro.

Ryder dá uma risadinha ao descansar a cabeça do meu outro lado, e agora somos três indiozinhos.

— Típico — diz ele. Mas é um "típico" carregado de sentido. Um "típico" de gratidão, um "típico" que diz que as coisas estão prestes a melhorar.

Phee solta outra gargalhada e dá um tapa nas costas de Ryder. Então me abraça e sussurra:

— Mas termina com você.

O amanhecer se insinua pelos escuros arranha-céus a distância, um horizonte rabiscado em carvão que se espalha dos dois lados do rio. Mas, pela primeira vez na vida, as torres escuras não me fazem pensar em sentinelas impassíveis, estoicos na missão de manter sua fronteira tão fechada e claustrofóbica como uma cerca.

Em vez disso, vejo um portão, há muito esquecido, que se abre e sussurra, dando a todos nós boas-vindas ao mundo. Nosso pequeno barco balança em frente, mais e mais próximo do desconhecido, e penso em tudo que vimos, que perdemos, e sonho com tudo que podemos conquistar.

Então deixo a mente gravitar para aquele lugar frágil e profundo dentro de mim e me permito vê-la junto de nós. Ver Mamãe como quero lembrar dela. Seus braços bronzeados e rijos descansados na borda do barco, seus longos cabelos castanhos voando com a brisa. Eu a vejo rindo ao lado de Phee, com os olhos brilhando, finalmente em paz ao ver as filhas navegando em frente, futuro adentro. Um futuro pelo qual pagou caro. Um futuro pelo qual lutou com unhas e dentes. Fecho os olhos e agradeço, não com palavras, mas com as batidas do meu coração, o subir e descer do peito. A vida que pulsa dentro de mim.

Seguro a mão de Ryder, então a de Phee...

E espero pelo que está além de nossa cidade.

AGRADECIMENTOS

No fundo, este livro é uma história sobre família, por isso gostaria de agradecer em especial à minha. Um grande obrigada ao meu pai — meu grande conselheiro e maior fã —, que me ensinou a perseguir meus sonhos e que o segredo do sucesso é a persistência; à minha mãe — minha defensora —, que leu este manuscrito incontáveis vezes e afirmou desde o primeiro dia: *Isso vai ser um livro*. Obrigada às minhas irmãs, Bridget e Jill, não apenas por inspirarem esta história, mas por fazerem minha vida tão melhor apenas por estarem nela; e ao meu pequeno Penn, meu filho, por ser simplesmente adorável e a melhor distração do mundo.

E um milhão de obrigadas a Jeff, meu companheiro, minha rocha, meu melhor amigo — obrigada por dizer a todo mundo que conhece que sua esposa é escritora, por seu infinito apoio, por cuidar da casa nos fins de semana em que a esposa insiste em mergulhar no sonho dela. Você é incrível.

Agradecimentos sem fim à minha talentosa, perspicaz e participativa editora, Navah Wolfe, por nunca ter feito com que este livro parecesse trabalho, por sua empolgação e seu comprometimento incansável com esta história e por sua parceria ao tornar este romance o melhor que poderia ser. E obrigada ao restante da fenomenal equipe do selo Saga Press da Simon & Schuster, incluindo o capista Michael McCartney, a gerente de produção Elizabeth Blake-Linn, a editora de produção Jenica Nasworthy e a revisora Valerie Shea.

Cidade de Selvagens não existiria sem minha maravilhosa agente, Adriann Ranta, que apostou em mim e jamais fraquejou na dedicação ou no entusiasmo por este livro. Ela é uma superagente, tenho muita sorte em tê-la comigo.

Também sou grata aos grupos de autores estreantes de YA — Freshman Fifteens, Class of 2K15 e Fearless Fifteeners — pela camaradagem e o apoio, especialmente minha colega e crítica Kelly Loy Gilbert, os colegas blogueiros e confidentes Chandler Baker e Virginia Boecker, e as fabulosas Kim Liggett, Jen Brooks e Lori Goldstein. Mais agradecimentos às colegas escritoras Erika David e Lisa Koosis — pela amizade e notas incríveis nas versões iniciais do texto —, além de Loretta Torossian, cujo entusiasmo contagiante me manteve comprometida a levar esta história até o fim.

E, finalmente, muito obrigada aos leitores. Ainda não consigo acreditar que minhas palavras estejam em suas mãos. E, por isso, sou extremamente grata.

Este livro foi composto na tipologia Minion Pro,
em corpo 11,5/15,6, e impresso em papel offwhite,
no Sistema Cameron da Divisão Gráfica
da Distribuidora Record.